食草家族

The Herbivorous Family

莫言

Mo Yan

作者的話

這本書是我於一九八七－八九年間陸續完成的。書中表達了我渴望通過吃草淨化靈魂的強烈願望，表達了我對大自然的敬畏與膜拜，表達了我對蹼膜的恐懼，表達了我對性愛與暴力的看法，表達了我對傳說和神話的理解，當然也表達了我的愛與恨，當然也袒露了我的靈魂，醜的和美的，光明的和陰晦的，浮在水面的冰和潛在水下的冰，夢境與現實。

這肯定不是一部傑出的書，但肯定是一部有著我個人的鮮明風格的別人難以寫出的書。

目次

第一夢：紅蝗

第二天凌晨太陽出土前約有十至十五分鐘光景，我行走在一片尚未開墾的荒地上。初夏老春，殘冬和初春的記憶淡漠。荒地上雜草叢生，草黑綠、結實、枯瘦。輕盈的薄霧迅速消逝著。儘管有霧，但空氣還是異常乾燥。當一隻穿著牛皮涼鞋和另一隻穿著羊皮涼鞋的腳無情地踐踏著生命力極端頑強的野草時，我在心裡思念著一個剛剛打過我兩個耳光的女人。

我百思難解她為什麼要打我，因為我和她素不相識，她打我之前五十分鐘我在「太平洋冷飲店」北邊的樹蔭下逐一看著掛在低垂的樹杈上的鳥籠子和籠子裡的畫眉，鳥籠子大同小異，畫眉也大同小異，籠子的布罩都是深色的。畫眉在惱怒的鳴叫過程中從不進食和排泄，當然更加無法交配。這是我自從開春以來一直堅持觀察畫眉得出的結論。在過去的這些日子裡，我一得閒空就從「太平洋冷飲店」前面鋪著八角形水泥板的兩邊栽滿火紅色公雞花的小路上疾走過，直奔樹蔭裡掛在樹杈上的畫眉們。我知道我的皮鞋後跟上的鐵釘子敲叩著路面發出清脆的響聲，我知道幾十年前、幾百年前，騾馬的蹄鐵敲打高密縣城裡那條青石條鋪成的官道時，曾經發出過更加清脆的響聲。我一直迷戀著蹄鐵敲擊石頭發出的美妙的音樂。幾年前，深更半夜裡，夜間進城的馬車從我們高樓前的馬路上匆匆跑過，我非常興奮，在床上坐起，聆聽著夜間響亮的馬蹄——也許是騾蹄——聲，聲聲入耳，幾乎穿透我的心。馬蹄聲要消逝時，頭上十五層的高樓裡，每條走廊裡都響起森林之獸的吼叫聲。那個腿有殘疾的姑娘，從動物園裡錄來各種動物的叫聲，合成一盤錄音帶，翻來覆去地放。她的眼神漸漸如河馬的眼神一樣流露著追思熱帶河流與沼澤的神祕光芒。城市飛速膨脹，馬蹄被擠得越來越遠，蝗蟲一樣的人和汽車充塞滿了城市的每個角落，「太平洋冷飲店」後邊的水泥管道裡每天夜裡都填塞著奇形怪狀的動物。我預感到，總有一天我會被擠進這條幽暗的水泥管道裡去。我是今年的三月七號開始去樹蔭下看畫眉的，那天，農科院蝗蟲防治研究所灰色高牆外的迎春花在暖洋洋的小春風裡怒放了幾萬朵，滿枝條溫柔嬌嫩的黃花，淡淡的幽香，灰牆外生氣蓬勃，城裡眾多的遊男浪女，都站在高牆外看花。起初，我聽說迎春花開了也是準備去看花的，但我剛一出門，就看到教授扶著一個大姑娘短促的腰在黑森森的冬青樹叢中漫步，教授滿頭白髮，大姑娘像一朵含苞待放的玫瑰花，誰也沒注意他和她，因為他像父親，她像女兒。我知道教授只有一個兒子。他和她也是去看迎春花的，我不願尾隨他們，也不願超越他們。我走上了「太平洋冷飲店」外邊那條鋪了八角水泥板的小路。

三月七號是我的生日，這是一個偉大的日子。這個日子之所以偉大當然不是因為我的出生，我他媽的算什麼，我清楚地知道我不過是一根在社會的直腸裡蠕動的大便，儘管我是和名揚四海的劉猛將軍同一天生日，也無法改變大便本質。

走在水泥小徑上，突然想到，教授給我們講授馬克思主義倫理學時銀髮飄動，瘦長的頭顱波動著，滑著半圓的弧。教授說他摯愛他的與他患難相共的妻子，把漂亮的女人看得跟行屍走肉差不多。那時我們還年輕，我們對這位衣冠燦爛的教授肅然起敬。

我還是往那邊瞟了一眼，教授和大姑娘不見了，看花的人站成一道黑牆壁，把迎春花遮沒了。我的鞋釘與路面敲擊發出橐橐的響聲，往事忽然像潮水一樣翻捲，我知道，即使現在不離開這座城市，將來也要離開這座城市，就像大便遲早要被肛門排擠出來一樣，何況我已經基本上被排擠出來。我把人與大便擺到同等位置上之後，教授和大姑娘帶給我的不愉快情緒便立刻淡化，化成一股屁一樣的輕煙。

我用力踏著八角水泥坨子路，震耳的馬蹄聲、遙遠的馬蹄聲彷彿從地下升起，潮濕的草原上植物繁多，不遠處的馬路上，各色汽車連結成一條多節的龍，我聽不到它們的聲音。我聽著馬蹄聲奔向畫眉聲。

起初，遛畫眉的老頭子們對我很不放心，因為我是直盯著畫眉去的，連自己的腳都忘記了。老頭子們生怕我吃了他們的畫眉鳥。

畫眉鳥見了我的臉，在籠子裡上躥下跳，好像他鄉遇故交一樣。並不是所有的畫眉都上躥下跳，在最邊角上掛著的那隻畫眉就不上躥下跳。別的畫眉上躥下跳時，牠卻站在籠中橫槓上，縮著頸，蓬鬆著火紅色的羽毛，斜著眼看籠子的柵欄和柵欄外的被分隔成條條框框的世界。

我很快就對這隻思想深邃的畫眉產生了興趣，我站在牠面前，目不轉睛地看著牠。牠鼻孔兩側那撮細小的毳毛的根數我愈來愈清楚。牠從三月八號下午開始鳴叫，一直鳴叫到三月九號下午。這是養牠的那個老頭兒告訴我的。老頭兒說這隻畫眉有三個月不叫了，昨兒個一見了你，你走了後牠就叫，叫得瘋了一樣，蒙上黑布幔子牠在籠子裡還是叫。

這是畫眉與你有緣分，同志，看這樣您也是個愛鳥的主兒，就送給你養吧！老頭兒對我說。

我迷惑地看著這個老頭兒疤痕累累的臉，心臟緊縮，腸胃痙攣，一陣巨大的恐怖感在脊椎裡滾動，我的指尖哆嗦起來。老頭兒對我溫柔地一笑，笑容像明媚的陽光一樣，我卻感到更加恐怖。在這個城市裡，要麼是刺蝟，要麼是烏龜。我不是刺蝟不是烏龜就特別怕別人對我笑。我想，他為什麼要把畫眉送我，連同籠子，連同布幔，連同青瓷鳥食罐，連同白瓷鳥水罐，附帶著兩只鋥亮的鐵球。那兩只球在老頭子手心裡克啷克啷地碰撞滾動，像兩個有生命的動物。憑什麼？無親無故，無恩無德，憑什麼要把這麼多老人的珍寶白送你？憑什麼笑給你看？我問著自己，知道等待我的不是陰謀就是陷阱。

我堅決而果斷地說，不要，我什麼都不要。您，把牠拿到鳥市上賣了去吧。我逛過一次鳥市，見過好多鳥兒，最多的當然是畫眉，其次是鸚鵡，最少的是貓頭鷹。

「夜貓子報喜，壞了名聲。」老頭子悲涼地說。

馬路上奔馳著高級轎車造成的洪流，有一道洶湧的大河在奔湧。東西向前進的車流被閘住，在那條名聲挺大的學院路上。

我似乎猜到了老頭子內心裡洶湧著的思想的暗流，掛在他頭上樹枝的畫眉痛苦地鳴叫使我變得異常軟弱，我開口說話：老大爺，您有什麼事要我辦嗎？有什麼事您只管說，只要我能辦到的……

老頭子搖搖頭，說，該回家啦！

以後，老頭子依然在樹下遛他那隻神經錯亂的畫眉鳥兒，鋥亮的鐵球依然在他的手裡克啷克啷滾動，見到我時，他的眼神總是悲悽悽的，不知是為我悲哀還是為他自己悲哀，抑或是為籠中的畫眉悲哀。

就在那個被那莫名其妙的摩登女人打了兩個耳光的我的下午，漫長的春天的白晝我下了班太陽還有一竹竿子高，公雞花像血一樣鑲著又窄又乾淨的小路，我飛快地往北跑，急著去注視那隻非凡的畫眉，有一隻紅色的蜻蜓落在公雞花的落葉上，我以為那是片花瓣呢，仔細一看是隻蜻蜓。我慢慢地蹲下，慢慢地伸出手，慢慢地張開伸直的拇指我勾起的食指，造成一個鉗形。蜻蜓眼大無神，眼珠笨拙地轉動，翅膀像輕紗，生著對稱的斑點。我迅速地鉗住了牠的肚子，牠彎下腰啃我的手指。我感覺到牠的嘴很柔軟，啃得我的手指癢酥酥的，不但不痛苦，反而很舒服。

畫眉早就在那兒等著我了，我站在牠面前，聽著牠響亮的叫聲，知道了牠全部的經歷和牠目前的痛苦和希望。我把蜻蜓從鳥籠的柵欄裡送給牠吃，牠說不吃，我只好把蜻蜓拿出來，讓蜻蜓繼續啃我的手指。

我終於知道了老頭兒是我的故鄉人，解放前進城做工，現在已退休，想念家鄉，不願意把骨頭埋在城西那個擁擠得要命的小山頭上，想埋在高密東北鄉坦蕩蕩與天邊相接的原野上。老頭兒說那場大蝗災後遍地無綠，人吃人屍，他流浪進城，再也沒回去。

我很興奮，老鄉見老鄉，兩眼淚汪汪，說了一會兒話，天已黃昏，公雞花像火苗子一樣燃燒著，畫眉的眼珠像兩顆明亮的火星，樹叢裡椅子上教授用蛔蟲般的手指梳理著大姑娘金黃的披肩長髮。他們幸福又寧靜，既不妨礙交通，又不威脅別人的生命，我忽然覺得應該為他們祝福。落日在西天輝映出一大片絢麗的雲霞，頭上的天混混沌沌，呈現著一種類似煉鋼爐前的渣滓的顏色，馬路上的成千上萬輛自行車和成千上萬輛汽車都被霞光照亮，街上，垂在尚未完全放開的白楊樹葉下的路燈尚未通電。施行夏令時間後，我總是感到有點神魂顛倒，從此之後，畫眉鳥兒徹夜鳴叫就不是一件反常的事情了吧。在椅子上，教授的銀髮閃爍著璀璨的光澤，好像昆蟲的翅膀。畫眉鳥抖動著頸上的羽毛歌唱，也許是詈罵，在霞光中牠通紅，灼熱，我沒有任何理由否定牠像一塊燒熟了的鋼鐵。老頭兒的鼻尖上汪著一層明亮的紅光，他把畫眉籠子從樹杈上摘下來，他對我說：小鄉親，明天見了！他把黑布幔子蒙在鳥籠子上，焦躁的畫眉碰撞得鳥籠子嘭嘭響，在黑暗裡，畫眉拖著尖利的長腔嘯叫著，聲音穿透黑暗傳出來，使我聽到這聲音就感到很深的絕望，我知道該回家了。附近樹下遛鳥的老頭兒們悠晃著鳥籠子大搖大擺、一瘸一顛地走著歸家的路，鳥籠子大幅度地搖擺著。我曾經問過老鄉，為何要晃動鳥籠，難道不怕籠中的鳥兒頭暈噁心嗎？老鄉說不搖晃牠牠才會頭暈噁心呢，鳥兒本來是蹲在樹枝上的，風吹樹枝晃動鳥兒也晃動。晃動鳥籠子，就是讓鳥兒們在黑暗的籠子裡閉上眼睛思念故鄉。

我站在樹下，目送著鳥籠子拐入一條小巷。暮色深沉，所有的樹木都把黑魆魆的影子投在地上，小樹林的長條凳上坐滿了人，晦暗的時分十分曖昧，樹下響著一片接吻的聲音，極像一群鴨，在污水中尋找螺螄和蚯蚓。我撿起一塊碎磚頭，舉起來，想向著污水投去——

我曾經幹過兩次投石的事，每一次都落了個壞下場。第一次確實是有一群鴨在污水中尋覓食物，牠們的嘴呱唧呱唧地響著，我討厭那聲音，撿了一塊石片擲過去，石片準確地擊中了鴨子的頭顱，鴨子在水面上撲棱著翅膀，激打起一串串混濁的浪花。沒受傷的鴨子死命地啄著受傷的同伴。白色的鴨羽紛紛脫落，鴨子死了，漂在水面上，活著的鴨子沿著骯髒的渠邊繼續覓食，委靡的水草間翻滾著一團團渾濁的泥湯，響著呱唧呱唧的穢聲，散發著一股股腥臊的臭氣。我擲石擊中鴨頭後，本該立即逃跑才是，我卻傻呼呼地站著，看著悲壯的死鴨。

渠水漸趨平靜，渠底的淤泥和青蛙的腳印清晰可辨，一隻死蛤蟆沉在水底，肚皮朝著天，一隻杏黃色的泥鰍扭動著身軀往淤泥裡鑽。那隻死鴨的兩條腿一條長一條短像兩枝被冷落的船槳耷拉在水中。渠水中映出我的巴掌大的臉，土黃色，多年沒洗依然是土黃色，當時我九歲。鴨的主人九老媽到渠邊來找鴨子回家生蛋時發現了我和她的死鴨，當時的情景我記憶猶新——

九老媽又高又瘦的身軀探到渠水上方，好像要用嘴去叼那隻死鴨，那時我看到她的脖子又細又長，好像一隻仙鶴。她腦後的小髻像一片乾乾巴巴的牛糞。九老媽是沒有屁股的，兩扇巨大髖骨在她彎腰時凸出來，正直地上指。令人心悸的喊叫聲從九老媽的胸膛裡發出，平靜的水面上皺起波紋，那是被九老媽的嘶叫聲砸出來的波紋。緊接著，九老媽就跳到渠水中去了，她的步子邁得是那樣的大，一步就邁過了半條渠，高腿移動時她的身軀還是折成一個直角，整個人都像用紙殼剪成的——會念書以後我知道了九老媽更像木偶匹諾曹。九老媽拎起鴨來，口裡大發悲聲。她萬不該在渠底滯留——水底的淤泥是那樣鬆軟那樣深，她的雙腳是那樣尖銳那樣小，她光顧了哭她的鴨子啦，感覺不到兩隻腳正往淤泥裡飛快地陷，我看不到她的腳下陷，她跳下渠時把水攪渾了。我看到她在渠水中漸漸矮下去，水飛快地浸透了她的燈籠褲子，上升到相當於屁股的位置。她想轉身跳上渠岸時淤泥已經把她固定在渠裡了。她還沒忘記死鴨子，還在罵著打死她的鴨子的壞種。她一定想乾脆爬到渠對面去吧，一邁步時，我聽到了她髖骨「咯崩、咯崩」響了兩聲。九老媽扔掉鴨子，大聲嚎叫起來。

後來她想起了站在渠畔上的我，便用力扭轉脖子，歪著那張毛驢一樣的臉，呼叫著我的乳名，讓我趕快回村裡找人來搭救她。

我冷冷地看著她，盤算著究竟去不去找人拖她上來。一旦救她上來，她就會忘掉陷在泥淖裡的痛苦而想起死掉鴨子的痛苦；我喊人來救她的功績將被她忘得乾乾淨淨，我打死她的鴨子的罪過她一點也不會寬恕。但我還是慢吞吞地往村子裡走去了，我邊走邊想九老媽這個老妖精淹死在渠水裡也不是件壞事。

我找到九老媽的丈夫九老爺，九老爺已經被高粱燒酒灌得舌頭僵硬，我說九老媽掉到渠裡去了，九老爺翻著通紅的眼睛咂了一口酒說活該。我說九老媽快要淹死了，九老爺嗞地嘬一口酒說正好。我說九老媽真要淹死啦你不去我可就不管了。九老爺把瓶子裡的酒喝光了，開身跟我走。我看到九老爺從草垛上拔下一柄二齒鉤子，拖著，跟我走。他搖搖晃晃，使人擔心他隨時都會歪倒，但他永遠歪不倒，九老爺善於在運動中求平衡，在歪三扭四中前進。

隔老遠就聽到九老媽鬼一樣的叫聲了。我們走到渠邊時，看到渠水已淹到九老媽的肚子，她的兩隻手焦急、絕望，像兩扇鴨蹼拍打著水。渠道裡的臭氣被她攪動起來，熏得人不敢呼吸。聽到我們的腳步聲，九老媽擰回頭。一見九老爺到，九老媽的眼睛立刻閃爍出翠綠的光芒，像被惡狗逼到牆旮旯裡的瘋貓的眼睛。

九老爺不晃動就要歪倒，他在渠邊上前走走，後倒倒，嘴角上漾著孩童般純真的笑容，兩隻紅櫻桃一樣的眼睛瞇縫著，射出的紅色光線親切而柔和。

死不了的醉鬼！九老媽在水裡惡狠狠地罵著！

九老爺一聽到九老媽的罵聲，狡猾一笑說，你還能罵老子，拖上你來幹什麼？拖上你來還不如拖上那隻死鴨子來，煮了下酒。那隻死鴨子已漾到渠道邊，九老爺用鉤子把死鴨撓上來，提著鴨頸，拖著二齒鉤子轉身就走。

九老媽雙手拍打著水，連聲告饒。

九老爺轉回身來說：叫親爹！

九老媽爽快地叫著：親爹親爹親爹！

九老爺挪到水邊，雙手高舉起鋒利的二齒鉤子，對著九老媽的腦袋就要揳下去。九老媽驚叫一聲，用力把身體歪在水裡。九老爺晃蕩著身體，嘻嘻哈哈地笑著，像老貓戲耍小耗子一樣。二齒鉤子明亮的鋼齒在九老媽頭上劃著各種各樣的曲線，九老媽的半截身子左倒右歪，前傾後斜，攪得滿渠水響。最後，九老媽氣喘吁吁，身體不再扭動，頸子因為一直扭著，頭好像轉不回去了。污水已經淹到她的乳下，她的臉脹得青紫，頭髮上淅淅瀝瀝的髒水。九老媽忽然放聲大哭，哭裡摻著罵：老九，老九，你這個黑心的雜種！老娘活夠啦，你把老娘用鉤子打死吧……

九老媽一哭，九老爺趕快哄，別哭別哭，抓住鉤子，拖你上來。

九老媽一隻手抓住一根鉤子齒，側歪著身子，嗓子裡還「嗝嗝」地哽咽著，淨等著九老爺往上拖。

九老爺往手心裡啐了兩口唾沫，攥住二齒鉤子的木柄，死勁往後一拽。九老媽的身體在渠水裡鼓湧了一下，九老媽的嘴裡發出哎喲一聲叫，九老爺手一鬆，九老媽又陷下去，水和淤泥咕嚕咕嚕響著。

我幫著九老爺把九老媽從淤泥裡拔出來。九老媽像一個分叉的大胡蘿蔔。渠水咕咕地響著，淤泥四合，填補著九老媽留下的空白，一股奇異的臭氣從渠裡撲上來，我堅信在中國除了我和九老媽、九老爺外，誰也沒聞過這種臭氣。

我們把九老媽拖到渠畔草地上，陽光十分燦爛，照耀著草地，那是盛夏的上午，沼澤地裡汪著鐵銹色的水，水面上漂浮著銅錢大的油花子，深埋在地表下的昆蟲屍體在進一步腐爛，草葉多生著白茸茸的細毛，九老媽臥在綠草上，像一條昏睡的大泥鰍。她雙手死死地攥著二齒鉤子，手指灰白，勾曲，像雞爪子一樣。我和九老爺都無法看到九老媽的臉，我們只感到炎熱的光線如滾燙的瀑布，辣眼的臭氣像彩色的雲團，九老媽臉蛋兒扎在綠草叢中，她絕不是想吃草也絕不是要啃土，她不是牛羊也不是蚯蚓，我恍惚記得九老媽說她是屬貓的，她說九老爺是屬鼠的。從頭到尾九老媽被不同層次的彩色淤泥塗滿。白色淤泥塗在她的小髻和她的脖子上，這種白色淤泥主要成分大概是鴨屎；黑色淤泥塗在她的肩膀到臀部這一段，黑色淤泥的主要成分是不是十年前的水草呢？綠色淤泥塗在她的臀部到膝蓋，綠色淤泥的主要成分是不是三十年前的花瓣呢？從膝彎到尖足，這是臥在草地上的九老媽最輝煌的一段，像乾痂的血一樣的暗紅色的淤泥，厚厚地沾在九老媽的腿上，那種世上罕聞的臭氣就是從這一段上發出的。九老媽臭氣熏天的瘦腿上飛舞著蒼蠅，鞋子留在淤泥裡，九老媽極度發達的腳後跟像兩個圓圓的驢蹄子，四根踩扁了的腳趾委屈地看著我，我透過令人窒息的臭氣，仔細觀察著九老媽腳上和腿上的紅色淤泥，假定白色淤泥是近年來的鴨屎，黑色淤泥是十年前的水草，綠色淤泥是三十年前的花瓣，這暗紅色的淤泥是五十年前的什麼東西呢？我朦朦朧朧地感覺到了一種恐怖，似乎步入了一幅輝煌壯觀的歷史畫面。

九老媽蠕動著，把兩條腿往前曲，兩隻臂往後移，背弓起來，像一隻造橋蟲。九老爺攙著她的胳膊把她扶起來，她的脖子好像斷了一樣歪來歪去，頭顱似乎很沉重。九老爺更親密地攙扶著她，她逐漸好了起來，脖子愈來愈硬，雙眼也有了光彩，但九老媽就像那條凍僵了的蛇一樣不值得可憐，她剛剛恢復了咬人的能力就在九老爺的胳膊上狠狠地咬了一口。九老爺用力掙脫胳膊，一大塊皮肉就留在九老媽嘴裡了。九老媽嚼著九老爺的肉，追趕九老爺。她赤腳跑在潮濕的草地上，腳後跟像蒜錘子一樣搗著地，在地上搗出一些溜圓溜圓的窩窩。

我左手拖著二齒鉤子，右手提著死鴨，尾隨著他們。

第一次投石引出了一大團文章，第二次投石我擊中了一塊窗玻璃，挨了老師三拳兩腳。這是第三次，我握著沉甸甸濕漉漉的磚頭，心裡反覆掂量著，是投，還是不投。呱唧呱唧的親嘴聲殘酷地折磨著我，路燈昏黃而淫蕩，如果磚頭飛出去，恰好落在教授或者大姑娘秀美的頭顱上，後果是什麼？你一定會挨一頓痛打，然後被扭送到公安局裡去，警察先用電棒子給你通電，然後讓你回家取錢，為教授或者為大姑娘治療頭顱，如果治好了還好，如果留下後遺症你一輩子也難得清靜。想到這嚴重後果，我的手指鬆動，磚頭急欲墜地。但戀愛著的人們愈加肆無忌憚了，好像他們是演員，我是觀眾。天上烏雲翻滾，霧氣深沉，把路燈團團纏繞，黃光射不出，樹影裡愈加黯淡，畫眉此時在老頭子家噪叫，我驀然低首，發現右手抹著一塊半頭磚，左手捏著一隻蜻蜓。在椅子上扭動著大姑娘和教授，她發出絕望的哭叫聲，教授氣喘吁吁，短促而焦急地嘟噥著什麼。我把那塊磚頭又捏緊了，我舉起了手，手腕子又痠又麻——那個穿著一件黑色長裙的女人像一隻巨大的蝙蝠從樹後——也許是從樹上飛出來，她身上濃烈的香水味剛撲進我的鼻子，我的左邊臉頰上就被她批了一個巴掌。磚頭落地，打在我自己的腳背上。我像一隻猿猴跳起來，無聲的跳躍，我不敢出聲，我怕被教授發現。

我捂著火辣辣的半邊臉，捏著蜻蜓去追趕那個女人。她輕盈地扭動著在黑色紗裙裡隱約可見的兩瓣表情豐富的屁股，沿著兩側盛開著公雞花的八角形水泥坨子鋪成的小路，飛快地向前進。這時烏雲滾到天邊，清風驟起，霧淡薄了，朗朗月光照亮了天，溫暖黃光照明了地，我清楚地看到她的裝在肉色高筒襪裡的修長結實的小腿，乳白色高跟皮涼鞋飛快地移動，路面橐橐響，節奏輕快，戀愛者瘋狂的事頓時被我忘得乾乾淨淨。我聽到了更加遙遠就更加親切的美妙的馬蹄聲。是一匹黑色的小馬駒在高密縣衙門前的青石板道上奔跑著發出的聲音。牠使我是那麼樣的激動不安，小心翼翼，好像父親從母親手裡接過一個新生的嬰兒。

我跟隨著黑衣女人，腦子裡的眼睛看到那匹黑色的可愛馬駒翻動四隻紫色的小蹄子。四個小蹄子像四盞含苞欲放的玫瑰花。牠的尾巴像孔雀開屏一樣奓煞開。牠歡快地奔跑著，在凸凹不平的青石板道上跑著，青石閃爍著迷人的青藍色，石條縫裡生著一朵兩朵的極小但十分精神的白色、天藍色、金黃色的小花兒。板石道上，馬蹄聲聲，聲聲穿透我的心。板石道兩側是頹廢的房屋，瓦楞裡生著青草，新鮮的白泥燕巢在簷下垂著，油亮的燕子在房脊上的空中飛行。臨街的牆壁斑駁陸離，雜草叢中，一條褐色蜥蜴警惕地昂著頭。

綠色的馬駒兒，跑在高密縣衙前，青石鋪成的板道，太陽初升，板道上馬蹄聲聲……

金色的馬駒兒，跑在高密縣衙前，青石鋪成的板道，暮色沉重，板道上馬蹄聲聲……

藍色的馬駒兒，跑在高密縣衙前，青石鋪成的板道，冷月寒星，板道上馬蹄聲聲……

你跟著我幹什麼？在「太平洋冷飲店」門前，黑紗裙女人停腳轉身，像烈士陵園裡一棵嚴肅的松樹，低聲、嚴厲地質問我。

冷飲店放著動人的音樂，燈火明亮，從窗戶裡撲出來。我貪婪地嗅著從女人的紗裙裡飄漾出來的肉的香味，囁嚅道：你，為什麼打我一耳光？

女人溫柔地一笑，兩排異常整齊的雪白的牙齒閃爍著美麗的磁光，她問：剛才打的是哪邊？

我指著左腮說：這邊。

她把左手提著的鯊魚皮包移到右手裡，然後抬起左臂，在我右臉上批了一耳光。我感覺到她的中指或是無名指上戴著一枚金戒指。

好啦！她說，不偏不倚，一邊一下，你走吧！

她轉向走進冷飲店，店門口懸掛著的彩色塑料紙條被屋裡的電扇風吹拂著，匆匆忙忙地飄動。

我撫摸著被金戒指打在腮上的凹槽或叫烙印，心中無比淒涼時而又怒火萬丈，但我不恨這個神祕的女人。她坐在靠窗戶的一張桌子上，桌上鋪著雪白的塑料布，她把雙肘支在桌子上，雙手捧著腮，兩根纖細的小指並攏按住鼻梁，一個黃金的圈套果然在她的中指第二關節上閃爍著醉人的光芒。一個風度翩翩的男服務員走到桌前問了她幾句話，她的手沒動，被雙掌外側擠得凸出的嘴唇懶洋洋地動了幾下。服務員轉身就走。她的雙唇鮮紅、豐滿，她捂著臉壓著鼻子，嘴唇被特別強調，我感到我很可能要犯錯誤，因為，我的乾燥嘴唇自動地噘起來，它像一隻飢餓的豬崽子尋找母豬的奶頭一樣想去咂吮玻璃裡邊那兩片紅唇。我驚訝地發現我身上也有墮落的因素，若讀十年孔丘著作鍛鍊成的「金鐘罩」竟是如此脆弱，這個女人，用她柔軟的手掌溫柔地打了我兩巴掌，就把我的「金鐘罩」打得粉碎，我非常想墮落，我甚至想犯罪，我想咬死這個身著黑紗裙兩巴掌打死了我的人性打活了我的獸性的女人，這個女人與其說是個女人不如說是個水餃。男服務員端著一個托盤走到她的桌前。一瓶「太平洋」汽水在她面前沸沸地升騰著一串串的氣泡，白色的塑料吸管在瓶中站著顫抖；一塊奶油蛋糕冷冷地坐在她面前的一只景泰藍碟子裡，碟子沿上放著一柄寒冷的不銹四股鋼叉。她把手從臉上摘下來時我發現她的臉像碟子裡的蛋糕一樣蒼白，吸管插進她的嘴，汽水進入她的喉，有兩滴明亮的像膠水一樣的淚水從她的眼瞼正中滾下來，她抖擻著睫毛，甩掉殘餘的淚水，像爬上岸的馬駒抖擻鬃毛和尾巴甩掉沾在身上的河水一樣。

我打了一個冷戰，心裡異常難過。幾滴冰涼的小便像失控的凍雨滴在我的大腿上，夜氣朦朧，涼露侵入肌膚，我的肩背緊張，頸項痠麻轉動困難。公共汽車在我身後的楊樹下嘎嘎吱吱停住，我不回頭也知道一群男女從車上湧下來，他們從哪裡來，他們要到哪裡去，他們是去維護道德還是去破壞道德，這座城市裡需不需要把通姦列為犯罪，我的腦袋沉重運轉著，我的戴金絲眼鏡的同學說，這座城市裡只有兩個女人沒有情夫，一個是石女，另一個是石女的影子。我感到很可怕又感到很超脫，兩行熱淚濡濕了我的面頰。

從公共汽車上下來的旅客向四面八方消散，他們走進紫色的夜的隱祕的帷幕，猶如游魚鑽進茂密如雲的水中森林。有三男二女進入了冷飲店，黑紗裙女人用不銹四股鋼叉把蛋糕挑起來，咬了一小口，用舌尖品咂一下，肯定覺得很好吃了，我看到她狠狠咬了一大口蛋糕，幾乎不咀嚼就吞了下去，蛋糕在她修長的脖頸上凸起一個圓圓的包，好像男人的喉結。她扔下叉子和蛋糕，拎起皮包，撩起彩色擋蠅塑料紙，走出冷飲店，連看都沒看我，就橫穿過馬路。她走在斑馬線上，她的白色高跟鞋敲著斑馬的肚腹，發出沉悶的響聲。所有的人都討厭你！為什麼討厭我？你整天放那盤虎嘯狼吟的磁帶，我們家的孩子都得了眼球震顫症。我沒放虎嘯狼吟的磁帶。非馬非驢的怪聲從動物園姑娘的房間裡傳出來。你聽！這是斑馬與野驢的叫聲。你是不是有神經病？是你還是我？當然是你啦。你知道我丈夫是誰嗎？是誰？戴維．西西可夫！洋人？南非好望角山地來的。姓斑，名馬，哺乳綱馬科，體高一米三十釐米，毛色淡黃，有黑色條紋，可與馬、驢雜交，生出麒麟，頭上有角，嗜食玫瑰花。行啦！行啦！你聽聽，他們叫得多麼好聽！是你丈夫在叫？是斑馬，和野驢。這是麒麟的叫聲。什麼顏色呀，你好好看，往那兒看！紫色的沼澤地裡生長著帶毒的罌粟花，花瓣過分滋潤，不像植物的生殖器官，像美女腮上的皮。蚊蟗孳生，腐草和款冬的葉子陳陳相因，如同文化沉澱，紫色的馬駒在沼澤地裡一步步跋涉。斑馬！修長的腿上和平坦的肚腹上沾滿了紫色的泥濘。野驢！一輛出租汽車從一條幽暗的巷子裡飛也似地衝出來，雪亮的燈光照清了黏在斑馬線上的一根香蕉皮。黑紗裙女人在光柱裡跳躍著，紗裙翻動，露出了緊繃在她屁股上的鮮紅的褲衩，像一片燦爛的朝霞。狗雜種！她的一條大腿像雪一樣白，它撩得那樣高，不是舞蹈演員的女人無法把大腿撩到那樣的高度。在短短的一瞬間裡她的四肢和著紗裙凌亂飄動，一聲斑馬的吼叫從她嘴裡衝出來，她的大張著的嘴巴、圓睜著的眼睛在雪亮的白光裡閃爍了一下就不見了，緊接著我又看到了她的鮮紅的褲衩在翻動的黑紗裙裡閃爍著，她像飛行中的蝗蟲的鮮紅的內翅。蝗蟲搧動著內翅飛行。沉悶的、咯唧咯唧的、碰肉碾肉輪胎摩擦地面發動機爆裂的聲音與一連串的映像同時發生，她消逝了。

她像那匹紫色的馬駒一樣消逝了，她與那匹紫色的馬駒一起消失了。那時候非洲高高的山地上奔馳著成群結隊的斑馬，非洲燠熱的河流中蠢動著成群結隊的河馬。你要去看嗎？我帶你去，不用買門票。我丈夫每天要吃五十公斤青草。牠們都挺胖。是我精心飼養的。你怎麼能錄下牠們的叫聲呢？我把話筒綁在牠們尾巴上。傍晚的太陽像帶劇毒的紅花一樣豔麗，高密縣衙前，青石的板道，板道上馬蹄聲聲，紫紅的馬駒翻動著處女乳房一樣的小蹄子在板道上奔跑，晚霞如血，馬駒像一個初生的嬰孩。後來我看到那匹馬駒跑下板道，牠又跑上板道，青石板道在荒草叢中出沒，一直通向高密東北鄉南端那五千多畝與膠縣的河流連通的沼澤地。板道爬到沼澤地邊緣上，似乎戛然而止，暗紅色的低矮灌木叢生在沼澤的邊緣上，再往裡去，是一蓬蓬、一片片葳蕤的野草，草叢間汪著暗紅色的泥漿，多麼像四老媽春天的醬缸裡發酵的黃豆醬啊，啊！啊！啊！啊！啊！啊啾！你好像感冒了。我感冒不感冒與你有什麼關係？你吃飽了沒事幹躲進屋裡去砸核桃去，真是！你多像匹斑馬呀，這條裙子，一道白、一道黑。斑馬？一提起斑馬，她的臉上就顯出心馳神往的表情：非洲，多遠呵！我丈夫總有一天會帶我到那裡去的。你是拿定主意去非洲了？拿定了。我今天掉了一顆門牙，你說是怎麼回事？斑馬有多少顆牙齒你知道嗎？紫紅的馬駒莊嚴地鳴叫著，沼澤地裡盛開著吞噬蚊蠅的花朵，牠們散布著漂亮女人才具有的肉欲的香氣；一片像樹一樣的草本植物大水荇在沼澤地裡杳黃著肥碩的葉子，懸掛著一串串麥穗狀的粉紅色花序。幾百年前，這馬駒，那馬駒，神聖馬駒艱難地、浪漫地穿越過這片沼澤的祖先那時的大沼澤，那時的明媚陽光把馬駒照耀得如同黃金與鮮花。

秋天的印象，沼澤地裡色情氾濫，對岸，高密東北鄉的萬畝高粱「紅成汪洋的血海」，看去又似半天紅雲。五彩的馬駒眯縫起萬花筒般的眼睛，看看赤紅的天，看看暗紅的沼澤，看看對岸鮮紅火熱的高粱，牠睜開了眼睛，湛藍清澈。馬駒試試探探地往沼澤裡走去，一個挽著褲腿子，穿著花褂子，乳房豐滿、臀部渾圓的妙齡少女摸著石頭過河。多麼好啊，我多麼想親吻你豐滿的臀上那一抹鮮紅的陽光，你的尾根翹起，散開的尾巴像一束金絲，深陷在紅色淤泥裡你的少女乳房般的嬌嫩馬蹄，讓我吻你吧！啊，啊，啊啾！燒點薑湯喝吧，我房裡有薑。你見過斑馬吃薑嗎？笑死活人。馬駒叫著，走進沼澤，成熟的沼氣從泥潭裡冒出，噗哧噗哧地響著，死亡的氣息十分嚴重！

警察的警車上旋轉著一盞鮮紅的燈，生存在這座城市裡的動物聽到警車的聲音都感到不寒而慄。警車上跳下警察，警察手持高壓電棒往前走，圍繞著出租車的人們鬆軟地散開，我遠遠地嗅到了黑衣女郎的鮮血的甜味，倒退了三步，拐進小巷，踉踉蹌蹌地跌入高樓的最底層。

拉開燈我看到從門縫裡塞進來的報紙，按照慣例我從最後一版看起：大蒜的新功能黏結玻璃。青工打了人理應教育，胳膊肘朝裡彎有啥好處。中外釣魚好手爭奪姜太公金像。一婦女小便時排出鑽石。高密東北鄉發生蝗災！

本報通訊員鄒一鳴報導：久旱無雨的高密縣東北鄉蝗蟲氾濫，據大概估計，每平方米約有蟲一百五十至二百隻，筆者親眼所見，像螞蟻般大小的蝗蟲在野草和莊稼上蠕蠕爬動，顏色土黃。有經驗的老人說，這是紅蝗幼蝻，生長極快，四十天後，就能飛行，到時遮天蓋地，為禍就不僅僅是高密東北鄉了。據說，五十年前，此地鬧過一場大蝗災，連樹皮都被蝗蟲啃光了，蝗災過後，飢民爭吃死屍。

前天晚上我挨過耳光，思念沼澤地裡的馬駒之後，讀到了有關高密東北鄉發生蝗災的報導，昨天上午我跑到──沿著「太平洋冷飲店」前的八角形水泥坨子路飛跑到老頭兒們遛鳥的小樹林，路旁的血紅公雞花上挑著點點白露珠，黑紗裙女人鮮紅的褲衩和鮮紅的嘴唇，她的鮮紅的血和警車上快速旋轉的紅燈。石板道上馬蹄聲聲。那隻瘋狂的畫眉老遠就看到我跑來了，抖動著血一樣的翎毛，張著鮮豔的嘴捲著銳利的舌尖為我鳴叫。我跟畫眉匆匆打過招呼，便把一張慌慌張張的臉轉向老頭兒被朝霞映紅的臉。我把登載著蝗蟲消息的晚報遞給他，他同時遞給我的一張晚報上登載著蝗蟲的消息。

紅蝗蟲！老頭兒像提一個偉大人物的名字般誠惶誠恐地說，紅蝗蟲！

他的眼睛躲躲閃閃，一提到紅蝗蟲他就好像懷上了鬼胎。我馬上記起他說他是五十年前鬧蝗災後背井離鄉流浪到城裡來的，一定是那場災禍的情景歷歷如在他的眼，他才如此惶恐和不安。他開始給我講說那場大蝗災的情景，我卻荒唐地想到那隻蜻蜓一直被我用右手的食指和拇指捏到十五層大樓的地下室裡，看完了蝗蟲的晚報，我才發現蜻蜓尚在我的手裡，我放下牠，牠的長肚子已經爛了，我用刀子切掉牠的肚子，牠抖抖翅子，像一粒子彈，射到天花板上，再也不動了。

關於五十年前那場大蝗災我比當時親身與蝗蟲搏鬥的人知道得還要多，我既相信科學，又迷信鬼神，既相信史志，又迷戀傳說，因為下午三點我要乘車趕回高密東北鄉，時間緊張，我說，老大爺，下午我就回去，您有事嗎？老頭說，要是我死了，你就把我的骨灰盒帶回去，可惜還死不了。我說光知道您是高密東北鄉，可不知道您是哪個村的？流沙口子！哎喲喲，流沙口子，就在河北邊，離我們村一里路喲！可我從來也沒聽說流沙口子村有您這麼個人啊！五十年啦，從沒回去過，家裡人都死光了，我流浪出來時十五歲，恍恍惚惚地記著你們村裡有兩座廟，村東一座虮蜡廟，村西一座劉猛將軍廟。

再見，大爺！我著急著要去農業科學院蝗蟲研究所，與老頭兒告別。老頭兒說：其實呢，你回去不回去都一樣，這是神蟲，人是無法治牠的，再有四十天，牠們就會飛到城裡來，你用不著大老遠的跑回去看牠們。

蝗蟲研究所的值班人員接待了我，我說明來意，他說，所裡的研究人員已經連夜趕到高密東北鄉去了，同志，你晚了！

我非常高興，非常感動。我在門口的科普書店買了一本《蝗蟲》，一邊翻看著書裡的彩色插圖，一邊走進食品店，為我兒子買了四盒蔥味餅乾用胳肢窩夾著，翻著書我匆匆穿過斑馬線，一陣嘎嘎吱吱的煞車聲，我抬頭看到幾乎撞到我髖骨上的軍用吉普車，一顆年輕的憤怒的頭顱從車窗裡伸出來，他罵我是隻土螞蚱，他說輾死你這隻土螞蚱，我對著他點頭哈腰，想著螞蚱就是蝗蟲蝗蟲就是螞蚱，我想起昨天夜裡與銀髮教授在綠躺椅上打架的那個姑娘（？）去年春天一個風光嫵媚的日子裡換上了短袖襯衣，她的胳膊肌膚細膩，牛痘的疤痕像兩片鮮紅的鯉魚鱗嵌在她嫩藕般的胳膊上。她滿頭金髮。那時候教授正在講授「一夫一妻制家庭是最合理最道德的家庭結構」，那時候教授還十分年輕，五短身材上擎著一頭稀薄的黑髮，星目皓齒，神采飄逸，出語朗朗。大姑娘坐在最前排正中的位置上，她離著教授那麼近，假如教授吃大蒜，大蒜的氣味一定吐到她的臉上。她是個陌生人，出現在教室裡，對教授飛眼，學生都打呵欠，流淚，有些扮著鬼臉。她慵倦地伸懶腰，雙臂高舉，後伸，臉上紫紅的肉疙瘩像山楂果一樣滾動著，腋下的黑毛剛用剃刀刮過，毛茬子青青像教授的嘴巴。她伸懶腰時，兩顆乳頭像兩只烏黑的槍口瞄著教授的眼睛。第二天教授把他的孫子帶到學校來了，他的孫子頭顱龐大，身體瘦小，一個男生說教授的孫子像個山螞蚱！當時我想如此傑出的一個孩子怎麼像個山螞蚱呢？翻看了《蝗蟲》裡的彩色插圖，我不能不佩服這個比喻的形象和貼切。他的孫子真像個螞蚱，處在跳蝻階段的螞蚱，跳螞蚱的大頭，跳螞蚱的小身子，跳螞蚱的直呆呆的目光，跳螞蚱的綠水洶湧的嘴巴。希特勒不也像隻跳來跳去的螞蚱嗎？紅螞蚱，綠螞蚱，螞蚱多了就叫蝗蟲，紅蝗、斑蝗、東亞飛蝗、非洲紫蝗……你總想跟我說你的斑馬！你周身散發著一股馬糞的酸味。不好聞嗎？她驚惶地眨動著黑得怪異的大眼睛。

閃開！你他媽的是不是病啦？司機點著螞蚱腦袋罵我，我努力排斥開充斥頭腦的形形色色的螞蚱，像一隻缺腿的螞蚱，後跳了一步。吉普車呼嘯而過。我聞到了一股腥味，低頭一看，斑馬線上，一攤紫紅的乾血，正對著我獰笑。我驀然想起昨晚的事情，那個神祕的、肉感的黑衣女郎，當她輕捷地走在斑馬線上時，她的裙裾翻動，雪白的大腿外側閃爍著死亡的誘人光澤。她像隻螞蚱，或者像隻蝗蟲，黑的蝗蟲閃動著粉紅色的內翅，被咯唧一聲壓死了。我真為她難過，她剛打過我兩個耳光就被撞死了。不，我猜想她有可能是自殺！警察怒氣沖沖地問我：她是你的老婆嗎？

我繞開那攤黑血，走在斑馬線上我膽戰心驚，我感到生活在這座城裡，每秒鐘都不安全，到處都是螞蚱，我也成了一隻螞蚱，我趕快逃，去車站，買車票，沒有臥鋪買硬座，沒有硬座買站票，我要回家，回家去看螞蚱。久旱無雨的高密東北鄉蝗蟲氾濫！鄒一鳴，我告訴你，報導失實你可要負責！謊報災情，要掉腦袋的事情。我親眼所見。那五十年前的蟲災你報什麼？你是不是想借古諷今？王書記，我們搞死一條大狗，來不來吃狗肉？狗雜種們，怎麼搞到的？王書記把報紙扔掉，急忙問。

五十年前，九老爺三十六歲，九老爺的哥哥四老爺四十歲。四老爺是個中醫，現在九十歲還活得很旺相。他是村裡親眼看過蝗蟲出土的唯一的人。那天是古曆的四月初八，四老爺一大早給搬到兩縣村看一個絞腸痧病人。他騎著那匹著名的瓦灰色小毛驢，穿著一件薄棉袍，戴著一頂瓜皮小帽，帽上一疙瘩紅纓，老棉布褲子，腳脖子上紮著兩根二指寬的小帶子，腳上一雙千層底布鞋。四老爺用十二根銀針扎好了絞腸痧病人，病人雙眉之間有一顆生毛的大痦子。病家招待四老爺吃麵條，喝高粱酒，酒肴是醃地梨、燒帶魚、醬油拌蔥白。四老爺酒足飯飽，騎在毛驢上，太陽曬得他頭暈眼花，渾身發癢。毛驢走著田間小道，久旱無雨，路上浮土很厚，陷沒毛驢半截蹄子。四老爺是從那五千畝沼澤的西邊往北走的，沼澤裡明晃晃的，暗紅色的淤泥表面平滑，高足的鷺鷥在淤泥上走，四老爺擔心牠們陷下去。去年秋天的蘆葦和枯草在沼澤地裡立著，一片片一叢叢的枯黃，新綠的顏色在枯黃下約有一拃高，雪白的小鳥在沼澤上空飛，像運動中的絨毛。

四老爺是拉屎時發現蝗蟲出土的。那時毛驢停在路邊，一動也不動，還不到中午，空氣就燥熱，乾涸的黑土泛著白光，草和莊稼都半死不活。四老爺走進路邊一塊麥地，麥子細弱，像死人的毛髮，黑土表面上結著一層鹽嘎痂，一踩就碎，一股股糞烘煙的味道從地裡冒起。遠近無人，四老爺撩起袍子，解開褲腰，蹲在麥壟裡。

四老爺拉屎過程漫長，這個特點村裡人人知曉，四老爺認為蹲在乾燥的野地裡拉屎是人生的一大樂趣，四老爺只要不是萬不得已，總是騎著毛驢跑到野地裡拉屎。四老爺也是喜歡養鳥的，他不養畫眉，他養窩來鳥，這種鳥叫得不比畫眉差。四老爺把拉屎當做修身養性的過程。他蹲著，閉著眼，微微低垂著頭，聽著春風吹拂麥芒，聽著地裡的蒸汽嗞嗞地上升。——四老爺去野地裡拉屎是選擇季節的，這是必須說明的。他老人家精通陰陽五行，熟諳寒熱溫涼。春天，陽氣上升，陰氣下降，太陽強烈但不傷腠理，是最適合野外拉屎的季節。夏天燠熱，地表潮濕，蚊蠅騷擾，空氣凝滯，於身體無益。秋天天高氣爽，金風浩蕩，本來也是野外拉屎的好季節，但因為高密東北鄉南臨沼澤，北有大河，東有草甸子，西有窪地，形成了獨特小氣候，每到秋天，往往大雨滂沱，旬日不絕，河裡洪水滔天，沼澤裡、草甸子裡、窪地裡水深盈尺，一片汪洋，四老爺的屎只有拉在家院裡的茅坑裡。冬天寒風凜冽，滴水成冰，風像刀子一樣割肉，只有傻瓜才去野地裡拉屎。

窩來鳥在高空中盤旋著鳴囀，一串串漂亮俏皮的唿哨感人肺腑。如果是春陽景和風調雨順，窩來鳥的鳴囀會使人想到殘酷的愛情。四老爺聆聽著高空中的鳥鳴，腦海裡紅潮白雨，密密麻麻地騰起，洋洋灑灑地落下，鮮紅荷花開放，雪白荷花開放，口吐金蓮花，雪浪滰頭頂，無聲無息，馨香撲鼻，如同見到我佛。——每當四老爺跟我講起野外拉屎時種種美妙感受時，我就聯想到印度的瑜伽功和中國高僧們的靜坐參禪，只要心有靈犀，俱是一點即通，什麼都是神聖的，什麼都是莊嚴的，什麼活動都可以超出其外在形式，達到宗教的、哲學的、佛的高度。

四老爺蹲在春天的麥田裡拉屎僅僅好像是拉屎，其實並不是拉屎了，他拉出的是一些高尚的思想。混元真氣在四老爺體內循環貫通，四老爺雙目迷茫，見物而不見物，他拋棄了一切物的形體，看到一種像淤泥般的、暗紅色的精神在天地間融會貫通著。掠著低矮的、委靡不振的麥穗上的黃芒，兩隻肥胖的鷓鴣追逐著飛行，牠們短小的翅膀彷彿載不動沉重的肉體。牠們笨拙地飛行。以褐色為基調，以白斑為點綴，牠們的羽毛光華豐厚，兩團暗紅色的溫暖光暈包裹著牠們，形成了雙飛鷓鴣的思想幻影，乾燥、流通的空氣裡回響著鷓鴣搧動翅膀撲悠悠聲音和鷓鴣——母鷓鴣春心蕩漾的鳴叫聲——行不是也哥哥——忘不了親哥哥——四老爺發現蝗蟲出土之前，聽到戀愛中的鷓鴣求偶聲後的一段紅色淤泥般凝滯不動的時間裡究竟想到了一些什麼？他想沒想過流沙口子村（畫眉老頭的故鄉），那個俏麗小媳婦正斜倚在門前，不，踏著門檻，靠在門框上，嘴裡咬著一根草棍，水荇花盛開的顏色就是她的臉色，她兩隻眼睛像春季晴朗之夜的星星，閃爍著寶貴又多情、曖昧又狂蕩的光芒？根據老耄之年的四老爺的回憶，她總是穿一件暗紅色陰丹士林布偏襟褂子的，也許她縫了好幾件同樣的褂子輪換著穿，四老爺後來形成了條件反射，一見到這種暗紅色陰丹士林布偏襟褂子就動情——「文革」期間，我家牆上曾經貼著一張流行的畫，畫上那個小媳婦身著暗紅色陰丹士林布偏襟褂子，高舉著紅燈，杏眼圓睜，桃腮綻怒，左側——或者右側的乳房十分凸出，四老爺拄著一根疙疙瘩瘩的花椒木枴棍到我家去喝晚茶，昏黃的煤油燈光照耀著我家黑黝黝的牆壁，滿室輝煌，窗外秋聲蕭瑟，月光遍地，進入秋季發情期的貓兒在房脊的鞍狀瓦上一聲急似一聲地嗚叫，牠們追逐時肉爪子踩得鞍瓦撲通撲通響。高密東北鄉原本不生竹，也是天生異稟的九老爺不知從什麼地方移來一蓬竹，栽在我家院子裡，栽在我家院子裡水井北側、甕台西側、雞窩東側、窗戶南側。秋風在竹葉間索索抖動，我從黃豆地裡擒來的大肚子草蟈蟈在竹葉間唧唧地鳴叫，依稀可見雪白窗紙上黯淡、瘦俏的竹影。四老爺吸一口茶，定睛牆上，手指微微顫抖，嘴唇翕動，鼻皺眼擠，好像打噴嚏前的痛苦表情。我們全都驚嚇得要死，不知四老爺得了什麼魔症。也來喝晚茶的九老爺站起來，歪著他那顆具有雄雞風度的頭顱，左右打量著怪模怪樣的四老爺。九老爺轉到四老爺腦後，把自己的視線與四老爺的視線平行射出，便恍然大悟。他拍拍四老爺的後腦勺子，嗬嗬一笑，說，我的四哥，多大年紀了，還是賊心不退！我們更加莫名其妙，九老爺為我們解釋，四老爺看到牆上的畫就想起他年輕時的老相好了，她也是穿著這紅顏色褂子的，她比她只怕還要俊出一個等級！

四老爺擤擤鼻子，怨恨地說：老九，你這個沒有良心的東西！我恨不得宰了你！

了解內情的人，立刻把話頭岔開了。

我們這個龐大的家族裡，氣氛一直是寬鬆和諧的，即便是在某一個短暫的時期裡，四老爺兄弟們之間吃飯時都用一隻手拿筷子，一隻手緊緊攥著上著頂門火的手槍，氣氛也是寬鬆和諧的。我們沒老沒少，不分長幼，亂開著褲襠裡的玩笑，誰也不覺得難為情。所以九老爺當著一群晚輩的面抖擻出四老爺年輕時的風流韻事，四老爺也不覺得難為情。他仇視著九老爺，目光洶洶，被勸過後，他歎了一口氣，撩開縫在胸襟上的大手絹子，擦去懸掛在白色睫毛上的兩滴晶瑩的小淚珠兒，淒涼地、悠長地笑起來。他的笑聲裡包含著的內容異常豐富，我當時就聯想到村南五千畝沼澤裡深不可測底的紅色淤泥。

四老爺咂了一口茶，放下茶碗，拴起枴棍，要回家去，我十八叔家一個跟我同齡的妹妹建議把牆上的畫兒揭下來送給四老爺，讓他摟在被窩裡睡覺。她言必行，起身就去撕牆上的畫，誰知那畫是我母親用放漿的熱地瓜黏在牆上的，黏得非常牢靠，妹妹撕了三下沒撕下來，第四下竟把個紅衣小媳婦一撕兩半，從乳房那裡撕開。眾人譁然大笑，妹妹說，毀了，把奶子撕破了，四老爺無法吃奶了！眾人更笑，七姑連屁都笑出來了；眾人更加笑，四老爺掄起枴棍要打妹妹，六嬸說：四老祖宗，快回去睡吧，好好做夢，提著匣子槍去跳娘們牆頭，羞也不羞！

我有充分的必要說明、也有充分的理由證明，高密東北鄉人食物粗糙，大便量多纖維豐富，味道與乾燥的青草相彷彿，因此高密東北鄉人大便時一般都能體驗到磨礪黏膜的幸福感。——這也是我久久難以忘卻這塊地方的一個重要原因。高密東北鄉人大便過後臉上都帶著輕鬆疲憊的幸福表情。當年，我們大便後都感到生活美好，宛若鮮花盛開。我的一個狡猾的妹妹要零花錢時，總是選擇她的父親——我的八叔大便過後那一瞬間，她每次都能如願以償，應該說這是一個獨特的地方，一塊具有鮮明特色的土地，這塊土地上繁衍著一個排泄無臭大便的家族（？），種族（？），優秀的（？），劣等的（？），在臭氣熏天的城市裡生活著，我痛苦地體驗著淅淅瀝瀝如刀刮竹般的大便痛苦，城市裡男男女女都肛門淤塞，像年久失修的下水管道，我像思念板石道上的馬蹄聲聲一樣思念粗大滑暢的肛門，像思念無臭的大便一樣思念我可愛的故鄉，我於是也明白了為什麼畫眉老人死了也要把骨灰搬運回故鄉了。

五十年前，高密東北鄉人的食物比較現在更加粗糙，大便成形，網絡豐富，恰如成熟絲瓜的內瓤。那畢竟是一個令人嚮往和留戀的時代，麥壟間隨時可見的大便如同一串串貼著商標的香蕉。四老爺排出幾根香蕉之後往前挪動了幾步，枯瘦麥苗的淡雅香氣灌進他的鼻腔，遠處，緊貼著白氣裊裊的地平線，鷓鴣依然翩翩雙飛，飛行中的鳴叫聲響亮，發人深思。就是這時候，四老爺看到了蝗蟲出土的奇異景觀。

瓦灰色小毛驢肅然默立，間或睜眼，左看隱沒在麥梢間的主人瓜皮帽上的紅纓，右看暗紅色沼澤裡無聲滑翔的白色大鳥。

四老爺就是這時看到了蝗蟲出土。他曾經講述過一千次蝗蟲出土的情景。麥壟間的黑土蒙著一層白茫茫的鹽嘎痂，忽然，在四老爺面前，有一片鹽嘎痂緩緩地升起。四老爺眨眨眼睛，還是看到那片鹽嘎痂在緩緩上升。平地上凸出了一團暗紅色的東西，形狀好像一團牛糞，那片從地表上頂起來的鹽嘎痂像一頂白色草帽蓋在牛糞上。四老爺好生納悶，如見我佛，他是個讀爛了《本草綱目》的人，有關花鳥草木鱗蟲魚介的知識十分豐富，也不知從地裡冒出來的是何物種。四老爺蹲行上前，低頭注目，發現那一團牛糞狀物竟是千萬隻暗紅色的、螞蟻大小的小螞蚱。三步之外看，是一團牛糞在白色陽光下閃爍怪異光芒；一步內低頭看，只見萬頭攢動，分不清你我。四老爺眼見著那團螞蚱慢慢膨脹，好像曇花開放。他目瞪口呆，有些不知所措，滿腹的驚訝，發現人間奇觀的興奮促使他轉動頭頸尋找交流對象，但見田疇空曠，道路蜿蜒，地平線如一道清明的河水銀蛇般飛舞，陽光白熾如火，高空有鳴鳥，沼中立白鷺，毛驢戳在路上，宛如死去多年的灰白殭屍。儘管如此，四老爺還是大吼一聲：

螞蚱！

一語未了，就聽得眼下那團膨脹成菜花狀的東西啪嗒一聲響，千萬隻螞蚱四散飛濺，牠們好像在一分鐘內具備了騰跳的能力，四老爺頭上臉上袍上褲上都濺上了螞蚱，牠們有的跳，有的爬，有的在跳中爬，有的在爬中跳。四老爺滿臉都癢，抬掌拍臉，初生的螞蚱又軟又嫩，觸之即破，四老爺臉上黏膩膩的，舉起手掌到眼前看，滿手都是螞蚱的屍體。四老爺聞到了一股酸溜溜的味道，一個大膽的想法像火星一樣在他的頭腦裡閃爍了一下，這個想法不久之後再次閃爍，四老爺捕捉頭腦中天才的火星，完成了一項偉大的創造。這當然都是以後的事情，四老爺紮好褲子，急急跑上道路，他在麥田裡穿行時，看到麥壟間東一簇西一簇，到處都是如蘑菇、如牛糞的螞蚱團體從結著鹽嘎痂的黑土地裡凸出來，時時都有嘭嘭的爆炸聲，螞蚱四濺，低矮的麥稭上、黑瘦的野草上，密密麻麻都是螞蚱爬動。這些暗紅色的小生靈其實生得十分俊俏，四老爺仔細觀察著停在他的大拇指甲蓋上的一隻小螞蚱，牠那麼小，那麼勻稱，那麼複雜，做出這樣的東西，只有天老爺。四老爺周身刺癢，螞蚱在他的皮膚上爬動，他起初還摩肩擦背，後來乾脆置之不理。毛驢聽到腳步聲，睜開眼睛，甩甩尾巴，四老爺對毛驢說：

毀了！神螞蚱來了！

路邊淺溝裡，有一個碗口大的螞蚱團體正在膨脹，轉瞬就要爆炸，四老爺蹲下身，伸出一隻大手，狠狠抓了一把。四老爺說好像抓著一個女人的奶子，肉呼呼的，癢酥酥的，沉甸甸的有些墜手。抓著一大把蝗蟲，四老爺抬頭看看冷酷的太陽，遠遠眺望正在發酵的紅色沼澤池，收回眼看看泰然自若的毛驢，他的目光迷惘，一臉六神無主的表情上有幾十隻螞蚱的屍體幾十隻受傷的螞蚱，有幾十隻螞蚱在他臉上蠕蠕爬動。螞蚱從四老爺的手指縫裡冒出來，螞蚱的蠢動合成一股力量脹著四老爺的手掌，四老爺感到手脖子又痠又麻，他想了想，鬆開手，一大團螞蚱掉在路上，剛落地面時，螞蚱團沒破，一秒鐘後，螞蚱豁然開放，向四面八方奔逃，毛驢閃電般一跳，尾巴急遽扭動，但小螞蚱們已經糊滿了牠的腿，糊滿牠的兩條前腿，牠好像把兩條前腿陷進紅色沼澤裡又拔出來一樣，牠的兩條前腿上好像糊滿了紅色淤泥。

四老爺騎驢回村莊，走了約有十里路。在驢上，他坐得穩穩當當，那匹瓦灰色毛驢永遠是無精打采地走著，麥田從路邊緩慢地滑過，高粱田從驢旁擦過，高粱約有半尺高，葉子並攏，又黑又亮，垂頭喪氣的高粱拚命吸吮著黑土裡殘存的水分，久旱無雨，高粱都半死不活。四老爺騎驢路過的除了麥田就是高粱田，田間持續不斷地響著嘭嘭的爆炸聲，到處都是蝗蟲出土。

四老爺在驢上反覆思考著這些蝗蟲的來歷，蝗蟲是從地下冒出來的，這是有關蝗蟲的傳說裡從來沒有聽說過的。四老爺想起五十年前他的爺爺身強力壯時曾鬧過一場蝗蟲，但那是飛蝗，鋪天蓋地而來又鋪天蓋地而去。想起那場蝗災，四老爺就明白了：地裡冒出的蝗蟲，是五十年前那些飛蝗的後代。

必須重複這樣的語言：第二天凌晨太陽出土前約有十至十五分鐘光景，我是行走在一片尚未開墾的荒地上的。

在這段時間裡，我繼承著我們這個大便無臭的龐大凌亂家族的混亂的思維習慣，想到了四老爺和九老爺為那個穿紅衣的女子爭風吃醋的事情，想到了畫眉和斑馬。

太陽出來了。

太陽是慢慢出來的。

當太陽從荒地東北邊緣上剛剛冒出一線紅邊時，我的雙腿自動地彈跳了一下。雜念消除，肺裡的噪音消失，站在家鄉的荒地上，我感到像睡在母親的子宮裡一樣安全，我們的家庭有表達感情的獨特方式，我們美麗的語言被人罵成：粗俗、污穢、不堪入目、不堪入耳，我們很委屈。我們歌頌大便、歌頌大便的幸福時，肛門裡積滿銹垢的人罵我們骯髒、下流，我們更委屈。我們的大便像貼著商標的香蕉一樣美麗為什麼不能歌頌，我們大便時往往聯想到愛情的最高形式，甚至昇華成一種宗教儀式為什麼不能歌頌？

太陽冒出了一半，金光與紅光，草地上光彩輝煌，紅太陽剛冒出一半就光芒萬丈，光柱像強有力的巨臂撥掃著大氣中的塵埃，晴空萬里，沒有半縷雲絲，一如碧波蕩漾的蔚藍大海。

久旱無雨的高密東北鄉在藍天下顫抖。

我立在荒地上，踩著乾燥的黑土，讓陽光詢問著我的眼睛。

荒草地曾是我當年放牧牛羊的地方，曾是我排泄過美麗大便的地方，今日野草枯萎，遠處的排水渠道裡發散著刺鼻的臭氣，近處一堆人糞也散發腥臭，我很失望。當我看到這堆人糞時，突然，在我的頭腦中，出乎意料地、未經思考地飛掠過一個漫長的句子：

紅色的淤泥裡埋藏著高密東北鄉龐大凌亂、大便無臭美麗家族的過去、現在和未來，它是一種獨特文化的積澱，是紅色蝗蟲、網絡大便、動物屍體和人類性分泌液的混合物。

五十年前，四老爺抓起一大把幼蝻時，他的心裡油然生出了對於蝗蟲的敬畏。

五十年後，我蹲在故鄉寂寥的荒草地裡，太陽已經從地平線下脫穎而出，它又大又白，照耀得草木燦爛，我仔細地觀察著伏在草莖上的暗紅色的小蝗蟲，發現牠們的玻璃碎屑一樣的眼睛裡閃爍著一種瘋狂又憂悒的光澤，牠們額頭上生著的對稱的纖細觸鬚微微擺動，好像撩撥著我的細絲般的神經。

我終於看到了夢寐以求的蝗蟲，我估計到我看到的蝗蟲與五十年前四老爺他們看到的蝗蟲基本相似但又不完全相似，正像故鄉人排出的大便與五十年前基本相似又不完全相似一樣。

太陽逐漸變小之後，蝗蟲們頭上的觸鬚擺動愈來愈頻繁，幾乎是同時，牠們在草莖上爬動起來，也幾乎是同時，牠們跳躍起來，寂靜的、被乾旱折磨得死氣沉沉的草地突然活了，所有的草莖上都有比螞蟻稍大一點的蝗蟲在跳躍，所有的野草也都生氣蓬勃，一陣陣細微但卻十分密集的窸窣聲在地表上草叢間翻滾，只要是神經較為發達一點的動物，都會感覺到身體上的某些部位發癢。

我遺憾著沒有看到四老爺當年看到過的蝗蟲出土的奇觀，農業科學院蝗蟲研究所的研究人員和工作人員們如果聽到過四老爺描繪他當年看到過的情景，我相信他們會生出比我更大的遺憾。他們過來了，他們是從太陽那邊走過來的。我遙遠地看到他們背著太陽向我走來，逐漸變小但依然比中天的太陽要大得多的初升的太陽從他們的腿縫裡射過一束束耀眼的光線，他們穿著旅遊鞋的腳踩著草地就像踩著我的胸脯一樣。我意識到這種情緒很不健康但又無法管制自己。他們一行九人，有三個女人六個男人。三個女人都很年輕，六個男人中有四個比較年輕，有兩個老態龍鍾。三個女人都戴著巨大的變色眼鏡。六個男人也全都戴著眼鏡，但眼鏡的形狀和顏色不一樣。他們頭上一律戴著軟沿的白色布帽，高密東北鄉只有初生的嬰兒才戴這種形狀的帽子，鄉親們一定對他們嗤之以鼻，表面上也許敬畏他們，但內心裡絕對瞧不起他們。

蝗蟲研究所的人胸前都掛著脖子細長的照相機，他們中不時有人跪在地上拍攝照片，小蝗蟲像子彈般射到他們的身上和相機上。三個女人都被大眼鏡遮住臉，只能從身軀的不同上看出她們的不同。他們接近了我時，我還看到那個戴著銀邊眼鏡的老傢伙用一面放大鏡仔細地觀察著一隻可能因為感冒伏在草莖上休息的小蝗蟲。

在這塊草地上我有一種居高臨下的自豪感，我理直氣壯地走到蝗蟲研究人員中間，胳膊肘子似乎碰到了一個女蝗蟲研究者的腰部，但我絕對沒有回頭。我弓下腰，屁股高高撅起來，老傢伙蹲在我的臉下，好像一條眼鏡蛇發起進攻前嗞嗞地噴著氣。我看著他那白色枯乾的手上青青的血管爆凸起來，像一條條扭曲的蚯蚓，那柄藍汪汪的放大鏡被他的拇指和食指緊緊捏住，就像我前天傍晚時分捏著那隻紅蜻蜓的尾巴一樣。我還發現，老傢伙手背上生著一塊塊黃豆大小的紅癍，他低垂著的脖頸上，全是一褶一褶的乾枯的皺紋。那枚放大鏡確實閃爍著寶石般的光彩。我把頭更往前伸了一下，我突然發現了一隻巨大的蝗蟲。

是的，是的，是典型的東亞飛蝗，老傢伙絮絮叨叨地說著，他不抬頭，眼鏡片時而幾乎要貼到放大鏡片上，時而又離開很遠。白色軟邊遮陽帽下，他的花白的頭髮又稀又軟，好像破爛的雜毛氈片，一股股肉蟲子似的汗水從他的髮根裡緩緩爬出，滾動在他乾燥起皮的脖頸上。

當他把手裡的放大鏡抬高時，一隻家燕般大小的蝗蟲出現在我眼前，放大了數百倍的蝗蟲忽然增添了森森的威嚴，面對著這隻小蝗蟲的大影使我感到一種巨大的恐怖。牠的麥稈般粗細的觸鬚緩慢地擺動著，這觸鬚結構極端複雜，像一條環節眾多的鞭子，也像一條紋章斑斕的小蛇，觸鬚的顏色是暗紅色的——基本上是暗紅色，因為從根部到頂梢，這暗紅是逐漸淺淡的，發展到頂端，竟呈現出一種肉感的乳白色。我注視著蝗蟲的觸鬚——牠感覺是那般敏銳，牠是那般神經質——想到了蛇、蜥蜴、壁虎、蠑螈等爬行類冷血動物的尾巴。牠的鋤頭狀的腦袋上最凸出的是那兩隻眼睛，像兩隻小小的蜂房，我記起前天晚上翻看《蝗蟲》時，書上專門介紹過這種眼睛。現在，凸起的兩個橢圓形眼睛閃爍著兩道暗藍色，不，是淺黃色的光芒，死死的、一動不動的蝗蟲眼睛緊盯著我，我感到惶惶不安。牠有兩條強健的大腿，有四條顯得過分長了些的小腿。牠的肚子有一、二、三、四、五，五個環節，愈往後愈細，至尾巴處，突然分成了兩叉。

這是隻公，還是隻母？我聽到一句話分成兩段從我的嘴裡掉出來，那聲音咕咕嚕嚕，似乎並不是我的聲音。

你怎麼搞的，連隻雌性蝗蟲也辨別不清嗎？老傢伙用嘲諷和輕蔑的口吻說，他依然沒有抬頭。

我想這個老傢伙簡直成了精啦，他竟然能分辨出蝗蟲的公母。

教授！那個穿著粉紅色裙子，小腿上布滿被乾茅草劃出的白道道的女蝗蟲研究人員在前邊喊叫起來，教授，走吧，該進早餐嘍！

老傢伙竟然是個教授！

老傢伙，不，還是稱教授吧！蝗蟲教授戀戀不捨地、困難地站起來，他一定蹲麻了腿，他一定是個坐著大便的人，缺乏鍛鍊，所以他麻腿，他步伐凌亂、歪七斜八地走著。起立時，他放了一個只有老得要死的人才放得出來的悠長的大屁，這使我感到萬分驚訝，想不到堂堂的教授也放屁！一堆小蝗蟲在他的褲子上跳著，如此強大的氣流竟然沒把嬌小的蝗蟲從他的肛門附近的褲布上打下來，可見蝗蟲的腿上的吸盤是多麼有力量。教授的屁又長又臭，我早就知道他是不吃青草的高級動物，他們這一群人都不吃青草，他們對蝗蟲既不尊敬又不懼怕，他們是居高臨下地觀察著青草和沼澤的人。

教授和他的同夥們——這些不吃青草的傢伙踢踢踏踏地往西走了一段又往南走去，在沼澤地的北邊，草地上，支起了三架乳白色的帳篷，他們就是朝著那三架帳篷走去的。假如某一天夜裡，帳篷裡冒起了熊熊的火焰，白色的厚帆布在火苗中又抖又顫，草地被大火照得染血般鮮紅，蝗蟲會成群結隊地飛進烈火中去，而村莊裡人，齊齊地站在村前一條溝堰上，嘴裡咀嚼著成束的乾茅草根，吮吸著略有甜滋味的茅草汁液，磨礪著牙齒上污垢，看著火光中翩翩起舞的巨大人影，看著一道道殘雲般的飛蝗衝進熾亮的火焰裡去，直到高級動物被燃燒的臭氣和蝗蟲被燃燒的焦香味道混合著撲進鼻腔，他們誰都不會動一下。這個吃青草的龐大凌亂家族對明亮的火焰持一種類似高傲的冷漠態度。——在任何一個源遠流長的家族的歷史上，都有一些類似神話的重大事件，由於這些事件對家族的命運影響巨大，傳到後來，就必然蒙上了神祕的色彩。就像高密西北鄉的薛姓家族把燕子視為仇敵把蒼蠅視為靈物一樣，我們高密東北鄉吃青草的龐大家族敬畏野地裡的火光。

我在回村莊的路上，碰上了前文中屢屢提到的九老爺。現在，九老爺八十六歲，身體依然康健，十幾年前他在村前溝渠裡用二齒鉤子威脅陷在淤泥裡的九老媽時，因為醉酒雙眼血紅腳步踉蹌。十幾年沒見九老爺，他似乎確鑿長高了也長瘦了，嘴巴上光溜溜的，沒有一根鬍鬚。九老爺比過去漂亮了，眼睛不通紅了，肺部也清晰了，不咯血啦，青草一樣碧綠的顏色浸透了他的眼球。在我的記憶裡，九老爺是從不養鳥的，四老爺是年年必養一隻窩來鳥的，事情正在起變化，迎著我走來的九老爺，手裡提著一個青銅鑄成的鳥籠子，鳥籠子上青銹斑斑，好像一件出土文物。見九老爺來，我讓到路邊，問訊一聲：九老祖宗，去草地裡拉屎嗎？

九老爺用綠光晶瑩的眼睛盯著我看，有點鷹鉤的鼻子抽搐著，不說話，他，半袋菸的工夫才用濃重鼻音哼哼著說：

小雜種！流竄到什麼地場去啦？

流竄到城裡去啦。

城裡有茅草給你吃嗎？

沒有，城裡沒有茅草給我吃。

你看看你的牙！九老爺齜著一口雪白的牙齒嘲笑著我的牙齒，由於多年沒有嚼茅草，我的牙齒又髒又黃。

九老爺從方方正正的衣袋裡摸出兩束整整齊齊乾乾淨淨的茅草根，遞給我，用慈祥老人憐憫後輩的口吻說：拿去，趕緊嚼掉！不要吐，要嚥掉。九老爺用紫紅的舌尖把咀嚼得黏黏糊糊的茅草根挑出唇外讓我觀看，吐舌時他的下眼瞼裂開，眼裡的綠光像水一樣往外湧流。嚼爛，嚥下去！九老爺縮回舌頭，把那團茅草的纖維咕嚕一聲嚥下去，然後嚴肅地對我再次重複：嚼爛，嚥下去！

好，九老爺，我一定嚼爛，一定嚥下去。我立即把一束茅草根塞進嘴裡，一邊咀嚼著，一邊向現在八十六歲的九老爺發誓。為了表示對九老爺的尊敬，我又一次問訊——因為口裡有茅草，我說話也帶上了濃重的鼻音：九老祖宗，您去草地上拉屎嗎？

九老爺說：「才剛拉過啦！我要去遛鳥！」

我這才注意到閃閃發光的青銅鳥籠中的鳥兒。

九老爺養了一隻貓頭鷹，牠羽毛豐滿，吃得十分肥胖，彎彎的嘴巴深深地扎進面頰上的細小羽毛中。籠內空間狹小，貓頭鷹顯得很大。貓頭鷹睜開那兩隻杏黃色的眼睛時，我亢奮得幾乎要嚎叫起來。在牠的圓溜溜的眼睛正中，有兩個針尖大的亮點，放射著黃金的光芒。牠是用兩隻尖利的爪子握住籠中青銅的橫桿站立在籠中的，橫桿上、鳥食罐上，都糊著半乾的碎肉和血跡。

九老祖宗，我疑惑地問，你怎麼養了這麼個鳥？你知道城裡人都把牠叫成喪門星的！

九老爺用空著的左手憤怒地拍了一下鳥籠，貓頭鷹睜開眼睛，死死地盯著我，突然把彎勾嘴從面頰中拔出來，淒厲地鳴叫了一聲。我慌忙把那攤尚未十分嚼爛的茅草嚥下去，茅草刺刺癢癢地擦著我的喉嚨往下滑動，我止不住地咳嗽起來。

我極力想迴避貓頭鷹洞察人類靈魂的目光，又極想和牠通過對視交流思想。我終於克制住精神上的空虛，重新注視著貓頭鷹的眼睛。牠的眼睛圓得無法再圓，那兩點金黃還在，威嚴而神祕。

我注意到貓頭鷹握住橫桿的雙爪在微微地哆嗦，我相信只要九老爺把牠放出籠子，牠準會用閃電一般的動作摳出我的眼珠。

貓頭鷹厭倦了，瞇縫起了牠的眼。我問九老爺有多少會叫的鳥兒不養，譬如畫眉啦、蠟嘴啦、八哥啦、鴒來啦，偏偏養一隻又凶又惡叫聲淒厲的怪鳥。

九老爺為自己也為貓頭鷹辯護，他老人家罷黜百鳥，獨尊貓頭鷹。他說要用兩年零九天的時間教會這隻貓頭鷹說話，他說他的第一個訓練步驟是改變貓頭鷹白天睡覺夜裡工作的習慣，因此他必須使貓頭鷹在所有的白天裡都不得一分鐘的安寧。說著說著，九老爺又用空著的左掌拍擊了一下鳥籠，把剛剛瞇縫上眼睛的貓頭鷹震得翅羽翻動目眦盡裂。

寶貝，小寶貝，醒醒，醒醒，夜裡再睡，九老爺親暱地叫籠中的貓頭鷹說著話。貓頭鷹轉動著可以旋轉三百六十度的腦袋，無可奈何地又睜開大眼。牠的眼睛裡也泛出綠光，跟牠的主人一樣。

乾巴，九老爺叫著我連我自己都幾乎忘記了的乳名，說，兩年零九天以後，你來聽九老爺的寶貝開口說話。貓頭鷹好像表決心一樣叫了一聲，這一聲叫就恍恍惚惚的有些人類語言的味道了。

九老爺提著貓頭鷹，晃晃蕩蕩地向荒草甸子深處走去。他旁若無人，裂著嗓子唱著一支歌曲，曲調無法記錄，因為我不識樂譜，其實任何樂譜也記不出九老爺歌唱的味道。歌詞可以大概地寫出來，一個訓練貓頭鷹開口說話的人總是有一些僅僅屬於他一個人的暗語。

哈里嗚嗚啊呀破了褲子——公公公哄哄小馬駒——寶貝葫蘆噗嚕噗嚕——嘴裡吐出肉肉兔兔——

九老爺的歌唱確實像一條洶湧奔騰泥沙俱下的河流，我猜測到歌詞本身恐怕毫無意義，九老爺好像是把他平生積蓄的所有詞彙全部吐露出來，為他籠中的貓頭鷹進行第一步的灌輸性教育。

那時候，村莊裡沒有一戶異姓人家，村莊也就是家族的村莊，近親的交配終於導致了家族的衰敗，手腳上黏連著鴨蹼的孩子的不斷出生向族裡的有識之士發出了警告的信號。到了四老爺的爺爺那一代，族裡制定了嚴禁同姓通婚的規定，正像任何一項正確的進步措施都有極不人道的一面一樣，這條規定，對於吃青草、拉不臭大便的優異家族的繁衍昌盛興旺發達無疑具有革命性的意義，但具體到正在熱戀著的一對手足上生著蹼膜的青年男女身上，就顯得慘無人道。這兩個人論輩分應是我的姥姥的爺爺和姥姥的姑奶奶，稱呼不便，姑妄用字母代表。A，是男青年；B，是大姑娘。他和她都健康漂亮，除了手足上多了一層將指頭黏連在一起的蹼膜，一切都正常。那時候沼澤地裡紅水盈丈，他們在放牧牛羊之前、收割高粱之後，經常脫得一絲不掛到水裡游泳。由於手足生蹼，他和她游泳技術非常高超。在游泳過程中，他們用帶蹼的手腳互相愛撫著，愛撫到某種激烈的程度，就在水中交配了。交配過後，他和她公然住在一起，宣布結婚，這已經是那項規定頒布後的第二年初冬。有人說是深秋。反正是高粱稭子收割下來叢成大垛的時候。這一對蔑視法規的小老祖宗是被制定法規的老老祖宗燒死的。

在現在的沼澤地西邊的高地上，數百年前的乾燥高粱秸稈鋪墊成一個蓬鬆的祭壇，A和B都被剝光了衣服，身上塗著一層黏稠的牛油，B的肚子已經明顯凸起，一個或許是兩個帶蹼的嬰兒大概已經感覺到了危險來臨了吧，B用手捂著肚子好像保護他們又好像安慰他們。

家族的人都聚在祭壇前，無人敢言語。

傍晚時分，一輪豐滿的月亮從現在的沼澤當時的水淖子後升起來時，高粱秸稈就被點燃了。月光皎潔，深秋的清寒月光把水淖子照耀得好似一面巨大的銅鏡，眾人的臉上也都閃爍著青銅的光澤。高粱秸稈開始燃燒，嗶嗶叭叭的，爆豆般的響聲，與剛開始的濃煙一起上升。起初，火光不如月光明亮，十幾簇暗紅色的小火苗焦灼地舔舐著鬆軟易燃的高粱葉子，火苗燃燒高粱葉子時隨著高粱葉子的形狀彎曲，好像鮮豔的小蛇在疾速地爬行。沒被燒著的高粱葉子被火的氣流衝擊著，發出索索抖顫的聲音。但從祭壇的最上邊發出的瑟瑟之聲，卻不是聲浪衝擊的結果。當時年僅八歲的四老爺的爺爺清楚地看到赤身裸體的A和B在月光下火光上顫抖。他們是從火把點燃祭壇的那個瞬間開始顫抖的，月光和火光把他們的身體輝映成不同的顏色，那塗滿身體的暗紅色的牛油在月光下發著銀色的冰冷的光澤，在火光上跳動著金色的灼熱的光澤。他們哆嗦得愈來愈厲害，火光愈加明亮，月光愈加暗淡，當十幾束火苗猝然間連成一片、月亮像幻影猝然隱沒在銀灰色的帷幕之後，A和B也猝然站起來。他們修長美麗的肉體金光閃閃，激動著每一個人的心。在短暫的一瞬間裡，這對戀人你看看我，我看看你，然後便四臂交叉，猛然撲到一起，在熊熊的火光中，他們翻滾著，扭動著，帶蹼的手腳你撫摸著我，我撫摸著你，你咬我一口，我咬你一口，他們在咬與吻的間隙裡，嘴裡發出青蛙求偶的歡叫聲……

這場轟轟烈烈的愛情悲劇、這件家族史上駭人的醜聞、感人的壯舉、慘無人道的獸行、偉大的里程碑、骯髒的恥辱柱、偉大的進步、愚蠢的倒退……已經過去了數百年，但那把火一直沒有熄滅，它暗藏在家族的每一個成員的心裡，一有機會就能熊熊燃燒起來。

關於這場火刑，每個家族成員都有自己的一套敘述方式。四老爺有四老爺的敘述方式，九老爺有九老爺的敘述方式，我深信在這個大事件背後，還應該有更多的戲劇性細節和更多的「貓兒膩」，對這件事情、對那個年代進行調查、研究、分析、批判、鉤沉、索隱的重擔毫無疑問地落在了我的肩上。

當然，那場實際的烈火當天夜裡就熄滅了。重新顯露雪白面容的月亮把光華灑遍大地，淖子裡銀光閃爍，遍野如被冰霜。A和B消失在那一堆暗紅色的灰燼裡。秋風掠過，那灰燼就稍微地鮮紅一下，撲鼻的香氣團團簇簇地聳立在深秋寂寥空曠的田野上。

火光曾經那樣鮮明地照亮過祖先們的臉，關於烈火的印象，今天照耀著家族成員們的靈魂。

四老爺發現蝗蟲出土的那天晚上，終於捉拿住了四老媽的情人——流沙口子村的鋦鍋匠李大人。這個重大的收穫使四老爺興奮又惱怒——儘管這是一個頗似陰謀詭計、四老爺有意製造或等待日久的收穫，但四老爺點亮燈火，看到蹲在炕角上抱著肩膀瑟瑟發抖的、赤身裸體的四老媽和年輕力壯的李大人時，他的胸膛裡還是燃燒起一股惱怒、嫉妒的烈火。四老爺是提著一根新鮮的槐樹杈子衝進屋裡的，樹杈子帶著尖利的黑刺、柔嫩的綠葉，頂端分出十幾根枝椏，蓬鬆著像一把大掃帚——這是一件真正的兵器，古名「狼筅」，是騎兵的剋星。

一切都被四老爺盯在眼裡，當春天剛開始時，鋦鍋匠悠揚的招徠生意的歌唱聲在胡同裡頻繁響起，四老爺心裡就有了數。以後，家中鍋碗瓢盆的頻繁破裂和四老媽一聽到鋦鍋匠的歌唱聲就臉色微紅忸怩不安的樣子，更使四老爺胸有成竹，他知道，剩下的事情就是抓姦抓雙了。

四老爺自己說他從結婚的第一夜就不喜歡四老媽，因為四老媽的嘴裡有一股銅銹般的味道。四老爺曾經勸告四老媽像所有嫁到這個家族裡的女子一樣學會咀嚼茅草，四老媽斷然拒絕。我的母親能維妙維肖地模仿四老媽說話的聲音和說話時形態。從母親的表演裡，我知道四老媽是個剛烈的、身材高大、嗓音洪亮的女人。她皮膚白皙，乳房很大，按照現代標準，應該算一流的女人，可是四老爺偏偏不喜歡她。母親說每當四老爺勸她吃茅草治療嘴裡的銅銹味道時，她就臭罵四老爺：驢雜種，想讓老娘當毛驢呀？

四老爺說他一聞到四老媽嘴裡的銅臭味道就幹不成男女的事兒，所以他從來沒有喜歡過這個女人。族裡五老爺的遺孀五老媽當場戳穿四老爺的謊言，五老媽說：四哥，別昧著良心說話，你和四嫂子剛成親那年，連晌午頭裡的歇晌也是摟抱在一塊的，嘖嘖，大熱的天，滿身的臭汗黏糊糊的，你們摟在一起也不嫌熱，你也不嫌她嘴裡有銅臭！你是勾搭上了流沙口子那個穿紅襖的小媳婦才嫌棄四嫂子的，你們兄弟們都是一樣的騷狐，我們沒像四嫂一樣偷個漢子，我們真是太老實了！

四老爺經常對揭發他陰私的五老媽說，弟妹，你別胡說八道。五老媽當場就反駁，怎麼是胡說八道？你們這些臭漢子，拃著根狗雞巴，今天去戳東村的閨女，明天去攮西村的媳婦，撇下自己的老婆乾熬著，蚊虻蛆蟲還想著配對呢，四嫂子可是個活蹦亂跳的女人，四老爺子，你不是好東西。

秋冬喝晚茶的夜晚，春夏乘涼的夜晚，五老媽子對四老爺淋漓盡致的批駁是精采的保留節目，我們這些晚輩被逗得哈哈大笑，笑過之後，往往胡思亂想。那個鬧蝗災的年代，那個一邊鬧蝗災一邊鬧亂兵的年代，色彩斑斕，令人神往。

被蝗蟲出土撩撥起的興奮心情使村子裡的大街小巷都蒙上了一層神祕的色彩，四老爺騎著風塵僕僕的小毛驢走進自家的胡同時，聽到了鍋鍋匠拖長腔調唱著：鍋鍋嘍鍋盆吧——這一聲乾淨渾厚的歌唱像一根灼熱的火棍捅在四老爺紛紛攘攘如蝗蟲爬動的思緒裡，使他從迷亂的鬼神的世界回到了人的世界，他感到灼熱的痛苦。鍋鍋匠正在他的家門口徘徊著。炎陽高照，夏天突然降臨，門口的柳樹垂頭喪氣，暗紅色的柳木的碎屑是天牛幼蟲的糞便一簇簇黏在樹幹上，極像出土的蝗蟲。鍋鍋匠用又寬又長的暗紅色扁擔挑著鍋鍋碗瓢盆的家什在柳樹附近徘徊，肩上的藍色大披布好像烏鴉的翅膀，他裸露著暗紅色的胸脯。看到四老爺騎驢歸來，鍋鍋匠怔了一下，然後泰然自若地往前走去。他繼續高唱著那單調油滑的歌子。從他的歌唱聲中，四老爺聽不出他有一絲一毫心虛，四老爺感到被侮辱的憤怒。

四老爺把疲憊不堪的毛驢拴在柳樹上，驢張開嘴去啃樹皮，牠翻著嘴唇，齜著雪白的長牙煩躁地啃著被牠啃得破破爛爛的樹皮，好像啃樹皮是四老爺分配給牠的一項必須完成的任務。

四老媽端著一個摔成兩瓣的黑碗出來，與正要進門的四老爺撞了一個滿懷。

哼，四老爺從牙縫裡齜出一股冷氣，撇著嘴，陰毒地打量著四老媽。

四老媽臉通紅了。四老媽臉雪白了。四老媽衣衫整潔，頭髮上剛抹了刨花水光明滑溜。她一手拿著一瓣碗顯得有點緊張。

又摔了一個碗？四老爺冷冰冰地說。

貓摔破的！四老媽氣惱地回答。

四老爺走進屋子，看到那隻懷孕的母貓蜷縮著笨重的身子在鍋台上齁齁地打著瞌睡。鍋鍋匠走在房後的河堤上，他的歌唱聲從後門縫裡挑釁般地鑽進來。

四老爺摸了一下貓的背，貓睜開眼睛，懶洋洋地叫了一聲。

吃飯，吃飯，四老爺說。

田裡出蝗蟲啦。四老爺吃著飯說。

今黑夜我還到藥鋪裡睏覺，耗子把藥櫥咬了一個大窟窿。四老爺吃罷飯，嚼著一束茅草根，嗚嗚嚕嚕地說。

四老媽冷笑一聲，什麼話也沒說。

整整一個下午，四老爺都坐在藥鋪的櫃檯後發愣。坐在櫃檯後他可以看清大街上的一切人物。田野裡布滿了螞蟻般的小蝗蟲的消息看來已經飛快地傳遍了村子，一群群人急匆匆地跑向田野，一群群人又急匆匆地從田野裡跑回來。傍晚時分，街道的上面，灼熱的火紅陽光裡，瀰漫著暗紅色的塵土，光裡和土裡踽踽行走著一些褐色的人。

一群人湧到藥鋪裡來了，他們像法官一樣嚴肅地注視著四老爺，四老爺也注視著他們。因為鍋鍋匠漂亮的油腔激起的複雜感情使四老爺看到的物體都像蠢蠢欲動的蝗蟲。

四老爺，怎麼辦？

您出個主意吧，四老爺。

四老爺暫時把夜裡的行動計畫拋到腦後，看著這些族裡的、同時又是村裡的人。

你們都看到了神蟲？

我們都看到了螞蚱。

不是螞蚱，是神蟲！

神蟲？神蟲，神蟲！

夜裡，我做了一個夢……四老爺把一束茅草根填到嘴巴裡慢慢咀嚼著，雙眼望著在街上的金光中飛行的塵土，好像在努力回憶著他的夢中情境。

四老爺說他騎著毛驢在縣衙前的青石板道上緩緩地行走，驢蹄子敲著石板，發出咯咯噔噔的清脆響聲。迎面來了一隻通紅的馬駒子，馬駒子沒備鞍韉，馬上坐著一個大眼睛的紅鬍子老頭。馬蹄子敲打著青石板道，也發出咯咯噔噔的響聲。馬和驢碰頭時，都自動停住蹄腿，四老爺瞪著紅色馬駒上的老頭，紅色馬駒上的老頭瞪著毛驢上的四老爺。四老爺說那老頭兒問他是不是高密東北鄉的人，四老爺說是。老頭兒就說，俺有億萬萬的家口要在那方土地上出生，打算把那兒吃得草芽不剩。吃草家族的首領碰上了更加吃草家族的首領，四老爺有些膽戰心驚。四老爺說你們吃得草芽不剩，俺怎麼活？四老爺說那老頭說你回去領導著修座廟吧！四老爺問修座什麼廟，那老頭說修座虮蜡廟，四老爺問廟裡塑什麼神靈，老頭兒跳下馬，落在青石板道上。哪裡有什麼老頭兒，四老爺說他看到青石板道上趴著一隻像羊羔那麼大的火紅色的大蝗蟲，蝗蟲的兩隻眼像兩個木瓜，馬一樣的大嘴裡齜出兩支綠色的大牙。兩條支起的後腿上生著四排狗牙般的硬刺。牠遍身披著金甲。四老爺說他滾下驢背，跪倒便拜，那蝗蟲騰地一跳，翅膀嚓啦啦地剪著，一道紅光衝上了天，朝著咱東北鄉的方向飛來了。那匹馬駒揚起鬃毛，沿著青石板道往東跑了，青石板道上，一串響亮的馬蹄聲……

聽完四老爺的夢，所有在場的人都屏息斂聲，那個可怖可憎的火紅色的大螞蚱彷彿就停在村莊裡的某條小巷上或某家某戶的院落裡，監視著村裡人的行動。

如果不修廟……四老爺吞吞吐吐、意味深長地說。

如果不修廟，蝗蟲司令會率領著他的億萬萬兵丁，把高密東北鄉啃得草芽不剩，到那時遍野青翠消逝，到處都裸露著結著鹽嘎痂的黑色土地，連紅色沼澤裡的蘆葦、水草都無一棵留存，紅色沼澤裡無處不是紅色的淤泥，到那時牛羊要被餓死，暗藏在沼澤地蘆葦叢中的紅狐狸和黃野兔都會跑出沼澤，深更半夜，在大街小巷上、在人家的院牆外，徘徊躑躅，淒厲地鳴叫……

四老爺，一切都有您老做主啦。

四老爺沉思片刻說，大傢伙信得過我，我還有什麼話說？湊錢修廟吧，按人頭，一個人頭一塊大洋。

在集資修築蚮蜡神廟的過程中，四老爺到底是不是像人們私下傳說的那樣，貪污了一筆銀錢？我一直想找個恰當時機，向四老爺進行一次推心置腹、周納羅織的攻心戰，我預感到這個時機已臨近成熟，五十年過去了，蝗蟲又一次在高密東北鄉繁衍成災，當年四十歲的四老爺已經九十歲，儘管每日嚼草，他的牙關也開始疏鬆了。

四老爺送走眾人，從櫃檯裡的擱板上抄起一把利斧，搬著一條高凳，站在槐樹下，天上星河燦燦，群星嘈嘈雜雜，也像一群蝗蟲。他站到板凳上後，看到星星離自己近了，星光照耀著懸掛在一根橫向伸出的樹杈上的橢圓形的瓜蔞和紡錘形的絲瓜。它們都不成熟，纏繞在一起的瓜蔞蔓上混雜開放著白色成簇的瓜蔞花和淺黃色、銅錢大小的絲瓜花，四老爺當然也嗅到了它們幽幽淡淡的藥香。四老爺舉斧砍在樹杈上，枝葉花果一起抖動。

持著什麼武器去找姦夫，是四老爺整整考慮了一個下午的問題，選擇這根杈丫眾多的槐樹杈子，充分顯示了四老爺過人的聰明和可怕的幻想能力，它使企圖奪門逃跑的鍋鍋匠李大人吃盡了苦頭。

四老爺手持武器，懷揣著一盒價格昂貴、平日不捨得使用的白頭洋火。輕捷地溜出藥鋪，穿過一條陰暗的小巷，伏在牆頭扁豆藤葉上的幾十隻蟈蟈唧唧的叫聲編織出一面稀疏的羅網，籠罩著四老爺的祕密活動。大門上的機關是很簡單的，一根折成魚鉤形的粗鐵絲從門的洞眼裡伸進去，勾住門閂，輕輕一撥就行了。這點點細微的聲音只有那隻老貓能聽到。為了防止開門時的響聲，四老爺早就在門的軸窩裡灌上了潤滑油，大門無聲無息地被打開。四老爺雙手端著那根前端杈丫豐富的樹杈子，一腳就踢開了堂屋房門，衝進堂屋，房門也被踢開。屋裡發出四老媽從美夢中被驚醒的尖聲喊叫，這時四老爺卻屏住呼吸，雙手緊緊地握住槐樹杈子對準洞開的門。他的眼睛因激怒發出綠色的光芒，像貓眼一樣，那天晚上四老爺能看清黑暗中的所有東西。

走進大門之前，四老爺為避免打草驚蛇，進行了一番精心的偵察。他首先在廁所裡的茅坑邊上看到了鍋鍋匠的家什和扁擔，這時他的憤怒使他渾身顫抖。他咬緊牙關止住顫抖躡腳潛到窗戶外，仔細地辨別著屋裡的動靜。兩個人打出同樣粗重的呼嚕（四老爺說四老媽打呼嚕吵得他難以成眠也是導致他厭惡她的一個原因），傳到他的耳朵裡他差點要咳嗽出聲來，緊接著他就踢開了兩道門，手持著槐樹杈的四老爺站在房門外，好像一個狡詐凶狠的獵人。

鍋鍋匠李大人即便是虎心豹膽，在這種特定的時刻，也無法保持鎮靜。他順手拖起一件衣服，懵懵懂懂地跳下炕，往堂屋裡衝來。四老爺覷得親切，把那蓬樹杈子對著他的臉捅過去，一個捅，一個撞，一個是邪火攻心，一個是狗急跳牆，兩人共同努力，使當做武器的槐樹杈子發揮出最大威力。

四老爺感覺到那裡槐樹的尖銳枝丫扎進了李大人的臉。李大人發出一聲非人的慘叫，踉蹌著倒退，一屁股坐回到炕沿上。

趁著這機會，四老爺掏出洋火，劃著，點亮了門框上的洋油燈。

四老爺獰笑一聲，又一次舉起了槐樹杈子。燈光照耀，鍋鍋匠滿臉污血汩汩流淌，一隻眼睛癟了，白水黑水混合流出眼眶。

四老爺心裡膩膩的，手臂痠軟，但還是堅持著把那槐樹杈子胡亂戳到鍋鍋匠胸口上。

鍋鍋匠不反抗，好像怕羞似地用兩隻大手捂著臉，鮮血從他的指縫裡爬出來，爬到他的手背上，又爬到他的小臂上，在胳膊上停留一下，淅淅瀝瀝地往下滴。四老爺的樹杈子戳到他的胸脯上時，只有被戳部位的肌肉抖顫著，他的四肢和頭頸無有反應。四老爺被鍋鍋匠這種逆來順受的犧牲精神一下子打敗了，持著樹杈子的雙臂軟軟地耷拉下去。

四老媽放聲大哭起來，淚水嘩嘩地流。

四老爺被四老媽的哭聲撩起一股惡毒的感情，他用槐樹杈子戳著四老媽的胸，四老媽也用雙手捂著臉，也是同樣的不畏痛楚。四老爺見著那根槐杈傾斜的、帶著一莖嫩葉的青白的尖茬抵在四老媽一只雪白鬆軟的乳房上，彷彿立刻就戳穿那乳房時，他的胳膊像遭到猛烈打擊似地低垂下來，樹杈子在炕上耽擱了一下後掉在炕前的地上。四老爺感到筋疲力竭，心裡一陣陣地哆嗦，一種沉重的罪疚感湧上他的心頭，他突然想到，如果把一隻發情的母狗和一隻強壯的公狗放在一起，兩隻狗進行交配就是必然要發生的事情。看著鍋鍋匠殘破的身體，四老爺心有愧疚，他有些支持不住，倒退一步，坐在一只沉重的楸木杌子上。

你走吧！四老爺說。

鍋鍋匠僵硬地保持著固有的姿勢，好像沒聽到四老爺的話。

四老爺從地上提起鍋鍋匠的兩隻大鞋，對四老媽說：賤貨，別嚎了，給他包紮包紮，讓他走！

四老爺走出屋，走出院子，一步比一步沉重地走在幽暗的小巷子裡。牆頭上的扁豆花是一團一團模模糊糊的白色暗影，蟈蟈的鳴叫是一道飄盪的絲線，滿天的星斗驚懼不安地眨動著眼睛。

抓姦之後，四老爺除了繼續看病行醫之外，還同時幹著三件大事。第一件，籌集銀錢，購買磚瓦木料油漆一應建廟所需材料；第二件，起草休書，把四老媽打發回娘家；第三件，每天夜裡去流沙口子村找那個喜歡穿紅色上衣的小媳婦。

從我們村到流沙口子村，要越過那條因乾旱幾乎斷流的運糧河，河上有一道橋，橋墩是松木樁子，橋面是白色石條。年久失修，橋墩腐朽，橋石七扭八歪、凸凹不平。馬車牛車行人走在橋上，橋石晃晃悠悠，橋墩嘎嘎吱吱響，好像隨時都有可能坍塌。四老爺一般都是在晚飯過後星光滿天的時候踏上石橋，去跟那個小媳婦會面。這條路四老爺走熟了，閉著眼睛也能摸到，小媳婦家住在河堤外，三間孤零零的草屋。她養著一隻小巴狗，四老爺一走到門外，小巴狗就親熱地叫起來，小媳婦就跑出來開門。有關小媳婦的家世，我知道得不多。她是怎麼和四老爺相識，又是怎樣由相識發展到同床共枕、如膠似漆，只有四老爺知道，但四老爺不肯對我說，我用想像力來補充。

我說，四老爺，你不說我也知道。四老爺說，毛孩子家知道什麼！知道你怎樣勾搭上了小媳婦。四老爺搖著頭，挺淒涼地笑起來。我說，四老爺，你聽著，聽聽我說得對不對——你認識小媳婦逃不出這兩種方式：一、你去流沙口子村給小媳婦看病；二、小媳婦到藥鋪裡來找你看病。第一種可能性比較小，因為小媳婦年輕，不可能有什麼不能行動的重症，即便是你去她家為她看病，那時候她的昏頭昏腦的公公還在，這個老東西像隻忠實的老狗一樣，為他犯了案子跑去關東的兒子看護著那塊肉。她的公公是你跟她相好之後得暴病死的！你記住，四老祖宗，那老東西死得不明不白！第一種可能性排除了，那麼，你就是在你的藥鋪裡認識了小媳婦的。四老祖宗，你的藥鋪裡邊的格局是這樣的：四間房子，東邊三間是打通了的，東西向立著兩架藥櫥，藥櫥外是一道櫃檯，櫃檯是用木板架起來的，下邊是空的，彎腰可以鑽進去，當然彎腰也可以站出來。一台製藥的鐵碾子在牆角上放著，櫃檯外的牆角，一盤切草藥的小鍘刀與藥碾子並排放著，碾子像個鐵的小船，中間一個安有木軸的大鐵輪子，你後來用蝗蟲屍體製造那種騙人的丸藥時，就是用這個鐵碾子粉碎原料。最西邊一間是個套房，有兩扇薄薄的門。套房裡有一盤火炕。在櫃檯外的西南牆角上，你還壘著一個灶，灶口朝北，灶上安著一口八印的鐵鍋，你用這口鍋炮製中藥，也用它炮製過騙人的假藥。屋裡拾掇得很乾淨，炕上被褥齊全。裡屋裡有茶壺茶碗，還有酒壺酒盅。你的藥鋪、也是你的診所，基本上就是這個樣子！（四老爺點點頭。）好了，戲就要開場，藥鋪是舞台，你和小媳婦是主要演員，也許還應安排幾個群眾角色。

那是四月裡的一個上午，濃郁的春風像棉絮般湧來，陽光明媚，你診所的院子裡的槐樹上槐花似雪，槐花的香氣令人窒息，幾千隻蜜蜂在槐樹枝丫間採集花粉，牠們胸前挎著兩只花籃嗡嗡地飛著，院子裡飛來飛去的蜜蜂像射來射去的流星，金色的流星，你的牆壁上挖了幾個大洞，洞口用鑽著密密麻麻洞眼的木板封住，這就變成了蜜蜂的巢穴，蜜蜂們從那些洞眼裡爬進爬出，辛勤地釀造蜂蜜——可以形容一句：蜜蜂在釀造著甜蜜的生活，釀造著甜蜜的愛情。

這樣的季節這樣的氣候這樣的環境，你知道，人們最容易春情萌動，你一定忘不了一句俗諺：四月的婆娘，拿不動根草棒。女人們都慵倦無力、目光迷蕩，好像剛出浴的楊貴妃。她們的肉體焦渴，盼望著男人的撫摸，她們的土地乾旱，盼望著男人的澆灌。這些，你用你的陰陽五行學說可以解釋得很清楚。

所以，我把你和她的初次接觸安排在四月裡一個春風拂煦、陽光明媚的上午。

我緊緊逼視著聚精會神聽我講話的四老爺。四老爺臉上無表情，咳嗽一聲——不是生理性的咳嗽，是掩飾某種心情的精神性咳嗽——嗯，往下說。四老爺說。

你坐在櫃檯後的方凳上，手裡捧著那把紅泥紫茶壺，慢慢地啜著茶。你處理了幾個病人，為他們診脈處方，在藥櫥裡抓藥，他們從破爛手絹裡扒出銅板付給你，你收下診金和藥費，扔在一個木盒子裡。你的鋪面臨著大街，目光越過院落的紅土泥牆，牆上生著永遠洗不淨的紅蕊灰菜，你看著大街上的行人和車輛，飛禽與走獸，春風團團翻滾，捲來草地上的、沼澤裡的野花的幽香和麥田裡的小麥花的清香與青蒿棵子清冽的味道。你一定努力排斥著槐花的悶香、排斥著甬路兩側白色芍藥花的郁香而貪婪地呼吸著野花的香氣。這就叫做：家花不如野花香！不愛家雞愛野雞，是一條鐵打的定律，男人們都一樣，這是一種能夠遺傳的本能。四老爺，你啜著茶，感到無聊而空虛，你對四老媽嘴裡的銅銹味道深惡痛絕，她又拒絕吃茅草，她的口中怪味撩起你的厭惡情緒使她的全身都醜陋不堪，你對她一點都不感興趣，她求偶時的嘶嘶鳴叫使你厭惡，與她交配你感到沒有一絲一毫快感，你感到一種生理性的反感。就是這樣的時刻，她出現在大街上。

她出現在大街上，你捏著茶壺的手裡突然冒出了涔涔的汗水。你看著她的暗紅色的褂子，像看著一團抑鬱的火。她推開院子門口半掩的柵欄，輕步趨上前來，蜜蜂圍繞著她的頭顱旋轉，她把手裡拎著的紅布小包舉起來轟趕蜜蜂，有一隻蜜蜂受了傷，跌在地上，翅膀貼地轉磨。你放下茶壺按著櫃檯站起來，你的心怦怦地跳著，你的眼睛貪婪地看著她黑紅的臉龐上那兩隻水汪汪的眼睛，她的額頭短促，嘴唇像紫紅的月季花苞。你又用眼盯住了她的胸脯，你其實已經用你的狂熱的欲念剝光了她的衣裳。鑑於當時的習俗，你一定認真打量過她的小腳，她穿著一雙綠緞子繡花鞋，木後跟在地上鑿出一些白點子。

她進屋裡來，怯生生地叫了一句先生。你顧不上回答，只顧盯著她看，你那樣子很可怕；眼睛斜睨著，噼噼啪啪噴濺著金黃色的火星，嘴半張著，哈喇子流到下巴上。四老祖宗，你那時像一匹發情的公狗，恨不得一口把她吞掉。她又叫了一聲先生，你才從迷醉狀態中清醒過來。她說她身子不舒坦，你讓她在櫃檯外的凳子上坐下。她坐得很遠，你讓她往前靠，你讓她再往前靠，她又往前靠了一下。她的肚子緊靠在櫃檯上，她的腿伸到櫃檯下，你在櫃檯裡也是這樣坐著，你感覺到你的膝蓋抵在她那兩個又圓又小的膝蓋上。她的臉漲得發紅，呼吸急促引起她的胸脯翕動，她那兩隻奶子像兩隻蠢蠢欲動的小兔子，你的手裡全是汗水。你咬住牙，把火一樣的欲念暫時壓下去，把用穀子填充的小枕頭拖到櫃檯中央，你讓她把手腕枕在上面，她的手仰著，五根尖尖手指神經質地顫抖著。你伸出食指、中指和無名指，按住她的手腕內側的寸、關、尺。你的手指一接觸她的肌膚，腦袋像氣球一樣膨脹起來，你心裡濤聲澎湃，牆上土巢裡的蜜蜂好像全部鑽進了你的雙耳裡。你亂了方寸，喪失了理智，你的三個指頭按著她腕上滑膩的肌膚，感到頭腦在飛升，身體在下陷，陷在紅色沼澤的紅色淤泥裡。

她把手腕抽回去，站了起來，她說先生俺走啦。你一下冷卻了，在那一剎那間，你感到很羞愧，你隱隱約約地意識到自己在褻瀆醫家的神聖職責，同時，你還感到自尊心受到損傷，你甚至有些後悔。

你咳嗽著，掩飾窘態，你說你傷風了，頭腦發熱發暈。你啜了幾口涼茶，懇求她坐下。你平心靜氣，收束住心猿意馬為她切脈。她的脈洪大有力，急促如搏豆。切完右手切左手。你對她的病症已經有了八分了解。女人在春天裡多半犯的是血熱血鬱的毛病，可以丹參紅花白芍之類治之。你讓她吐出舌頭，你察看著她的舌苔。她的舌頭猩紅修長，舌頭輕巧地翹著，舌心有一點黃。從她嘴裡噴出的氣息初聞好似剛剖開的新鮮蛤蜊，仔細品咂如蘭如麝，你非常渴望把她的舌頭含在你的嘴裡，你恨不得咬下她的舌頭嚥到肚子裡去。

看完病，你為她開方抓藥。你不知出於什麼心理，用戥子稱藥時，你總是怕分量不夠——愛情是多麼偉大，多麼無私，四老祖宗，當一個醫生愛上了病人的時候，病人吃藥都足兩足錢，享受特別優待。

她從小紅包袱裡摸出一串銅錢，那時銅錢是否還流通？你不要回答，這沒有意義。你拒絕接受她的錢，你說要等她病好了才收她的錢。你給她抓了三服藥，一服藥吃兩遍，早晚各一次，三天之後，吃完藥，你讓她再來一趟。

她要走的時候，你的喉嚨哽住了，一句熱辣辣的話堵在嗓子裡你說不出來。你直愣愣地站著，目送著她的兩瓣豐滿的屁股在院子裡扭動，在金黃的春風裡在流動的陽光裡扭動。她像突然出現一樣突然消失，你痛苦地嚥下一口唾液，喉嚨著火，你用半壺涼茶澆滅了咽喉裡的火。

第四天上午，又是個春光無限美好的日子，第一批從南方歸來的燕子從沼澤地裡銜來紅色淤泥在人家的房簷下築巢，這一天，四老祖宗，您是精心打扮過的，您腳穿直貢呢面的白底布鞋，一雙白洋線襪子套在您的腳上，您穿著黑士林布掃腿燈籠褲，外套一件藍竹布斜襟長袍，您新刮了鬍子剃了頭，摘掉瓜皮小帽您戴上一頂咖啡色呢禮帽，您像一個在官府裡幹事的大先生。換上新衣服後，四老媽懷疑地看著你，你說今天縣裡有一位大官來看病，你嚴格叮囑四老媽不要到藥鋪裡去，其實四老媽從來不敢到藥鋪裡去，四老爺，您還沒及做賊已經心虛。

你坐在櫃檯後焦灼地等待著，繁忙的蜜蜂在陽光裡飛行，滿院子裡都是柔和的弧線。你想像不出她是微笑著出現還是憂愁地出現，你突然意識到自己並沒有記住她的模樣，她留給你的只是一些零亂的局部印象。你可以回憶起她的水汪汪的眼睛，她的短促的額頭，她的紫紅色的花苞般的嘴，但您想把這些局部印象合成一體時，頓時什麼都模糊了，您被淹沒在一片暗紅的顏色裡，那是她的褂子的顏色，稠密而凝滯，好像紅色淤泥。

一上午，你竟然忘記了咀嚼茅草，你感到牙齒上沾著一層骯髒的東西，於是你咀嚼茅草。

中午，她出現在院子裡。她的出現是那樣缺乏浪漫色彩，你頓時覺得整整一上午你像個火燎屁股的公猴子一樣焦灼是沒有道理的，是滑稽可笑的。如此想著，但你的心還是發瘋般撞擊著你的肋條，沒嚼爛的一口茅草還是不由自主地滾下喉嚨，你還是像彈簧一樣地從凳子上彈起來，你的衣袖把紅泥紫茶壺掃到地下跌成九九八十一瓣你也沒有看一眼。你掀起櫃檯頭上的折板，以兒童般的輕捷動作跑到門口迎接她。

她衣飾照舊，滿臉汗珠，鞋上沾著塵土，看來走得很急。

你竟然有些惱怒地問：你怎麼才來？

她竟然歉疚地說：家裡有事，脫不開身，讓您久等了。

你把她讓到櫃檯裡坐下，你忙著給她倒水，你突然看到茶壺的碎片。

她說不喝水。你十分拘束地站著，牙巴骨嘚嘚地打著戰，手腳都找不到合適的地方放——這是男人在向女人發起實質性衝擊之前矛盾心情的外部表現。為了挽救自己，你從衣兜裡摸出一束茅草塞進嘴裡。

你咀嚼茅草時，她好奇地看著你。咀嚼著茅草，你的心裡稍微安定了一些，那種灼熱的寒冷略略減退，手腳漸漸自然起來。

她說她的病見輕了，你說再吃兩服藥除除病根。

你溫柔而認真地切著她的脈，你聽到她呼吸急促，她的臉上有一種你只能感覺但無法形容的東西使你迷醉。

遞給她藥包的時候你趁機捏住了她的手，藥包掉在地上。你把她拉在你的懷裡，她似乎沒有反抗。四老爺，你應該溫存地去親她的紫紅的嘴唇，但是你沒有，你太性急了，你的手像一隻飢餓的豬崽子一樣拱到她的懷裡，如果你動作稍微輕柔一點，這件好事會當場成功，但你太著急了，你的手太重了，你差點把她的奶子揪下來，她從你的懷裡掙脫出來，滿臉飛紅，不知是嬌羞還是惱怒，你眼睜睜地看著她挾著小包袱跑走嘍！

四老祖宗，你吃了敗仗，沮喪地坐在櫃檯裡，你把呢禮帽摘下來，狠狠地摔在櫃檯上。蜜蜂依然漫天飛舞，好像什麼事情都沒有發生過，又好像什麼事情都發生過了，沼澤地裡的淤泥味道充塞著你的鼻腔，近處的街道和遠處的田野，都泛著扎眼的黃色光芒。你知道她不會再來了。她的兩服藥還躺在地上，站起來時，你看到了，便用腳踹了一下，一包藥的包紙破裂，草根樹皮流在地上，另一包藥還囫圇著，你一腳把它踢到牆角上去，那兒正好有個耗子洞，一個小耗子正在洞口伸頭探腦，藥包碰在牠的鼻子上，牠吱吱叫著，跑回洞裡去了。

胡說！四老爺叫著，胡說，沒有耗子，根本沒有耗子，我在藥包上踹了兩腳，不是一腳，兩包藥都破了，我是把兩包破藥一起踢到了藥櫥下，而不是跑到牆角上！

四老爺，四老祖宗，您別生氣，聽我慢慢往下說。

以後十幾天裡，你儘管惱恨，但你沒法忘掉她，聽到院子裡響起腳步聲，你的心就咚咚亂跳，你睡覺不安寧，你那十幾天一直睡在藥鋪裡，你好像在等待著奇蹟發生，夜裡你經常夢到她，夢到她跟你同床共枕、魚水交融，你神思恍惚，夢遺滑精，為了挽救自己，你一把一把吞食六味地黃丸，熟地黃把你的牙齒染得烏黑。

後來，奇蹟發生了。四老爺，你聽好，發生奇蹟時間是五月初頭的一個傍晚——不，是晚飯後一會兒工夫，白天的燠熱正在地面上發散著，涼風從沼澤裡吹來，涼露從星星的間隙裡落下來，你坐在院子裡的槐樹下，手搖著薄草編成的扇子，轟打著叮你雙腿的蚊子。你聽到拍打柵欄的聲音。你不耐煩地問：誰呀？

是我，先生。一個壓低了的女人的聲音。

四老祖宗，聽到她的聲音後，你那份激動，你那份狂喜，我的語言貧乏，無法準確表達，你沒有翅膀，但你是飛到柵欄旁的，你著急得好長時間都摸不到柵欄門的掛鉤。

拉開柵欄門，像閃電一般快，你就把她抱在了懷裡，你的雙臂差不多把她的骨頭都摟碎了。這一動作持續了約有吸袋旱菸的工夫。後來，你抱著她往屋裡走去。你那時比現在還要高大，她小巧玲瓏，你抱著她像抱著一隻溫順的羊羔。你把她放在炕上，點亮油燈，她躺在炕上一動不動，好像死去了一樣，清亮的淚水從她的眼角上涔涔地滲出來，你心裡有些躊躇，但終究無法忍耐欲念。你手哆嗦著，解開了她的衣釦，她那兩只結結實實的奶子像兩座小山聳立在你眼前。你抬起頭來了，她像鯉魚打挺一樣躍起來，噘嘴吹出一口氣，燈滅了，兩隻瘋狂的胳膊纏住了你的脖子，那股新鮮蛤蜊的味道撲到了你臉上，你聽著她斷斷續續地嘟噥著：先生……先生……她的聲音那麼遙遠，那麼朦朧，你好像陷在紅色淤泥裡，耳邊響著成熟的沼氣升到水面後的破裂聲……

四老爺抽了兩聲鼻子，我看到他撩起掛在衣襟上的大手絹擦去掛在眼瞼下的兩滴混濁的老淚。

四老祖宗，難過了嗎？回憶過去總是讓人產生淒涼感，五十年過去，風流俱被風吹雨打去，青春一去不復返，草地上隱隱約約的小路上瀰漫著一團團煙霧，在煙霧的洞眼裡，這裡顯出一簇野花，那裡顯出一叢枯草，這就是你走過來的路。

四老爺，您別哭，聽著，好好聽著，今天我要把你的陰私——陳穀子爛芝麻全部抖擻出來。那天晚上，你和她狂歡之後，你的心情是十分複雜的，你好像占有了一件珍寶，但又好像丟失了一件同等價值的珍寶，你生出一種淒涼的幸福感。太文啦？太囉嗦啦？你那天晚上陪著她走過那座搖搖晃晃的石橋，走進了她的家。她的公公得了重病，她是來搬你為她公公看病的，當然，她來的時候，不會想不到你們剛幹完了的事，她是一箭雙鵰。那十幾天裡，她恐怕也沒睡過一宿好覺，一個守活寡的女人，在春四月裡，被你撩逗起情欲，遲早會來找你。你四老祖宗年輕時又是一表人才。她的公公哮喘得很厲害，山羊鬍子一撅一撅地像個老妖怪。你心虛，你認為他那兩隻陰鷙的眼睛像刀子一樣戳穿了你。

四老祖宗，現在，我要揭露一樁罪惡的殺人案。一個中醫，和一個小媳婦通姦，小媳婦家有個礙手礙腳的老公公，他像一匹喪失性功能的老公狗一樣嫉妒地看護著一條年輕的小母狗，於是這個中醫藉著治病的機會，在一包草藥裡混進了——

嘩啦一聲響，九十歲的四老爺帶著方凳子倒在地上。

我扶起老人，掐人中，捏百會，又拍又打，忙活了一陣，躺在我臂膀裡的四老爺呼出一口氣，醒了過來。他一看到我的臉他臉上的肌肉就抽搐，他恐懼地閉著眼，戰戰兢兢地說：魔鬼……雜種……雜種……魔鬼……成了精靈啦……

後來，四老爺讓我把他交付有司，拉出南門槍決，他挺真誠，我相信他是真誠的，但我怎麼能出賣我的四老祖宗呢？人情大於王法！為了安慰他我說：老祖宗，你九十歲了，還值得浪費一粒子彈嗎？你就等著那個山羊鬍子老頭來索你的命吧！

——隨口胡說的話，有時竟驚人的靈驗。

我現在後悔不該如此無情地活剝四老爺的皮，雖說我們這個吃草的家族不分長幼亂開玩笑，但我這個玩笑有些過火啦。在四老爺行終正寢前那一段短暫時光裡，他整日坐在太陽下，背倚著斷壁殘牆冥思苦想，連一直堅持去草地裡拉屎的習慣都改了。那些日子裡，蝗蟲長得都有一公分長了，飛機沒來之前，蝗蟲像潮水般湧來湧去，四老爺倚在牆邊，身上落滿了蝗蟲他也不動。家族中人都發現這個老祖宗變了樣，但都不知道為什麼變了樣，這是我的祕密。母親說：四老祖宗沒有幾天的活頭啦！聽了母親的話，我感到自己也是罪孽深重。

四老爺倚著斷牆，感覺著在身上爬動的蝗蟲，想起了五十年前的蝗蟲，一切都應該歷歷在目，包括寫休書那天的氣候，包括那張休書的顏色。那是一張淺黃色的宣紙。四老爺用他的古拙字體，像開藥方一樣，在宣紙上寫了幾十個杏核大的字。這時候，離發現蝗蟲出土的日子約有月餘，炎熱的夏天已經降臨，村莊東頭的虮蜡廟基本完工，正在進行著內部的裝修。

虮蜡廟的遺跡猶在，經過五十年的風吹雨打，高牆傾圮，廟上瓦破碎，破瓦上鳥糞雪白，落滿塵土的瓦楞裡野草青青。

廟不大，呈長方形，像道士戴的瓦楞帽的形狀。四老爺倚在斷牆邊上，是可以遠遠地望到虮蜡廟的。寫完了處理四老媽的休書，四老爺出了藥鋪，沿著街道，沐著強烈的陽光，聽著田地裡傳來的急雨般聲音——那是億萬隻肥碩的蝗蟲嚙咬植物莖葉的聲音——走向修廟工地。他的心情很沉重，畢竟是夫妻一場，她即便有了一千條壞處，只有一條好處，這條好處也像錐子一樣扎著他的心。四老爺提筆寫休書時，眼前一直晃動著鍋鍋匠血肉模糊的臉，心裡有一種冷冰冰的感覺。鍋鍋匠再也沒有在村莊裡出現過，但四老爺去流沙口子村行醫時，曾經在一個胡同頭上與他打了一個照面，鍋鍋匠面目猙獰，一隻眼睛流癟了，眼皮凹陷在眼眶裡，另一隻眼睛明亮如電，臉頰上結著幾塊烏黑的血痂。四老爺當時緊張地抓住驢韁繩，雙腿夾住毛驢乾癟的肚腹，他感覺鍋鍋匠獨眼裡射出的光芒像一枝寒冷的箭鏃，釘在自己的胸膛上，鍋鍋匠只盯著四老爺一眼便迅速轉身，消逝在一道爬滿葫蘆藤蔓的土牆背後，四老爺卻手扶驢頸，目眩良久。從此，他的心臟上就留下了這個深刻的金瘡，只要一想起鍋鍋匠的臉，心上的金瘡就要迸裂。

修廟工地上聚集著幾十個外鄉的匠人，四老爺雇用外鄉的匠人而不用本村本族的匠人自然有四老爺的深意在。我不敢再把這件事猜測成是四老爺為了方便貪污修廟公款而採取的一個智能技巧了。呵佛罵祖，要遭天打五雷轟。我寧願說這是四老爺為了表示對蝗蟲的尊敬，為了把廟宇修建得更加精美，也可以認為那種盛行不衰的「外來和尚會念經」的心理當時就很盛行，連四老爺這種敢於嘯傲祖宗法規的貳臣逆子也不能免俗。

廟牆遍刷朱粉，陽光下赤光灼目，廟頂遍覆魚鱗片小葉瓦，廟門也是朱紅。匠人們正在拆卸腳手架。見四老爺來了，建廟的包工頭迎上來，遞給四老爺一枝罕見的紙菸，是綠炮台牌的或是哈德門牌的，反正都一樣。四老爺笨拙地吸著菸，煙霧嗆他的喉嚨，他咳嗽，牽動著心臟上的金瘡短促地疼痛。他扔掉菸，掏出一束茅草咀嚼著，茅草甜潤的汁液潤滑著他的口腔和咽喉。四老爺把一束茅草敬給包工頭，包工頭好奇地舉著那束茅草端詳，但始終不肯往嘴裡填。四老爺面上出現慍色，包工頭趕緊把茅草塞進嘴，勉強咀嚼著，他咀嚼得很痛苦，兩塊巨大的顎骨大幅度地運動著，四老爺忽然發現包工頭很像一隻巨大的蝗蟲。

族長，我明白了您為什麼要修這座廟！包工頭詭譎地說。

四老爺停止啃嚼，逼問，你說為什麼？

包工頭說他發現四老爺咀嚼茅草時極像一隻蝗蟲，這個吃草的家族裡人臉上都帶著一副蝗蟲般的表情。

四老爺不知該對包工頭這句話表示反對還是表示贊同，包工頭請四老爺進廟裡去觀看塑造成形的虮蜡神像，四老爺隨著包工頭跨過朱紅廟門，一隻巨大的蝗蟲在一個高高的磚台上橫臥著，四老爺不由自主地倒退了一步，他的心裡，再次產生了對於蝗蟲的尊敬、恐懼。

兩個泥塑匠人正在給蝗蟲神塗抹顏色，也許匠人們是出於美學上的考慮，這隻蝗蟲與猖獗在田野裡的蝗蟲形狀相似，但色彩不同。在蝗蟲塑像前的一塊木板上，躺著幾十隻蝗蟲的屍體，牠們的同夥們正在高密東北鄉的田野裡、荒草甸子裡、沼澤裡啃著一切能啃的東西，牠們卻斷頭、破腹、缺腿，被肢解在木板上。四老爺心裡產生了對泥塑匠人的深深的敵視，他打量著他們倆：一個六十多歲、瘦骨嶙峋、頗似一隻褪毛公雞的黃皮膚老頭子；另一個是同樣瘦骨嶙峋、年約十三、四歲好像一隻羽毛未豐的小公雞的黃臉男孩。他們臉上濺著星星點點的顏色，目光凶狠狡詐，尖尖的嘴巴顯出了他們不是人類。四老爺以為他們很可能是兩隻成了精的公雞。他們不是來修廟的，他們是來吃蝗蟲的！木板上的蝗蟲就是他們吃剩的。四老爺還看到那堆死蝗蟲中兀立著一隻活蝗，牠死命地蹬著那兩條強有力的後腿，但牠跳不走，一根生銹的大針穿透牠的脖子把牠牢牢地釘在木板上。

四老爺怒沖沖地盯著給塑像塗色的一老一小，他們渾然不覺，匠人用一枝小毛筆點著顏色畫著蝗蟲的翅膀，老匠人用一枝小毛筆點著顏色畫著蝗蟲的眼睛。

四老爺走到木板前，猶豫了一下，伸手去拔那根生銹的鐵針，針從木板上拔出，螞蚱卻依然貫在針上。

這是一隻半大的螞蚱，約有兩釐米長。現在田野裡有一萬公斤這樣的螞蚱，牠們通體紅褐色，頭顱龐大，腹部細小，顯示出分秒必長的驚人潛力。牠們的脖子後邊背著兩片厚墩墩的肉質小翅，像日本女人背上的襁褓。

遭受酷刑的螞蚱在針上掙扎著，牠的肚子抽搐著，嘴裡吐著綠水。四老爺被牠那隻肉感強烈蠢蠢欲動的肚子撩起一陣噁心。牠在空中努力蹬著後腿，想自己解放自己，從人類的恥辱柱上掙脫下來，牠的嘴裡湧出了最後幾滴濃綠的汁液，那是蝗蟲的血和淚，那是蝗蟲憤怒的和痛苦的感情的分泌物。四老爺膽戰心驚地捏住了蝗蟲的頭顱，蝗蟲的兩隻長眼彷彿在他的手指肚上骨碌碌地轉動。蝗蟲低垂著頭，頸部的結節綻開，露出了乳白色的黏膜。牠把兩條後腿用力前伸——牠這時想解脫的是頭顱上的痛苦——牠的後腿觸到了四老爺的手指，好像溺水的人突然踏到水下的硬底一樣牠用力一蹬，牠的脖頸和身體猝然脫節。這隻耶穌般的蝗蟲光榮犧牲。牠的生命之火還沒有完全熄滅，牠的身體懸掛在一根黑色的、被白色黏膜包裹著的長屎橛上，牠的頭在四老爺的食指和拇指的夾縫裡擠著，牠的兩條後腿在懸掛的身體上絕望地蹬著。

四老爺扔掉蝗蟲，連同依然插在蝗蟲脖子上的針，像木樁一樣地立著。他的手指上刺癢癢的，那是蝗蟲腿上的硬刺留給他的紀念。

泥塑匠人把蝗蟲之王的塑像畫完了。包工頭戳了一下發愣的四老爺。四老爺如夢初醒，聽到包工頭陰陽怪氣的說話聲：族長，您看看，像不像那麼個東西？

泥塑匠人退到一邊，大蝗蟲光彩奪目。四老爺幾乎想跪下去為這個神蟲領袖磕頭。

這隻蝗蟲長一百七十釐米（身材修長），高四十釐米，伏在青磚砌成的神座上，果然是威武雄壯，栩栩如生，好像隨時都會飛身一躍衝破廟蓋飛向萬里晴空。塑造蝗神的兩位藝術家並沒有完全忠實於生活，在蝗蟲的著色上，他們特別突出了綠色，而正在田野裡作亂的蝗蟲都是暗紅色的，四老爺想到他夢中那個能夠變化人形的蝗蟲老祖也是暗紅色而不是綠色。這是四老爺對這座塑像唯一不滿足的地方。

顏色不對！四老爺說。

包工頭看著兩個匠人。

老匠人說：這是個螞蚱王，不是個小蝗蟲。譬如說皇帝穿黃袍，文武群臣就不能穿黃袍，小蝗蟲是暗紅色，蝗蟲王也著暗紅色怎麼區別高低貴賤。

四老爺想想，覺得老匠人說得極有道理，於是不再計較色彩問題，而是轉著圈欣賞蝗神的堂堂儀表。

牠以蔥綠為身體基色，額頭正中有一條杏黃色的條紋，杏黃裡夾雜著黑色的細小斑點。牠的頭像一個立起的鐵砧子，眼睛像兩個大鵝蛋。老匠人把蝗神雙眼塗成咖啡色，不知用什麼技法，他讓這雙眼睛裡有一道道豎立的明亮條紋。蝗神的觸鬚像兩根雉尾，飛揚在蝗頭上方，觸鬚塗成乳白色，尖梢塗成火紅色。四老爺特別欣賞牠那兩條粗壯有力的後腿，像尖銳的山峰一樣豎著，像胳膊那麼粗，像紫茄子的顏色那麼深重，腿上的兩排硬刺像狗牙那麼大像雪花那麼白。蝗王的兩扇外翅像兩片鍘刀，內翅無法表現。

舉行祭蝗典禮那一天，護送因犯通姦罪被休掉的四老媽回娘家的光榮任務落到了素以膽大著稱的九老爺頭上。早飯過後，九老爺把四老爺那匹瘦驢拉出來，操著一把破掃帚，掃著毛驢腚上的糞便和泥巴，然後，在驢背上搭上了一條藍粗布褥子。

九老爺走進院內，站在窗前，嬉皮笑臉地說：四嫂子，走吧，趁著早晨涼快好趕路。

四老媽應了一聲，好久不見走出來。

九老爺說：走吧走吧，又不是新媳婦上轎。

四老媽款款地走出房門，把九老爺唬得眼睛發直，九老爺後來說四老爺是天生的賤種，他根本不知道四老媽打扮起來是那麼漂亮。四老媽白得像塊羊脂美玉，一張臉如沾露的芙蓉花，她被休時還不到三十歲，雖然拒吃茅草牙齒也是雪白的。她昂首挺胸走到九老爺面前，挺起的奶頭幾乎戳到九老爺的眼睛上。九老爺眼花撩亂，連連倒退。

老九，你四哥呢？四老媽平靜地問。

九老爺僵唇硬舌地說：俺四哥……祭蝗蟲去了。

你去把他給我找來！

俺四哥祭蝗蟲去啦……

你去叫他，就說我有話跟他說。他要是不來，我就點上火把房子燒了。

九老爺慌忙說：四嫂，您別急，我這就去叫他。

四老爺指揮著人們擺祭設壇，準備著祭蝗的儀式，心裡卻惦記著家裡的事情。九老爺慌慌張張跑來，附耳對他說了幾句，四老爺吩咐九老爺先走。

四老爺一進院子，就看到四老媽坐在院子正中一條方凳上，閉著眼，塗脂抹粉的臉上落滿陽光。他咳嗽了一聲，四老媽睜開眼，並不說話，唯有開顏一笑，皓齒芳唇，光彩奪目，像畫中的人物。

四老爺心中的金瘡迸裂，幾乎跌翻在地。

你……你怎麼還不走……

四老爺！四老媽說，常言道一日夫妻百日恩，百日夫妻似海深，我十八歲嫁給你，至今已有十一年，我一去不回還，難道你連一句話都沒有嗎？

你要我說什麼？四老爺凶聲惡氣地說著，手卻在哆嗦。

老四，四老媽說，你這一下子，實際上是要了我的命，休回娘家的女人，連條狗都不如。老四，你的心比狼還要狠，到了這個分上，我什麼都要挑明，你跟流沙口子那個女人的事，我早就知道；我跟鍋鍋匠的事，也是你定下的圈套，這就叫「只許州官放火，不許百姓點燈」。老四，你絕情絕義，我強求也無趣，只不過要走了，什麼話都該說明白。老四，你沒聽說過嗎？休了前妻廢後程，往後，你不會有好日子過，你毀了一個女人，你遲早也要毀在一個女人身上。我死了以後，我的鬼魂也不會讓你安寧！

四老爺洗耳恭聽著，好像一個虔誠的小學生聽著師傅教導。

休書呢？四老媽問，你寫給我的休書呢？

在老九那裡，我讓他交給你爹。四老爺說。

老九，把休書給我！四老媽說。

九老爺看了四老爺一眼，臉上有為難之色。

四老媽挪動著兩隻小腳，步步入土般地逼近九老爺，陰冷地一笑，說：你的膽量呢？去年夏天你來摸我的奶子的時候，膽子不是挺大嗎？還想不想摸了？四老媽把胸脯使勁往前挺著，挑逗著九老爺，想摸就摸，別不好意思也別害怕，你四哥已經把我休了，他沒有權利管我啦。

九老爺滿臉青紫，張口結舌，說不出一句話。

四老媽捲起舌頭，把一口唾沫準確地吐到九老爺嘴裡。她一把扯出夾在九老爺腋窩裡的小包袱，抖擻開來，鍋鍋匠那兩隻大鞋掉在地上，一張黃色宣紙捏在四老媽手裡。

幾十滴眼淚猝然間從四老媽眼裡迸射出來，散亂地濺到四老媽搽滿官粉的腮上，她手中那張休書在索索抖動，四老媽幾次要展開那張休書，但那休書總是自動捲曲起來，好像要掩藏一件怕人的祕密。

四老媽雙手痙攣，把那張休書撕得粉碎，然後攥成兩團，握在兩隻手心裡。她的目光極其明亮，淚水被灼熱的皮膚烤乾，腮上的淚跡如同沉重的雨點打在鹽鹼地上留下的痕跡。

老九，四老媽的嗓子被烈火燒燎得嘶啞了，她說，你吃了我一口唾沫，去年你就摟我摸我親我，你老老實實地對你哥說，我嘴裡到底有沒有銅銹味道？

九老爺困難地吞嚥了一口唾沫，巴咂著舌頭，好像在回憶，又好像在品嘗，他說：沒有味道，沒有銅銹味道。

四老媽把手裡的紙團狠狠地打在四老爺臉上，罵道：毛驢，你們這些吃青草的毛驢！然後抬手抽了四老爺一個耳光子，打得是那樣凶狠，聲音是那樣清脆。四老爺脖子歪到一側，嘴裡克嚕嚕一陣響，好像圓球在地上滾動的聲音。四老媽又抬手貼去，但這時她的胳膊已經痠麻，全身力量好像消耗完畢，她的手指尖擦著四老爺腮邊下滑，又擦著四老爺為舉行祭蝗蟲典新換上的藍布長袍下滑，又在空氣中劃了一個弓背弧，四老媽身體踉蹌，傾斜著歪倒了。第二巴掌打得筋疲力盡，其實像一次絕望的愛撫。

九老爺大聲地喊叫：四哥，別休她了！

四老爺腮幫子痙攣，眼裡迸射綠色火花，他如狼似虎地向九老爺撲過去，雙手抓住九老爺的脖領子，前推後搡，恨不得把九老爺撕成碎片。四老爺胸腔裡響著吭哧吭哧的怪叫聲，九老爺被勒緊的喉嚨裡溢出嘓嘓的響聲，好像在滔天巨浪上飛行的海鷗發出的絕望的鳴叫。被勒昏了的九老爺用腳亂踢著四老爺的腿，用手撕扯著四老爺的背。四老爺情急智生，把嘴插在九老爺的額頭上，狠狠地啃了一口，幾十顆牙印，在九老爺光滑的額頭上排列成一個橢圓形的美麗圖案。

九老爺鬼叫一聲，捂著血肉模糊的額頭，撤離了戰鬥。

一個小時後，四老爺出現在祭蝗大典上；九老爺牽著毛驢，毛驢上馱著因與眾妯娌姪媳們告別時哭腫了眼睛的四老媽，走在出村向東的狹窄土路上。

剛才，瘦瘦高高的九老媽、矮矮胖胖的五老媽，還有七個或是八個近枝晚輩的媳婦們，圍繞著門口那棵柳樹站著，看著額頭流血的九老爺把衣冠楚楚的四老媽扶上了毛驢，九老媽和五老媽抽抽搭搭地哭起來，那些媳婦們也都跟著她們的婆母們眼圈發了紅。九老爺把那兩隻用麻繩串好的大鞋原本是奮力扔在了牆角上的，但四老媽親自走去把鞋子撿起來。起初，四老媽把鞋子搭在驢脖子上，左一隻，右一隻，毛驢低垂著頭，似乎被恥辱墜彎了脖子。四老媽跨上驢背後，也許是因為那兩隻大鞋碰撞她的膝蓋，也許是為了減輕毛驢的負擔，她彎腰從驢脖子上摘下大鞋，掛在自己的脖頸上，那兩隻大鞋像兩個光榮的徽章趴在她的兩隻豐滿的乳房上。這時，她猛地轉了身，對著站在柳樹下淚眼婆娑的女人們，揮了揮手，綻開一臉秋菊般的傲然微笑，淚珠掛在她的笑臉上，好像灑在菊花瓣上的清亮的水珠兒。四老媽驢上一回首，看破了一群女人的心，多少年過去了，當時是小媳婦現在是老太婆的母親還清楚地記著那動人的瞬間，母親第九百九十九次講述這一電影化的鏡頭時，還是淚眼婆娑，語調裡流露出對四老媽的欽佩和敬愛。

如果沿著槐蔭濃密的河堤往東走，九老爺和四老媽完全可以像兩條小魚順著河水東下一樣進入蝗蟲肆虐的荒野，不被任何人發現，但九老爺把毛驢剛剛牽上河堤、也就是四老媽騎在驢上頸掛大鞋粉臉掛珠轉項揮手向眾家妯娌姪媳們告別的那一瞬間，那頭思想深邃性格倔強的毛驢忽然掙脫牽在九老爺手裡的麻線韁繩，斜刺裡跑下河堤，往南飛跑，沿著胡同，撅著尾巴，牠表現出的空前的亢奮把站在柳樹下的母親她們嚇愣了。四老媽在驢上上躥下跳，腰板筆直，沒有任何畏懼之意，宛若久經訓練的騎手。

截住牠！九老爺高叫。

九老媽膽最大，她跳到胡同中央，企圖攔住毛驢，毛驢齜牙咧嘴，衝著九老媽嘶鳴，好像要咬破她的肚子。九老媽本能地閃避，毛驢呼嘯而過，九老媽瞠目結舌，不是毛驢把她嚇昏了，而是驢上的四老媽那副觀音菩薩般的面孔、那副面孔上煥發出來的難以理解的神祕色彩把九老媽這個有口無心的高杆女人照暈了。

在毛驢的奔跑過程中，那兩隻大鞋輕柔地拍打著四老媽的乳房，毛驢的瘦削的脊背摩擦著四老媽的臀部和大腿內側。幾十年裡，當母親她們把驢跑胡同時四老媽臉上出現的神祕色彩進行神祕解釋時，我基本上持一種懷疑態度。母親她們認為，四老媽在驢上揮手告別那一瞬間，其實已經登入仙班，所以騎在毛驢上的已經不是四老媽而是一個仙姑。既然是仙姑，就完全沒有必要像一個被休掉的偷漢子老婆一樣灰溜溜地從河堤上溜走，就完全有必要堂堂正正地沿著大街走出村莊，誰看到她是誰的福氣，誰看不到她是誰一輩子的遺憾。母親她們為了證明這個判斷，提出了幾個證據：第一，四老媽從小大門不出二門不邁，騎毛驢是生來第一次，毛驢那樣瘋狂奔跑，她竟然穩如泰山，屹立不搖，這不是一個女人能做到的事情；第二，四老媽臉上煥發出耀眼的光彩，比陽光還強烈，一下就把九老媽照暈了，一般凡人臉上是難得見到這種光彩的；第三，據當時在場人們過後回憶，毛驢載著四老媽從她們眼前跑過時，她們都聞到了一股異香，異香撲鼻。母親說那是蘭花的香氣，九老媽說：不對，絕不是蘭花的香氣，是桂花的香氣！五老媽猶猶豫豫地說：好像是搽臉粉的香氣。十四嬸嬸硬說是茉莉花的味道。每個人一種說法，每個人感受到的味道都與別人不同。一股氣味，竟然具有如此豐富的成分，可見也不是人世間的香氣。第四條證據不是十分確鑿，這條關於音樂的證據只有九老媽一人敢做肯定的回答，母親她們懷疑九老媽聽到的音樂是從村東頭虮蜡廟那裡飄來的，因為四老媽騎驢跑胡同的時刻正是祭蝗大典開始的時候，四老爺雇來的三棚吹鼓手吹奏起古老的樂曲。那天颳的恰恰是東南風。

歸總一句話，四老媽是家族故去人中一個被蒙上了神祕色彩的人物，我懷疑這個過程的真實性，我又相信母親們的實事求是精神，那麼多德高望重的女前輩，難道會平白無故地集體創作一個神話？何況神話也不是無本之木無源之水，它總要有一點事實根據；而且，四老媽騎驢跑胡同的事情剛過去五十年，母親她們都是親眼目睹者，她們一談起這件事時臉上的表情都如赤子般虔誠和嚴肅，她們敘述這件事的過程達到了相當高度的莊嚴程度，是一個莊嚴的敘述過程，我沒有太多的理由否定這件事情的真實性。

當然，出於對死者的尊敬，出於對四老媽悲慘命運的同情，出於某種兔死狐悲的感情，母親她們是對事情進行了一些藝術性的加工的。擺在我面前的任務就是剔除附在事實上的花環，抓住事情的本質。第一，毛驢掙脫韁繩斜刺裡跑下河堤是毋庸置疑的；第二，四老媽穩穩地騎在飛跑的毛驢上，臉上煥發出一種奇怪的表情也不可能虛假。

毛驢被拉上河堤又跑下河堤，是因為河堤太狹窄，河水太清澈，小毛驢頭暈；四老媽穩坐飛驢不致下跌是因為她小腦機能健全，具有一種超乎常人的平衡能力。唯一費解的是，四老媽臉上為什麼會出現一種類似天神的表情。我一閉上眼睛就能看到四老媽騎在飛驢上時臉上的表情：狂蕩迷亂，幸福美滿。我不得不承認，四老媽臉上的表情與性的刺激有直接關係。這種解釋我不願意對母親她們說，但基本上是成立的。根據有關資料，我知道女人在極度痛苦時對性刺激最敏感，反應最強烈。毛驢飛奔，瘦削的驢背不停地摩擦和撞擊著四老媽的大腿和臀部，那兩隻大鞋不停地輕輕拍打著四老媽高聳的乳房。驢背摩擦和撞擊著的、大鞋輕輕拍打著的部位，全是四老媽的性敏感區域，四老媽因被休黜極度痛苦，突然受到來自幾個部位的強烈刺激，她的被壓抑的情欲，她的複雜的痛苦情緒，在半分鐘內猛然爆發，因此說她在那一瞬間超凡脫俗進入一種仙人的境界並非十分的誇張。

毛驢跑上大街，便慢條斯理地走起來，恢復了牠幾十年如一日的垂頭喪氣的面目，韁繩拖在牠的頸下，宛若一條活蛇。九老爺氣喘吁吁地追上毛驢，彎腰抓住韁繩，然後攥緊拳頭，在毛驢的腚上狠狠地打了一拳，毛驢毫無反應。

九老爺扯著韁繩，想讓毛驢後轉，重新回到河堤上去，沿著槐蔭濃密的河堤上小道，悄悄遁出村去。九老爺是一片好心，是為四老媽的面皮著想，他的好心沒得好報，正在他全力牽扯那匹魔魔祟祟的倔強老驢時，四老媽一抬腿，把一隻套在硬邦邦的繡花鞋裡的尖腳利索而迅速地踢在九老爺晦暗的印堂上，九老爺眼睛裡金星飛迸，雙耳裡鼓樂齊鳴，身子晃蕩幾下，險些仆地而倒。九老爺吃虧就在於不能察言觀色，他如果早一點抬頭看四老媽端坐驢背猶如菩薩端坐蓮花寶座那般的雍容大度端莊富麗馨香撲鼻，就不會受到迎頭痛擊，九老爺至死都不相信是四老媽飛起一隻腳踢中了他的印堂，因為他的眩暈消失之後，他看到驢上的四老媽雙眼似睜非睜，面帶一種混合著喜怒哀樂的疲倦表情，況且四老媽沒說半句話。九老爺認為這是天對他的打擊，於是毛驢也成了能與神魔對話的靈物，九老爺不敢違拗牠的意志，只得膽戰心驚、小心翼翼地牽扯著聯繫著毛驢智慧的頭顱的麻韁繩，隨著毛驢，哈著腰弓著背，額頭正中半圓形的一圈鮮紅牙印下又青青地留著四老媽堅硬足尖踢出的印痕，迤邐東行……

……我跟隨著馱著四老媽的毛驢和趕著毛驢的九老爺走在五十年前我們村莊的街道上。水晶般的太陽在蔚藍色的天空中緩慢移動著，街道上黃光瀰漫，籠罩著幾隻在疲憊不堪的桑樹蔭下耍流氓的公雞，公雞羽毛華麗，母雞羽毛蓬鬆……鬧蝗災那年，為什麼不辦個養雞場呢？雞和螞蚱的關係難道不是與熊貓與竹子、蛐蟮與泥土的關係一樣親密無間嗎？——我就是這樣問過瘦高瘦高的九老媽。九老媽斜著眼——我忽然想起，九老媽生著兩隻鬥雞眼，眼珠子黑得讓人感到有幾分虛假，懷疑她的眼睛是染過墨汁的玻璃球——嘲笑著我：識文解字的大孫子，你簡直是把書念進肛門裡去了，狗屁也不通，混蛋一個，你是個雙黃的雞子掉進糨糊裡——大個的糊塗蛋！豬肉好吃，讓你連吃一個月，你還吃嗎？你吃膩了豬肉就想吃羊肉，吃著碗裡的看著碗外的，你們男人都一樣！別看你臉皮磁溜溜的像個沒閹的牛蛋子，滿嘴酸文假醋，恐怕也是一肚子壞水！就跟你那個九老爺一樣，他現在老了，老實了，年輕時，連他親嫂子都不放過——其時，九老爺提著豢養在青銅鳥籠裡的貓頭鷹正在草地上徘徊，我和九老媽站在過去的也是現在的也許是未來的土街上，遠遠地望著在雪亮的陽光下遊蕩著的九老爺。我說不清楚那天的陽光為什麼閃爍著寶劍般的寒光，一向，遛鳥時必定唱出難懂的歌子的九老爺為什麼閉塞了喉嚨。九老爺像一匹初初能夠直立行走的類猿人一樣笨拙稚樸地動作著。我猜想到面對著透徹的陽光他一定不敢睜眼，所以他走姿狼抗，踉踉蹌蹌，趺趺撞撞，神聖又莊嚴，具象又抽象，宛若一段蒼茫的音樂，好似一根神聖的大便，這根大便注定要成為化石……在包裹住九老爺的銀白色裡——地平線跳躍不定——高密東北鄉近代史上第三次出現的紅色蝗蟲已經長得像匣槍子彈那般大小；並且，也像子彈一般又硬又直地、從四面八方射向罩上耀眼光圈的九老爺。九老爺極誇張地揮動著手臂——鳥籠子連同著那隻咿呀學語的貓頭鷹——一起畫出逐漸向前延伸的、週期性地重複著的、青銅色的符號。號聲是軍號軍號聲嘹亮，我雖然看不到軍號怎樣被解放軍第三連的號兵吹響，但我很快想起獨立第三團也是三連的十八歲號兵沙玉龍把貼滿了膠布的嘴唇抵到像修剪過的牽牛花形狀的小巧號嘴上，他的臉在一瞬間憋得像豬肝一樣，調皮戰士喊：老沙，小心點，別把腦漿子鼓出來！老沙一笑，噗哧，洩了氣，軍號那麼難聽、那麼短促地叫了一聲，我們都笑了。指導員憤怒地吼叫一聲：第七名，出列！我莫名其妙地跑出隊列，束手束腳地站著。指導員冷眼如錐，扎著我的神經。指導員說你胡說什麼？我說我沒說什麼呀！——你不是說老沙把腦漿鼓出來了嗎？——我沒說呀！那你出列幹什麼？——你讓第七名出列呀！——你是第七名嗎？——是呀——你入列……晚上我再跟你算帳，指導員冷酷地對我說，我當時感到一股涼氣從喉嚨躥到了肛門！因為那時候我食物中毒，不久前我食物中毒住進守備區醫院，護士牛豔芳像納鞋底一樣扎我的靜脈，那麼痛我不哭，她滿臉是汗窘急得很，我說扎吧，小牛！為了提高你的技術，我心甘情願給你當試驗品。小牛的眼淚汪汪。她的眼藍汪汪的像小母牛的眼睛一樣，我經常從她的眼睛裡看到她的眼睫毛的倒影，像一排線杆子。小牛對我挺好，我盼著她給我打針，扎得越多越好，我被她用一根針剜著血管子，心裡幸福得厲害，我說牛……後來我要出院了，我說，咱倆可以通信嗎？後來我們就通信了，談戀愛了。難道指導員知道啦？老沙把嘴噘得像一個美麗的肛門，觸到漂亮的、堅硬的號嘴上，他的嘴唇竟然那麼厚那麼乾燥！貼著膠布還滲血絲，真夠殘酷的。他的臉又漲紫了，號筒裡發出一聲短促的悶響——不是我侮辱戰友，確實像放屁的聲音——緊接著便流暢起來，好像氣體在疏通過腸道裡歡快地奔馳。我們剛當兵時，連長教我們辨別號音，軍號不但可以吹出熄燈、起床、集合、緊急集合、衝鋒、撤退、調人的信號，而且還能吹奏美妙動聽的歌曲。哎，想起剛當兵時，真不容易，寒冬臘月睡在水泥地上，南方的戰士到了北方就像北方的騾馬到了南方一樣，吃不慣軟綿綿的稻草泚溜泚溜老躥稀屎，躺在我身邊的王化虎，滿臉焦黃，生著兩隻大得出奇的手，據說練過「鐵沙掌」，他拉了一被子，早晨不好意思起床，差點自殺，後來他分到特務連，後來參加了自衛還擊戰，被人家活捉去了，好久才放回來。當兵不易，我當兵時人家說我們是個生蹼的家族，遺傳，接兵的連長說，沒事，我們也不是來選人種。連長說新兵怕砲，老兵怕號。從紅色沼澤地對面的部隊營房裡傳出了緊急集合號聲，一會兒我和九老媽就看到一百多個解放軍拿著棍棒衝向草地，他們的草綠色的軍裝被雪白的陽光照耀得像成熟的桑葉一樣放著墨綠色的光澤，他們身上都像結了一層透明的薄冰。他們驚驚乍乍地呼叫著，我告訴九老媽說解放軍幫助我們滅蝗蟲來了。我說只有在抗災救災中才能看到解放軍的英雄本色，九老媽說，他們胡鬧，他們是劉猛將軍手下的兵嗎？我歪歪頭，注意地觀察了一下九老媽的兩隻互相嫉妒和仇視的眼珠，忽然感覺到我對家族中年齡長者的彈性強大的模糊語言有一種接受的障礙。我悲哀起來。

這時天像一半湛藍的玻璃球了，太陽亮得失去圓形，邊緣模糊不清。解放軍繞過沼澤，在草地上散開，像一群撒歡的馬駒子。他們在九老爺對面，離著我們遠，九老爺離著我們近，所以我覺得解放軍戰士都比九老爺矮小、孱弱，我不知道九老媽與我看到的是否一致，她的鬥雞眼構造特殊是不是看到的景象也特殊呢？

我個人認為，草地像個大舞台，天空是個大屏幕，九老爺是演員，解放軍戰士是正面觀眾，我和九老媽是反面觀眾。九老爺既在天上表演也在地上表演，既在地上表演也在天上表演。中國人民的偉大領袖和導師毛澤東主席說過：神仙是生活在天上的，如果外星人看地球，地球是天上的一顆星，我們生活在地球上就是生活在天上，既然生活在天上就是神仙，那我們就是神仙。俺老師教育俺要向毛澤東主席學習，不但要學習毛主席的思想，還要學習毛主席的文章。毛主席的文章寫得好，但誰也學不了是不？毛主席老是談天說地，氣魄宏大；毛主席把地球看得像個乒乓球。莫言陷到紅色淤泥裡去了，快爬出來吧。——就像當年九老爺把九老媽從溝渠裡的五彩淤泥裡拉出來一樣，九老媽用一句話把我從胡思亂想的紅色淤泥裡拉了出來。九老媽說：

瘋了！

我迷瞪著雙眼問：您說誰瘋了？九老媽。

都瘋了！九老媽惡狠狠地說——哪裡是「說」？基本是詛咒——瘋了！你九老爺瘋了！這群當兵的瘋了！

我呢？我討好地看著九老媽凶神惡煞般的面孔，問：我沒瘋吧？

九老媽的鬥雞眼碰撞一下後又疾速分開，一種瘋瘋癲癲的神色籠罩著她的臉，我只能看到隱顯在瘋癲迷霧中的九老媽的凸出的、鮮紅的牙床和九老媽冰涼的眼睛。我……

我突然聞到了一股熱烘烘的腐草氣息——像牛羊回嚼時從百葉胃裡泛上來的氣味，隨即，一句毫不留情的話像嵌著鐵箍的打狗棍一樣掄到了我的頭上：

你瘋得更厲害！

好一個千刀萬剮的九老媽！

你竟敢說我瘋啦？

我真的瘋了？

冷靜、冷靜，冷靜，請冷靜一點！讓我們好好研究一下究竟是怎麼一回事。

她說我瘋了，她，論輩分是我的九老媽，不論輩分她是一個該死不死浪費草料的老太婆，她竟然說我瘋了！

我是誰？

我是莫言嗎？

我假如就是莫言，那麼，我瘋了，莫言也就瘋了，對不對？

我假如不是莫言，那麼我瘋了，莫言就沒瘋。——莫言也許瘋了，但與我沒關。我瘋不瘋與他沒關，他瘋沒瘋也與我沒關，對不對？因為，我不是他，他也不是我。

如果我就是莫言，那麼——對，已經說過了。

瘋了，也就是神經錯亂，瘋了或是神經錯亂的鮮明標誌就是胡言亂語，邏輯混亂，哭笑無常，對不對？就是失去記憶或部分失去記憶，平凡的肉體能發揮出超出凡人的運動能力，像我們比較最老的喜歡在樹上打鞦韆、吃野果的祖先一樣。所以，瘋了或是神經錯亂是一樁有得有失的事情：失去的是部分思維運動的能力，得到的是肉體運動的能力。

好，現在，我們得出結論。

首先，我是不是莫言與正題無關，不予討論。

我，邏輯清晰，語言順理成章，當然，我知道「邏輯清晰」與「語言順理成章」內涵交叉，這就叫「換言之」！你少來挑我的毛病，當然當然「言者無罪，聞者足戒；有則改之，無則嘉勉」。你別來聖人門前背《三字經》，俺上學那會一年到頭背誦《毛主席語錄》，背得滾瓜爛熟！我告訴你，俺背誦《毛主席語錄》用的根本不是腦袋瓜子的記憶力，用的是腮幫子和嘴唇的記憶力！我哭笑有常，該哭就哭，該笑就笑，不是有常難道還是無常嗎？我要真是無常誰敢說我瘋？我要真是無常那麼我瘋了也就是無常瘋了，要是無常瘋了不就亂了套了嗎？該死的不死不該死反被我用繩索拖走了，你難道不害怕？如此說來，我倒很可能是瘋了。

九老媽我現在才明白你為什麼期望我瘋了，如果我不瘋，你早就被我拿走了，正因為我瘋著，你才得以混水摸魚！

你甭哆嗦，我沒瘋！你幹那些事我全知道。

公元一九六一年，你生了一個手腳帶蹼的女嬰。你親手把她按到尿罐裡溺死了！你第二天對人說，女嬰是發破傷風死的！你騙了別人騙得了我嗎？

你十歲的時候就壞得頭頂生瘡腳心流膿，你跑到莫言家的西瓜地裡，沙灘上那片西瓜地，你用刀子把一個半大的西瓜切開一個豁口，然後拉進去一個屎橛子。你給西瓜縫合傷口，用酒精消了毒，灑上磺胺結晶，紮上繃帶，西瓜長好了，長大了。到了中秋節，莫言家慶祝中秋，吃瓜賞月。莫言捧著一牙瓜咬了一口，滿嘴不是味。莫言那時三歲，還挺願說話，莫言說：

爹，這個西瓜肚子裡有屎！

爹說：

傻兒子，西瓜不是人，肚子裡哪有屎？

莫言說：

沒屎怎麼臭？

爹說：

那是你的嘴臭！

莫言說：

天生是瓜臭！

爹接過瓜去，咬了一口，品咂了一會滋味，月光照耀著爹幸福的、甜蜜的臉，莫言看著爹的臉，等待著爹的評判，爹說：

像蜜一樣甜的瓜，你竟說臭，你是皮肉發熱，欠揍！吃了它！

莫言接過那瓣瓜，一口一口把瓜吃完。

莫言如釋重負地把瓜皮扔到桌子上。爹檢查了一下瓜皮，臉色陡變，爹說：

帶著那麼多瓤就扔？

莫言只好撿起瓜皮，一點點地啃，把一塊西瓜皮，啃得像封窗紙一樣薄！

你說你缺德不缺德？你的屎要是像人家吃草家族裡的屎那樣，無臭，成形，只有一股青草味，吃了也就吃了，你他媽的拉的是動物的屍體的渣滓！

罄竹難書你的罪行。

我瘋了嗎？九老媽，我不是說的你，我不是我，你不是你，都是被九老爺籠子裡那隻貓頭鷹給弄的，九老媽你瞅著空子給他捏死算啦！

九老媽說：乾巴，你九老爺的脾氣你也不是不知道，軟起來像羊，凶起來像狼。當年跟他親哥你的四老爺吃飯時都把盒子炮擱在波棱蓋上……

不知不覺地過去了一小時，我和九老媽站在已經布滿了暗紅色蝗蟲的街道上，似乎說過好多話，又好像什麼話也沒說。我恍惚記得，九老媽斷言，最貪婪的雞也是難以保持持續三天對蝗蟲的興趣的，是的，事實勝於雄辯！追逐在疲倦的桑樹下的公雞們對母雞的興趣遠遠超過對蝗蟲的興趣，而母雞們對灰土中穀秕子的興趣也遠遠勝過對蝗蟲的興趣。幾百隻被撐得飛不動了的麻雀在浮土裡撲棱著灰翅膀，貓把麻雀咬死，舔舔舌頭就走了。蝗蟲們煩躁不安或是精神亢奮地騰跳在街道上又厚又灼熱的浮土裡，不肯半刻稍停，好像浮土燙著牠們的腳爪與肚腹。街上也如子彈飛進，浮土噗噗作響，桑樹上、牆壁上都有暗紅色的蝗蟲在蠢蠢蠕動，所有的雞都不吃蝗蟲，任憑著蝗蟲們在牠們身前身後身上身下爬行跳動。五十年過去了，街道還是那條街道，只不過走得更高了些，人基本上還是那些人，只不過更老了些。曾經落遍蝗蟲的街道上如今又落遍蝗蟲，那時雞們還是吃過蝗蟲的，九老媽說那時雞跟隨著人一起瘋吃了三天蝗蟲，吃傷了胃口，中了蝗毒，所有的雞都腹瀉不止，屁股下的羽毛上沾著污穢腥臭的暗紅色糞便，蹣跚在蝗蟲堆裡牠們一個個步履艱難，奓煞著凌亂的羽毛，像剛剛遭了流氓的強姦，伴隨著腹瀉牠們還嘔吐噁心，一聲聲尖細的呻吟從牠們彎曲如弓背的頸子裡溢出來，牠們尖硬的嘴上，掛著摻著血絲的黏稠涎線，牠們金黃的瞳孔裡晃動著微弱的藍色光線——五十年前所有的雞都中了蝗毒，跌踣在村裡的家院、胡同和街道上，像一台醉酒的京劇演員。人越變越精明，雞也越變越精明了；今天的街道宛若往昔，可是雞們、人們都對蝗蟲抱一種疏遠冷淡的態度了。

我真想死，但立刻又感到死亡的恐怖，我注視著拴在牆前木樁上的一匹死毛漸褪新毛漸生的毛驢，忽然記起：上溯六十年，那個時候，家族裡有一個奇醜的男人曾與一匹母驢交配。他腦袋碩大，雙腿又細又短，雙臂又粗又長，行動怪異，出語無狀，通體散發著一種令人掩鼻的臭氣，女人們都像避瘟神一樣躲著他。他是踏著一條凳子與毛驢交配的，那時他正在家族中威儀如王的大老爺家做覓漢，事發之後，大老爺怒火萬丈，召集了十幾個膀大腰圓的漢子，每人手持一枝用生牛皮擰成的皮鞭，把戀愛過的驢和人活活地打死了。現在，這樁醜事，還在暗中愈加斑斕多彩地流傳著。——我深深感到，被鞭笞而死的驢和人都是無辜的，他和牠都是階級壓迫下的悲慘犧牲。我記起來了，他的綽號叫「大鈴鐺」，發揮一下想像力，也可以見到那匹秀美的小毛驢的形象。家族的歷史有時幾乎就是王朝歷史的縮影，一個王朝或一個家族臨近衰落時，都是淫風熾烈，扒灰盜嫂、父子聚麀、兄弟鬩牆、婦姑勃谿——表面上卻是仁義道德、親愛友善、嚴明方正、無欲無念。

嗚呼！用火刑中興過、用鞭笞維護過的家道家運俱化為輕雲濁土，高密東北鄉吃草家族的黃金時代已經一去不復返，我面對著尚在草地上瘋狂舞蹈著的九老爺——這個吃草家族純種的孑遺之一，一陣深刻的悲涼湧上心頭。

現在，那頭母驢站在一道傾圮的土牆邊上，就是牠喚起了我關於家族醜聞的記憶。牠難道有可能是那頭被「大鈴鐺」姦污過、不，不是姦污，是做愛！牠難道有可能是那頭秀美的母驢的後代嗎？牠一動不動地站著，一條烏黑的韁繩把牠拴在牆邊糟朽的木樁上。牠的禿禿的尾巴死命夾在兩條骨節粗大的後腿之間；牠的腚上瘢痂累累，那一定是皮鞭留給牠的終生都不會消除的痛楚烙印；牠的脖後久經磨難，老繭像鐵一樣厚，連一根毛都不長；牠的蹄子破破爛爛，傷痕累累，牠的眼睛枯滯，眼神軟弱而沮喪；牠低垂著牠的因充塞了過多的哲學思想而變得沉重不堪的頭顱……五十年前，也是這樣一頭毛驢馱著四老媽從這樣的街道上莊嚴地走過，牠是牠的本身還是牠的幻影？牠站在牆前，宛若枯木雕塑，暗紅色的蝗蟲在牠的身上跳來跳去，牠巍然不動，只有當大膽的蝗蟲鑽進牠的耳朵或是鼻孔裡時，牠才擺動一下高大的雙耳或是翕動一下流鼻涕的鼻孔。牆上土皮剝落，斑斑駁駁，景象淒涼；牆頭上的青草幾近死亡，像枯黃的亂髮般紛披在牆頭上，那兒有一隻背生綠鱗的壁虎正在窺視著一隻伏在草梢上的背插透明紗翅的綠蟲子。壁虎對紅蝗也不感興趣。這不是馱過四老媽的那頭驢，牠的紫玉般的蹄子上雖然傷痕瘢疤連綿不絕，但未被傷害的地方依然煥發出青春的潤澤光芒。一隻蝗蟲蹦到了我的手背上，我感覺到蝗蟲腳上的吸盤緊密地吮著我的肌膚，撩起了我深藏多年的一種渴望。我輕輕地、緩緩地、悄悄地把手舉起來，舉到眼前，用溫柔的目光端詳著這隻神奇的小蟲……淚水潸然下落……乾巴，九老媽用狐狸般的疑惑目光打量著我，問：你眼裡淌水啦，是哭出來的嗎？我舉著手背上的蝗蟲，說：不是眼淚，我沒哭，太陽光太亮了。九老媽噢了一聲，抬手一巴掌，打在我的手背上，把那隻蝗蟲打成了一攤肉醬。為了掩飾憤怒憂傷和惆悵，我掏出了墨鏡，戴在了鼻梁上。

天地陰慘，綠色氾濫，太陽像一塊浸在污水中的圓形綠玻璃。九老爺周身放著綠光，揮舞著手臂，走進了那群滅蝗救災的解放軍裡去。解放軍都是年輕小伙子，生龍活虎，龍騰虎躍，追趕得蝗蟲亂蹦亂跳。他們嗷嗷地叫著，笑著，十分開心愉快。我可是當過兵的人，軍事訓練殘酷無情，冬練三九夏練三伏，摸爬滾打夠人受的。滅蝗救災成了保衛著我們的莊稼地的子弟兵們的盛大狂歡節，他們奔跑在草地上像一群調皮的猴子。九老爺的怪叫聲傳來了，記錄他叫出來的詞語毫無意義，因為，在這顆地球上，能夠聽懂九老爺的隨機即興語言的只有那隻貓頭鷹了。牠在大幅度運動著的青銅鳥籠子裡發出了一串怪聲，記錄牠的怪聲也同樣毫無意義，牠是與九老爺一呼一應呢。從此，我不再懷疑貓頭鷹也能發出人類的語言了。有十幾個解放軍戰士把九老爺包圍起來了，九老媽似乎有點怕。九老媽，休要怕，你放寬心，軍隊和老百姓本是一家人，他們是觀賞九老爺籠中的寶鳥呢。他們彎著腰，圍著鳥籠子團團旋轉，貓頭鷹也在籠子裡團團旋轉。那個吹號的小戰士捏著一隻死蝗蟲遞給貓頭鷹，牠輕蔑地彎勾著嘴，叫了一聲，把那小戰士嚇了一跳。

後來，農業科學院蝗蟲研究所那群研究人員從紅色沼澤旁邊的白色帳篷裡鑽出來，踢踢踏踏地向草地走來——草地上的草已經成了光桿兒，蝗蟲們開始遷移了——連續一年滴雨不落之後又是一月無雨，只是每天凌晨，草莖上可以尋到幾滴晶瑩的可怕的露珠——太陽毒辣，好似後娘的巴掌與獨頭的大蒜，露珠在幾分鐘內便幻成了毛蟲般的細弱白氣。如今，只有紅褐色的蝗蟲覆蓋著黑色的土地了。蝗蟲研究人員們當初潔白的衣衫遠遠望著已是髒污不堪，呈現著與蝗蟲十分接近的顏色，蝗蟲伏在他們身上，已經十分安全。名存實亡的草地上塵煙衝起，那是被解放軍戰士們踢踏起來的，他們腳踩著蝗蟲，身碰著蝗蟲，揮動木棍，總能在蝗蟲飛濺的空間裡打出一道道弧形的縫隙。蝗蟲研究人員肩扛著攝影機，拍攝著解放軍與蝗蟲戰鬥的情景，而那些蝗蟲們，正像決堤的洪水一樣，朝著村莊湧來了。

蝗蟲們瘋狂叫囂著，奮勇騰跳著，像一片碩大無比的、貼地滑行的暗紅色雲團，迅速地撤離草地，在離地三尺的低空中，回響著繁雜紛亂的響聲，這景象已令我瞠目結舌，九老媽卻用曾經滄海的滄桑目光鞭撻著我兔子般的膽怯和麻雀般的狹小胸懷。這才有幾隻蝗蟲？九老媽在無言中向我傳遞著信息：五十年前那場蝗災，才算得上真正的蝗災！

五十年前，也是在蝗蟲吃光莊稼和青草的時候，九老爺隨著毛驢，毛驢馱著四老媽，在這條街上行走。村東頭，祭蝗的典禮正在隆重進行……為躲開蝗蟲潮水的浪頭，九老媽把我拖到村東頭，頹棄的虮蜡廟前，跪著一個人，從他那一頭白莽莽的刺蝟般堅硬的亂毛上，我認出了他是四老爺。九老媽與我一起走到廟前，站在四老爺背後。低頭時我看到四老爺鼻尖上放射出一束堅硬筆直的光芒，蠻不講理地射進虮蜡廟裡。廟門早已爛成碎屑，尚餘半邊被蛀蟲嚙咬的坑坑窪窪的門框。五十年風吹雨打、軟磨硬蹭，把磚頭都剝蝕得形同蜂窩鋸齒，廟上開著天窗，原先圖畫形影的廟裡粉壁上，留下一片片鐵銹色的雨漬，幾百隻蝙蝠棲息在廟裡的梁閣之間，遍地布滿蝙蝠屎。恍然記起幼年時跟隨四老爺進廟收集夜明砂時情景，一隻像團扇那麼大的蝙蝠在梁間滑行著，牠膨脹著透明的肉翼，宛若一道彩虹，宛若一個幽靈。牠拉出的屎大如芡實，四老爺一粒粒撿起，視為珍寶。四老爺，你當時對我說，這樣大顆粒的夜明砂世所罕見，每一粒都像十成的金豆子一樣值錢……那時候龐大蝗神塑像可是完整無損地存在著的呀，只是顏色暗淡，所有的鮮明都漫漶在一片陳舊的煙色裡了……沿著四老爺鼻尖上的強勁光芒，我看到了虮蜡廟裡的正神已經殘缺不全，好像在烈火中燒熟的螞蚱，觸鬚、翅膀、腿腳全失去，只剩下一條烏黑的肚子。四老爺禮拜著的就是這樣一根蝗神的泥塑肚腹。西邊，遷徙的跳蝗群已經湧進村莊，桑下之雞與牆外之驢都驚悸不安，雞毛奓，驢股慄，哪怕是蟲介，只要結了群，也令龐然大物吃驚。解放軍戰士和蝗蟲研究人員追著蝗群湧進村莊，乾燥的西南風裡漂漾著被打死踩死的蝗蟲肚腹裡放出的潮濕的腥氣。

九老媽說：四老祖宗，起來呢，蝗蟲進村啦！

四老爺跪著不動，我和九老媽架住他兩隻胳膊，試圖把他拉起來。四老爺鼻尖上的靈光消逝，他一回頭，看到了我的臉，頓時口歪眼斜，一聲哭叫從他細長的脖頸裡湧上來，衝開了他閉鎖的喉頭和紫色的失去彈性的肥唇：

雜種……魔鬼……精靈……

我立刻清楚四老爺犯了什麼病。他跪在虮蜡廟前並非跪拜蝗蟲，他也許是在懺悔自己的罪過吧。

四老爺，起來吧，回家去，蝗蟲進村啦。

雜種……魔鬼……精靈……四老爺囁嚅著，不敢看我的臉，我感覺到他那條枯柴般的胳膊在我的手裡顫抖，他的身體用力向著九老媽那邊傾斜著，把九老媽擠得腳步凌亂。

冷……冷……赤日炎炎似火燒，四老爺竟然說冷，說冷就是感覺到冷，是他的心裡冷，我知道四老爺不久於人世了。

跳蝻遮遍街道，好像不是蝗蟲在動而是街道在扭動。解放軍追剿蝗蟲在街道上橫衝直闖，蝗蟲研究人員搶拍著跳蝻遷徙的奇異景觀，他們驚詫地呼叫著，我為他們的淺薄感到遺憾，五十年前那場蝗災才算得上是蝗災呢！人種退化，蝗種也退化。

四老爺，您不要怕，不要內疚，地球上的男人多半都幹過通姦殺人的好事，您是一個生長在窮鄉僻壤的農民，您幹這些事時正是兵荒馬亂的年代，無法無天的年代守法的都不是好人，您不必掛在心上。比較起來，四老爺，我該給您立一座十米高的大牌坊！回家去吧，四老爺，您放寬心，我是您的嫡親的孫小，您的事就算是爛在我肚子裡的，我對誰也不說。四老爺您別內疚，您愛上了紅衣小媳婦就把四老媽休掉了，您殺人是為了替愛情開闢道路，比較起來，您應該算作人格高尚！四老爺，經過我這一番開導，您的心裡是不是比剛才豁亮一點啦？您還是感到冷？四老爺，您抬頭看看天是多麼藍啊，藍得像海水一樣；太陽是多麼亮，亮得像寶石一樣；蝗蟲都進了村，草地上什麼都沒有了，一片白茫茫大地真乾淨；您是不是想到草地上拉屎去？我可以陪您去，我多少年沒聞到您的大便揮發出來的像薄荷油一樣清涼的味道了。解放軍一個比一個勇敢，他們手上臉上都沾滿了蝗蟲們翠綠的血；牆外邊那頭母驢快被蝗蟲壓死了，牠跟您行醫時騎過的那頭毛驢有什麼血緣關係沒有？牠們的模樣是不是有點像？鞭笞與「大鈴鐺」戀愛的那匹秀美母驢的行刑隊裡您是不是一員強悍的幹將？您那時血氣方剛、體魄健壯，八股牛皮鞭在您的手裡揮舞著，好似鐵蛇飛騰，颼颼的怪叫令每一個旁觀者的耳膜戰慄，您也是心狠手毒，一鞭一道血痕，就是鋼鐵的身軀也被您打碎了，我的四老爺！人，其實都跟畜生差不多，最壞的畜生也壞不過人，是不是呀？四老爺，您還是感到寒冷嗎？是不是發瘧疾呢？紅色沼澤裡有專治瘧疾常山草，要不要我去採一把？熬點湯藥給您吃。發瘧疾的滋味可是十分不好受，孫子該享的福沒享到，該受的罪可是全受過了。發瘧疾、拉痢疾、絞腸痧、卡脖黃、黃水瘡、腦膜炎、青光眼、牛皮癬、貼骨疽、腮腺炎、肺氣腫、胃潰瘍……這一道道的名菜佳肴等待我們去品嘗，諸多名菜都嘗過，唯有瘧疾滋味多！那真是：冷來好似在冰上臥，熱來好似在蒸籠裡坐，顫來顫得牙關錯，痛來痛得天靈破，好一似寒去暑來死去活來真難過。記得我當年發瘧疾發得面如金紙，站都站不穩，好像一株枯草，是您不顧蚊蟲叮咬，從紅色沼澤裡採來一把常山草，治好了我的病，救了我一條命。救人一命，勝造七級浮屠！您為了採藥，被沼澤裡的河馬咬了一口，被蘆葦中的斑馬打了一蹄子，有好多次差點陷進紅色淤泥裡淹死，您一輩子救死扶傷，實行革命的人道主義，行善遠比做惡多，您滿可以正大光明地活著，良心上不要有什麼不安。您現在還是那麼冷嗎？太好啦，不冷就好啦。「常山」不是草？對，我那時被瘧疾折騰得神昏譫語，眼前經常出現虛假的幻影。「常山」是落葉灌木，葉子披針形，花黃綠色，結蒴果，根和葉子入藥，主治瘧疾。四老爺，我知道您活活是一部《本草綱目》，不過，您用鐵藥碾子扎碎蝗蟲團成梧桐子大的「百靈丸」出售，騙了成千上萬的金錢，這件事可是夠缺德的！……四老爺，您怎麼又哆嗦成一個蛋了？您別抖，我聽到您的骨頭架子像架破紡車一樣嘎嘎吱吱地響，再抖就嘩啦啦土崩瓦解、四分五裂啦！說一千道一萬，我們還是希望您能多活幾年。

我和九老媽把抖得七零八落的四老爺暫時安放在一道臭杞樹夾成的黑籬笆邊上，讓灼熱的太陽照耀著他寒冷的心，讓青綠的臭杞刺針灸著他冥頑不化的腦袋，讓他鼻尖上的光芒再次射進虮蜡廟內，照亮蝗神的殘骸和污穢的廟牆，讓沾滿灰土的蛛網在光明中顫抖，讓團扇大的蝙蝠在光明中翩翩飛舞。廟裡空間狹小，蝙蝠輕弱柔紗，飛行得瀟灑漂亮，遊刃有餘，永遠沒有發生過碰撞與摩擦……我記不清墨鏡是什麼時候滑落到街上的熱塵埃裡的了，蝗蟲的糞便塗滿了墨鏡的鏡片和框架……感謝你，我的無惡不作的仁慈的上帝，我恨不得活活剝掉你的生著柔軟白毛的兔子皮……四老爺，您就要死去嗎？您像一匹老狗般蜷縮在臭杞樹黑暗的陰影裡，當年主持祭蝗大典的威嚴儀表哪裡去了？好花不常開，好景不常在，千里搭長棚，沒有不散的宴席，想想真讓人心酸！四老爺，那時候您穿著長袍馬褂，足蹬粉底青布鞋，手捧著一隻三腿銅爵，把一杯酒高高舉起來——

蝗蟲們湧進村來，參加村民們為牠們舉行的盛典，白色的陽光照耀著蝗蟲的皮膚，泛起短促渾濁的橙色光芒，街上晃動著無數的觸鬚，敬蝗的人們不敢輕舉妄動，唯恐傷害了那些爬在他們身上、臉上的皮膚嬌嫩的神聖家族的成員。九老爺隨著毛驢，走到虮蜡廟前，祭蝗的人群跪斷了街道。毛驢停步，站在祭壇一側，用牠的眼睛看著眼前的情景，幾百個人跪著，光頭上流汗，脖子上流汗，蝗蟲們伏在人們的頭頸上吮吸汗水，難以忍受的騷癢從每一個人的脊梁溝裡升起，但沒人敢動一下。面對著這等莊嚴神聖的儀式，我充分體驗到癢的難捱，如果恨透了一個人，把一億隻蝗蟲驅趕到他家去是上乘的報仇方式。蝗蟲腳上強有力的吸盤像貪婪的嘴巴吻著我的皮膚，蝗蟲的肚子像一根根金條在你的臉上滾動。我和你，我們站在祭蝗的典禮外，參觀著人類史上一幕難忘的喜劇，我清楚地嗅到了從你的腋窩裡散出的熟羊皮的味道。有一匹碩大的蝗蟲蹦到了你的紅紅的鼻頭上，蝗蟲眼睛明亮，好像從眼鏡片後透出來的淫蕩的光芒撩逗得你身體扭動，你的畸形的腳把其餘一些企圖爬到你身上去的蝗蟲咯咯唧唧地踩死了。我看著你的不健康的臉，那隻大蝗蟲正在你臉上爬行著，你的眼裡迸發出那種藍幽幽的火花。你是我邀請來參觀這場典禮的，五十年前的事情再次顯現是多麼樣的不容易，這機會才是真正的彌足珍貴，你不珍惜這機會反而和一頭螞蚱調起情來了，我對你感到極度的絕望。先生！你睜開眼睛看一眼吧，在你的身前，我的九老爺煩躁不安地挪動著他的大腳，把一堆又一堆的蝗蟲踩得稀巴爛，你對蝗蟲有著難以割捨的親情，我知道你表面上無動於衷，心裡卻非常難過。可是，我們不是反覆吟誦過：要掃除一切害人蟲，全無敵嗎？我多次強調過，所有的愛都是極有限度的，愛情脆弱得像一張薄紙，對人的愛尚且如此，何況對蝗蟲的愛！你順著我的手指往前看吧，在吹鼓手的鼓吹聲中，四老爺持爵過頭，讓一杯酒對著浩浩蕩蕩的天空，吹鼓手的樂器上，吹鼓手皮球般膨脹的腮幫子上，都掛滿了蝗蟲。四老爺把酒奠在地上，抬手一巴掌——完全是下意識——把一隻用肚子撩撥著他的嘴唇的蝗蟲打破了，蝗蟲的綠血塗在他的綠唇上，使他的嘴唇綠上加綠。四老爺始作俑，眾人繼發瘋，你看到了嗎？跪拜蝗神的群眾騷動不安起來，他們飛舞著巴掌，噼噼啪啪，打擊著額頭、面頰和脖頸，打擊著脊背、肩膀和前胸，巴掌到處，必有蝗蟲肢體破裂，你是不是準備打自己一個嘴巴，把那隻在你臉上爬動的蝗蟲打死呢？我勸你打死牠，這樣，你才能真正品嘗到紅蝗的味道。我們吃過的蝗蟲罐頭都加了防腐劑，一點也沒味。祭蝗大典繼續進行，四老爺面前的香案上香煙繚繞，燃燒後的黃裱紙變成了一片片黑蝶般的紙灰索落落滾動，請你注意，廟裡，通過洞開的廟門，我們看到兩根一樣粗細的紅色羊油大蠟燭照亮了幽暗的廟堂，蝗神在燭光下活靈活閃，栩栩如生，彷彿連那兩根雉尾般高揚的觸鬚都在輕輕抖動。四老爺敬酒完畢，雙手捧著一束翠綠的青草，帶著滿臉的虔誠和擠鼻弄眼（被蝗蟲折磨的）走進廟堂，把那束青草敬到蝗神嘴巴前。蝗神奓翅支腿，翻動唇邊柔軟的鬍鬚，齜出巨大的青牙，像騾馬一樣喀嚓喀嚓地吃著青草。你看到蝗神吃青草的驚人情景了嗎？你沒有看到，也罷，看不到就算啦。我十分喜愛你額頭上那七道深刻的皺紋，當你蹙起眉頭時，你的額頭就像紅色的燈芯絨一樣令人難以忘懷。你要不要吃茅草？哎哎，入鄉隨俗嘛！再說「生處不嫌地面苦」。多食植物纖維有利健康，大便味道高雅。對不起，我的話可能刺傷了你，要不你幹嗎要讓額頭上的燈芯絨更燈芯絨一些，好像一個思索著宇宙之至理的哲人。四老爺獻草完畢，走出廟門，面向跪地的群眾，宣讀著請鄉里有名的庠生撰寫的《祭虮蜡文》，文曰：

惟中華民國二十四年六月十五日，高密東北鄉食草家族族長率族人跪拜虮蜡神，畢恭畢敬，泣血為文：白馬之陽、墨水之陰，係食草家族世代聚居之地；敬天敬地，畏鬼畏神，乃食草家族始終恪守之訓。吾等食草之人，粗腸礪胃，窮肝賤肺，心如糞土，命比紙薄，不敢以萬物靈長自居，甘願與草木蟲魚為伍。吾族與虮蜡神族五十年前邂逅相遇，曾備黃米千升，為汝打尖填腹，拳拳之心，皇天可鑑。五十載後又重逢，紛紛吃我田中穀，族人心裡苦。大旱三年，稼禾半枯，族人食草嚙土已瀕絕境。幸有蝗神託夢，修建廟宇，建立神主，四時祭祀，香煙不絕。今廟宇修畢，神位已立，獻上青草一束，村醪三盞，大戲三台，祈求虮蜡神率眾遷移，河北沃野千里，草木豐茂，咬之不盡，嚙之不竭，況河北刁民潑婦，民心愚頑，理應吃盡啃絕，以示神威。蝗神有知，聽我之訴，嗚呼嗚呼，泣血漣如，供獻青草，伏惟尚饗！

四老爺拖著長腔念完祭文，吹鼓手們鼓起腮幫，把響器吹得震天動地，蝗蟲從原野上滾滾而來，蝗蟲爬動時的聲響雜亂而強烈，幾乎嚇破了群眾的苦膽。我們把視線射進廟內，我們看到那匹巨大的蝗蟲領袖依然像騾馬一樣吞食著四老爺敬獻到牠嘴邊的鮮嫩的青草，我們注視著牠生龍活虎的形象，從心靈深處漾發對蝗神的尊敬。你與我一起分析一下四老爺高聲誦讀過的祭文，你發現了沒有，這祭文挑動蝗蟲，過河就食，並且吃盡啃絕，狼子野心，何其毒也！要是河北的人知道了，一定要過河來拚命。這時，群眾紛紛站起來，有幾個年老的站起來後又栽倒，毒辣的陽光曬破了他們的腦血管，他們也成了供獻給蝗蟲的犧牲。正當群眾們遙望蝗蟲的洪流時，坐在毛驢背上的四老媽長嘯一聲，毛驢開蹄就跑，九老爺緊緊追趕，無數的蝗蟲死在驢蹄和人腳下。毛驢跑到祭壇前，撞翻了香案，衝散了吹鼓手，四老爺躲在一邊顫抖。四老媽高叫著——聲音雖然出自四老媽之口，但絕對是神靈的喻示：牠們還會回來的，牠們爬著走，牠們飛著回！老四老四，你發了昧心財，幹了虧心事，早晚會有報應的。

你忽然驚恐不安地問我：真的有報應嗎？我問：你幹過虧心事嗎？

你搖著頭，把目光避開。你現在看到的是五十年後的四老爺像條垂死的老狗一樣倚在臭杞樹籬笆上，瞇著混濁的老眼曬太陽，豔陽似火，他卻渾身顫抖，他就要死去了，他現在正回憶著他的過去呢。

要是有報應，那也挺可怕……你說。

你怎麼像魯迅筆下的祥林嫂呢？我問，你是不是也想捐門檻？

你搖頭。

我說：你要是捐門檻的話，要砍伐一平方公里原始森林！

你說我胡說，我說我是跟你開玩笑呢，你說要是有報應的話——你不說了。

我想回城裡去，你怕冷似地縮著肩頭，說。

祝你回城市的路途上幸福愉快，我友好地與你握手告別。

老大娘你扭動著緊緊裹在那條破舊的燈籠褲裡的蒼老的臀部，像一隻北京鴨與蘇州鵝交配而生的雜種扁毛家禽，大步向西走去。你回城去了。你熱切地盼望著住在高樓上的一個舊俄軍官像狗一樣伸出生滿肉刺的舌頭去舔舐你的鈕釦，你穿著一件斑馬皮縫成的上衣。你還在動物園工作嗎？我辭職了，我到亞洲音響公司去了。你是音樂家？我是動物語言研究者。你保護動物嗎？不，我虐待動物。你活剝了斑馬的皮？我活剝你的皮，斑馬是我丈夫。然後，你坐在一張用虎皮蒙成的沙發上，亂點著蜥蜴般的長舌，舔食著一杯用開水沖成的濃厚的麥精乳或是一杯美酒加咖啡，觀賞著牆壁上一幅一流畫家精心臨摹的油畫：一個生著三隻乳房的裸體女人懷抱著一個骷髏，周圍，生長著一些沼澤地裡的植物，植物的莖上綴滿紅蝗蟲。你和他肩並著肩，注視著油畫，他的兒子坐在他們身後的沙發上，劈著腿，端詳著自己的稚嫩的小小生殖器，一聲也不吭。你們的心裡都燃著烈火，燉魚的鍋下藍火熊熊，鹹巴魚的味道溢出來。巴魚又漲價了。因為肉類先漲了價，政府鼓勵人們吃魚。肉為什麼要漲價呢？因為糧食漲價了。糧食為什麼會漲價呢？因為紅蝗成了災。這就是商品交換規律嗎？原始交換？不，是價值的規律。枯燥得很。是理論吧？交換過程可是一點都不枯燥。原始的交換，貨幣尚未成為流通的中介，交換形式簡單方便，富有羅曼蒂克精神，披著含情脈脈的紗裙。哎喲喲！後來，你們把那個參拜著生命之根的男孩子拋在客廳裡。你們像一對迷醉的企鵝。你很駭怕，你一抬頭就看到他的面部肌肉飽綻的妻子在鏡框裡冷冷地對你微笑，並發出聲聲的長歎……客廳裡傳來一聲動物的慘叫，你們毛骨悚然，衝到客廳你們發現，男孩的生殖器上鮮血淋漓，一把沾滿鮮血的鉛筆刀扔在地板上……你怎麼啦？他問，他驚慌失措地問，淚水在眼眶裡滾動。男孩不動聲色地坐著，像冬瓜一樣的長頭顱疲倦地倚在沙發的靠背上。一隻骯髒的黃毛裡生滿跳蚤和蝨子的波斯貓伏在電冰箱高高的頭顱上，閉著眼睛，均勻地打著呼嚕。貓身上那股又腥又鹹的好像醃巴魚一樣的味道突然喚起了一種陌生而親切的回憶，當然，毫無疑問地，貓身上的腥臊味道同樣喚起了他的親切又陌生的回憶。不是貓的味道，是巴魚的味道。巴魚又他媽的漲價了，所以動物園的門票貴了。怎麼回事？海豹要吃巴魚呀。還是斑馬好，斑馬只吃草。一點麩皮也不吃？吃點豆餅。那大豆早就漲價啦。都怨蝗蟲。貓身上的味道必定喚起你們類似的回憶。貓只舔一點被蝗蟲撐昏的麻雀頸上的血，根本不吃麻雀。貓！不許你掀鍋，鍋裡的巴魚都煮糊了。一種面對鮮血的恐怖使你們心中都生出一片片白色的霜漬，你們的脊髓裡都遊蕩著一股股溫柔的、不祥的冷氣……電冰箱隆隆地響起來了，波斯貓睜開眼睛，打了個呵欠，橙色的眼睛裡射出一道懶洋洋的司空見慣的光芒，掃射了一下你們倆美麗的面孔，又打了個呵欠，閉上眼睛。周身散發著醃巴魚味道的波斯貓繼續齁齁而睡，電冰箱的聲響戛然而止，房間裡陡然變得異常安靜，你們好像陷進紅色沼澤裡，紅色的淤泥黏稠又溫暖，淹沒了你們的脖頸嘴巴和鼻孔，只露著四隻憂鬱的眼睛和兩顆玲瓏剔透的、蒼白的頭。你們的高大挺拔的耳朵聳立著，壓力增大，血管膨脹，你們的耳朵像鮮紅的楓葉在你們的蒼白額頭上投下暗紅色的陰影，你們利用最後的時光品嘗著巴魚。一抹夕陽打在毛毛糙糙半透明的玻璃窗上，噼噼啪啪響著，穿透進來，照著生有三隻乳房的裸體女人和雪白的粉骷髏，照著孳生色欲的紅色沼澤，照著色情氾濫的紅色淤泥裡生長著的奇花異草，照著臥在一株莖葉難分頗似棍棒的綠色植物的潮濕陰影下的碧綠的青蛙，青蛙大腹膨脝，眼泡像黑色的氣球，當然還照耀著他的兒子沾滿綠色血污的他的傳家之寶。你驀然憶起，也是在一個晚霞如火的時刻，你的兒子用一把鋒利的剃鬚刀切斷了一隻黃背小烏龜富有彈性的脖頸時的情景，那隻名貴的小烏龜腔子裡流出的血液也是綠的，與他的兒子流出的血液竟是一樣的顏色，正像老黑格爾說過的一樣：歷史是驚人的相似！

這時你才想起，進入這個房間時，你還是一個青絲如墨的少婦，而現在，你已經是一個既畏寒又畏熱，乳房像空布袋一樣耷拉到大腿根、經常被紮進褲腰裡，形單影隻、無人問津的老婦人了。這時，你感到胸口憋悶，呼吸窘迫，不，無法呼吸！黏稠的紅色淤泥堵塞了你的鼻腔，灌滿了你的喉管，你拚命掙扎著，但也只能用一點微弱的意識進行掙扎了，溫暖、多情、像發霉的棗花蜂蜜一樣的紅色淤泥牢牢地吸住了你的四肢，血液上衝，使你眼睛裡的毛細血管破裂，你兩眼鮮紅。儘管你用刀割出五層眼皮，儘管你眼下的黑暈足有銅錢般大，儘管你的睫毛像密集的柵欄，儘管你用你的洞穴般的勾魂眼攝去了多少好漢的魂魄，都無法挽救你溺死在淤泥之中了。你終於看到，那個文質彬彬的男人聽到你的呼喚之後，立刻把脖子緊縮進烏黑的皮夾克裡，只露出一隻尖尖的嘴巴，宛若一隻冰涼的大龜。你痛苦地封閉了自己的眼睛，思念非洲。

你睜開眼睛時，看到他跪在地板上用紗布包紮著他兒子的傷口。他兒子手持著一根香蕉，寡淡無味地、機械地戳著那個男人聰明智慧的腦袋。你站在一旁，站在波斯貓的腥氣裡，麻木不仁地注視著這一幕可以名為「父子情深」的戲劇，感到一種蝕骨的淒涼。你說：要我幫忙嗎？他不屑回答，他的兒子卻把長長的腦袋揚起來，好奇地問：阿姨，你和我爸爸為什麼像貓一樣叫？你聽到問訊、感到臉皮發燒。男孩又說：我爸爸昨天和胖子阿姨關著門學狗叫。他厲聲喝斥兒子：不要胡說！

乳白色的門被敲響，不，是金屬的鑰匙在金屬的鎖孔裡扭動發出的金屬聲響，最先被驚動的不是你竟是他。他顧不上為兒子包紮了，他像一隻雄雞從地上跳起來，臉色如黃土。他撲到門邊，頂住門，回頭對你說，輕聲說，我們可是什麼事也沒有。你麻木地站著，聽著門外的聲音，是一個女人的聲音。

他的妻子握著旅行包回來了。

你打量著這個凸眼肥唇的女人，加倍地思念著非洲的山崗和河流，斑馬還有河馬。（她提著一個破帆布包，身上散發著巴魚的味道。）打量著這個女人頭上的一根寶藍色的髮卡你想起了自己頭上也有一根翠綠的髮卡。

他像下級見到上級一樣為他的老婆鞠躬，那女人把包扔在地上，嘴唇搐動著，確實像一個即將排泄稀薄大便的肛門。那男孩從沙發上跳起來，白紗布拖在腿間，向著女人撲去。母子倆擁抱親吻……你滿臉是淚，他向他的妻子介紹你時，板著他的臉，一本正經，好像一頭閹割過的驟子。他向他的妻子流露出他對你這類對他有所求的女人的極度不耐煩，他的妻子也用那種為丈夫驕傲的目光斜視著你。你雖然多次見到過形形色色的女主人的這類目光，但還是感到難過。……那女人擎著你的髮卡衝出來，舉著一條毛巾衝出來。她舉著那條毛巾像高舉著一面憤怒的義旗。你看到他——幾十分鐘前還頤指氣使、居高臨下地開導著你的他——像一尊泡酥了的神像逐漸矮了下去。你看到他跪在他的老婆面前，仰著一張承露盤般的可愛的臉，在他老婆的膝間。他老婆嚎叫著，把你的綠髮卡、把毛巾摔在他的臉上，把金絲眼鏡打落地下。他跪著，焦急地摸索著。你的腮上響過兩聲之後才知道被那女人搧了兩耳光，你仰仰身體，退到電冰箱上，沉醉在波斯貓的巴魚氣味裡。你聽到他哀求著：是她……是這個婊子勾引了我……

你好像生著蝙蝠般的翅膀，從高樓降落到地面……是她勾引我的……原諒我吧……

那天晚上，你穿著黑色長裙鮮紅褲衩肉色高筒絲襪乳白色高跟羊羔皮涼鞋，拎著一個鯊魚革皮包，你其實是狼狽逃竄。坐在公共汽車上，你打開小皮包，掏出小鏡子，照著一張憔悴的臉。你的嘴唇像被雨水浸泡過的饅頭皮，蒼白，破裂。你掏出管狀口紅，擰開蓋，把口紅芯兒用手指頂出來。那口紅芯兒的形狀立刻讓你聯想到他兒子那個割破的小玩意兒，立刻讓你想起剛剛看過的紅蝗的肚子。你對這種聯想感到有點輕微的噁心，但你還是用它仔細地塗抹著你的嘴唇，一直等到鮮紅掩蓋了蒼白和醜陋，你才停下手。後來，你走上了那條八角形水泥坨子鋪成的小路，你神思恍惚，連那隻火炭般的畫眉的瘋狂鳴叫都沒把你從迷醉狀態中喚醒。這時，一個男人抹著一塊半截磚頭立在你的面前，你心中突然萌發了對所有男人的仇恨，於是，你抬起手，迅疾地打了那男人一個耳光，也不管他冤枉還是不冤枉。（我真是倒楣透頂！）後來，你進了「太平洋冷飲店」，店裡招魂般的音樂唱碎了你的心。你心煩意亂，匆匆走出冷飲店，那個挨揍的男人目露凶光湊上前來，你又搧了他一個耳光。（我真是窩囊透了！）男人都是些骯髒的豬狗！你屈辱地回憶起，在那個潮濕悶熱的夏天裡發生的事。他跪在他老婆前罵你的話像箭鏃一樣射中了你的心。一道強烈的光線照花了你的眼……一個多月前，你打過我兩個耳光之後，我憤怒地注視著你橫穿馬路，你幽靈般的漂游在斑馬線上。你沒殺斑馬你身上這件斑馬皮衣是哪裡來的？你混帳，難道穿皮衣非要殺斑馬嗎？告訴你吧，斑馬唱歌第一流，斑馬敢跟獅子打架，斑馬每天都用舌頭舔我的手。你錄下動物的叫聲究竟有什麼用？我不是告訴你了嗎？我是研究動物語言的專家。雪白的燈光照著明晃晃的馬路，我看到你在燈光中跳躍，燈光穿透你薄如鮫綃的黑紗裙，顯出緊繃在你屁股上的紅褲衩子，你的修長健美的大腿在雪白的波浪裡大幅度甩動著，緊接著我就聽到鋼鐵撞擊肉體的喀唧聲。我模模糊糊地記著你的慘白的臉在燈光裡閃爍了一下，還依稀聽到你的嘴巴裡發出一聲斑馬的嘶鳴。

我只有祝賀和哀悼。斑馬！斑馬！斑馬！那些斑馬一見到我就興奮起來，紛紛圍上來，舔我，咬我，我聞到牠們的味道就流眼淚。非洲，牠們想念非洲，那裡鬧蝗災了。我還要告訴你，他很快知道了你被車撞死的消息，他怔一下，歎了口氣。波斯貓，他家的波斯貓也壓死了，他難過得吃不下飯。

男人的可惡的性欲，是導致女人墮落的根本原因！（墮落的女人是散發毒氣的爛肉。男人使女人墮落，墮落女人又使男人墮落。這是一個惡性的循環！）在我的經歷中……我痛恨男人！在我的一個夢中，你穿著一條洗得發白、補著補丁的破爛燈籠褲，咬牙切齒地說。

我思索了一下，客觀公允地說：你說的不無道理，不過，一般情況下，母狗不撅屁股，公狗是不會跳上去的。

你罵道：男人都是狗！

我說：不是狗的女人可能也不多。

你說：應該把男人全部閹割掉。

我說：這當然非常好，不過，閹掉的男人可能更壞，從前宮廷裡的太監就是閹人，他們壞起來更不得了。

反正男人都是狗！

女人也是狗，所以，我們罵人時常常這樣罵：這群狗男女！

你笑了。

你不要笑，這是個很嚴肅的問題，被欲望尤其是被性欲毀掉的男女有千千萬萬，什麼樣的道德勸誡、什麼樣的酷刑峻法，都無法遏止人類跳進欲望的紅色沼澤被紅色淤泥灌死，猶如飛蛾撲火。這是人類本身的缺陷。人，不要妄自尊大，以萬物的靈長自居，人跟狗跟貓跟糞缸裡的蛆蟲跟牆縫裡的臭蟲並沒有本質的區別，人類區別於動物界的最根本的標誌就是：人類虛偽！人類的語言往往與內心尖銳衝突，他明明想像玩妓女一樣玩你，可他偏偏跪在你的膝蓋前，眼裡含著晶瑩的淚花，嘴裡高誦著專為你寫的（其實是從書上抄的）、獻給你的愛情詩：我愛你呀我愛你，我的相思圍抱住了你，繞著你開花，繞著你發芽，我多麼想擁抱你，就像擁抱我的親娘……他今天晚上把這首詩對著你念，明天晚上，他把同一首詩對著另一個女人念：我愛你呀我愛你……

男人太可怕了！你低聲說。

老大娘，女人不可怕嗎？女人就不虛偽了嗎？她同樣虛偽，她嘴裡說著：我愛你，我是你的；心裡想著明天上午八點與另一個男人相會。人類是醜惡無比的東西，人們涮著羊羔肉，穿著羊羔皮，編造著「狼與小羊」的寓言，人是些什麼東西？狼吃了羊羔被人說成凶殘、惡毒，人吃了羊羔肉卻打著噴香的嗝給不懂事的孩童講述美麗溫柔的小羊羔羔的故事，人是些什麼東西？人的同情心是極端虛假的，人同情小羊羔羔，還不是為了讓小羊羔羔快快長大，快快繁殖，為他提供更多更美的食品和衣料，結果是，被同情者變成了同情者的大便！你說人是什麼東西？

我們去非洲吧！你堅定地說，從今之後我只愛你一個人！

不，我要回家鄉去消滅蝗蟲！

不，我們去非洲，那裡有斑馬。

我突然從夢中驚醒，渾身冷汗涔涔。她到底是被車撞了。我祈望著你痊癒，哪怕瘸一條腿，也比死去好得多。你去動物園看過斑馬嗎？斑馬和驢交配生出來的是駱駝。你神昏譫語了。生在中國想著非洲，你才神昏譫語呢！

乾巴，你怎麼老是白日做夢，是不是狐狸精勾走了你的魂？九老媽在我背上猛擊一掌，憤憤地說。

我晃動著腦袋，想甩掉夢魘帶給我的眩暈。太陽高掛中天，頭皮上是火辣辣地疼痛。

九老媽絮絮叨叨地說著：男人們都是些瘋子，我說的是吃草家族裡的男人，你看看你四老爺，看看你九老爺，看看你自己！

九老爺提著他的貓頭鷹，在光禿禿的草地上徘徊著，嘴裡一直在唱著那些呼喚魔鬼的咒語，貓頭鷹節奏分明地把一聲聲怪叫插進九老爺浩浩蕩蕩的歌唱聲中，恰如漫長道路上標誌里程的石碑。貓頭鷹的作息時間已經顛倒過來了，果然是「世上無難事，只怕有心人」。四老爺倚在臭杞樹籬笆上曬太陽，他的骨頭縫裡冒出的涼氣使他直著勁哆嗦，只怕是日啖人參三百支，也難治癒四老爺的畏寒症了。

追捕蝗蟲的解放軍已經吹號收兵，蝗蟲研究所的男女學者們也回到帳篷附近去埋鍋造飯，街上的蝗蟲足有半尺厚，所有的物件都失去了本色變成了暗紅色，所有的物件都在蠢動，四老爺身上爬滿蝗蟲，像一個生滿芽苗的大玉米，只有他的眼睛還從蝗蟲的縫隙裡閃爍出寒冷的光芒。村裡的人全不知躲到什麼地方去了，龐大的食草家族好像只剩下我們幾個活物，但我記得我是有妻子有兒子的，我還為兒子買了幾盒蔥味餅乾，母親父親也是健在著的，還有五老媽、六老媽、十八叔、十八嬸，眾多的眾家兄弟姊妹，姪女姪孫，他們都是存在過的，也永遠不可能消逝，等到蝗蟲過去之後，我一定能看到他們集合在村頭的空地上，像發瘋一樣舞蹈，一直跳得口吐白沫，昏倒在地。

我一定要加入這場舞蹈，到那時候，九老爺銅籠中的貓頭鷹一定會說一口流利漂亮的奶油普通話，肉麻而動人，像國民黨廣播電台播音員小姐的腔調。

我不去管一直像個巫婆一樣在我耳邊念咒語的九老媽，也不回顧僵硬的四老爺和瘋子般的九老爺，逕自出村往東行，沿著當年四老媽騎驢走過的道路。

忍受著蝗蟲遍體爬動的奇癢，人們還是集中起精力，觀看著頸掛破鞋口出狂言的四老媽，心裡都醞釀著惡毒而恐怖的情緒，儘管人們事先聽說了四老媽私通鍋鍋匠被休棄的醜聞，但四老媽騎驢出村堂堂正正走大道氣焰洶洶衝祭壇的高貴姿態卻把他們心中對蕩婦的鄙視掃蕩得乾乾淨淨，人們甚至把對蕩婦的鄙視轉移到臉色灰白的四老爺身上，完全正確，我忽然意識到，做為一個嚴酷無情的子孫，站在審判祖宗的席位上，儘管手下就擺著嚴斥背著丈夫通姦的信條，這信條甚至如同血液在每個目不識丁的男人女人身上流通，在以獸性為基礎的道德和以人性為基礎的感情面前，天平發生了傾斜，我無法宣判四老媽的罪行，在這個世界上，幾千年如一日，還是男人比女人壞。大家自動地閃開道路，看著那頭神經錯亂的毛驢像一股俏皮的小旋風，呼嘯而過。九老爺虛攬著韁繩頭，跟在驢腚後奔跑，我尾隨著九老爺和毛驢的夢一般的幻影，追著四老媽的撲鼻馨香，漸漸遠離了喧鬧的村莊。

河堤是高陡的，高陡的河堤頂部是平坦的沙土道路，毛驢曾經從河堤上跑下來，但出村之後，依然必須在河堤上走。河水是藍色的，但破碎的浪花卻像菊花瓣兒一樣雪白，毛驢見到河水並不頭暈。多麼晴朗的天空，只有一朵駱駝狀的潔白雲團在太陽附近懸掛著。大地蒼茫，顫巍巍哆嗦，那是被四老爺的祭文感動了，或是挑唆起了遷徙念頭的蝗神的億萬萬子孫們在向河堤移動。紅色沼澤裡的奇異植物都被蝗蟲們吃光了莖葉啃光了皮膚，只剩下一些堅硬的枯乾淒楚憂憤地兀立著，像巨大的魚刺和渺小的恐龍骨架。我遠遠地看到沼澤裡零亂地躺著一些慘白的屍骨，其中有馬的頭骨、熊的腿骨和類人猿的磨損嚴重的牙齒。空氣中瀰漫著河水的腥氣和蝗蟲糞便的腥氣與沼澤地裡湧出來的腥氣，這三種腥氣層次分明、涇渭分明、色彩分明、敵我分明，絕對不會混淆，形成了腥臊的統一世界中三個壁壘分明的陣營。我油然想到伏在電冰箱上的骯髒的波斯貓身上散發出來的鹹巴魚般的腥氣，一陣痙攣折磨著我的腸道，我知道接踵著痙攣而來的不是嘔吐就是腹瀉，或者是上吐兼下瀉。我痛恨自己為什麼還忘不了那個醜陋的夜晚留給我的罪惡的夢魘，腮幫子又在隱隱作痛，人真是賤骨頭，男人更是賤骨頭，應該統統槍斃。人要戰勝自己竟是如此的困難，裸體的女人與糟朽的骷髏是對立的統一，如此驚悚的啟示都無法警醒你愚頑的靈魂你還活著幹什麼？地球承載著大量的行屍走肉步履艱難，你們行行好，少製造些可惡的小畜生吧。我一再走火入魔，是因為那片紅色沼澤，沼澤裡奔騰著狐狸與野兔，刺蝟與白鼠，成群結隊的螃蟹在腐敗的草葉裡噴吐著團團簇簇的泡沫，遠看宛若遍地花開。毫無疑問，與我同齡的人群裡，目睹過跳蝻渡河的壯觀景象的，全中國只我一人！為此我不驕傲誰驕傲！

那天，我和四老媽、小毛驢、九老爺走在河堤上，離開村莊約有三里遠時，就聽到田野裡響起了遼遠無邊的嘈雜聲，光禿禿的土地上翻滾著跳蝗的濁浪，一浪接一浪，湧上河堤來，河堤內是黝藍的河水，河堤外是蝗蟲的海洋。蝗蟲們似乎不是爬行，而是流動，像潮水沖上灘頭一樣，嘩——一批，幾千幾萬隻，我的親娘！嘩——又一批，幾千幾萬隻壓著幾千幾萬隻，我的親親的娘！嘩——嘩——嘩——一批一批又一批，層層疊疊，層出不窮，不可計數啊，我的上帝，你這個蝗蟲隊裡的狗雜種！我真擔心蝗蟲們把這道高七米上寬五米下寬十二米的河堤一口口吞掉，造成河水氾濫。幸虧蝗蟲不吃土了，多麼遺憾蝗蟲不吃土！（堤壩決裂那一天，洪水淹沒了村莊，手腳生蹼的祖先們在水中艱難地游泳，隨著屋脊高的濁浪，祖先們上下起伏。水上漂浮的莊農秸稈和沾滿泥沙的樹木，像皮鞭和投槍一樣抽撻著、刺激著他們的身體，水面上喑啞地響著牛羊和騾馬的絕望的哀鳴。）蝗蟲匯集在堤下，團結成一條條水桶般粗細、數百米長短的蝗蟲的長龍，緩慢地向堤上滾動。毛驢驚懼得四腿打抖，不停地拉胯撒尿，九老爺也面露驚懼之色，額頭上被四老爺啃出的鮮紅牙印和四老媽踢出的紫紅腳印在白色的臉皮上更顯出醒目的光彩。九老爺用韁繩頭抽打著毛驢的屁股，意欲催驢飛跑，但那毛驢早已筋酥骨軟，羅鍋羅鍋後腿，一屁股蹲在地上，一串喪魂落魄的驢屁凶猛地打出，吹拂得紅塵輕揚。四老媽跌下驢來，還是似睜非睜菩薩眼，似嗔非嗔柳葉眉，懵懵懂懂站著，不知她是真四老媽還是假四老媽。我們看到，蝗蟲的巨龍沿著河堤蜿蜒，一條條首尾相連，前前後後，足有三十多條，我把每條蝗蟲的長龍按長一百米、直徑五十釐米計算，我知道，那天上午，滾動在河堤上的半大蝗蟲有一萬九千六百二十五立方米之多，這些蝗蟲要一火車才拉得完，何況牠們還在神速地生長著，而且我還堅信，在被村莊掩蔽的河堤上，在村西的河堤上，都有這樣的蝗蟲長龍在滾動。

我仔細地觀察著蝗蟲們，見牠們互相摟抱著，數不清的觸鬚在抖動，數不清的肚子在抖動，數不清的腿在抖動，數不清的蝗蟲嘴裡吐著翠綠的唾沫，濡染著數不清的蝗蟲肢體，數不清的蝗蟲肢體摩擦著，發出數不清的窸窸窣窣的淫蕩的聲響，數不清的蝗蟲嘴裡發出咒語般的神祕鳴叫，數不清的淫蕩聲響與數不清的神祕鳴叫混合成一股嘈雜不安的、令人頭暈眼花渾身發癢的巨大聲響，好像狂風掠過地面。災難突然降臨，地球反向運轉。幾百年後，這世界將是蝗蟲的世界。人不如蝗蟲。我眼巴巴地看著蝗蟲帶著毀滅一切的力量滾滾上堤，陽光照在蝗蟲的巨龍上，強烈的陽光單單照耀著億萬蝗蟲團結一致形成的巨龍，放射奇光異彩的是蝗蟲的緊密團體，遠處的田野近處的河水都黯然失彩。閃閃發光的蝗蟲軀殼猶如巨龍的鱗片，嚓啦啦地響，鑽心撓肺地癢，白色的神經上迅跑著電一般的恐怖，迸射著幽藍的火花。如果我們還是這樣呆立在河堤上無疑等待滅亡，蝗蟲會把我們裹進去，我們身上立刻就會沾滿蝗蟲，我們會隨著蝗蟲一起翻滾，滾下河堤，滾進幽黑的、冰涼的、深不可測的河水，我們的屍體腐爛之後就會成為魚鱉蝦蟹的美餐，明年上市的烏龜王八蛋裡就會有我們的細胞。我們被裹在蝗的龍裡，就像蝗的龍的大肚子，我們就像被毒蛇吞到肚腹裡的大青蛙。多麼屈辱多麼可怕多麼刺激人類美麗的神經。趕快逃命。我喊叫一聲。毛驢緊隨著我的喊叫嗥叫一聲。九老爺去拉四老媽，四老媽臉上卻綻開了溫馨的笑容。四老媽揮了揮手，蝗蟲的巨龍傾斜著滾上堤，我奇異的發現，我們竟然處在兩條蝗蟲巨龍的空隙處，簡直是上帝的旨意，是魔鬼的安排。四老媽果然具有了超人的力量，我懷疑她跟虮蜡廟裡那匹成精的老蝗有了曖昧關係。

蝗蟲的龍在河堤上停了停，好像整頓隊形，龍體收縮了些、緊湊了些，然後，就像巨大的圓木，轟隆隆響著，滾進了河水之中。數百條蝗蟲的龍同時滾下河，水花飛濺，河面上遠遠近近都喧鬧著水面被砸破的聲響。我們驚悚地看著這世所罕見的情景，時當一九三五年古曆五月十五，沒遭蝗災的地區，成熟的麥田裡追逐著一層層輕柔的麥浪，第一批桑蠶正在金黃的大麥稭紮成的蠶簇上吐著銀絲做繭，我的六歲的母親腿膕窩裡的毒瘡正在化膿，時間像銀色的遍體黏膜的鰻魚一樣滑溜溜地鑽來鑽去。

蝗蟲的長龍滾下河後，我的腦子裡突然跳出了一個簡潔的短語：蝗蟲自殺！我一直認為，自殺是人類獨特的本領，只有在這一點上，人才顯得比昆蟲高明，這是人類的驕傲賴以建立的重要基礎。蝗蟲要自殺！這基礎頃刻瓦解，蝗蟲們不是自殺而是要過河！人可以繼續驕傲。蝗蟲的長龍在河水中急遽翻滾著，龍身被水流沖得傾斜了那就傾斜著翻滾，水花細小而繁茂，幽藍的河千瘡百孔，殘缺不全，滿河五彩虹光，一片歡騰。我親眼看見一群群凶狠的鱔魚沖激起疾促的浪花，劃著銀灰色的弧線，飛躍過蝗的龍，盤旋過蝗的龍。牠們用槍口般的嘴巴撕咬著蝗蟲。蝗蟲互相吸引，團結緊張，撕下來很難，鱔魚們被旋轉的蝗的龍甩起來，好像一條條銀色的飄帶。

我們看到蝗的龍靠近對岸，又緩慢地向堤上滾動，蝗蟲身上沾著河水使蝗的龍更像鍍了一層銀。牠們停在河堤頂上，好像在喘息。這時，河對岸的村莊裡傳來了人的驚呼，好像接了信號似的，幾百條蝗的龍迅速膨脹，突然炸開，蝗蟲的大軍勢不可擋地撲向河堤北邊也許是青翠金黃的大地。雖然只有一河之隔，但我從來沒去過，我不知道那邊的情況。

因為出生，耽誤了好長的時間，等我睜開被羊水泡得黏糊糊的眼睛，向著東去的河堤瞭望時，已經看不到四老媽和九老爺的身影，聰穎的毛驢也不見。我狠狠地咬斷了與母體聯繫著的青白色的臍帶，奔向河堤，踩著噗噗作響的浮土，踩著丟落在浮土裡、被暴烈的太陽和滾燙的沙土烤炙得像花瓣般紅、像縱欲女人般憔悴、散發著烤肉香氣的蝗蟲的完整屍體和殘缺肢體，循著依稀的驢蹄印和九老爺的大腳印，循著四老媽揮發在澄澈大氣裡的玫瑰紅色茉莉花般撩人情欲的芳香，飛也似地奔跑。依然是空蕩蕩的大地團團旋轉，地球依然倒轉，所以河中的漩渦是由右向左旋轉——無法分左右——河中漩渦也倒轉。我高聲喊叫著：四老媽——九老爺——等等我呀——等等我吧！淚水充盈我的眼，春風撫摸我的臉，河水浩浩蕩蕩，田疇莽莽蒼蒼，遠近無人，我感到孤單，猶如被大隊甩下的蝗蟲的傷兵。

我沿著河堤向東奔跑著，河中水聲響亮，一個人正在渡河。他水性很好，採用的站泳姿勢，露著肩頭，雙手擎著衣服包。水珠在他肩頭上滾動，陽光在水珠上閃爍。我站在河堤上，看著他出類拔萃的泳姿。陽光一片片灑在河面上，水流沖激得那人仄楞著肩膀，他的面前亮堂堂一片，他的身後留下犁鏵狀的水跡，但立刻就被水流抹平了。

他赤裸裸地爬上河堤，站在我面前三、五米遠的地方，嚴肅地打量著我。陽光烤著他的皮膚，蒸氣裊裊，使他周身似披著紗幕。我依稀看到他身上盤根錯節的肌肉和疤痕猙獰的臉。他的一隻眼睛瞎了，眼窩深陷，兩排睫毛猶如深谷中的樹木。我毫不躊躇地就把他認了出來：你就是與我四老媽偷情被四老爺用狼筅戳爛了面孔戳瞎了眼睛的鋦鍋匠！

鋦鍋匠哼了一聲，搖搖頭，把耳朵上的水甩掉，然後把手裡的衣包放在地上，用一隻大手托起那根粗壯的生殖器對著陽光曝曬，我十分驚訝地打量著他的奇異舉動。

他曬了一會，毫無羞恥地轉過身來，開始慢條斯理地穿衣服。衣服穿光，剩在地上的竟是兩枝烏黑的匣子槍。

他穿好鞋，把匣子槍插在腰裡，逼近一步，問我：看到過一個男人一個女人一個毛驢沒有？

我不敢撒謊，如實交代，並說我因為出生耽擱了時間，已經追不上他們了。

鋦鍋匠又逼近一步，臉痛苦地抽搐著，那兩排交叉栽在深凹眼窩裡的睫毛像蚯蚓般扭動著，他說：你是進過城市的人，見多識廣，我問你，你四老媽被休回娘家，如入火坑，我該怎麼辦？

我說：你愛我四老媽嗎？

他說：我不懂什麼愛不愛，就是想跟她睏覺。

我說：想得厲害嗎？

他說：想得坐立不安。

我說：這就是愛！

他說：那我怎麼辦？

我說：追上她，把她搶回家去！

他說：怎麼處置你的九老爺和四老爺？

我說：格殺勿論！

他說：好小子，真是精通法典鐵面無私！跟我追！

他伸出一隻堅硬的大手，捏住了我的手脖子。

我被他拽帶著，在離地五米多高的低空飛行，春風洶湧，鼓起了我的羽絨服，我感到周身羽毛豐滿，胸腔和肚腹裡充盈了輕清的氣體。我和鍋鍋匠都把四肢舒展開，上升的氣流托著我們愉快地滑翔著。河裡爛銀般的閃光映著我們的面頰，地上飛快移動著我們的暗影，想起「飛鳥之影，未嘗動也」的古訓，又感到我們的影子是死死地定在地上的，久久不動。只有兩邊疾速撲來的田野和經常擦著我們胸脯的樹梢才證明我們確實是在飛行。驚詫的喜鵲在我們面前繞來繞去，牠們的尾巴一起一伏，牠們喳喳唧唧地叫著，好像詢問著我們的來龍去脈。我陶醉在飛行的愉悅裡，四肢輕颺，無肉無骨，只有心臟極度緩慢地跳動。我的耳邊繚繞著牡丹花開的聲音，所有的不舒服、不安逸都隨風消散，飛行消除了在母親子宮裡受到的委屈，我體驗到了超級的幸福。

後來，我們緩緩降落到地面，終止飛行與開始飛行一樣輕鬆自然，沒有發動機的轟鳴，沒有強烈的顛簸，也不需緊咬牙根藉以減輕耳膜的壓痛。我們走在河堤上，九老爺、四老媽、小毛驢在我們前邊大約一百米遠的地方。

我十分緊張，我看到鍋鍋匠從腰裡掏出了一枝匣子槍，瞄準了九老爺的頭。

鍋鍋匠沒有開槍，是因為從河堤的拐彎處突然冒出了一支隊伍，這支隊伍經常在我們村莊裡駐紮，他們都穿著毛藍布軍裝，腿上紮著綁腿，腰裡紮著皮帶，口袋裡別著金筆，嘴裡鑲著金牙，嘴角上叼著菸捲，鼻孔裡噴著青煙，腰帶上掛著手槍，手槍裡裝滿子彈，子彈裡填滿火藥，手裡提著馬鞭，鞭柄上嵌滿珠寶，手腕上套著鐘錶，指頭上套著金箍，個個能言善辯，善於勾引良家婦女。

誰也說不清楚這支隊伍歸誰領導，他們都操著江浙口音，對冰塊有著極大的興趣。村裡人經常回憶起他們搶食冰凌的情景。

那群兵把四老媽圍住了，我聽到他們操著夾生的普通話調笑著，兵的臉上黃光燦燦，那是金牙在閃爍。他們舉起手來去摸四老媽的臉去擰四老媽的乳房，兵的手上黃光燦燦，那是金箍在閃爍。

九老爺衝到驢前，驚懼和憤怒使他說話嗚嗚嚕嚕，好像嘴裡含著一塊熱豆腐：兵爺！兵爺！誰家沒有妻子兒女，誰家沒有姊姊妹妹……

兵們都乜斜著眼，繞著四老媽轉圈，九老爺被推來搡去，前仆後仰。

一個兵把四老媽頸上的大鞋摘下來，舉著，高叫：弟兄們，她是個破鞋！是個大破鞋！別弄她了，別弄髒了咱們的兵器。

一個兵用一隻手緊緊抓住四老媽的乳房，淫猥地問：小娘們，背著你丈夫偷了多少漢子？

四老媽在驢上掙扎著，嚎叫著，完全是一個被嚇昏的農村婦女，根本不是半仙半魔的巫婆。

九老爺撲上前去，奮勇地喊著：當兵的，你們不能欺負良家婦女啊！

那個攥著四老媽乳房的兵側身飛起一腳，踢在九老爺的要害處，九老爺隨即彎下了腰，雙手下意識地捂住被踢中的部位，豆粒大的黃汗珠掛滿了他的額頭。另一個兵屈起膝蓋，對準九老爺的尾巴根子用力頂了一下，九老爺骨碌碌滾到河堤下，一直滾到生滿水草的河邊才停住，一隻癩蛤蟆同情地望著他。

鍋鍋匠早已伏到一株無一片綠葉的桑樹後，兩枝槍都拉出來，我焦急地看著他的手，等待著他開槍。他的面孔像燒爛又冷卻的鋼鐵，灼熱，冷酷可怕，他的獨眼裡射出惡毒的光線——鍋鍋匠的獨眼使他每時每刻都在瞄準，只要他舉起槍他的眼就在瞄準——射著惡濁的腥氣，照到攥住四老媽乳房愉快地歡笑著的士兵臉上。鍋鍋匠的手指動了一下，匣子槍口噴出一縷青煙，槍筒往上一跳，槍聲響，我認為槍聲尚未響那個攥著人家的乳房耍流氓的兵的頭就像石榴一樣裂開了。

那個兵嗓子裡哼了一聲就把頭扎到毛驢背上，如果四老媽要撒尿恰好泚著他的臉，溫柔的、鹹性豐富的尿液恰好沖洗掉他滿臉的黑血和白腦漿，沖刷淨他那顆金牙上的紅血絲。他的幸福的手戀戀不捨地從四老媽的乳房上滑落下來，毛驢不失時機地動了一下，他就一頭栽到驢肚皮下去了。假如這不是匹母驢而是匹公驢，假如公驢正好撒尿，那麼黏稠的、泡沫豐富的驢尿恰好沖激著他痙直的脖頸，這種沖激能起到熱敷和按摩的作用，你偏偏逢著一匹母驢，你這個倒楣蛋！

那群儀表堂皇的大兵都驚呆了，他們大張著或緊閉著嘴巴，圓睜著眼睛或半眯著眼睛，傻呼呼地看著臥在毛驢腹下、嘴扎在沙土裡、腦袋上咕嘟嘟冒著血的同夥。

又是兩聲槍響，一個士兵胸脯中彈，另一個士兵肚腹中彈。胸脯中彈的張開雙臂，像飛鳥的翅膀，揮舞幾下，撲在地上，身體抽搐，一條腿往裡收，另一條腿向外蹬。肚腹中彈的一屁股坐在地上，臉色灰黃，雙手緊緊揪住肚子上的傷口，稀薄的紅黃汁液從他的指縫裡溢出來。士兵們如夢方醒，彎著腰四散奔逃，沒有人記得拔出腰裡漂亮的手槍抵抗。我嚇得屁滾尿流，伏在地上，連氣都不敢喘。鍋鍋匠提著雙槍，大搖大擺地向毛驢和照舊穩穩騎在驢上的四老媽走去。——也是該當有事，當鍋鍋匠即將接近四老媽時，那毛驢竟發瘋一般向前奔跑起來。那些軍容嚴整風度翩翩的士兵都在河堤拐彎處埋伏起來，都把手槍從腰裡拔出來，對著毛驢和四老媽射擊。子彈胡亂飛舞，天空中響著子彈劃出的尖銳的呼嘯，四老媽腰板挺直，好像絲毫無畏懼，也許已被嚇成癡呆，毛驢直迎著那些兵衝去，不畏生死。

鍋鍋匠哈著腰，輕捷地躍進著，他大聲喊叫：彎下腰！彎下腰！

四老媽果真彎下了腰，她像一根圓木往前倒去，毛驢前蹄失落，驢和人都翻跌在地。子彈很密，鍋鍋匠腳前腳後噗噗地跳起一簇簇子彈衝起的黃煙，他一頭倒在河堤上，伸了幾下腿，便不動了。

河堤上突然沉寂了，河水流動汩汩聲，蝗蟲作亂嚓嚓聲，土地乾裂噼噼聲，十分響亮地從各個方向凸起。微風輕輕吹拂，河堤上槍煙縷縷，在各種味道中，硝煙味十分鮮明地凸現出來。我的肚皮被灼熱的沙土燙得熱辣辣的，幾粒金燦燦的彈殼躺在我面前的沙土上，伸手即可觸摸，但我不敢摸，我趴在地上裝死。

那些漂亮的兵慢慢地從堤外把頭伸出來，伸伸縮進去，進去又伸伸，堤後活像藏著一群灰背大鱉。良久，看看沒危險，那些兵們都從堤後跳起來，他們齜著金牙，提著手槍，摘下藍布帽，撣打著身上的塵土和草梗。這是一群愛清潔的士兵。

我看到，鍋鍋匠一個鯉魚打挺從沙土中躍起來，雙槍齊發，槍聲焦脆、憤怒，幾個士兵跌倒，慘叫聲如貓如狗，在堤上回響，活著的士兵滾下堤去，飛快地跑走了。

幾十分鐘後，那些士兵躲到一里路外的柳樹林子裡，朝著河堤積極地放槍。他們手裡握的多半是袖珍手槍，有效射程頂多一百米，最大射程不過二、三百米，所以，射來的子彈多半中途掉在地上，偶爾有一發兩發的子彈借助角度和風力飛到河堤上，也是強弩之末，飄飄盪盪，猶如失落的孤魂，伸手即可捕捉，易於捕捉蝗蟲。

那些士兵們嗓門圓潤洪亮，都是唱山歌的好材料，他們躲在柳棵子後，一邊放槍一邊高喊：哎喲嗨——啪！啪！狗雜種呀你過來呀嗎嗨——啪啪啪！有種你就走過來呀喲呼嗨——啪！啪！喲呼嗨嗨喲呼嗨——啪啪啪！

鍋鍋匠把雙槍插進腰帶，伸掌打落一顆飄游的子彈頭，然後，他蹲下，扶起雙腿仍騎著驢背身體伏在驢脖子上的四老媽。四老媽面色如雪，唇上尚有一抹酥紅，沉重短促的呼吸使她的胸脯急遽起伏，從胸脯上被打出的破綻裡，噗噗地冒著一串串魚鰾般的氣泡。

鍋鍋匠用鐵一樣的臂膀攬著四老媽的頭頸，沙啞著嗓子喊一聲：半妞！

四老媽竟有一個這樣稀奇古怪的乳名，這令我惶恐不安。為什麼惶恐？為什麼不安？我說不清楚。

半妞……！鍋鍋匠的嗓音痛苦沙澀，擴散著一股徹底絕望的意味。

四老媽在情人的懷抱裡睜開了灰藍色的眼睛，眼神疲倦而憂傷，包含著言語難以表述的複雜情緒。她的嘴唇翕動著，一串斷斷續續的囈語般的囁嚅把鍋鍋匠的心都敲碎了。他由蹲姿改為跪姿，低垂著那張猙獰的臉，獨眼裡流溢著絕望的悲痛和大顆粒的淚珠。

四老媽的喘息漸漸減緩，傷口裡不僅冒出透明的氣泡，而且奔湧著嫣紅的熱血。血濡濕了她的衣襟，濡濕了鍋鍋匠的手臂，浸透堤上一大片塵土。四老媽的血與毛驢的血流到一起，匯成一灣，但四老媽的血是鮮紅的，毛驢的血是烏黑的，彼此不相融合。她的眼睛半睜，始終是灰藍色，始終那麼疲倦憂傷溫柔淒涼……她的嘴唇——蒼白的嘴唇又抖起來，她的嗓子裡呼嚕嚕響起來，她的僵硬的胳膊焦躁地動起來，抓撓著熱血淋漓的胸脯。

半妞……半妞……你還有什麼話要說……鍋鍋匠把臉俯在四老媽臉上，像個老人一樣低沉地說著。

四老媽的嘴角搐動了一下，腮上出現了幾絲笑紋。她的傷口的血停止流淌，她的胸脯停止起伏，她的美麗的頭顱歪在一側，她的額頭、光滑開闊只有幾條細小皺紋的額頭碰到鍋鍋匠堅韌的胸肌上，那兩隻灰藍色的眼睛光彩收斂，只剩下兩灣死氣沉沉的灰藍……

鍋鍋匠放下四老媽，緩緩地、艱難地站起來，他慢慢地脫掉沾滿熱血的褂子，甩到了毛驢的脊背上。他從腰裡拔出雙槍。他把雙槍插進腰帶。他彎下腰，從血泊中提起那兩隻給四老媽帶來極度恥辱和光榮的大鞋，翻來覆去地看著。

那群士兵從柳林後鬼鬼祟祟地走出來，他們舉著手槍，弓著腰，在暗紅色的開闊地上蛇行著。

鍋鍋匠把腳上的鞋踢掉，坐下，珍惜地端詳一會手中的大鞋，然後，一隻一隻穿好。美麗士兵們逼近了，子彈像零落的飛蝗，在他的周圍飛舞。他把頭擱在膝蓋下，打量了一下平放在河堤沙土上的四老媽，再次站起，抽出槍。一顆子彈像玩笑般地緊擦著他的脖頸飛過，他好像全無知覺，脖頸上流著猩紅的血他好像全無知覺；又一顆子彈俏皮地洞穿了他的耳朵，他依然毫無知覺。直棒棒站著，他好像有意識地為美麗士兵們充當練習射擊的活靶。士兵們膽子大起來，彎弓的腰背逐漸伸直，嘴裡又開始發出動聽的咆哮。鍋鍋匠把雙槍舉起來，噘起堅硬的嘴唇，向兩枝槍筒裡各吹了一口氣，好像惡作劇，又好像履行什麼儀式。那些士兵膽子越加大，他們以為鍋鍋匠的子彈打光了呢！我告訴你們，見好就收，不要得寸進尺！你們不信，那就前行！我親眼看見，鍋鍋匠在扔掉褂子之前，把兩大把黃燦燦的子彈餵進了彈倉，獨眼龍一般都是必然的神槍手，彈無虛發，槍槍都咬肉。士兵們高喊著：投降吧，朋友！

鍋鍋匠笑笑，好像嘲諷著什麼。我分明看到他的兩隻手哆嗦著，緊接著槍聲響了。河堤北邊蝗蟲們進攻莊稼的聲音猶如澎湃的浪潮，槍聲猶如衝出水面的飛魚翅膀摩擦空氣發出的呼嘯。走在最後邊的幾個士兵像草捆一樣歪倒了；前頭的士兵們回過頭去，看到同伴們橫臥在地上的軀體，寒意從背後生，撒腿就跑，與中間的士兵衝撞滿懷，子彈從背後擊中他們豐滿的屁股，他們鬼叫著，捂著屁股，踩著戰友們的屍體，倉皇逃竄，隱沒在灰綠色的柳林中，再也沒有出現。永遠也再也沒有出現。

九老爺已從河邊灘塗上學著蛤蟆的前進姿勢慢慢爬到堤頂。他滿身髒泥，眼珠子混濁不清，額頭上被四老爺咬出的兩排鮮紅的牙印變成了兩排雪白小膿疱瘡，如果不是四老爺的牙齒上有劇毒，就是九老爺遭受極度驚嚇之後，身體內的免疫力受到嚴重破壞。

親不親，一家人，固然在飛行前我主張鍋鍋匠把四老爺和九老爺統統槍斃，但現在，九老爺像隻被嚇破了苦膽的老兔子一樣畏畏縮縮地站在我身旁時，我的心裡湧起一層憐憫弱者的漣漪——在以後的歲月裡，我認識到，九老爺在弱者面前是條凶殘的狼，在強者面前是一條癩皮狗——介於狼與狗之間，兼有狼性與狗性的動物無疑是地球上最可惡的動物——但我還是對幾十年前我那一瞬間萌生的憐憫採取了充分寬容的態度。世界如此龐大，應該允許各類動物存在，何況九老爺畢竟是條狼狗，比純粹的狗尚有更多的複雜性，因此他的存在是合理的。

我們看到，鍋鍋匠臉上塗滿鮮血，偏西的太陽又給他臉上塗了一層釉彩，使他的死更具悲壯色彩。他是自殺的。

他舉起雙槍，兩枝槍口頂住了兩邊的太陽穴，靜默片刻，兩聲沉悶的槍聲幾乎同時響起。他保持著這姿勢，站了約有兩鈔鐘後，便像一堵牆壁，沉重地倒在地上。

不容諱言，我們吃草家族的歷史上，籠罩著一層瘋瘋癲癲的氣氛；吃草家族的絕大多數成員，都具有一種騎士般的瘋癲氣質。追憶吃草家族的歷史，總是使人不愉快；描繪祖先們的瘋傻形狀，總是讓人難為情。但這有什麼辦法呢？「墨寫的謊言，掩蓋不住血染的事實」，翻騰這些塵封灰蓋的陳年帳簿子，是我的瘋癲氣質決定的怪癖，人總是身不由己，或必須向自己投降，這又有什麼辦法子？

蝗蟲遷移到河北，虮蜡廟前殘存的香煙味道尚未消散，一團團烏雲便從海上升起，飄游到食草家族的上空。被乾渴折磨得憔悴不堪的大地可憐巴巴地張望著毛茸茸的雲團，沼澤地裡鬼哭狼嚎，植物的枯乾被海上颳來的潮濕的腥風激動，嚓嚓啦啦地碰撞。四老媽的屍體、鍋鍋匠的屍體、毛驢的屍體和美麗士兵們的屍體被村裡人搬運到沼澤地裡，扔到一片紅樹林般的高大一年生草本植物的稀疏的蔭影下。村裡人腿上沾著暗紅色的、黏稠的、濁氣撲鼻的淤泥，立在沼澤邊沿上，看著一群群藍色的烏鴉、灰色的雄鷹、潔白的仙鶴混雜在一起，同等貪婪地撕扯著、吞食著死屍。四老爺和九老爺自然也站在人群當中。他們鬥爭般地對望著，恨不得把對方撕成碎片。

等到高貴的仙鶴、勇敢的雄鷹和幽默的烏鴉把屍體的面孔啄得模糊不清後，村裡人開始往回走。烏雲彌合，遮沒了太陽和天空，陰森森的風吹拂著人們百結千衲的破衣爛衫和枯草般的頭髮，飛揚的紅塵落滿了一張張乾燥的面孔，一道血紅的閃電在雲層後突然亮起，像疾跑的銀蛇和火樹，劃破烏黑的天，畫出驚心動魄的圖案。眾人愕然止步，破碎的臉在紅光中閃爍，藍色的眼在紅光中變色。驚雷響起時，人們齊齊跪倒，嘴唇一起嚅動，咕咕嚕嚕的聲音從乾裂的嘴唇間流出，匯成一個聲音，直接與上帝對話。

先是有大如銅錢的白色雨滴落下，砸在人們仰望上蒼的臉上，雨點冰涼，寒徹肌膚，令人毛骨悚然。村人激動起來，嘴唇急速哆嗦，頭顱頻繁點搖。雷聲隆隆不斷，閃電滿天亂竄。又是一批極大的白雨點落下來，村人們脫下破衫在手裡搖著，一邊歡叫，一邊雀躍，尚未濕潤的塵土被他們的腿腳騰起，猶如一叢叢紅色的海底灌木，濃郁而厚重，人在塵煙中跳躍，好像在沸騰的海水中掙扎。大雨點降過後，烏雲變色——由黢黑而暗紅而花花綠綠——而且突然降低了幾萬幾千米，天和地極大極快地縮短了距離，溫度迅速降到冰點，剛剛還為天降甘霖歡欣鼓舞的人們都停了手腳，啞了歌喉，袖手縮頸，彼此觀望，不知所措。寒冷關閉了他們汗水淋漓的毛孔，誘發了他們遍體的雞栗，塵煙降落，顯出他們裸露的肌體，群鳥驚飛，飛至七、八米高處就像石塊一樣啪噠啪噠掉在地上，烏鴉、仙鶴、灰鷹、鳳凰，全都拖拉著僵硬的翅膀，像喪家狗一樣遍地爬行，牠們聚集在一起，都把自己的腦袋往對方的羽毛裡插。預感到災難即將降臨的鳥類簇擠成一座座華麗的墳頭，星星般分布在沼澤裡和田野裡。

天地擠在一起，銀光閃爍，鼓角齊鳴，萬馬奔騰，冰雹把天地聯繫在一起。

冰雹，這位大地期待已久的精靈終於微笑了！她張開溫柔的嘴巴，齜著凌亂的牙齒，迷人地微笑著下降了。她撫摸著人類的頭，她親吻著牲畜的臉，她揉搓著樹木的乳房，她按摩著土地的肌膚，她把整個肉體壓到大地上。

冰雹像瀑布般傾瀉到焦渴的大地上。

冰雹是大地的殘酷的情人。

也只有大地才能承受得了她的毀滅一切的愛情。

冰雹！無數方的、圓的、稜形的、八角形的、三角形的、圓錐形的、圓柱形的、雞蛋形的、乳房形的、芳唇形的、花蕾形的、刺蝟形的、玉米形的、高粱形的、香蕉形的、軍號形的、家兔形的、烏龜形的、如意形的冰雹鋪天蓋地地傾瀉下來。

冰雹嘎嘎吱吱地響著，咔咔嗒嗒地碰撞著，跳著蹦著翻滾著旋轉著，掉在食草家族的頭上、肩上、耳朵上、鼻梁上，掉在鳥類的彎曲脖頸上、烏黑利喙上、突兀肛門上，掉在紅色沼澤的紅色淤泥上、人的屍首上、馬的牙床上、狐狸的皮毛上、孔雀大放的彩屏上、乾綠的苔蘚和紫紅的灌腸般植物上……溫柔的冰雹，我愛你，當我把你含在口腔裡時，就像吮吸著母親和妻子的溫暖的乳房……天空多壯麗。自然多輝煌。塵世多溫暖。人生多蔥蘢。鏗鏗鏘鏘，嗒嗒噹噹，冰雹持續不斷地掉下來，天地間充溢著歡樂的色彩和味道，充滿了金色的童年和藍色的多瑙河。五彩的甜蜜的冰雹降落到蒼老枯萎的大地上，喚醒了大地旺盛的性欲和強大的生殖力。

鄉親們一無遮掩地徘徊在土地上。他們焦頭爛額，鼻青臉腫；他們搖搖擺擺像受了重傷的拳擊運動員；他們嘴裡哈出雪白的蒸汽，鬍鬚和眉毛上凍結著美麗的霜花，他們踩著撲棱棱滾動的冰雹，腳步踉蹌。

冰雹野蠻而瘋狂，它們隆隆巨響著，橫敲豎打著人類的肉體，發洩著對人類、對食草家族的憤怒。它們盲目地、毫無理性地把無數被蝗蝻踩躪過的小樹攔腰打斷。

太陽出來時，已是傍晚時分，烏雲排泄完畢，分裂成淺薄的碎片，升到高空。雲的間隙裡，大塊的天空被車輪般大的血紅夕陽洇染成漸遠漸淡的胭脂色。大地上鋪著足有半米厚的冰雹，青藍與雪白交叉，溫暖與寒冷套疊，天空大地五彩繽紛，混亂不堪。原本無葉現在無枝的禿樹像一根根棍棒指著威嚴的天空。被砸斷的小樹傷口上湧流著乳白色的汁液，被砸得斷翅缺羽的禽鳥在凹凹凸凸的冰雹上掙扎著，並發出一聲聲歎息般的淒厲哀鳴。我緊緊地裹著鴨絨服，戴著雙層口罩保護著酸溜溜的鼻頭。我用凍得像胡蘿蔔一樣的手指（姥姥，你吃的什麼？你吃什麼咯崩咯崩響？女孩問著躺在被窩裡的外婆。外婆甕聲甕氣地回答：吃的是冰凍胡蘿蔔。）笨拙地抓著「卡儂新F1型135單鏡頭反光照相機」，拍攝著冰雹過後的瑰麗景象，在寬闊的鏡頭外，銀色的大地無窮延伸，我按動快門，機器「咔嗒」一聲響。（在這張安裝偏振鏡後拍攝出的照片上，世界殘酷無情，我的頭腦腫脹的四老爺和滿鼻子黑血的九老爺率領著族人們艱難地行進。四老爺的腰帶上掛著兩柄短槍，九老爺腰帶上掛著兩枝匣子槍，手裡舉著一枝勃朗寧手槍。四老爺張著嘴，好像在吼叫，九老爺緊蹙著額頭，斜眼看著四老爺，好像對四老爺充滿仇恨。）族人一步一滑地跋涉著，他們口裡的噴出的氣流彩色紛紜，宛若童話中的情形。一個牙齒被冰雹敲掉的白鬍子老者嚶嚶地哭著，兩滴淚珠像凝固的膠水黏在他的腮上，他的耳朵被凍死了，黑黑的像兩隻腐爛的蝙蝠。我哈著手指，哈氣的時候我的嘴感覺到口罩凍成了堅硬的冰殼。赤橙黃綠青藍紫七色閃爍，晃得人眼疲倦。我費力地調動著僵硬的手指（姥姥，俺娘怎麼不回來？小女孩問。你娘看斑馬去啦。長頸鹿看不看？不看。斑馬也是馬嗎？斑馬不是馬。那是什麼？是妖精。紅眼綠指甲，黑天就出來，見了男孩吃男孩，見了女孩吃女孩，牠怎麼不吃俺娘呢？你娘嫁給斑馬啦。騎著斑馬到非洲去啦。冰雹把一群群斑馬打得遍體鱗傷，牠們圍在一起喘息著。這時牠們聽到了獅子的喘息聲。放錄音！快放錄音！斑馬在獅虎的吼叫聲中顫抖不止。獅子在斑馬的鳴叫聲中睜開了矇矓的睡眼。高大的綠柵欄外，她吃吃地笑起來。這棟高樓裡的人夜夜都要做噩夢。樓長，我們受不了啦，請你把她轟走吧。人有所好嘛！人家躲在房裡放錄音干你們屁事?!斑馬！斑馬！斑馬……非洲在什麼地方呢？姥姥又咯崩咯崩吃起胡蘿蔔來。小女孩靜靜地躺著，一股怒火在她胸中熊熊燃燒。）把「星雲式色散鏡」裝在精密的卡儂照相機鏡頭上。我蹲在厚厚的冰雹上，一股尖銳的涼氣射進肛門，迂迴曲折上衝咽喉，使牙齒打戰，舌頭冰涼。我對準在冰雹裡掙扎著的家族成員們，撳下了照相機的快門。（在這張照片上，世界是由色和光構成的。冰雹散射著玫瑰紅光澤，人類放射青銅的光澤，每個人都是一輪奇形怪狀的太陽。四老爺更加像一個失敗了的英雄，他弓著腰，好像對太陽鞠躬。九老爺也許開了一槍。因為槍口附近散射著一簇雪蓮般的火花。）九老爺也不知自己是如何把手中的「勃朗寧」給搗鼓響了，錚然一聲響劃破了冰涼潮濕的空氣，子彈上了天，槍口冒著格外醒目的藍煙。九老爺吃驚不小，下意識地把手槍扔掉了，手槍落在冰雹上，藍光閃爍。

你的藍光閃爍的眼睛盯著我，看著我把用各種鏡頭拍攝的珍貴歷史照片攤開在玻璃板上，聽著我用沉悶的腔調講述著大雹災過後，人類如何向失落的家園前進。我認為人類的歷史就是一部尋找家園的歷史。你看到了嗎？那片被冰雹敲打得破破爛爛的茅草屋頂，就是我們食草家族的家園，它離著我們好像只有數箭之地，卻又像天國般遙遠。我跟隨著先輩們，忍受著寒冷，忍受著對自然的恐怖和敬畏，忍受著被冰雹敲打出來的痛苦。一步一滑，兩步一跌，哭聲震動被冰雹覆蓋的大地，連太陽也淚水汪汪。九老爺有時是狗，有時是狼，他那時就成了狼。他從冰雹上撿起手槍，用剛才的動作操作著，槍聲響起，振奮起在死亡邊緣上掙扎的族人們的精神，大家攙著手，互相攙扶著，艱難地行走。你知道嗎？沒有光就無所謂色——知道，三歲娃娃都懂的道理——照相機是客觀的，但人對光的感受卻是主觀的，是極端主觀的——你還有什麼照片，拿給我看嘛！攝影不僅僅是一門技術，更重要的是一門藝術——藝術不過是你們勾引女孩子的武器。我一屁股蹲在椅子上，手裡的照片散落在水泥地板上。她冷冷地笑著，說：怎麼啦？擊中了你的要害了？不要怕，對「藝術」的評價也是極端主觀的，你駭怕什麼？她蹲下去，撿著散在地上的照片，每撿一張她都用頗為挑剔的目光打量一番。她舉起一張照片，勉強地說：這張還不錯！

太陽像個雪白的十字架，套著一圈圈金色的光環，一棵鮮紅欲滴的禿樹鑲著灼目的白邊，樹下張牙舞爪的人們像從煉鋼爐裡流出來的廢渣的人形堆積。

冰雹被紅色淹沒了。

太陽也沉下了紅色的海洋。

如果我把四老爺和九老爺親兄弟反目之後，連吃飯時都用一隻手緊緊攥著手槍隨時準備開火的情景拍下來，我會讓你大吃一驚，遺憾的是我的照相機出了毛病，空口無憑，我怎麼說你都不會相信。你無法想像，那個冰雹融化之後接撞而來的夏天是多麼悶熱，滋潤的大地溫度持續上升，生殖力迸發，所有的種籽和所有的莖根都發瘋般萌芽生長，紅褐的赤裸大地幾天後就被繁榮的綠色覆蓋，根本不需播種，根本不需耕耘，被蝗蟲吃禿的莊稼和樹木都生機蓬勃，如無不虞，一個月後，小麥和高粱將同時成熟，到時金黃的麥浪會漾進鮮紅高粱的血海裡，夏天和秋天緊密交織在一起。

那年夏天蒼蠅出奇的多，牆壁上、家具上布滿了厚厚的蒼蠅屎。九老爺和四老爺都用右手握著槍，用左手端著青瓷大花碗，哧溜哧溜地喝著蔥花疙瘩湯，湯上漂著死蒼蠅和活蒼蠅。兄弟二人都不敢低頭，生怕一錯眼珠就被對方打了黑槍。湯裡的蒼蠅一無遺漏地進入他們的口腔和肚腹。

難道僅僅因為四老媽的事就使兩兄弟成了你死我活的仇敵嗎？具有初級文化水平、善於察言觀色的五老媽告訴我，九老爺子調戲四老媽是導致兄弟關係惡化的一個原因，但不是主要原因，主要原因是因為河北流沙口子村那個小媳婦。這件事是九老爺子不好……

五老媽認為，九老爺子不該去與四老爺爭奪女人。天下的女人那麼多，你另找一個不就行了？男人們就是這樣，無論什麼東西，一爭起來就成了好的，哪怕是一攤臭屎！男人們都是一些瘋瘋傻傻的牙狗，五老媽撇著嘴說，我真看不出那個小媳婦有什麼好看的地方！你四老媽和你九老媽實在都比那個女人要好出三倍。她不就是五冬六夏都穿件紅褂子嗎？不就是她那兩個母狗奶子挺得比別人高一點嗎？

女人最仇恨的是女人！因此休想從一個女人嘴裡聽到對另一個女人客觀公正的評價。

我把一枝高級香菸遞給好占小便宜的十六叔，讓他告訴我四老爺和九老爺爭奪紅衣小媳婦的詳細過程。十六叔用咬慣了菸袋的嘴巴笨拙地含著菸捲，神色詭祕地說：不能說，不能說……

我把那盒菸捲很自然地塞進他的衣袋裡，說：其實，這些事我都知道，你說不說都無所謂的。

十六叔把口袋按按，起身去插了門，回來，吸著菸，瞇著眼，說：五十年前的事了，記不真切了……

四老爺子帶著從美麗士兵屍體上繳來的手槍，踩著搖搖欲墜的木樁石橋，趁著天鵝絨般華貴的夜空中明亮的星光，去跟紅衣小媳婦幽會。（這事都怪九老爺子不好，十六叔說，九老爺子也嗅著味去啦，他也提著槍呢！）四老爺有一天晚上發現了從小媳婦的門口閃出一個人影，從那奇異的步態上，四老爺猜出是自己的親兄弟。（那小媳婦也是個臭婊子，你跟四老爺子好了，怎麼能跟九老爺再好呢？不過也難怪，那年夏天是那麼熱，女人們都像發瘋的母狗。）四老爺的心肺都縮成一團，急匆匆撞進屋去，聞到了九老爺子的味道，紅衣小媳婦慵倦地躺在炕上，四老爺掏出槍，頂住小媳婦的胸口，問：剛才那個人是誰？小媳婦說：你看花眼了吧？（有一種女人幹那事沒個夠，四老爺子那時四十歲了，精神頭兒不足啦，她才勾上了九老爺子。）

聽說四老爺子自己配製了一種春藥？

什麼春藥，還不就是「六味地黃丸」！

小媳婦究竟是被誰打死的？

這事就說不準了，只有他們兄弟倆知道。反正不是四老爺子打死的就是九老爺子打死的。幾十年了，誰也不敢問。

四老爺和九老爺開著槍追逐的事是什麼時候發生的？

就是打死小媳婦那天。弟兄兩個互相罵著，他操他的娘，他日他的老祖宗，其實他跟他是一個娘生的，也沒有兩個老祖宗。

開了那麼多槍，竟然都沒受傷？

受什麼傷呀，畢竟是親兄弟。四老爺子站在橋上，用力跺著腳，渾身顫抖著，臉上身上都沾著麵粉（好像一隻從麵缸裡跳出來的大耗子，腐朽的石橋搖搖晃晃），他對著河水開一槍（河裡水花飛濺），四老爺擠著眼，罵一句：老九，我操你親娘！九老爺子也是滿身麵粉，白褂子上濺滿血星子。他瘋狂地跳著，也對著河水開一槍，罵一句：四棍子，我日你活老祖宗！兄弟倆就這麼走走停停，罵著陣，開著槍，回到了村莊。

他們好像開玩笑。

也不是開玩笑，一到院子裡，老兄弟倆就打到一堆去啦，拳打，腳踢，牙啃，手槍把子敲。九老爺子手脖子上被四老爺子啃掉一塊肉，四老爺子的腦袋瓜子被九老爺子用槍把子敲出了一個大窟窿，嘩嘩地淌血。

沒人拉架嗎？

誰敢去拉呀！都握著槍呢。後來四老爺子直挺挺地躺在地上，像條死狗一樣，九老爺子也就不打了，不過，看樣子他也嚇壞了，他大概以為四老爺子死了吧。

四老爺子的傷口沒人包紮？

你五老媽抓了一把乾石灰給他堵到傷口上。

後來呢？

三天後蝗蟲就從河北飛來了。

飛蝗襲來後，把他親哥打翻在地的九老爺自然就成了食草家族的領袖。他徹底否定了四老爺對蝗蟲的「綏靖」政策，領導族人，集資修築劉將軍廟，動員群眾滅蝗，推行了神、人配合的強硬政策。

那群蝗蟲遷移到河北，與其說是受了族人的感動，毋寧說牠們吃光了河南的植物無奈轉移到河北就食；或者，牠們預感到大冰雹即將降臨，寒冷將襲擊大地。遷移到河北，一是就食，二是避難，三是順便賣個人情。

飛蝗襲來那天，太陽昏暗，無名白色大鳥數十隻從沼澤地裡起飛，在村莊上空盤旋，齊聲鳴出五十響悽慘聲音，便逍遙東南飛去。

頭上結著一塊白色大痂的四老爺拄著一根棍子站在藥鋪門前，仰臉望著那些白鳥，目露神祕之光，誰也猜不透他心裡想什麼。

九老爺騎著一匹老口瘦馬，從田野裡歸來。他的腰帶上掛著兩枝手槍，手裡提著一枝皮鞭，臉上塗抹著一層白粉，怔忡著兩隻大眼珠子，打量著那群白鳥。

白鳥飛出老遠，九老爺猛醒般地掏出手槍，隻手擎著，另一隻手揮舞著馬鞭，抽打著瘦馬的尖臀，去追趕那群白鳥。瘦馬慢吞吞地跑著，四隻破破爛爛的大蹄子笨拙地翻動著。九老爺在馬背上欠臀踢腿，催促著老馬。老馬筋疲力竭，鼻孔大睜開，胸腔裡發出嘔嘔的響聲。

草地上藤蘿密布，牽扯瓜葛，老馬前蹄被絆，順勢臥倒，九老爺一個筋斗栽下馬，啃了一嘴青草。他爬起來，踢了臥在地上喘息的老馬一腳，罵一聲老馬的娘，抬頭去追尋那群白鳥，發現牠們已飛到太陽附近，變成了幾十個耀眼的白斑點。九老爺把皮鞭插在脖頸後，掏出另一枝手槍，雙槍齊放，向著那些白斑點。槍響時他縮著脖頸，緊閉著眼睛，好像繳槍投降，好像準備著接受來自腦後的沉重打擊。

那時正是太陽東南晌的時候，淡綠的陽光照耀著再生的鵝黃麥苗和水分充足的高粱稞子，草地上飛舞著純白的蛺蝶，有幾個族人蹲在一道比較乾燥的堰埂上拉屎。氣候反常，季節混亂，人們都忘記了時間和節氣。九老爺軟硬兼施，扶起了消極罷工的瘦馬。他剛要騙腿上馬，馬就快速臥倒，如是者三，九老爺無可奈何地歎一口氣，對馬說：老爺子，我不騎你就是啦。馬不信任地盯著他看，九老爺細語軟聲，海誓山盟，那馬才緩緩站起，並且擺出一副隨時準備臥倒的姿勢，對九老爺進行考驗。九老爺說：你媽的個馬精，男子漢大丈夫，說話算一句，我不騎你就是啦。

九老爺腰掛手槍，左手持馬鞭，右手牽馬韁，橫穿著草地，踢踢踏踏回村莊，偶爾抬眼，看到西北天邊緩慢飄來一團暗紅色的雲。九老爺並沒有在意，他還深陷在對瘦馬怠工的沮喪之中。他認為由於瘦馬怠工使他沒能擊落怪異的白鳥。走到村頭時，他感覺到一陣心煩意亂，再抬頭，看到那團紅雲已飄到頭上的天空，同時他的耳朵聽到了那團紅雲裡發出的嚓啦嚓啦的巨響。紅雲在村子上空盤旋一陣，起起伏伏地朝村外草地上降落，九老爺扔掉馬轡飛跑過去。紅雲裡萬頭攢動，閃爍著數不清的雪亮白斑。嚓啦聲震耳欲聾。九老爺咬牙切齒地迸出兩個字：蝗蟲！

正午時分，一群群蝗蟲飛來，宛若一團團毛茸茸的厚雲。在村莊周圍的上空蝗蟲匯集成大群，天空昏黃，太陽隱沒，嚓啦嚓啦的巨響是蝗蟲摩擦翅膀發出的，聽到這響聲看到這景象的動物們個個心驚膽戰。九老爺是惹禍的老祖宗，他對著天空連連射擊，每顆子彈都擊落數十隻蝗蟲。

蝗蟲一群群俯衝下來，落地之後，大地一片暗紅，綠色消滅殆盡。在河北的土地上生長出羽翼的蝗蟲比跳蝻凶惡百倍，牠們牙齒堅硬鋒利，牠們腿腳矯健有力，牠們柔弱的肢體上生出了堅硬鎧甲，牠們瘋狂地嚙咬著，迅速消滅著食草家族領土上的所有植物的莖葉。

村人們在九老爺的指導下，用各種手段驚嚇蝗蟲，保衛村子裡的新綠。他們敲打著銅盆瓦片，嘴裡發著壯威的吶喊；他們晃動著綁紮著破銅爛鐵的高竿，本意是驚嚇蝗蟲，實際上卻像高舉著歡迎蝗蟲的儀仗。

天過早地黑了，蝗蟲的雲源源不斷地飄來。偶爾有一道血紅的陽光從厚重的蝗雲裡射下來，照在筋疲力盡、嗓音嘶啞的人身上。人臉青黃，相顧慘澹。

就連那血紅的光柱裡，也有繁星般的蝗蟲在煜煜閃爍。

入夜，田野裡滾動著節奏分明的嚓嚓巨響，好像有百萬大軍在訓練步伐。人們都躲在屋子裡，憂心忡忡地坐著，聽著田野裡的巨響，也聽著冰雹般的蝗蟲敲打屋脊的聲響。村莊裡的樹枝巴格巴格地斷裂著，那是被蝗蟲壓斷的。

第二天，村裡村外覆蓋著厚厚的紅褐色，片綠不存，蝗蟲充斥天地，成了萬物的主宰。

膽大的九老爺騎上躐稀的瘦馬，到街上巡視，飛蝗像彈雨般抽打著人和馬，使他和牠睜不開眼睛張不開嘴巴。瘦馬肥大的破蹄子喀唧喀唧地踩死蝗蟲，馬後留下清晰的馬蹄印。馬耷拉著下唇，流著涎線，九老爺也如瘦馬一樣感到極度的牙碜。他閉嘴不流涎線，卻把一口口的腥唾沫往肚子裡嚥。

巡視畢，一隻龐大的飛蝗落到九老爺的耳朵上，咬得他耳輪發癢。九老爺撕下牠，端詳一會，用力把牠撕兩半，蝗屍落地，無聲無息。九老爺感到蝗蟲並不可怕。

村人們被再次動員起來。他們操著鐵鍬、掃帚、棍棒、鏟、拍、掃、擂；他們越打越上癮，在殺戮中感到愉悅，死傷的蝗蟲積在街道，深可盈尺，蝗蟲的汁液腥氣撲鼻，激起無數人神經質的嘔吐。

在村外那條溝渠裡，九老媽身陷紅色淤泥中險遭滅頂之災。九老媽遇救之後，腿腳上沾著腥臭難聞的淤泥。我認為這紅色腥臭淤泥是蝗蟲們腐爛的屍體。

五十年前，村人把剿滅飛蝗的戰場從村裡擴展到村外，那時候溝渠比現在要深陡得多，人們把死蝗蟲活蝗蟲一古腦兒向溝渠裡推著趕著，蝗蟲填平了溝渠，人們踏著蝗蟲衝向溝外的田野。打死一隻又一隻，打死一批又一批，蝗蟲們前仆後繼，此伏彼起，其實也無窮無盡。人們的臉上身上沾著蝗蟲的血和蝗蟲的屍體碎片，沉重地倒在蝗蟲們的屍體上，他們面上的天空，依然旋轉著凝重的蝗雲。

第三天，九老爺在街上點起一把大火，煙柱沖天，與蝗蟲相接；火光熊熊，蝗蟲們紛紛墜落。村人們已不需動員，他們抱來一切可以燃燒的東西，增大著火勢，半條街都燒紅了，蝗蟲的屍體燃燒著，躥起刺目的油煙，散著扎鼻的腥香。蝗蟲富有油質，極易燃燒，所以大火經久不滅。

傍晚時，有人在田野裡點燃了一把更大的烈火，把天空映照得像一塊抖動的破紅布。食草家族的老老小小站在村頭上，嚴肅地注視著時而暗紅時而白熾的火光，那種遺傳下來的對火的恐怖中止了他們對蝗蟲的屠殺。

清掃蝗蟲屍體的工作與修築劉將軍廟的工作同時進行。九老爺率眾祈求神的助力。劉將軍何許人也？

火光之夜，劉猛將軍託夢給九老爺，自述曰：吾乃元時吳川人，吾父為順帝市鎮江西名將，吾後授指揮之職，亦臨江右剿除江淮群盜。返舟凱還，值蝗孽為殃，禾苗憔悴，民不聊生。吾目擊慘傷，無以拯救，因情極自沉於河。有司聞於朝，遂授猛將軍之職，荷上天眷戀愚誠，列入神位，專司為民驅蝗之職，請於村西建廟，蝗孽自消。

我帶領著蝗蟲考察隊裡那位魔魔道道的青年女專家，去參拜村西的劉將軍廟。我記起幼年時對這位豹頭環眼燕頷虎鬚金盔金甲手持金鞭的劉猛將軍的無限敬畏之心。那時候劉將軍廟金碧輝煌，廟裡香火豐盛，這是強硬抵抗路線勝利的標誌。劉將軍廟建成後，蝗蟲消逝，只餘下一片空蕩大地和遍地螞蚱屎，什麼都吃光了，啃絕了，蝗蟲們都是鐵嘴鋼牙。人民感激劉將軍！今非昔比，政府派來了蝗蟲考察隊，解放軍參加了滅蝗救災，明天上午，十架飛機還要盤旋在低空，噴灑毒殺蝗蟲的農藥！劉將軍廟前冷落，金盔破碎，金鞭斷缺。主持塑造劉將軍的九老爺超脫塵世，提著貓頭鷹在田野裡遨遊，泛若不羈之舟。女學者知識淵博，滑稽幽默，她說他們村的抗蝗鬥爭簡直就是抗日戰爭的縮影，可憐！我驚愕地問：誰可憐？她驢唇不對馬嘴地回答：可憐大地魚蝦盡，唯有孤獨劉將軍！

我懷疑這個女人是個反社會的異端分子，但可憐她乳房堅挺、修臂豐臀，不願告發她。

我走出廟堂，揚長而去，讓她留在廟裡與孤獨的劉將軍結婚吧。沒給劉猛將軍塑上個老婆，是九老爺的大疏忽。

第四十一天的早晨，又是太陽剛出山的時候，十架雙翼青色農業飛機飛臨高密東北鄉食草家族領地上空。飛機擦著樹梢飛過村莊，在紅色沼澤上盤旋。飛機的尾巴突然開屏，乳白色的煙霧團團簇簇降落。村裡人都跑到村頭上觀看。

飛機隆隆地響著，轉來又轉去。玻璃後出現一張張女人的臉，她們一絲不笑，專注地操作著。西風輕輕吹，藥粉隨風飄。我們吸進藥粉，聞到了滅蝗藥粉苦澀的味道。蝗蟲們一股股糾纏著在地上打滾。牠們剛長出小翅，尚無飛翔能力。蝗蟲們也失去了牠們祖先們預感災難的能力，躲得過冰雹躲不過農藥。

一個幹部勸大家回家躲著，免得中毒。人群走散。我實在留戀飛機優雅的飛行姿態，實在欣賞千簇萬簇藥粉的花朵，而且堅信我在城市的污濁空氣裡生活過很久，肺部堅強耐毒，所以我不撤。

四老爺從那堵臭杞籬笆邊站起來，向草地走去，我猜想他可能是去草地上拉屎吧？他沒有拉屎，他穿越草地走向提著貓頭鷹在沼澤地邊遛達的九老爺，我遠遠地看到他們相會在紅色沼澤的邊緣上，沼澤裡溫柔溫暖的紅色襯托得他們身影高大，飛機在他們的天上精心編織著美麗的花環，並蒂花兒開，連呼吸都成為沉重的負擔！他們都蒼老了，他們都僵直地站著，像兩座麻石雕成的紀念碑。貓頭鷹突然唱起來，唱得那麼怪異，那麼美好，我在牠的叫聲中幡然悔悟，我清楚地預感到：食草家族的惡時辰終於到來啦！

我負載著沉重的懺悔向四老爺和九老爺奔去……

在奔跑過程中，我突然想起了一位頭髮烏黑的女戲劇家的莊嚴誓詞：

總有一天，我要編導一部真正的戲劇，在這部劇裡，夢幻與現實、科學與童話、上帝與魔鬼、愛情與賣淫、高貴與卑賤、美女與大便、過去與現在、金獎牌與避孕套……互相摻和、緊密團結、環環相連，構成一個完整的世界。

在歡慶的婚宴上，我舉起了盛滿鮮紅酒漿的高腳透明玻璃杯，與我熟識的每一個仇敵和朋友碰杯，酒漿溢出，流在我手上，好像青綠的蝗蟲嘴中分泌液。我說：親愛的朋友們、仇敵們！經年乾旱之後，往往產生蝗災。蝗災每每伴隨兵亂，兵亂蝗災導致饑饉，饑饉伴隨瘟疫，饑饉與瘟疫使人類殘酷無情，人吃人，人即非人，人非人，社會也就是非人的社會，人吃人，社會也就是吃人的社會。如果大家是清醒的，我們喝的是葡萄美酒；如果大家是瘋狂的，杯子裡盛的是什麼液體？

第二夢：玫瑰玫瑰香氣撲鼻

副官長從紅馬上跳下來，用蛇皮馬鞭輕輕撣打著沾在呢馬褲上的塵土和馬腹上脫落下來的死毛。那是很早以前的一個春天，梨花盛開，蜜蜂飛舞，南風濃郁，廣大而溫柔的愛情如從天降，安慰著祖宗們的心，使善良的性格射出光輝，恰如五彩玫瑰。淺藍色的空氣裡飄盪著梨花的幽香，還有還有，玫瑰玫瑰香氣撲鼻。金豆大外甥，還能再給我一枝菸抽嗎？哮喘不止的小老舅舅背倚著土牆，瞇縫著灰色的大眼睛，敞著破棉襖，陽光曝曬著他胸脯兩側的肋條，肚臍眼裡布滿皺紋，他說。

我乳名金豆子，是小老舅舅的妹妹生出來的兒子，現年二十八歲，愛抽名牌香菸，其時在家養病，此病學名「瘧疾」，俗名「脾寒」，係長嘴蚊蟲叮咬後傳染。穿著小老舅舅的光板山羊皮袍，金豆顫成一團。也是春天，梨花盛開，陽光強烈，古老的庭院裡充溢著農藥的味道。這盒菸給您了。金豆把一盒美國菸放在小老舅舅的肚皮上。副官長的模樣您還能記得清楚嗎？我問。

那匹紅馬奇俊，不算胖，後來被黃鬍子餵胖了。馬腹上正在換毛，沾了副官長一馬褲。「啪啪啪」，蛇皮馬鞭打著黑皮馬鞭響。副官長細長身體、細眉單眼、嘴上無鬚，面皮白淨、一口京腔，滿嘴金光，只有一顆金牙，會唱京戲、會拉京胡、會說洋文。小老舅舅吸著洋菸，鼻孔裡噴著藍色煙霧說個不休。副官長掏出一只金菸盒，啪嗒一聲點著火，菸捲在嘴上跳著，副官長高聲說：

黃鬍子，把馬鞍卸下晾著、把馬牽去遛，等牠打完滾，找把打帚，掃掉牠肚子上的死毛。牠太瘦了，你到糧秣處領二斗黃豆，炒熟了餵牠。黃豆太熱，要摻些麩皮餵，你再領五十斤麩皮。盡快餵胖牠！

副官長叼著菸，說話時嘴不敢大開，靠鼻腔發音，因此齉聲齉氣。他把一盒香菸扔到黃鬍子懷裡，香菸彈跳在地，黃鬍子低頭看著菸，彎腰撿起來，把菸裝兜裡，從副官長手裡接過紅馬，牽馬走出庭院。

那時的庭院就是現在的庭院嗎？

差不多，那時院牆上抹著石灰，現在石灰早已剝落，石頭上長滿青苔，青磚爛成蜂窩，院牆快要倒了，要是今年夏天還像去年那樣下大雨發大水，連這房子也要倒。那時候我跟著黃鬍子住在東廂房裡，副官長和她住著正房。紅馬也住在東廂房裡，馬槽安在東南牆角、土炕壘在西北牆角，鍋灶連結在土炕南頭，紅馬身長，尾巴像一匹綢緞，牠每夜都把糞拉在鍋台上。馬糞不髒。馬糞裡有沒消化掉的黃豆瓣，馬糞裡有一股炒黃豆的香味。黃鬍子炒黃豆時，我蹲在灶前燒火，燒柴是豆稭，嗶嗶剝剝響，滿鍋黃豆亂跳，也嗶嗶剝剝響。灶火烘著我的臉皮，我腋窩裡流汗，黃鬍子盤腿坐在炕沿上抽菸。紅馬被副官長騎出去了，馬糞還擺在灶前，母雞進來刨食，尋找馬糞裡的糧食和馬肚子裡的寄生蟲。

小老舅舅對黃鬍子說：「爹，豆糊啦！」

黃鬍子慢吞吞過來，抄起鐵鏟，翻翻鍋裡的爆豆。他的臉很長，一雙大眼，幾根黃鬍鬚，掀唇，滿口黃色長牙。這形狀頗類馬。我沒見過這個黃鬍子，他其實與我毫無關聯。

小老舅舅說，黃鬍子拉馬去遛時，他總是跟隨在後——他總是想跟隨在後，這要看黃鬍子的情緒。黃鬍子情緒好時，小老舅舅可以跟著看他遛馬；黃鬍子情緒不好，就回過身，惡狠狠地盯著小老舅舅。我那時八歲，長得沒有一條狗大，黃鬍子一腳就能把我踢出一丈遠。但他輕易不踢我，他只是狠狠地盯著我，又寬又大的下巴哆嗦著，好像餓急了的馬。看到黃鬍子這樣，小老舅舅就知趣地回來了。

副官長進屋去了。副官長進屋之前，羞澀地瞥了黃鬍子一眼，黃鬍子牽著馬往外走，根本不回頭，屋裡溢出玫瑰的香氣。副官長的牛皮腰帶上掛著一柄左輪手槍。副官長鼻梁上有時架著一副金邊眼鏡，手指上套著一只金鎦子。拉京胡時他蹺著二郎腿。玫瑰玫瑰香氣撲鼻。

那時候紅馬頂多只有半膘，肚腹兩側有兩大片灰黯的死毛，這是匹民間的瘦馬，但一眼就能看出是匹了不起的好馬。牠身軀細長，尾巴像一匹光滑的綢緞，我剛才說過一遍啦？這匹馬像那種身軀細長善於疾跑能夠捕捉野兔的狗，高大雄壯的馬未必是快馬，就像高大威武的狗未必能捉住野兔一樣。外甥，你還是感到冷？你蹲下，讓我把布條給你緊緊。我蹲在小老舅舅面前，把紮著一根紅布條的左手腕子伸過去。小老舅舅緊著布條，把布條裡壓著的七粒綠豆都緊進了我的肉裡。截瘧！截瘧！我的手紫脹著，血液不流通，腠理間充滿氣體。黃鬍子那時也發著「脾寒」，外甥，他根本就不是你的外祖父。

我們村一百年前是一片荒草灘，常有人來放牧牛羊，野兔子成群結隊。紅色沼澤裡有紅狐狸，狐狸專吃野兔子。五十年前我們村有二十戶人家，與吃青草的家族有親戚瓜葛，糾纏不清。那時這所庭院很顯眼，站在三十里外的馬牙山上就能看到庭院的白色粉牆。大外甥，小老舅舅粗人不說細語，人其實比兔子繁殖得還要快，一眨眼的工夫，路上行人肩碰肩啦。不過你也別擔心，天生人，地養人，周文王時人比現在還多，可也沒人餓死。麥秀雙穗，馬下雙駒，兔子一窩生一百，吃不完的糧食吃不完的肉，搞什麼計畫生育！外甥，黃鬍子不是你的外公，我敢滿打包票！他是不是我的爹鬼也說不清；孩子不肖爹，娘心裡有數。小老舅舅是窮愁潦倒，為了抽你兩枝洋菸，就陳茄子劉芝麻給你翻缸底？我哪裡還有半點出息？你這個小畜生，三角眼吊梢眉，不是災星也是太歲，小老舅舅惹你不起！

黃鬍子遛馬遛到墨河邊，離村約有五里路。陽春三月梨花開，草地上一層矮草，好像栽絨毯。小老舅舅跟在馬腚後，擂動著鼻子吸食馬身上的汗酸味。馬尾巴像一匹抖開的綢緞。第三遍啦，我的小老舅舅！後來紅馬胖得滾瓜溜圓，脖子像綢緞，但春天裡紅馬只有半膘，外甥，休嫌囉嗦！人不說廢話，母狗也能生麒麟。在河灘上，黃鬍子拉馬站住，沙土滾燙，河水半枯，露出一片片生滿白鹼花的卵石，有兩塊大卵石上蹲著三隻綠嘴烏鴉，牠們喝水，水裡有蝌蚪，成群結隊，忽聚忽散，像雲朵一樣。紅馬懶洋洋的，被日頭曬的。我穿著一身過冬棉衣，渾身黏糊，捂出汗來了。頭髮裡有蝨子，怪癢癢，奇癢癢，搔頭，搔頭，搔得「夸嚓夸嚓」響。黃鬍子新剃過頭，頭皮綠油油的，像狗眼一樣。他的眼珠也是黃的，「黃眼綠珠，不認親屬」！其實呀他不壞，只是生著一副奸相。你見過他沒有？他是哪年死的我也記不真切啦。是民國多少年來著？石頭碾盤上塗滿了松香，孫家的兒媳婦走了屍，鬧得蠍虎，人人膽怯，拉屎都要結伴，野貓在牆頭上嗥叫，就是那年他死了。死得好，活著也是受罪。不能說過頭話，孬不孬我還叫了他一陣爹。

「爹，這是匹公馬？」小老舅舅問。

黃鬍子不答。

小老舅舅問：「爹，這是匹母馬？」

黃鬍子不答。

黃鬍子陰沉著臉打量那匹紅馬，眼珠子骨碌碌轉動。他把嚼鐵塞進馬嘴裡，用力一勒，馬嘴緊皺起來。馬頓著蹄，搖擺著尾巴，鼻孔緊閉，圓睜著眼。黃鬍子把鐵嚼子往下用力的扯，馬嘴低垂，吹拂地上塵土；黃鬍子把鐵嚼子用力往上一扯，馬嘴朝天，向天老爺訴哭。上上下下，下下上上，黃鬍子咬著牙根，腮上飽綻瘦肉，死命折騰那馬，馬忽大忽小，身上忽而布滿皺紋，忽而又舒展開，一點皺紋也沒有。汗水很快濡濕了馬的皮膚，一圈一圈，像爛銀子般閃著光。小老舅舅鼻尖上掛著汗珠，馬眼裡的悲哀的藍色光線使他心中冰涼，他怒氣沖沖，不計後果地撲上去，撕擄著黃鬍子的手。

「爹，馬哭啦，你饒了牠吧……」小老舅舅哭哭咧咧地說。

黃鬍子鬆開馬嚼子，紅馬前腿一軟，跪在了地上。牠的後腿也隨即軟下去。紅馬臥在地上，長長的頭顱平放在地上，顫抖的皮膚說明了馬的悲痛，馬眼緊閉，馬嘴上流著血，血珠兒掛在馬的鬍鬚上，像掛在草梢上的晶瑩露珠。

黃鬍子鬆開馬嚼鐵後，小老舅舅恐懼起來，他鬆開抓撓黃鬍子的手，慢慢地往後退著，緊縮著脖頸，好像等待來自上方的沉重打擊。

他們隔馬相望，馬身上的汗酸味升騰開來，形成一道氣味的灰白障壁。

嗤——！黃鬍子用嘴唇擠了一下鼻子，然後開顏一笑，低沉地唔唔著：「唔，唔，你過來。」

小老舅往後退著，離開馬的氣味越來越遠。

「唔！唔！過來，你個雜種！」

小老舅舅依然後退著，巨大的恐怖壓迫著他，毛孔閉塞，汗水斷流。

黃鬍子拍拍手，聳身躍過紅馬，幾步就衝到了小老舅舅面前。抓著他的脖子提拎起來他，黃鬍子手爪凶狠，胳膊堅硬，恰如拎一只細頸酒瓶。只一甩，小老舅舅就跌落馬前，淹沒在馬的汗酸裡了。馬腹一側沙地上，暗紅色的草芽纖弱得類似死人的鬈曲毛髮，草根處裝死著綠背的茸茸小甲蟲。小老舅舅又被黃鬍子拎起來，他這次是拎著他的耳輪，只好痛楚地咧開嘴。小老舅舅，黃鬍子是個六指？不知這話真假？六指搔癢多一道。大外甥，你是狗爪子抹牆，盡道道。外甥，你是吃鋼絲拉彈簧一肚子勾勾彎彎。你這種菸就是盒好看，抽起來一股屁味，還是那麼冷？

小老舅舅，你鬼一樣叫著。你從小生就兩條羅圈腿，兩扇招風耳，相書上說，「兩耳扇風，賣地的老祖宗」。所以我一輩子窮愁潦倒，連個老婆也討不上。就像黃鬍子對待我一樣，是人就想擰我的耳朵。梨花盛開，屋裡溢出玫瑰的香氣，玫瑰玫瑰香氣撲鼻。

黃鬍子擰著小老舅舅的耳朵。他把一雙冰涼的大眼珠子抵近我的臉，好像要辨認一件什麼東西。他嘴裡也是一股青草的味道，好像騾馬驢牛駱駝羊打嗝時逆上來的腐氣。他卻昧著良心罵我：「你這個吃青草的驢雜種！你是屬鴨子的！屬青蛙的！」後來他把我的臉按在紅馬腚上，拃著我的脖子他把我的臉用力往馬腚上撞，馬的屎尿馬的汗和我的唾沫鼻涕眼淚汗水混合在一起。直到紅馬從地上跳起來，他才放開我。我先救了馬，馬後救了我，一報還一報，不是不報，只因時辰未來到，我早就知道反動派沒有好下場，不過話又說回來，黃鬍子也不是多麼壞的人。他嗤嗤地笑著，像頑童一樣看著我，他對我好像沒有一點憐憫心，好像對待紅馬一樣，我的嘴唇破了，血濡染到牙齒上，好像紅馬一樣。

「唔！唔！什麼味道？」黃鬍子笑嘻嘻地問著。

小老舅舅嗚嗚地哭起來，淚水在他稀髒的小臉上，沖出了一些白道道。

「扒著馬腚親嘴，不知道香臭的東西！」黃鬍子氣洶洶地罵著。

紅馬搖搖擺擺地走進黑石凸露的河道中，垂下頭吸水，馬轠和嚼鐵有的部分浸在酸溜溜的河水中，有的部分耽擱在生了白漬的黑石上。陽光毒辣辣的，河道裡蒸騰著一股酸臭，蛤蟆和蝌蚪快要煮熟了嗎？小老舅舅最擔心的是紅馬把蝌蚪吸到肚子裡去，引起腸胃炎、然後躥稀瀉肚，給清掃馬廄帶來困難。

呵啾！黃鬍子看了半晌太陽才打出一個響亮的噴嚏。小老舅舅看著黃鬍子身後堅韌明亮的地平線，看著孤零零的深藍色的馬牙山和山上黑色的松樹，松樹的傷口上，凝結著金黃透明的油脂，冬天，白雪疊在樹梢上，像一團團融化未盡的殘雲，春天冰雪消融，雪水汩汩漓漓流淌，草地滋潤，蘭花開放，玫瑰開放，玫瑰玫瑰香氣撲鼻。鐵色的雄鷹在空中飛旋，野兔驚惶奔跑，聰明的野兔是從不倉皇逃竄的，只需鑽進荊棘叢中和酸棗叢中，鷹無可奈何，此謂望兔興歎……外甥！你不冷了嗎？

小老舅舅，我不冷啦，「脾寒」不是病，發起來要了命。你們吃青草家族中人，都有白日做夢的毛病嗎？我搖頭歎息，耳道中似有鳴鏑。

後來怎麼樣了？我看到黃鬍子鼻孔裡伸出兩撮焦黃的毛，一抖一抖的，像蝴蝶的觸鬚，我猜想他的頭顱裡暗藏著、是寄生著！一個挺大的怪物，把他的腦漿子吃得乾乾淨淨，總有一天那怪物要把他的腦殼脹開、就像蛋殼破裂，孵出一隻小雞；就像蛋殼破裂，鑽出一條小蛇；毒蛇是胎生！就像蛋殼破裂，爬出一隻小鱉。那黃色的怪物日夜不息地吸食著他的腦漿。他性格陰鬱暴躁，都是被那物給咬的。我看著他掏出那盒菸，一層綠紙，一層錫紙，包著幾十枝白菸棍棍。這盒菸是副官長賞給他的。雜種！小老舅舅捏出一根我送他的美國紙菸，輕描淡寫地罵了一句，不知道他是罵副官長還是罵黃鬍子，抑或兩人都罵。庭院裡梨花盛開。雨打梨花深閉門。村姑叫賣玫瑰花。雜種，小老舅舅說，腚眼裡拉玻璃！明（名）屎（詩）不少咪！

我看著黃鬍子黃鬍子看著紙菸，頭上頂著藍瓦瓦的天，天上布滿魚鱗雲，雲中鶴鳴尖利，從食草家族的紅色沼澤深處傳來。鶴唳九泉，聲聞於天！小老舅舅，他抽菸了沒有？他把那些菸抽出來插進去，插進去又抽出來，不知玩的什麼把戲。我聽到他在玩香菸時呼哧呼哧地喘著粗氣，嘴咧來咧去，鼻孔裡那兩撮金毛點點顫顫，他腦袋裡那個吸食腦漿的怪物又開始折磨他啦。他把一枝香菸插進嘴裡。到底是要吸了。不，他把菸吐掉了，好像那菸上有屎，他好像吃了屎，他嘴裡好像有屎，他呸呸地吐著唾沫，好像吐著屎。後來他把手裡拿著的菸也扔在地上，嘴裡發出嗷嗷的野獸般的嗥叫，他在那菸捲上狂跳著，用他的兩隻穿著麻底草鞋的大腳，把菸捲踏成粉末，之後，他又把那些碎菸屑踢起來，沙塵瀰漫，籠罩著他污汗斑駁的面孔。小老舅舅退出十幾步遠，蹲在地上，抱著肩頭，膽怯地看著高大的黃鬍子騰跳叫囂。

黃鬍子趴在地上，像死去一樣，只有一聲兩聲小孩子般的抽泣從他那高大的身軀和大地之間發出時，才說明他還活著。馬牙山背後是碧波萬頃的大海，水氣升發，凝聚成白色的雲團，像一座座高大巍峨的城堡，緩緩移動到草地和河流上方，把綠油油的陰暗影子投下來，使綠草發黑河水發綠紅馬發黃，黃馬垂首凝立，觀賞著倒在河水中自己的鮮明影像。小老舅舅這時注目在黃鬍子的兩隻大手上，黃鬍子變成了紅鬍子，紅鬍子的兩隻大手插進沙土裡，十指像從沙土裡露出來的植物根莖。那個怪物又在靜靜吮吸黃鬍子的腦漿了，雲中響著生銹齒輪轉動的嘎嘎聲響，宛若天國裡的開門聲。雲影之外，陽光灼目，青草新美如畫，庭院醒目的一圈粉牆閃爍著扎眼的光芒。梨花開放，群蜂勞作、嗡嗡嚶嚶聲裡，玫瑰甘美如飴，玫瑰玫瑰香氣撲鼻。

好久好久好久，小老舅舅說，他才從地上慢慢爬起來。他爬起的動作逗人喜愛，天真純潔一如半歲嬰孩。他先把腰弓起來，然後同時往後收胳膊往前收腿，收到是處，只有膝蓋和雙手著地，宛若一隻大青蛙，憨態可掬。不好！他突然又趴下啦，肚腹和頭面重重地趴在地上。我看出來他心裡有真正的痛苦，不是假裝出來的。孬好我跟他同睡東廂房，共同聞著紅馬的糞便味道。孬好我要叫他爹，我膽怯地走上前去，拉住他的堅硬的大手，說：「爹，我們該回家啦。」

他順從地站起來，用冰涼的、沾滿泥土的大手把我的小手攥住，有氣無力地問我：「我要把你娘殺掉，你難過嗎？」

小老舅舅臉色灰白，心裡好像並沒難過，眼淚卻突然流到了腮上。

「黃鬍子，你怎麼才回來？」副官長站在正房門口，手持著左輪手槍，瞄著南邊粉牆上用墨筆畫出的靶子，看到我和黃鬍子牽著紅馬歸來，他垂下槍口，不滿意地問。

就是那天下午，紅馬開始交了好運，黃鬍子像侍弄親兒，我像侍弄親爸一樣侍弄牠，小老舅舅說。那匹紅馬到底是匹騍馬還是匹兒馬？梨花裡飛進一隻黃雀，黃雀把花瓣啄下來，牆外嗖嘍一聲響，一粒彈子擊中黃雀、穿花而過，落在房後去，黃雀垂直落地，掉在我和小老舅舅之間，雀睜著一隻眼，嘴裡吐血，綠羽裡翻出黑毛，數十片梨花飄飄降落。這些枉殺生靈的小雜種！小老舅舅寡淡無味地罵了一句。我撿起黃雀，欣賞著牠纖細粗巧的小腳爪，聽著小老舅的話：誰還記得清是匹騍馬還是匹兒馬！反正是匹天上難找地下難尋的紅馬！一匹紅馬……小老舅舅灰色的眼珠流溢出心馳神往的色彩，空氣中突然充溢著馬牙山頂上融雪的味道，越過頹圮的舊牆，馬牙山頂白光閃爍，雪水下瀉，汩汩地灌溉著草地。河溝裡，混濁的雪水奔騰。真是一匹駿馬。我的心也受著馬的濡染，「脾寒」消退，渾身疲乏無力。

黃鬍子牽馬佇立，雙眼盯著地面。小老舅舅說我猜想那怪物又在吸食他的腦漿了。副官長僅僅是不滿，似乎並沒動怒、甚至還有幾分慚愧的意思。後來他發怒是因為他看到了馬嘴上被勒破了的地方，他即是發怒也是溫文爾雅，嘴裡沒有半個髒字。

「怎麼搞的？黃鬍子！你成心整治牠？」副官長的明亮馬靴踩得青磚甬道橐橐地響，「肚皮上的死毛也沒掃掉？」副官長從上衣口袋裡掏出用金鏈子拴著的金殼懷錶，臉色蒼白，掛著幾粒白色虛汗的鼻尖上有軟沓沓的味道，「一點鐘拉馬出去，四點鐘拉馬回來，黃鬍子你搞什麼鬼名堂！」他舉起槍來，對著白牆上的黑圈圈開了一槍。左輪槍響聲不大，但清脆得很，四壁回音，天空布滿玫瑰雲。小老舅舅抖了一下，黃鬍子的頭卻垂得更低了。

外甥，我活了五十好幾年，還從來沒見過像副官長那般俏麗的男人，他活活就是個女扮男裝的小媳婦，那眉那眼都會說話，衣服又貼身合體，人是衣裳馬是鞍。皮鞭皮帶皮槍套，金錶金牙金鎦子，皮鞭皮手套。金筆金眼鏡。還有一手好槍法，一槍就崩落碗大一塊牆皮！

我睡眼矇矓地望了一眼那道將倒未倒的牆，苦澀地打了一個呵欠。

春日裡暖風怡人，花香濃郁，容易犯睏，小老舅舅提醒我：大外甥你可別睡著。

副官長又開了一槍，自然又打落了碗大一塊牆皮。他把冒煙的手槍插進槍套，伸伸懶腰，踱到黃鬍子面前，小聲說：

「黃鬍子，你是騎不好這匹馬的，這匹馬生來就是讓我騎的，你也別生氣，當然啦，我也不會虧待你就是了。」

黃鬍子抬起頭來，嘴咧開，自然齜著黃牙，鼻孔裡的那兩撮黃毛又點點顫顫起來，那怪物又吸食他的腦漿了。

副官長從口袋裡掏出厚厚一沓綠色紙幣，遞到黃鬍子眼前。那時候的錢珍貴著哩，一張紙幣就能買一匹馬，副官長遞給黃鬍子那兩沓子錢，足可以買個馬群！

我恍恍惚惚地記起，外婆遺留下來的一個大櫃子裡邊貼著一層又一層的綠色紙幣，紙幣的面額大得驚人。

黃鬍子用肥厚的舌頭舔著開裂的嘴唇，小老舅舅個頭矮，目光平視過去，恰好看到黃鬍子牽著馬韁的手像一隻小老鼠樣抖動著，黃鬍子的另一隻手緊緊地抓住褲子。

副官長往前跨了一步，把那沓子綠幣塞到黃鬍子口袋裡，悄聲說：「想開點，有了這個就不愁那個，花完了再跟我要。」說完話，副官長吹著口哨進北屋去了。他走到我身邊時，還用手拍了拍我的頭頂，小老舅舅說，副官長的手保養得好極了，滑滑溜溜，像上等的綢緞一樣。他眯起灰眼，好像在回憶綢緞的感覺。春天裡百花盛開，唯有玫瑰最美麗，玫瑰玫瑰！

香氣撲鼻！從北屋裡溢出。一陣明朗的歡聲笑語過後，萬物都靜息了。西斜的大紅日頭戳在林梢上，烏鴉入巢，喜鵲在青色的樹影裡盤旋。北屋裡京胡響起，果然拉得有板有眼，副官長手上功夫不凡。黃鬍子拉著馬走出庭院，小老舅舅拖著一柄竹掃帚跟在馬後。日頭把那馬照得像塊火炭一樣，馬尾散開，宛若一匹抖開的好綢緞。

伴著京胡的板眼，我看著黃鬍子掃馬。小老舅舅說，你睡著了嗎，大外甥？

「馬無夜草不肥，人無外財不發。」這話是一星半點也不錯，我說紅馬就是那時交了桃花運，兩個月就胖得像根紅蠟燭一樣，黃鬍子是養馬的祖師爺。小老舅舅不滿意地嘟噥著，你還不想聽啦？我說得滿嘴冒白沫、你卻打起呼嚕來了！也怨我把事情講得沒根沒梢。早年，副官長沒來，我還在你外婆肚子裡，也許還早，我連你外婆的肚子都沒進，馬牙山上雪水融化，墨河裡濁浪翻滾……小老舅舅，小老舅舅……你跑到哪裡去了？眼前飛舞著雪花般的梨花，杏花般的雪花，馬牙山上白雪融化了。

馬牙山上白雪融化……直到這時——那生滿暗紅觸角的怪物也吸食我的腦漿的時候，小老舅舅那猶如夢囈的閒言碎語，還是，強制性地進入我的耳道，又完全無效地從我的嘴巴裡溢出，消逝在，陽春天氣正午，藍色的氧氣，和紫色的光線裡。連烏鴉都知道，長句，是文學的天敵；戀愛，是殺人的利器。最該歌頌的是母親，如果，母親對不起爸爸呢？你果真就要睡嗎？金豆，我的大外甥？我似乎感覺到小老舅舅黏黏的手指戳了戳我的臉，我努力睜開眼，馬牙山上的積雪融化，草地上流淌著冰涼的雪水，但青草畢竟綠了。山頂上的雲，真如牡丹花開，河道裡雪水湍急，沖動沙堤陷落，跌宕處深漩如斗，一株枯樹，半臥在灘上，黑黑的，嚇人，因它像煞吃人的鱷魚。一個憔悴、瘦弱的少婦在濁流滾滾的墨河對岸徘徊著，臉上滿是憂愁，眼瞼上和嘴角上，留著浪漫過的烙印。好像一個被欲望的鈍齒咀嚼良久又吐出來的女人。誰說夢是無顏色的？她下身穿一條黃色的、印滿了眼睛圖案的肥腿褲子，上身穿一件紅色的、繫滿絨線小球的蝙蝠衫，有幾分像盛唐長安人物，高髻雲鬟，長眉細眼，額上貼滿花黃。我與她隔河相望，河水滔滔，虎嘯猿啼。腳下的沙灘一塊塊往河水中坍塌。她腳下的沙灘也在坍塌，我發覺了，她卻渾然不覺，而且走得離水邊很近。她腳下的沙崖被水掏空，懸空部分已見出下傾，沙粒簌簌下落，水面於大波浪上顯出細小漣漪，但俱是隨生隨滅。我為她駭怕，為她焦急，欲高叫提醒她時，卻因喉頭閉鎖失音。我聽到我的發不出的吼叫被憋在胸腔裡，變成一陣陣的腸鳴。「嘓、嘓、嘓。」我用力掙扎著，想讓聲音衝出喉嚨，使對岸那個秀色可餐的女子免遭險境。河裡確實，有無數，黑物漂游，牠們的身軀，時隱時顯，一直露著的，是長長的頭。鱷魚！牠們都張大了嘴，群集在危險沙崖下。牠們的嘴裡，布滿了，尖利的牙齒。在澎湃的浪濤聲中間或響起鱷魚們的焦灼的吼叫。未等到咀嚼食物牠們就開始流淌眼淚，可能是牠們聞到了肉的味道。**玫瑰玫瑰香氣撲鼻**！這來自極其遙遠的回憶，又彷彿，從古老的墓穴裡發出的一串歎息。你看那女子，還是那樣渾然不覺地在危險沙崖上走著，她甚至在隨時都可能坍塌的危崖上跳起舞來。手之舞之，足之蹈之，典型的民族風格，全身上下都是弧形的線條。「世界有文化，少婦有豐臀」，危在腳下者，不知是何人。我還是盡力掙扎，手腳都暴躁地大動，但喉嚨被緊緊箝住，休想走漏半點信息。那女子比唐壁畫中描繪的豐臀高乳的女子要輕俏靈動得多，僅僅是服飾類似，又不盡似，終是夢中人物，形影不定，變幻莫測，幾如飛雲走狗，令人又恨又憐。她團團旋轉著，但動作不疾不促，既舒緩又輕盈，看看就讓人賞心悅目，經久不敢忘懷。鱷魚們呼喚她，似乎都啞了歌喉。隔河的女子竟然唱起來，歌詞多暗喻男女之私，令人心猿脫索，意馬開韁，但都是肅然默立，拖著鐵鏈韁繩，靜聽那女子歌唱，如聽天籟。鱷魚眼淚流進了河。河裡漂木幾成排，與鱷魚們混雜一起，頃刻難分魚木，都紛紛順流而下，但也有漂出幾十米又溯流而上者，在水邊上爬出半截身軀，後肢的絕大部分和尾巴的全部還浸在河水裡。牠們的眼睛像霧濛濛的毛玻璃，射出混濁、曖昧的光芒，使我周身發硬。當然，鱷魚身上最名貴的還是皮，我早就聽留學在金沙薩的表姊說，她拎的那只像巴掌般大的小包是用鱷魚皮製作的，真正鱷魚皮，絕非冒牌貨。其實我並不是十分討厭鱷魚，鱷魚下巴下的淺黃色皮膚神經質地顫抖著，造成一種瘋狂迷蕩的感覺。就如同被人搔著腳心而發不出呼嘯聲，我只能扭動著身軀，這不是痛苦也不是幸福，也許就是極度的痛苦與幸福，隔河相望，就是如此。她依然舞蹈之，歌唱之，但其跳舞的節奏漸慢，身腰與腿臂柔若無骨，衣服的顏色濃散，中和，呈一種淺淡的金紅，整個人宛若一匹綢緞在溪水中浣洗。其歌唱聲漸入淒涼之境，長歌當哭，我於是知道她心中定有大悲痛。那突兀懸空的危險沙崖一刻也不停息地傾斜著，下落著，起初是只有散粒的沙子把波浪打得窸窣有聲，現在大團大團跌落河中的沉沙濺起一簇簇大雪浪，發出轟轟的響聲。鱷魚們的耐性，等同於蛇的耐性，牠們像一段段朽木，僵臥在水邊的沙礫上，只有那下頷的淺黃色的顫抖，向我透露著牠們的忍耐。我多麼想高聲吼叫，但我的喉頭閉鎖，發不出一點聲音。只是到了末日來臨時，她才停止舞蹈歌唱，背南面北，意味深長地對我莞爾一笑，如有一把牛耳尖刀剜破了我的心，潛藏心中數十年的舊感情源源不斷地流出來。我早就認識你，不僅僅是似曾相識。玫瑰玫瑰！我終於喊叫了出來，但腳下一聲巨響，猶如山崩地裂，我竟不知自己的腳下早已是危崖，那些鱷魚也如箭鏃般射水而來。

外甥，你的臉色為什麼像死灰一樣？

瘧疾折磨我，小老舅舅。

我對你說實話吧，金豆子，黃鬍子不是我的親爹，我的爹很可能也是一個吃青草的人。小老舅舅說，黃鬍子對我一點也不疼愛，他生氣時就要罵我：你這個吃青草的雜種！多少年來，我總想到河那邊去找我的親爹，去吃一把青草，卻總是過不了河。我常常在夢裡見到我的親爹，他像驢騾一樣吃著青草……小老舅舅眼裡閃爍著心馳神往的電光，比陽光還強烈，如雪的白梨花像一團浮雲，經常遮斷我們的視線，梨的味道和形象在花的背後閃爍。

傳說，你姥姥也遮遮掩掩地對我說過，她是從河那邊來的。這些事，你娘沒對你說過？她是女的，你姥姥不便對我說的話，可能都跟你娘說了。——小老舅舅臉上似有怨恨和嫉妒之意。我連忙解釋，為了澄清母親也為了安慰小老舅舅。沒有沒有，俺娘對俺姥姥家的事隻字不提，我每每要問時，總是挨她的罵。

娘在暑天擀單餅時，總是脫光了背，隨著身體起伏，那兩條布袋般的乳房晃晃蕩蕩。金豆是嬌兒，上小學了，還要趁著課間休息時吃幾口奶。耽誤了上課受到老師批評時，他就說：「我回家吃『媽媽』啦。」同學們哄堂大笑，女同學都羞紅了臉。老師吐出一根青草，說：「明天回家告訴你娘，讓她給你斷奶！」明天，你也沒斷奶，娘哺乳著你這個八歲的嬌兒，說了那麼多你姥姥家的事，一閉眼，你就好像身臨其境，聞到了玫瑰的香氣。

雪水融化之後河水暴漲，黃鬍子游過河去，把她背過來。黃鬍子泳技超群，隻手牽著女人，隻手分撥湍流，頭腦冷靜，臨危不懼，躲閃著鱷魚狀漂木的衝撞。過河之後，她躺在綠草地上，衣服都緊貼著皮肉，好像沒穿衣服。吃青草的女人都生著又高又尖的乳，黃鬍子用手輕輕地按了按它們，好像要辨別一下真假。她的肚子也是凸著的。黃鬍子把手按在她的肚子上，感覺到了胎兒的跳動。

這是不是真的呢？小老舅舅，外婆生前沒明告你，你的爹，果真是一個吃青草的男人嗎？

這種事，只能猜，不能問。

黃鬍子把她從河對岸背過來是真的。

她在河對岸吃草家族的領地上就懷了孕是不是真的呢？

難道這種事也是你該問的嗎？再說，河對岸有吃青草的人，也有不吃青草的人，何況，還有一群兵。

總之，她是來路不明的女人，懷著孕，可見不是個正經女人。

說這話你該進拔舌地獄！

過了河，他和她一個躺著一個坐著，一直等到日光曬乾了衣服才開步走。綠草剛沒馬蹄，草間雪水汩汩，泥濘不堪。那時尚未建造庭院，村子也不能叫村子，幾架草棚裡，躲著黃鬍子這一類的人。

泥濘遍地，黃鬍子把她背起來，一步步往前走。她始終未說話，臉上的肌肉都硬邦邦的，好像結著冰。

黃鬍子背著她走過雪水氾濫的草地，小老舅舅說。一陣邪惡的痛苦咬著我的心，逝去的景象在腦的溝回裡迅跑。

河溝裡雪水氾濫，山脈舒緩起伏，無尖銳的突出，十分柔和。漫坡與平地，俱覆蓋著綠草，紫色和白色的小花朵星星般點綴在像幽藍天幕般的草地上。遠處一群馬，近處一群羊，都像生長在草地上的斑斕植物，似乎從來沒有移動過。**Ma! Ma! Ma!** 我的心嘶鳴著，照樣不能把心裡話喊出口。雖有雪水潤澤，但遠處的沼澤裡，仍有泥炭在地下三十米處燃燒，青煙繚繞直上，越上越稀薄，如綾如繚，與遠處白頭的黛色青山濃淡相遇。我們鼻孔裡充滿生活氣息。水的味道，羊的味道，馬的味道，燃燒泥炭的味道，青草和鮮花的味道，還有，苦澀的戀愛的味道。

Ma! Ma! Ma! 我的心一陣陣地吼叫著。

下一幕與上一幕驚人的相似，她被他背著穿越泥濘的草地時，我也背著一個女人跋涉在被雪水浸透了的草地上，如同做夢。我的赤腳早被雪水麻木了，心也涼得像冰，但思想如爐，精神如火。當我的腳踩在鮮花上時，心裡很驚悚，固然我的腳跟裝在我腿上的假腳差不多。小老舅舅，我無法告訴你，女人忽然從我背上消失，唯有馬群尚在，牠們聚集在我周圍，愉快地吃著草。

那匹唯一的紅馬，儼然是馬群裡的領袖。牠的睿智的方形頭顱上鑲嵌著兩隻巨大的眼睛，從那裡邊，兩泓清水裡，我看見了白雲和天空，高山和草地，羊、馬、牧人，還有我蒼老的面容。

Ma! Ma! Ma!

我背著你穿越草地時，你的屁股，像兩只蘋果，膨脹在我手裡。其實並無一絲一毫異樣的感覺，杯子破了，水漏光了，感覺也漏光了。一塊藍色的玻璃碎片在青草叢中閃爍。

Ma! Ma! Ma! 小老舅舅，她難道當真沒這樣喊叫過嗎？你就有那麼大的把握認定自己是吃青草家族的兒子？

她凸起的肚子壓在他的背上時，你有什麼感覺？如果那凸起的就是你的話。

我看你也該抽枝美國菸，省得犯睏，小老舅舅剝開菸盒，對我說。外甥，我也不知道你聽明白了沒有，這事情的開始，這故事的開頭。你猜想的都對，一點也不錯。

小老舅舅和黃鬍子下了大力氣侍弄那匹紅馬。他們從糧秣處領來黃豆、麩皮。黃豆炒焦後，又拿到碾子上輾成碎渣。穀草鍘成一寸，黃鬍子還嫌長。小老舅舅坐到鍘刀邊往刀口裡入草時，黃鬍子不斷地提醒他：「短點，短點，寸草鍘三刀，無料也上膘！」

紅馬眼見著就胖了，馬眼裡有了勃勃生氣。副官長更是欣喜，小老舅舅記不清有多少次，副官長騎馬歸來時，對接馬去遛的黃鬍子，不但口頭嘉獎，且有物質獎勵。

「黃鬍子，有你的！這馬跑得好極了！」副官長拍著黃鬍子的肩頭，說「簡直就是一把小胡琴！」

黃鬍子牽著馬，咧咧嘴，乾笑兩聲。

副官長掏出菸來，自己叼上一枝，遞給黃鬍子一枝，黃鬍子接了，按著金打火機，點著菸，兩人鼻孔裡都冒著青煙，在雪白的陽光下，像兄弟倆一樣。

「黃鬍子，好好餵牠。六月裡要賽馬，跑第一名贏來高司令那枝『夜來香』，丟他的臉！我不會虧待你，老哥兒！」副官長拍著黃鬍子的肩膀說。

小老舅舅，你還能記起副官長獎勵給黃鬍子一些什麼東西嗎？除了那疊綠鈔票，那盒綠紙菸。

小老舅舅搔了幾下頭髮，說，大件的東西不多，淨些零七碎八的玩意兒。我記得副官長送給黃鬍子一個金子打火機光燦燦的，挺稀罕人。副官長給黃鬍子好多錢，差不多半個月就給一次，但都不如第一次給得多。黃鬍子最稀罕的還是那個金子打火機。

夜深人靜，小老舅舅說他躺在炒馬料炒得滾燙的炕上，怎麼也睡不著。北屋裡歡快的京胡聲和玫瑰香氣撲鼻的歌聲早停息了，他和她的鼾聲夾雜在樹枝樹葉的綷縩聲中傳進來，風在遙遠的馬牙山的陰暗的松樹的影子裡漫遊，松雞啼聲響亮，發人深省；墨河的浪潮拍擊沙灘，喋喋不休，像一個老人追憶往昔……草地上的小動物都在求偶，青草生長，野花開放，小老舅舅被火炕燙得睡不著，便想像夜的草地。紅馬嚓嚓地吃著草料，蚊蠅在黑暗中嗡叫，炒黃豆的香氣與乾草的香氣，馬糞的味道，馬的味道把黑暗填滿了。紅馬不時地頓著蹄，甩動著尾巴，噴著響鼻，也許是草料進了鼻孔吧？小老舅舅想像著紅馬的眼睛。

黃鬍子一直坐在坑前的凳子上，吭吃吭吃地喘著粗氣，北屋裡又拉又唱時，他坐在凳子上吸菸，北屋裡熄燈睡覺時，他還坐在凳子上吸菸。他每隔兩頓飯工夫就給馬添一次草料，小老舅舅說，馬揚著頭，把鐵鏈子抖得嘩嘩響，馬焦灼地噴著鼻子，料叉碰撞得石槽響，馬嘴插進槽裡搶食豆料，被打退。饞鬼！等不及了，光吃豆料是不行的，馬是吃草的動物，不吃草就要得胃病。黃鬍子坐定之後就開始玩打火機，那個黃燦燦的金子打火機。「啪嚓」！打火機燃起了一股綠色的火苗。廂屋裡的黑暗被驅除出去，牆壁上伏著蒼蠅，梁頭上掛著蛛網，壁虎嗖嗖地爬行，火苗動搖不定，屋裡的一切也都動搖不定。紅馬的皮膚發出溫暖而神祕的光澤，馬眼像水晶一樣。打火機滅了，一切都黑暗了，但光明的印象還殘餘在小老舅舅的腦裡眼裡，他感覺到馬的紅光在黑暗中隱藏著，好像與紅馬分離，變成一隻狡猾又可愛的小獸。「啪嚓」，打火機又亮了，適才出現過的一切再次出現，蒼蠅、壁虎、紅馬，紅馬高大而輝煌，比白天威風好多，根根馬尾，都像金絲線一樣。打火機把黃鬍子也照亮了，小老舅舅偷偷地看著他：一蓬黃鬍子，也像亂糟糟的金絲線，兩隻大眼，露出綠幽幽的光芒。小老舅舅一見黃鬍子的眼睛出綠就想腹瀉，就如水牛見到明月而喘息。打火機滅了亮了、滅了、亮了……，屋裡的一切都在光明與黑暗的交替中向前流逝，夜晚其實並不安靜。夜晚，黑暗裡，玫瑰開放。

黃鬍子的打火機終於打不出火來了，起初還冒火星，後來連火星也不冒了。小老舅舅聽到黃鬍子站起來往院子裡走去，他很想爬起來跟蹤黃鬍子，但一陣睏意襲來，早忘了炕熱，呼呼睡去，夢中咬牙切齒，不知玩什麼把戲。

小老舅舅，你騎過那匹紅馬嗎？

沒有！小老舅舅堅決地否認著，好像被我揭露了陰私一樣；他的臉陰沉著，顯得極不高興。

我笑了笑，伸出纏著截瘡布條的手，觸了觸小老舅舅的手背。小老舅舅，黃鬍子騎過那匹紅馬嗎？

大概……騎過吧……他狐疑不定地說著，然而，他又馬上抵賴了，我不知道，我不知道我那會還是個孩子，一黑天就摸不著炕頭，黃鬍子經常夜半三更出去，不過好像從來沒牽馬。

白天呢？白天他沒騎過嗎？

也許騎過一次吧，我不知道，你也別問，我想，你一定想知道黃鬍子挨打的事吧？那也是紅馬倒楣的日子。

副官長每天上午都是騎馬出去的，到草地上去練騎術，有時也去辦公事。黃鬍子挨打那天，副官長回來得很早，他騎馬進了庭院，按照老習慣，高叫：「黃鬍子！」

那時你在什麼地方？

我躲在廂房裡聽動靜呢，小老舅舅說，我哭得滿臉是淚。

副官長焦躁起來，連聲高叫：「黃鬍子，黃鬍子！」

這時，就見黃鬍子彎著腰，滿臉焦黃，從北屋裡跑出來。

副官長冷笑一聲，扔下馬，提著皮鞭，走進北屋。北屋裡吵嚷一陣，啪啪幾聲鞭響，隨著，傳出低低的抽泣聲。

黃鬍子拉著馬韁，在院子裡立著，像根木樁一樣，但他的目光是綠幽幽的，十分嚇人。

副官長提著馬鞭走出來，他白淨的臉發了紅，嘴角掛著冷笑。

黃鬍子咧咧嘴，臉上浮起的好像是傻笑。

「王八蛋！」副官長逼近黃鬍子，惡狠狠地罵了一句。

黃鬍子嘟囔了一句，好像是回罵。

副官長掄起馬鞭，猛地打下去。馬鞭打在黃鬍子的臉上，發出一聲濕潤的悶響。立刻就有一道紫紅的印子在黃鬍子臉上出現。黃鬍子呻吟了一聲，眼裡淌出混濁的淚，但那綠幽幽的眼光著了淚水的滋潤，不但沒有消逝，反而更加邪惡。

副官長退後一步，又高舉起鞭子，但這一鞭並沒落在黃鬍子身上。副官長對準斜伸下來的梨樹枝打了一鞭，一簇毛茸茸的小梨子和著幾片油亮的梨樹葉子飄落下來。

「我買了，就是我的！」副官長壓低嗓門說，「你這條癩皮狗，懂嗎？」

黃鬍子像呆子一樣，只把一雙厚唇哆嗦著，兩隻綠眼死盯著副官長。

副官長用鞭子輕輕撢打幾下馬褲，從兜裡又掏出一疊綠鈔票，遞到黃鬍子面前，說：「等賽過了馬，你領著兒子走了吧，我給你的錢，足夠你安家了。」

黃鬍子全身的僵硬線條突然消失、軟疲疲的，整個人彷彿矮了幾寸。他沒有接錢，回轉身，拉著馬，一步步走出庭院。

等到副官長進了北屋，我從東廂房裡溜出來，小心翼翼地穿過庭院，我聽到副官長在北屋裡怒吼她在嚎啕大哭，我真想也哭。我追著黃鬍子跑去。外甥，告訴你吧，我想起來了，黃鬍子騎過那匹紅馬。一進草地他就飛身上馬，他上馬的動作是那麼熟練，漂亮，身輕如燕。我站在草地邊緣，看到紅馬迎著太陽向東南方向飛馳而去。黃鬍子怪叫著，用拳頭搗著馬用腳後跟踢著馬。他還用嘴咬馬哩，後來我看到馬耳朵上流著血，黃鬍子嘴上沾著馬血和馬毛。紅馬飛奔，一望無際的草地上沒有羊群也沒有馬群。我看到從馬蹄下驚飛的鵪鶉，還有，沿著馬蹄上的距毛甩出去的黑色的泥土，還有，被踏斷的接骨草，牛蒡子，三稜草，鵝不留行，婆婆丁，老鴉芋頭，苦菜花和野茄子，紅莓白莓。草地上漾開花草莖葉斷裂後發出的新鮮漿汁的味道。馬像一團滾動的火，馬尾散開，像一匹綢緞。後來，紅馬焦躁地尥起蹶子來，蹄鐵閃爍，宛若電光。黃鬍子一頭扎在草地上。

這時候我飛跑過去。

黃鬍子呸呸地吐著嘴裡的泥土，吐完泥土就破口大罵。紅馬遠遠地站著，低頭啃了幾棵青草，嚼嚼，又吐掉。我這時看到馬耳朵上流著血，看到黃鬍子嘴角上的馬血和馬毛。馬肚腹上腫起一個個雞蛋大的包包。馬十分憤怒，就是一眼就能看出的。黃鬍子叫囂著往馬前撲去，馬昂起頭，鼻子翕動著噴氣，馬嘴咧開，露出雪白的馬牙。黃鬍子被馬的憤怒逼住，只是立著叫罵，卻不敢前進一步了。

Ma! Ma! Ma! 我是不是在呼喚一匹馬？我難道是在呼喚母親？我莫非得了「腹語症」？小老舅舅，並不是外甥被瘧疾折磨糊塗了，多少年來，我常常聽到這種呼喚，一種非常遙遠的呼喚。我常常聽到牠響亮的，漸去漸遠、漸遠漸近的蹄聲，Ma! Ma! 我常常感到她溫存的撫摸，她有時好像在咬我、掐我、Ma! Ma! 我心裡很難受，小老舅舅，我們食草家族的惡時辰早就來臨了，紅蝗的再次來臨就是一個明確的證明。Ma! Ma! 你當真沒有騎過牠？你沒有想過要騎牠？夜深人靜的時候，玫瑰的香氣撲鼻，你在夢裡也沒有騎過牠？

我起初以為是在飛行呢。人們都不相信人會飛，沒有翅膀怎麼會飛？我也不相信人會飛，所以，分明當我飛起來的時候，分明當我俯臥在一團雲上，飛速地掠著林梢滑行時，我竟不敢相信自己。高壓電線上的電火花刺激著我的肚皮，公社屠宰場裡的豬嚎叫著被抬到黑血模糊的案板上，屠夫挽起袖子，白刀子進去，紅刀子出來。腥血上濺，楊葉上都滴血。你一定是瘋了！小老舅舅說，你老發高燒，把神經燒毀了。王八蛋！外甥，你怎麼又罵人呢？多少人都勸你：不要罵人，要走正道，可你總是罵人！我從來沒有罵過人呵！小老舅舅我是說：王八的蛋！完了，你這孩子，入了旁門左道，沒有出息了，原來大家對你還寄思念呢。你當真沒騎過牠？你看著我，我不相信！我不相信。草地在我肚腹下旋轉，房頂上跳出一群又一群紙紮的小孩。奇花異草，珍禽怪獸，在地上開放生長奔逐嬉戲。馬牙山的積雪早就開始融化，山那邊是食草家族世代居住之地，外祖母就是從那過來的嗎？那為什麼又把母親嫁過去，這不正應了婚姻上的大忌：「骨肉還家嗎？」金豆，你誰都可以罵，但不能罵副官長，這件事甭我囉嗦你也清楚。過了山，是一片茂密的松林，松林是黑松林，林梢掛雪，不知是什麼季節，雪的冰涼氣息直撲我的鼻翼，飛得高看得遠，飛得高自然也跌得重。只要能高飛，哪怕跌得粉身碎骨！Ma! 我發現，黑松林是呈圓環狀的，它包圍著、環繞著、藏匿著、狼吞虎嚥著一塊草地。草地上玫瑰盛開！玫瑰玫瑰香氣撲鼻！玫瑰統統是粉紅色，花朵都大如繡球千瓣萬瓣，重重疊疊。在那花叢中，竟有一個暗紅色皮膚的少婦在徜徉。她頭上梳著高髻，面孔瘦削、顴骨很高，嘴唇豐滿，眼睛是凹進去的，很大很黑，額頭凸出，光潔，像半扇葫蘆瓢。我驚異於在這融雪的天氣裡，空氣清冽，她竟穿著一件短裙，不及膝蓋，裙子的材料非綢非緞，像一種麻布，看起來很硬，如蜻蜓類昆蟲的翅羽，裙色暗紅，有一條條黑條紋均勻地生在她的裙上。她在玫瑰叢中走著，時而撫摸撫摸花朵，時而扯扯玫瑰的黑葉，一副百無聊賴的模樣。她光著的腿上，被玫瑰的刺劃出了一道道傷痕，她似乎無痛覺。小老舅舅，你對我說實話，你真沒有騎過牠？我把臉埋在醉人的草叢裡我又聽到了那遙遠的呼喚聲：Ma! Ma! Ma! 分明有一個純黑的裸體男孩騎在一匹高大的紅馬上，繞著那一大片玫瑰花奔跑，繞著她奔跑。玫瑰花繁盛如雲絮，沉甸甸地下垂著，花瓣都如冰一樣冷。我一隻手抓著一大朵玫瑰花，一陣犯罪般的感覺湧上心頭，我忽然想放聲大哭。玫瑰花竟然沒有香味。不由我暗暗驚詫。但她卻唱道：

「好一朵玫瑰花，好一朵玫瑰花，滿園花開香不過它，我有心摘一朵戴呀，只怕被人罵。」歌曲的旋律熟悉極了，但歌詞總有點彆扭，哎喲！想起來啦，你唱錯啦，應該是，我歌道：

「好一朵茉莉花，好一朵茉莉花——」

她用那深凹的深奧的洞穴般的深湖般的黑的漆黑的眼睛瞟著我，約有半秒鐘，然後，半握空拳對準一朵碗大的玫瑰花深紅色的玫瑰花猛擂了一下，賭氣似地唱道——分明與我做對頭——她唱道：

「好一朵玫瑰花，好一朵玫瑰花——」

她咕嘟著嘴，嘴唇深紅像個即將開放的玫瑰花苞。那朵挨有她的拳頭的玫瑰花搖晃著，像個沉甸甸的頭顱。

我唱一句：「滿園花開誰也香不過它！」

她唱一句：「滿園花開誰也香不過它！」

她唱完了，惡狠狠地盯著我的嘴，好像只要我再敢張口，她就要撲上來咬死我，我的身體逐漸矮下去，透過犬牙交錯的花枝上的黑刺，我看到她烏黑的小腿上那一條條白的紅的痕跡。

「Ma! Ma! Ma!」我呼喊著，只有呼喊著，馬才能飛跑起來，適才還為一絲不掛而羞恥的我，現在伏在了光滑又溫暖處的馬的背上被遮掩了，但是屁股上還有涼意，我更緊地在你的背上，我用雙手緊緊地抱住你的脖子，「Ma! Ma! Ma!」你的綢緞般的鬃毛纏在我的脖子上，你四蹄騰空時，像一道流動的彩虹，我彷彿在飛行，馬，你的感覺就是我的感覺，你肌肉的愉悅和緊張，全部傳導到我的身上，你嘴裡噴出我嘴裡的青草味道，炒豆和麩皮的味道。Ma! Ma! Ma! 你的蹄飛起時我的腳掌銀光閃爍，你身上流汗我周身汗濕，浸在微鹹微酸的汗漬的味道裡，我馬。馬我。展開優雅的弧線，我們，尾巴招展，像一匹華彩的綢緞，我馬！Ma! Ma! Ma! 但依然能感覺到大腿和臀尖被撞擊的神奇力量，你的嘴冰涼我的冰涼的唇有一股豆麥的香氣一條順流而下的扁舟，我馬聽到了那遙遠的呼喚看到了那火花，Ma! 陽光在臀上閃爍，短小的羽毛，厚而韌的皮，有皮無毛，我們，我們。還有玫瑰的眼睛，沉甸甸的，頭顱般大，是玫瑰的花朵，重濁厚道地打擊著臀部，玫瑰的花粉像沙子，沿著我們光滑的皮膚流淌，遠處是馬牙山的積雪在閃爍，松脂芳香。

你分明是騎過牠的，小老舅舅！

你胡說……小老舅舅哀鳴著，好像一條被打傷了的狗。

夜晚，當馬的皮膚在星光下閃爍時，你能不動情？馬身上那股親切的味道你能不依戀？

Ma! Ma! Ma! 小老舅舅也用這樣的聲音狂叫起來。

我馬馬我在奔馳著，流光溢彩，像彩雲追月，像高胡獨奏，像《彩雲追月》，她漫步花叢，她有玫瑰一樣的顏色，「她有丁香一樣的芬芳」，她在那一片迷宮般的玫瑰花裡彳亍著，陽光強烈時，玫瑰花都變成墨綠色了，殘雪的銀光令人膽戰心驚。她的紅裙也變成墨綠色了，裙口開張，露出鎖骨，脖子優美而細長。風颳起了，無塵土，風的顏色雪白，好像一道道銀光射進玫瑰花叢，玫瑰的葉子摩擦著，玫瑰的花朵碰撞著，玫瑰凋零。

後來，當她走出玫瑰花叢時，那匹馬便跑到她的前邊攔截她，馬用牙齒啃著她的肩頭，馬用前蹄拍打著她的臀。最令人驚異的是，她好像是昏倒在玫瑰花叢旁邊的草地上時，馬來來回回地，不停地跨越著她的身體，飛過來飛過去，馬腰身矯健，鬃毛翻捲，尾巴飛揚，像一匹綢緞。我忽然憶起，她彎腰去嗅玫瑰味道時，她的裙裡光明進去黑暗消逝，她的鼻子觸到花芯上，玫瑰玫瑰香氣撲鼻。

賽馬的日子就要到了，梨樹上的梨子已有酒盅那麼大，副官長煩躁不安，不是煩躁不安，他是躍躍欲試、想到賽馬場上施展身手的意思，對嗎？小老舅舅？就像盼望日久、準備日久的那種大事即將來臨前夕那種既興奮又緊張的心情，對嗎？小老舅舅。

副官長每天上午都到草地上去跑馬，他的騎術精良，我這輩子再也沒看到過第二個人能像副官長騎得那樣好，小老舅舅無限感慨地說著，一眨眼幾十年就過去了，他騎著紅馬跑來跑去。副官長在草地上馳馬的景象如一道又一道閃電，夜以繼日地掠過小老舅舅的腦海。早晨，太陽剛剛出山，雄雞開始啼鳴，黃鬍子把馬拉出廂房，拴在南牆裡側的拴馬樁上，小老舅舅也爬起來萎縮在門檻上，搓著眼屎看黃鬍子掃馬，紅馬的皮渴求撫摸渴求搓擦一旦著了掃帚的蓬鬆的枝條，牠便舒服得直彈蹄子奓開尾巴呼吸急促淅淅瀝瀝撒尿。馬眼閃著藍光，陽光照耀紅馬像一團熊熊燃燒的烈火。小老舅舅你難道真沒騎過這匹馬？連想都沒想過？這不可能，狸貓枕著鮮魚能睡著覺嗎？如果狸貓枕著鮮魚能睡著覺那麼我相信你連想都沒想過要騎牠。

梨子一轉眼就像酒盅那麼大啦。草地上清晨總是籠罩著淡薄的白霧，百鳥鳴囀，草梢上露珠點點。紅馬鞍韉鮮明，尾巴弓著，蹄子發癢，盼望著奔騰。副官長一隻手扶著梨樹幹，一隻手刷牙，滿嘴裡噴吐著白色的泡沫。黃鬍子不錯眼珠地看著副官長的嘴。

小老舅舅說，副官長拉馬走出庭院，飛身上馬，只在馬臀上象徵性地打了一鞭，紅馬就像電光一樣射進了草地。

副官長騎馬出走後，小老舅舅回憶道，庭院就被陰雲籠罩，黃鬍子一邊清掃著廂房裡紅馬的糞便，一邊高聲詈罵，這種語言據說是具有高度污染性的，小老舅舅雖然如舊背誦給我聽，但我已無初生牛犢的膽量，不敢摘錄片言隻語了。

馬糞和被馬尿浸漬的泥土被盛在一個筐子裡，黃鬍子命令小老舅舅把筐子拎出去，他拄著鐵鍬，憤怒和哀傷的表情齊集臉上，小老舅舅雖然心有不平之意，但也不敢違忤，只得彎腰曲背，提著那臭烘烘的筐子，一點一點往外挪。

副官長在草地上打馬奔馳，他身體略略前傾，屁股與馬鞍似接非接，穿著高筒馬靴的雙腿緊緊夾住馬腹，紅馬在這樣的騎手胯下，只有飛跑。

連紅馬也知道，比賽的日子來臨了。

賽馬那天，你去了沒有？

去啦，我去了，黃髫子也去了，那天早晨，梨子都像雞蛋般大了，天剛亮，副官長就起來。他是從來不到東廂房裡來的，但是賽馬前頭天晚上他卻鑽到廂房裡來了。廂房裡點著豆油燈盞，燈火如豆，像杏子一般黃。副官長伸出手摸摸紅馬的頭，又後移兩步拍拍紅馬的臀部，紅馬愉快地搖動尾巴晃著腦袋，轡繩上的鐵鏈嘩啦啦響著。蚊蟲飛動，艾蒿燃燒，冒著噴香的煙霧。

「老黃、黃髫子，」副官長親切地說，「好好餵馬，明天，咱一定要贏，贏來高司令的夜來香，我把她白送給你。咱一定能贏，是吧，一定能贏！」

黃髫子埋頭在膝蓋上，一語不發。副官長親自往馬槽裡倒進幾瓢香豆，拍著馬的頭說了幾句話，然後，走出廂房，皮靴咯吱咯吱地響到北屋裡去了。

但很快聽到皮靴聲響到廂房門口，副官長把頭探進來，叮囑道：「黃髫子，你檢查一下鞍子和肚帶，免得出差錯。」

皮靴又響進了北屋，北屋裡傳來嘩啷嘩啷的水聲，和她的……說話聲。

黃髫子抬起頭，臉放在豆油燈的黃光裡，好像金子一樣。他閉著眼似乎在傾聽著北屋裡的聲音，又似乎高僧入了定……

你是中了邪門了吧？小老舅舅有些惱火也有些詫異地問，馬自然是匹好馬，可好馬就人人都想騎嗎？你知不知道好馬還要好騎手？人生有三大險：騎馬坐船打鞦韆！騎不好筋斷骨折，丟人現眼，並不是鬧著玩的！馬有龍性，犯了性子人如何能制伏？被牠咬一口就比感冒拉肚子厲害。

但我無法平息這強烈的願望，這願望本來就是一種病，任何願望都是遠比感冒腹瀉厲害的病症。願望有點像惡性瘧疾，可以致人死命。那種遙遠而神祕的呼喚彷彿從我心裡的一個空洞裡傳出，發出一波又一波的回音。Ma! Ma! Ma!

她在這一大片玫瑰叢中像幽靈一樣究竟要徘徊到什麼時候，狂風暴雨日，電閃雷鳴時她都在這裡徘徊，她唱過那支歌子後再也不說一句話。一朵一朵碗口大的玫瑰花低垂著頭，花瓣兒捲曲，花上凝結著憂悒的表情，但那表情立刻又狂蕩了，低垂的頭顱緩緩的、也有的是迅猛地高揚起來。我看到她伸出一個破碎的指尖，輕輕地撫摸著玫瑰們的臉，蒼白憔悴的臉，玫瑰的葉子索索地抖動起來，花瓣並攏，包住了花芯。花瓣包住了手指。又後來，暴雨傾盆抽打著玫瑰，空中亮著一道又一道飄忽不定交叉縱橫的瀑布，一道閃電，豎起耳朵靜候著雷鳴。雨水嘩嘩地響著。雨水，沖洗著紅馬光滑的厚皮。Ma! 光滑更光滑。你在飛躍，穿過一道道水簾，你身上的紅光，如一道道閃電。豎起耳朵，靜候著雷聲灌耳。玫瑰凋零。她的翅羽般的裙子貼在了腿和臀上。她的頭髮纏繞在頸上，什麼都被沖洗得乾乾淨淨。她不時地捏起裙子抖抖但一鬆手，裙子又貼在腿和臀上。你不冷我遍體雞栗。金豆！金豆大外甥！大外甥！你又犯了病？別抖。小老舅舅脫下滿是蝨子的破棉襖，披在我的肩頭上。究竟是誰騎在馬上？小老舅舅，那時候，你躺在滾燙的火炕上果然就一點也不動心？你聞著牠身上熱烘烘的汗酸味兒，難道半個夢都不做？夢裡也沒騎過牠？那麼赤裸著身體的黑孩子究竟是誰？是我？是你？我們騎在牠的滾燙的背上，隨著牠奔馳，我們看到她站在玫瑰花叢裡，雨珠兒沿著她的面頰緩緩地往下流。雨過天青，山河清新如畫，空氣清涼潔淨，使人不忍心呼吸。花瓣上的雨水結成了一層淺藍色的冰，花朵更加沉重。她也被冰凍在一層薄薄的透明冰甲裡，連香氣都禁錮住了。紅馬戴上了眼鏡，鼻子凍得通紅、唇邊的硬毛上結滿霜花、鼻孔裡噴出一股股白色的熱氣。陽光在這裡格外絢麗，冰裡的玫瑰鮮紅若滴。紅馬蹣跚著，繞著玫瑰花蹣跚著，地上的薄冰被馬蹄踐踏，發出啪啪的破裂聲。在運動中，馬身上的冰甲也在破碎，一片片往下掉著，掉在冰地，再響再破碎，冷啊，太冷，Ma! Ma! 馬兒，紅馬，請你飛跑，讓我飛跑，我們一起飛跑。我們在電線上飛跑。我們在地平線上飛跑。我們在光線上飛跑。我們在白色的、顫抖不止的神經上飛跑。我們在拱形的彩橋上飛跑。我們在五彩的虹霓上飛跑。雨過天青，一道彩虹飛架半天，墨河在草的原野上盤旋曲折，也像一匹巨大的綢緞。唱起歌、跳起舞，馬兒騎著我、馬兒騎著你，幸福的人兒、苦難的人兒歌舞幾婆娑，淚水幾婆娑，南無阿彌陀佛，南無阿彌陀佛……似乎是很久很久以前，玫瑰盛開的時候，突然下起了鵝毛大雪。所有的玫瑰都被大雪掩埋了，只有一朵像嬰兒頭顱那麼大的玫瑰還露著頭。花朵是紫色的，映紅了一片白雪，一隻焦黃的蝴蝶屏翅僵立在花瓣上，好像一片枯葉。她站在花前，依然穿著那條咖啡色的短裙，上身赤裸著，只戴一件碧綠的乳罩。她的裸露的肌膚上鼓著一個黃豆大小的疙瘩，凍瘡。她臉上凝結著一層淺淺的微笑。她就這樣微笑著立在玫瑰花前，好像一位守護神，還好像，一根黑木樁。馬，你快些跑！紅馬在雪地裡艱難地跋涉著，雪深數尺，雪面貼著馬腹。每前進一步都十分困難，馬，Ma! 你快些走。馬說，我走不動了。牠眼睛裡流出兩滴琥珀一樣的大淚珠，像子彈般鑽進雪裡，雪被燙得吱吱叫。走不動也要走，我們要戰勝感官的永不滿足的奢望，奔向，理想的海岸，那裡，飛禽走獸都與我們親善，灰藍色的溫暖海浪懶洋洋地舔舐著黃金的海岸。馬，你不要哭。男兒有淚不輕彈，只因未到傷心處！雪羈絆著我們的腳，我們飛跑的意識焦灼得吼叫可是雪羈絆著我們的腿腳我們拔蹄不暢。我無法忘記掛鐵掌時的幸福。馬掌匠腰紮油布，友善地抱住我一條腿，我的蹄子擱在一條厚木高凳上等待著。馬掌匠用夾肢窩夾著一柄鋒利的鏇形刀，一上一下地，修理著我的蹄子。刀切蹄片時的嗡嗡聲令我陶醉，我昏昏欲睡。也有那樣的傻瓜拚命掙扎結果被綁住嘴唇高吊起來，細繩把嘴唇勒得像粒紫葡萄。他舉起錘子把蹄鐵釘在我的蹄子上，那一下下的打擊彷彿打擊著我的心。馬穿上新鞋啦！我聽到一個白鬍子老頭說。一個孩子拾起從我蹄上切下來的廢片。一人說：此物可用來養花。可以養玫瑰嗎？什麼花都可以。我多麼想飛跑，可是雪羈絆我的蹄腿。我焦灼。我永遠也離不開這株血樣的玫瑰，雪中的玫瑰，玫瑰旁的她，她在一秒鐘內變得比上帝還可怕……金豆！金豆！你怎麼啦？你哭什麼？

賽馬那天，是百裡挑一的好天氣。半上午光景，從地裡冒出了成群結隊的人，簇擁在草地上，踩碎了不知道多少窩小鳥和野花。蜥蜴驚慌失措，在人的腳縫裡亂竄，嚇得女人中膽小者吱哇哇地叫。一彪人馬從草地邊緣跑來，見垂楊柳就拐彎，馬脖子上的銅鑾鈴叮叮噹噹響著。

他們是不是從河邊來的？

你是說他們是從食草家族居住的地方來的？

我只是這樣猜想。

收回你的猜想吧。他們不是從河邊那邊來的，他們是沿著河邊跑來的。

他們是一支什麼部隊？歸誰領導？

你問我還不如問那棵梨樹！小老舅舅冷漠地說，從我記事那天起，他們就騎著馬跑來跑去的。他們都戴著眼鏡，都鑲著金牙，都會唱歌。

他們跟食草家族居住地的那支隊伍是一個系統？

也許吧。鬼知道。我反正不知道。

馬呢？馬都是搶了老百姓家的？

不知道。問我還不如問那堵牆。我出生時早就有了那堵牆。

我看著眼前那堵當年刷著白灰現在白灰早已剝落乾淨搖搖欲墜的破牆，想像著那根拴馬樁的模樣。

紅馬拴在樁上，晃動著宛若一匹綢緞的尾巴，這個比喻你用了幾十遍了，好話說三遍連狗也不聽，好好好，下不為例，紅馬晃動著宛若一匹綢緞的尾巴，拂趕著搗亂的蚊蠅。牠的蹄子由高手匠人剛剛修整過，馬蹄油光光的，剛塗了一層蠟。馬彈著蹄，亮出青色的新蹄鐵，像兒童向同伴炫耀新買的鞋子。黃鬍子持著一柄鐵絲刷子，一遍又一遍地梳理著馬的皮毛。馬愉快地哼哼著。小老舅舅你還是蹲在門檻上嗎？馬的鞍具也都新上了蠟，木質的部位刷了桐油，一片杏黃色。副官長在北屋裡說著什麼，她好像在哭。後來副官長的嗓門高了起來，他的話清楚地傳到院子裡，黃鬍子只顧擦著馬，馬只顧愉快地哼哼。

「你一定要去！」副官長說。

「我不去！」她抽抽搭搭地哭著，「你把我當成什麼東西啦？」

「高司令的『夜來香』也去，你不去怎麼行？」

「她是她。她是個什麼東西？你把我和她看成一樣了……」她又抽抽搭搭地哭起來。

「難道你們不是一樣嗎？」副官長怒沖沖地說，緊接著又輕聲慢語好言撫慰，「行啦行啦，寶貝疙瘩，別哭了，把粉都哭去了。」

「肚裡的孩子可是你的……」

「管他是誰的呢？」副官長有些不耐煩起來，「再說，我們一定能贏。這匹馬越來越靈，你瞧黃鬍子把牠收拾得多漂亮！像個要上轎的大閨女。」

小老舅舅發現，黃鬍子不停地斜眼看著掛在牆上的鞍具，斜眼偷看，他鼻孔裡那兩撮紅毛一伸一縮，我知道，那怪物又開始吸食他的腦漿了。

黃鬍子斜眼盯著那嶄新的馬鞍子，他鼻孔裡那兩撮黃毛顫抖著，我知道，你知道什麼？你什麼都知道還要我說幹什麼？真是！啊，啊。頭天夜裡我就知道。鍋裡炒馬料，炕熱得像鏊子。副官長走後，我翻來覆去地睡不著。黃鬍子也睡不著，他坐在炕前的凳上玩了一陣那個金燦燦的打火機，後來就把打火機扔到馬尿裡去啦。

一燈如豆，照著幽暗的馬廄。紅馬在燈影裡顯得高大威武，馬的大影子在伏滿壁虎的牆上晃動著。小老舅舅睡不著，但也不敢翻騰，怕惹得黃鬍子動怒，只好把身體使勁貼到牆壁上取涼，壁虎生有吸盤的腳在他身上爬行著。他看到黃鬍子的兩隻眼像兩粒火星一樣，疲倦地閃爍著。那兩隻大手、巨大的手在燈的影裡哆嗦著，一枝紙菸笨拙地夾在指縫裡，菸灰有一寸長了，還遲遲不落。黃鬍子一動，菸灰落了，小老舅舅看到黃鬍子站起來，還以為他要上炕睡覺呢，便趕緊把身體使勁往牆壁上貼，一隻壁虎受擠，伸出舌頭啄了小老舅舅一口，便箭一般射向牆壁高處，黑暗中壁虎爬動的沙沙聲傳進小老舅舅的耳朵，發出嗡嗡的回聲，紅馬咀嚼草料的咯崩聲被突然放大了幾十倍，馬的長屁像軍號一樣悠長宏亮，一股腐草的味道撲鼻。黃鬍子沒有上炕，卻掀開了炕席，拿出了幾疊綠色的票子數起來，在燈影裡，什麼都飄忽不定，恍如幽靈，形影混淆，難辨真假，黃鬍子的臉大如團扇，兩眼放出的光比燈火還要亮。他用手指數綠鈔票，數幾張就把食指放到嘴裡沾點唾沫繼續數。起初小老舅舅還跟著黃鬍子的手指悄悄數，數著數著就亂了套，其實黃鬍子也數亂了套；後來，小老舅舅越數越迷糊，漸漸要入睡的光景，一團亮光把他耀醒了。他看到黃鬍子手裡擎著一張燃燒的綠鈔票。鈔票在火中彎曲著，火光照著黃鬍子的臉和眼，他鼻孔裡那兩撮黃毛奓動著。我知道那怪物又開始吸食黃鬍子的腦漿了。火苗舐著黃鬍子的手指，發出一股熟肉味。火滅了，那片捲曲的紙灰還有暗紅未盡，噼噼地響著，往地上落去。

「我們一定能贏的，你瞧，紅馬都有點著急了，黃鬍子也著急了。」副官長說：「你好久都不出門啦，今兒個也該出去散散心。」

黃鬍子斜眼看著鞍具。

「黃鬍子，備馬吧！」副官長從北屋裡跳出來。

她也跟出來了。

黃鬍子垂著頭，只有鼻孔裡……他好像誰都不看，雙手托著馬鞍，輕輕地放在紅馬的背上。

副官長本來就俊，從北屋跳出來時更是拔尖的俊，真是個天上難找地下難尋的出色的好小伙子。他腰紮寬皮帶，大熱的天還戴著一副白羊皮手套。在梨樹下，他抬手撕下一個小梨子，咬了一牙就扔掉了。

你說過那天你是去看過賽馬的，小老舅舅。

你就是性急。

不是我性急。

你見過一等的好馬鞍子沒有？

沒見過。

那怎麼給你說呢？

黃鬍子又點燃了一張綠鈔票，火苗子，紅綠相間的火苗子像小蛇一樣沿著鈔票的角飛快地往上爬，又燒著了他的手，牆上的壁虎都抖擻起來。

「走吧，今天都去。黃鬍子，你甭克搐臉，我虧待不了你，」副官長看看坐在門檻上的小老舅舅，說，「小雜種，你也去。」

副官長攥著她的手在前，黃鬍子牽馬在後，我在最後，黃鬍子鼻孔裡……吸食腦漿，不囉嗦了，狗都不想聽了。

廂房裡一股燒紙的味兒，紙煙把蚊子都嗆跑了。

那彪人馬是與我們同時到達比賽集合點的，人好久不見見面感到親熱，馬也是一樣。你信不信？信不信都由你。我怎麼敢不信呢？

高司令坐騎一匹黑馬，這也是一匹龍駒通體像煤炭一樣，只有四隻蹄子是白的，號稱「雪裡站」。這匹馬遠近聞名，年年比賽跑第一。副官長的紅馬咴咴地叫著，高司令的黑馬和高司令的隨從們的馬也都咴咴地叫起來。

草地上早就紮好彩棚，是用葦席紮的。你怎麼老是要刨根問柢呢？我怎麼會知道葦席是從哪裡買的呢？你管這些閒事幹什麼？高司令叫高什麼？你混蛋！我知道他叫「高什麼」？他就叫高司令，大傢伙那時都這樣叫，到如今我難道還能給他變個名字不成！他又不是我的兒，我怎麼知道他的名字。就是兒子又怎麼著，兒大不由爹娘，叫狗叫貓叫野兔子都是他自己的事……小老舅舅，您得理也要讓人麼，我不問啦還不行嗎？

高司令是個矮胖子，滿臉黑油，與他的坐騎彷彿一個娘養的。矮歸矮，胖歸胖，但他上馬下馬卻輕捷便當得很。他人也不難看，別看黑胖，人家黑得勻稱，胖得滋實，人家天生是當官享福的材料。高司令穿一身黑軍裝，戴一副黑手套，一嘴黑牙齒，像鐵鑄的一樣。他說話聲若巨鐘，喜歡放聲大笑，還喜歡跟小孩子逗趣，口袋裡裝著花花紙裹著的洋糖，見了長得好看的小孩就給糖吃。這不跟日本鬼子一樣嗎？怎麼會跟日本鬼子一樣呢？

幾十個兵們聚在一起，握手寒暄著，都張著嘴，金光交叉掃射。所有的植物都不遺餘力地把味道噴吐出來，草地上蒸騰著使人頭暈的腥味。

高司令的寶貝兒「夜來香」騎在一匹黑騾上，黑騾背上搭著大紅猩猩毯，兩個兵把她架下來，可能是兩個兵架她下騾時碰到了她夾肢裡的癢癢肉，她咯咯地笑起來，所有的人都循著笑聲看她。

副官長偷眼斜視著她，「夜來香」。

「夜來香」不高不矮，不胖不瘦，皮膚很白，眼睛不大，但水汪汪的像兩粒葡萄。她的奇妙處在屁股，她的屁股使勁往上翹著，放上顆雞蛋也難滾下來。

「寶貝，」高司令摸著「夜來香」的下巴說，「你願意我贏還是願意我輸？」

「夜來香」抿著嘴，直瞪著滿臉赤紅的高司令說：「我願意你輸！」

高司令抬手拍了「夜來香」一個嘴巴子，半假半真地罵道。「臭嘴娘們，嫌俺老高長得醜？

你願意我輸，我偏要贏！」

「老弟，看俺老高怎樣摘你的玫瑰花。」高司令打著哈哈，轉到玫瑰面前，玫瑰躲到副官長身後。「小美人，還嬌羞嬌羞的咪！待會跟著俺老高去吃香的喝辣的！」

副官長和「夜來香」用眼珠子打著信號，那群兵都抽著菸，打著哈哈，馬兒們戴著鐵嚼子，困難地啃著青草的梢兒。看熱鬧的百姓們都遠遠地站著，一個個瘟頭瘟腦。被毒日頭曬的。

黃鬍子低垂著頭，立著，拉著馬韁，像一根拴馬樁。他鼻孔裡那兩撮黃毛乍動著，對，吸食腦漿。現在想起來，那群瘟頭瘟腦的百姓們不知道怎樣笑話黃鬍子沒出息呢。

紅馬背馱著油光閃閃的鞍韉，輕輕地晃著尾巴，兩個青鐵馬鐙子懸在肚腹兩側輕輕搖晃著。遠處，垂楊樹上有一隻喜鵲在叫。

「夜來香」和玫瑰被供在席棚裡，好像兩件閃閃發光的珍寶。玫瑰玫瑰淚流滿面。

玫瑰流淚多半是小老舅舅這個小雜種引起的。那天，他蓬頭垢面，破衣爛衫，赤著腳，上唇上掛著兩道清鼻涕，蹲在黃鬍子身後，灰白的眼珠子驚訝又迷惘地看著坐在席棚裡的人。賽馬就要開始，小老舅舅占住要路，被一個兵扳著脖子投出去好遠。

兵們都拉著自己的馬退到後邊去，只剩下高司令和副官長並馬而立在起跑線上。一匹紅馬如火炭，一匹黑馬如煤炭，一個黑人，一個白人。一個兵站在一側，手裡擎著一枝小手槍，遲遲不動。兩匹馬都十分焦急，昂頭頓蹄搖尾，急欲奔跑。草地一望無際，並無跑道，只在幾百米外並排著幾道架起的木杆，這是馬兒要飛越的障礙。

有兩個兵騎著馬先跑向前去，那擎槍的兵看著那兩騎，等到千米之外傳來嘟嘟的哨響，擎旗的兵高叫一聲：「預備——」

「啪！」一聲槍響，黑馬和紅馬幾乎同時躥了出去。

起初，馬兒跑得還不是很快，能辨清蹄腿的移動，跑出幾十米光景，馬便鋪平了身子，人在馬身上也立了起來，腰往前弓著，馬鞍空著，馬尾張開，馬身突然長了許多。紅馬像一條紅線，黑馬像一條黑線，貼著草梢往前飛。飛越障礙時，紅馬像一張紅雕弓，黑馬像一張黑雕弓。所有的人都看癡了。小老舅舅，這時，你想沒想過要騎牠？

Ma! Ma! Ma! 我飛快地跑著，其實不是我在跑，是蹄子和腿自己在跑，是馬的思想在跑。風貼著尖削的耳呼嘯著，青草的芳香使我醺醺欲醉，我在我的脊溝裡飛跑。飛越障礙，飛，四蹄騰空，白色的，硬木橫杆，越，橫杆被我的鼻尖觸著，伸展腰肢，猶如一道流水緩緩飄落，障礙，飛過障礙，蹄子又觸著了清香撲鼻的草地，彈性是那般豐富，奔跑是這樣好，四蹄滾滾但有條不紊。我綳緊了。什麼都在飛動。Ma! 馬，你的背痛不？我的背被他的屁股蹾了一下子，一種針刺般的感覺沿著我的脊椎像電一般傳開。

直到這時，兩匹馬還是齊頭並進。

黃鬍子把鞍子拆開，紅馬憤怒地噴著響鼻，豆油燈上結了個豆大的燈花，迸然炸開，滿屋油香，滿屋燒鈔票的味道。小老舅舅偷覷著黃鬍子的舉動。只見他從牆縫裡掏出一個紙包，小心翼翼地剝開，剝出四根紅銹斑斑的大針。燒鈔票已令小老舅舅驚詫不止，黃鬍子拿出大針，小老舅舅已是恐怖難忍了，他悄悄地把身體再往黑影裡縮。黃鬍子提著針，顯得猶豫不決的樣子。他把針扎進馬鞍的棉皮夾層裡。Ma! 紅馬在黑暗中頓著鋼鐵的蹄子，院子裡的樹木婆娑而響，有一個幽靈在黑暗中遊蕩。黃鬍子警覺地豎起耳朵，聽著院子裡的動靜。聽一會動靜，又低頭看馬鞍。小老舅舅看到他把針插進去拔出來拔出來插進去的良久不止，好像要用馬鞍上的棉布擦拭針上的紅銹，那四根針上的銹其實也被擦掉了不少。這種單調乏味的動作，無疑是催眠的良藥，小老舅舅不知何時睡著了。醒來見一切如常，竟懷疑自己做了一夜噩夢。

雙馬跑到盡頭，又繞著那兩個騎馬樁立的士兵竄了回來，這時紅馬黑馬還是齊頭並進。席棚裡，「夜來香」與玫瑰並坐，玫瑰臉色難看，脂粉被淚漬破壞。她聞到「夜來香」身上有一股艾蒿的香氣。

黃鬍子蹲在席棚一側，瞇著眼，看那從遙遠處滾過來兩匹馬。眼見著紅馬領先了一個馬頭，看客們發出興奮的嚎叫。黃鬍子蹲著，像一塊黑石頭。

小老舅舅，據你猜測，黃鬍子是希望副官長贏還是希望高司令贏？

見鬼見鬼！我又不是他腦子裡的蟲子，他想什麼，我怎麼能知道？

我們飛越障礙。黑馬落在我的身後，我的屁股感受到牠噴出的熱氣。飛越。飄落。有尖利的針扎在我的背上。落地時他的屁股猛蹾在鞍子上，尖銳的痛楚使我痙攣起來，全身拘禁，四蹄雜亂無章。黑馬呼嘯而過，牠的尾巴像一把黑掃帚在我眼前晃動著。他用皮鞭抽打著我的臀，他的臀也開始用力來蹾我。

紅馬的突然落伍使看客們大驚。兵們狂呼：「玫瑰！玫瑰！輸了玫瑰！」

玫瑰掩面抽泣。

黃鬍子蹲著不動，像一塊黑石頭。

啄木鳥篤篤地敲著樹幹。

紅馬煩躁地尥起蹶子來，副官長的身體前仰後合，他手裡的皮鞭像雨點般落在紅馬的臀上。Ma! 天可憐見！最後一根橫杆就在面前，黑馬載著高司令一下子就蹦了過去，馬，紅馬，我失去了勇氣，但一股強大的力量催著我飛躍，不容我從杆下穿過去，不容許我繞過去，但這道橫杆我是注定飛不過去了。

小老舅舅看到紅馬愚笨地跳起來，跳得很高，副官長橫長在馬背上，小老舅舅感到眩暈，急忙眨了一下眼，眨眼的工夫，紅馬從空中跌下來，連草地都震動啦。

高司令騎著黑馬跑到終點。越過終點往前跑了好長一段，他才把馬彎過來。他跳下馬，雙手高舉，呼叫著：「我贏了！我贏了！玫瑰歸我啦！」

紅馬跌落之後，黃鬍子站起來，伸頸往落馬之處張望，這時他聽到席棚裡一聲尖叫，玫瑰暈倒了，也沒人去救。「夜來香」氣憤地罵起來。

幾個兵向橫杆下跑去。你沒近前看看？

我也去了。紅馬躺在地上，渾身哆嗦著，深藍的眼可憐巴巴地看著我。滿眼裡都是淚。Ma! Ma! Ma! 兩個兵把副官長拉起來，他臉色像泥土一樣，額上流著血。站起來後，他懵懵懂懂地轉著圈，嘴裡嘈嘈雜雜地罵著。他的腰弓著，渾身顫抖，滿臉皺紋，好像突然老了幾十歲。馬的藍眼裡滿是淚水。

「啊哈哈哈！」高司令挺著胸脯，揚著鞭子走過來，他大笑著，臉色如著釉的黑瓷，「老弟！你輸啦！哈哈！你把玫瑰輸啦！」

副官長掏出手絹揩了一下臉上的汗，拿掉手絹後，他的臉漲得通紅，他說，他用馬靴踢了紅馬一腳，說：「媽啦個巴子，見鬼啦！」

這時她甦醒過來了。高司令就走上去抱她。她掙扎著，哭叫著。

高司令親切地說：「寶貝兒，俺老高不會虧待你。」

「夜來香」氣洶洶地嘟噥著，自己爬到黑騾上，用腳後跟踢幾下騾肚，騾子轉一個圈，慢吞吞地走了，沿著草地的邊緣，見垂楊柳也不拐彎。

這時無人理睬癱倒在地上的紅馬了。大家湊上去，圍成一個鬆散的圓圈，看著高司令費神費力地想把玫瑰弄到黑馬上去。

「寶貝兒，別哭啦，上馬吧，上馬。」高司令親暱地說著，「上馬，你看咱的小黑馬，雪裡站，是匹活龍駒，咱倆騎一匹馬，俺抱著你，保你不落馬。」

高司令拖拉著玫瑰，在拖拉過程中，他的胖胖的小黑手不斷地摸著擰著她的臉和胸。她尖利的哭叫著，抓著，撓著，她的指甲把高司令的臉皮抓破，留下幾道粉紅色的痕跡。

高司令有些惱怒，他用手摸著臉，臉上滲出的蛋黃色的液體沾在他的手上。他說：「你不走？老子斃了你！」

高司令把手按在槍把子上。

玫瑰驚惶地後退著。

高司令揮揮手，說：「捆起她來，這個臭娘們！」

那些兵走過去，擰住了玫瑰的胳膊。

玫瑰哭著，呼喚著副官長的名字。

小老舅舅，她畢竟是你的親娘，她那樣哭叫，你一點反應都沒有？

小老舅舅說，我反應什麼？副官長和黃鬍子都不反應，我反應什麼！

小老舅舅蹲在紅馬身邊，看著紅馬的眼睛。

你當時心裡想什麼？

我能想什麼？我只能看馬的眼。

馬眼裡汪著淚水。墨河裡流著混濁的水。十幾天前剛下過幾場大暴雨，河邊上的沙土被抽打得堅硬如石，有的地方留著瀉水的痕跡。沙裡淤積著幾隻死去的小鳥，連日日頭曬，鳥早臭了。馬牙山上積雪幾個月前就化盡了，山石和松樹一種顏色。到處都是鳥叫聲，草的腥香使人噁心。小老舅舅想吐。他的頭皮刺癢，紅馬的肉一陣陣哆嗦著。牠的脊梁骨扭斷了吧。馬的皮上一片片閃光的汗水，有幾線紅血從鞍子下流出來。Ma! Ma! 副官長的屁股在鞍子上蹾一下，那四根大針就下扎一點，終於扎進了我的脊梁。

副官長走到高司令面前，說：「這次不能算數！」

「什麼?!」高司令發怒了，吼叫，「你他娘的是個男人還是個女人？」

「這次不能算數，」副官長膽怯地說，「因為我的馬出了毛病。」

「狗屁！」高司令罵道，「不會鳧水賴那玩意兒掛藻菜！」

「確實是我的馬出了毛病，」副官長啞著嗓子，「本來我是跑在你前頭的。」

「少跟我囉嗦！」高司令拍了一下槍套，「你要是認輸，求情，沒準我還把她還給你，跟我耍賴？我殺了她也不給你。」

「把她捆上，弄回去！」高司令跳上馬，夾夾腿，黑馬開走，他又在馬上回頭，對著副官長啐一口，說，「你們他娘的姜部裡都是一群混帳東西！」

高司令打馬飛跑了。玫瑰被弄在一匹馬上，四周被馬兵們簇擁著，跟在黑馬後跑起來。

玫瑰的哭叫聲把馬蹄聲都蓋住了。

那彪人馬雲團般飄走，見垂柳就拐彎。玫瑰的顏色在樹林子閃爍著，一會兒就不見了。

草地上的看客也漸漸散去，只留下三個人和紅馬。

副官長六神無主地徘徊著，咕嚕咕嚕地說著話，聽不清他說的是什麼。

你還守著紅馬一動不動？

我還守著牠。Ma! Ma!

小老舅舅看到副官長往紅馬這邊走過來了。他的兩條腿又細又長，微微有點瘸，一定是從馬上掉下來摔的。他蹲下，察看著紅馬。

他突然跳起來，提著馬鞭向黃鬍子撲過來。他罵著，跳著，把蛇皮馬鞭抽到黃鬍子的臉上，脖子上。

黃鬍子喉嚨裡忽然發出一聲長嘯，很像老虎的叫聲。你聽過老虎的叫聲嗎？你為什麼又哆嗦？副官長驚愣著，停下馬鞭，看著黃鬍子的臉。黃鬍子齜著牙咧著嘴，眼珠子通紅，鼻孔裡紅毛奓煞，一步步逼上來。副官長伸手掏出左輪槍時，黃鬍子像牆壁一樣倒在他身上。副官長被壓在地上。兩人喘著粗氣，翻著滾著撕著咬著，把草地都壓平了一片。

你趕快上去呀！

副官長總想掏那枝左輪槍，精力不集中，吃了大虧。黃鬍子瞅個空子，一口就把副官長的耳朵咬掉了。副官長丟了耳朵，更不濟了。黃鬍子卡住了他的脖子，死命地往地下按，把骨頭都捏碎了，把副官長的舌頭都擠出來了，紫紅紫紅的，要多嚇人就有多嚇人。

後來，黃鬍子站起來，他一站起來就晃蕩，晃蕩，晃蕩，一頭栽到草地上……

大外甥，掙你盒菸真是不容易，舌頭都磨起了泡！啊，你真糊塗還是假糊塗？她肚裡那個孩子就是你的娘。

第三夢：生蹼的祖先們

有一天，我送女兒去育紅班學習。回來時，因為追趕一隻大蝴蝶，我們衝進了紅樹林。在樹林裡，看到了很多有趣的事物。

我還要講一些發生在紅樹林外邊的事情。

我女兒是個喜歡折磨小動物的怪孩子。她曾把小雞抓住，摔死後，再用兩隻胖胖的小手扯著兩條小雞腿，用力一劈，小雞就裂成兩半。小雞的五臟六腑花花綠綠地流出來，熱呼呼的腥味隔著老遠就能聞到。她把大雨過後到地面上來呼吸新鮮空氣的白脖蚯蚓抓住，用玻璃片切成碎段。白脖蚯蚓淌綠血。去年，老綿羊生了三隻藍眼睛、銀鬈毛的可愛羊羔，她看到羊羔就咯咯吱吱磨牙齒。我擔心她發壞，時時注意防備，但終究還是被她鑽了空子，把三隻羊羔活活咬死了。她在進行上述的殘酷行為時，臉上的神情是駭人的。我對她懷著敬畏。我們全家人都對這個不滿三歲的漂亮女孩懷著深刻的敬畏。

有一天，因為她咬破了我姪兒的「小雞子」，弟媳找上門來，罵我驕縱。我忍怒不住，打了她一巴掌。她抱住我的腿，在我膝蓋上咬了一口；褲子破了，膝蓋上流出了血。咬罷，她用舌尖舔著鋒利的牙齒，冷冷地瞅著我。我的「父道尊嚴」受到很大的傷害，便順手抄起一柄熗鍋鐵鏟，對準她的頭顱——她頭上蓬鬆著一大團小蛇般的紅髮，宛若燃燒的火焰——劈下去。她應聲倒地，四肢並用，在院子裡滑動著。她滑行得飛快，手腳上彷彿都安裝著滾軸。後來，她從地上蹦起來，面對著我們，眼睛瞪大，嘴巴張開，吼叫了一聲。我渾身一顫。她咬牙切齒的、用嘶嘶啞啞的蒼老聲音說：

「你敢打我，

我就咬你；

你用鏟子劈我，

我就讓草垛著火。」

她的話音剛落，老杏樹下那個陳年積月的柴草垛裡就發出了嗶嗶剝剝的細微聲響，幾縷的白煙從柴草縫裡裊裊地升起來。我們目瞪口呆。母親渾身發抖，兩股黑血從鼻子裡躥出來。女兒冷冷地笑著。白煙由裊裊變為熊熊，終於發出一聲巨響，藍色和黃色的火苗夾雜著，升騰到兩米多高，把杏樹上的綠葉和黑枝都引燃了。嫩黃的「瓦罐蟲」紛紛跌落，在火焰中跳舞。燒得半熟的刺蝟和黃鼬發出撲鼻的香氣，翻滾著從火堆裡逃出來。黃鼬成了黑絲瓜，刺蝟成了黑倭瓜。面對此情此景，我們還能說什麼呢？我們都不說。在強勁的火焰裡，碧綠的杏葉哆嗦著，捲曲著，燃燒著，爆響著。熗鍋鏟子從我手中脫落，緩慢地跌在碎石鋪成的甬路上，叮噹響了一聲。女兒對著我微笑著。風隨火生，火苗又被風吹得啵啵亂響。她頭上一綹綹的紅髮飄動著，好像在海水中飄動的藻類。母親慢悠悠地坐在甬路上，眼睛裡濕漉漉的，眼球極有光彩，宛若浸泡在碧水中的雨花石。我的弟媳滿臉的驚愕，扭動著豐滿的屁股，急匆匆地逃走了。女兒對著她的背影，用那種嘶嘶啞啞的蒼老聲音說：

「長舌頭老婆，

快去給『團結』（我姪兒的名字）的『小雞』擦藥。

你要再敢告我的狀，

我就叫你家房子起火。」

弟媳慌忙轉回頭，雙手抱在胸前，作著揖說：「好姪女，嬸嬸再也不敢了。」

女兒找了一柄糞叉，叉著一隻刺蝟，擎到火裡去。她的小胳膊竟能端起一柄沉重的糞叉和一隻大刺蝟，也屬奇蹟。熱浪在院子裡翻騰著。我們離著火堆很遠，尚且感到皮膚發緊，奇痛難捱，可女兒站在火邊，無事一樣。我老婆納著鞋底子從屋子裡走出來。她臉上掛著恬靜的、賢妻良母式的微笑。她先用粗針錐在厚約兩寸、堅若木板的鞋底上鑽出一個眼，然後，把引著的大針遞過去，再把麻繩哧楞哧楞抽緊。為了增加潤滑減少澀滯，她不斷把針和繩往頭髮上蹭著。我老婆說：

「青狗兒，你在那兒胡鬧什麼？」

女兒乳名青狗兒，是我老婆的姑媽給起的名字。我當初曾堅決反對用「青狗」命名我女兒，但我老婆哭啦，哭得很厲害，說是誰敢違背她姑媽的意思絕沒有好下場。我一想，反正女兒也不是我自己的，正像「軍功章上有你的一半也有我的一半」一樣，這個女兒有我的一半也有她的一半。再說，名字就是個符號，如若不好，長大後再改就是。於是我女兒就成了「青狗兒」。

青狗兒對著烈火和濃煙，瞇著相對她的臉龐來說是巨大的眼睛，小巧玲瓏的鼻子上流著汗珠。

我老婆又問了一聲。

青狗兒說：

「娘，我燒刺蝟呀！」

「燒刺蝟幹什麼？」

「吃呀！」

「燒刺蝟給誰吃？」

「我吃你吃爸爸吃，爺爺吃奶奶吃叔叔吃，不給嬸嬸吃，姑吃姨吃舅舅吃，不給姥姥吃。」

「就那麼隻小刺蝟，你分了多少人！」

「我吃肉你吃皮爸爸吃腸子，爺爺吃心奶奶吃肺叔叔吃爪子……吃了不夠再燒隻。」

「行了，別燒了，天要下雨啦。」我老婆仰起臉來觀察了一下天空，說。

空中的烏雲驟合起來，利颼的東風送來了紅色沼澤裡的腐臭氣息。幾道暗紅的閃電劃破天空後，遠處滾來沉悶的、持續不斷的雷聲，一片片灰白的大雨點子落下來，火舌滋滋響著，也許是雨點滋滋地響著，院子裡迴盪著溫暖潮濕的腥風。我們掀起被葫蘆蔓和乾海草遮住的門洞，鑽進屋子裡避雨。

我最先鑽進屋子裡，為了表示對長輩的尊重，我站在門洞旁邊，用手撩著葫蘆蔓和漫長柔軟的海草，好像撩著珍珠串就的門簾一樣。我老婆把麻繩子纏在鞋底上，把針和針錐插進麻繩和鞋底之間，把鞋底夾在胳膊窩裡，騰出手來，把遮住另一半門洞的葫蘆蔓和海草撩起來。我們夫妻二人傍在門洞兩邊，好像兩位彬彬有禮的服務員。

像影子一樣飄忽不定的父親依附在母親的臂膀上，率先鑽進門洞。父親的鬍鬚上結著一層五彩繽紛的冰霜，雙眼像冰冷的玻璃珠兒，滴零零地轉著。門洞裡走出一位身材窈窕的女子，年方二八，粉臉丹唇，細眉修目，纖細的手指猶如雪亮的蛇蛻，一隻沉甸甸的鴨蛋青色玉石鐲子套在長長的腕子上。她高舉著一枝火把。金黃的火苗轟轟隆隆響著，青煙裊裊上升。生滿青銅色苔蘚的牆壁上，伏著一些肥胖的壁虎，牠們每五隻為一組，都把寬闊笨拙的嘴巴湊在一起，身體呈放射狀散開，構成光芒五射的圖案。而這一組組或曰一簇簇的壁虎又構成一幅更大的圖案，好像一枝巨大的紡錘。火把金黃的影子在牆壁上晃動著，壁虎們凸出的眼睛發射著粉紅色的光芒。牠們有時集體吐出枝杈狀的舌頭，舌頭也是粉紅色的。火把上燃燒的油滴不斷地下落；空氣嗞嗞的叫聲隨著垂直下落的火線響起。

我和妻子相視一笑。她的嘴巴在微笑中總是呈現出一種嫵媚又淒楚的傾斜狀態。她的微笑使我微微眩暈，這感覺，與多食紅莖薇菜的感覺頗為相似。

地面上布滿光滑的卵石。卵石大小一致，好像是精心挑選出來的。母親小心翼翼地走著，一副生怕跌跤的態度。父親則顯出驚懼不安的樣子，好像懼怕火光，也許是懼怕那些遍體疣瘤和鱗片的壁虎們。

很多熟悉的面孔從我和妻子面前滑過去，我們來不及打招呼，只好頻繁地點頭示意。也有一些不熟悉的面孔，但我們知道他們都是我們的本家或是親朋，都不是無緣無故地出現在我們的面前，所以，我們對他們表示了同樣的熱忱。

最後，竟然有兩隻頭上生著贅疣的大鵝也衝進了門洞。牠們高揚著細長的脖子，沙啞地鳴叫著，從我們面前跑過去。我老婆抬起腳去踢後邊那隻白鵝肥腆腆的屁股，滑脫的鞋子疾速地射進門洞裡去，碰到那位舉火把的姑娘膝部。姑娘無動於衷。我妻子羞羞答答地隻腳跳過去，把鞋子穿上。葫蘆蔓和海草瀑布般地掩住了半片門洞。

院子裡大雨滂沱，火焰的顏色在灰白的雨幕上變得暗淡。青狗兒還站在火前，挑著那隻刺蝟烘烤著。雨珠兒落在她的頭髮上，似乎都立足不住。我呼喚她進門洞避雨，她答應著，挑著那刺蝟，嘻嘻地笑著，跑了過來。妻子趕緊把葫蘆蔓和海草撩起來，迎接青狗兒進門洞。適才的奇蹟留給我的深刻印象尚未消除，所以她從我面前跳過時，我稍微有點兒膽寒。

現在院子裡只有利箭般的急雨和即將熄滅的火焰了。水中的火燼吱吱叫著，白色的熾氣在地上繚繞，渾濁的流水表層漂浮著草木灰，翠綠的鴛鴦鳥從牆外飛來，落在甬路上，成雙成對地依偎著，互相用稚拙的嘴巴蘸著肛門裡分泌出的油脂，塗抹著羽毛。一陣陣疾風颼過，把雨的簾幕撕破。鶴的尖唳叫聲從雲端裡傳下來，因為雲雨的阻礙，已變得柔和暗淡，失去了奪目的光彩。我猜想附近發生過龍捲風。幾百株完整的荷花隨著暴雨傾瀉到院子裡，有的落在甬路上，有的落在甬路兩旁渾濁的積水裡。鴛鴦受到了驚嚇，撲棱棱低飛起兩隻，彩色的羽毛在灰白的雨幕上閃爍著，色彩濕潤。有一股水生植物的滑膩的腥氣。肥大的藕瓜被雨水沖洗得乾乾淨淨，結節處蓬鬆著雜毛。荷葉翻捲，狼狽不堪。花瓣浸在水裡，幽淡的清香幾乎被洶湧的水腥浪潮淹沒，非用力難以辨別出來。一群大小不一的鯽魚在水裡掙扎著。積水不深，小鯽魚尚能直立游走，劃出一道道豁然開朗的水跡；大鯽魚只能側歪著身體拍水。

我老婆捲起褲腿，從牆上摘下一只尖頂斗笠，扣在頭上。雨水裡洋溢著腥冷的涼意。她走時腿腳高抬慢落，像一隻在雪地上行走的母雞。我默默地注視著她。什麼也不說，什麼也不想；什麼也不願意說，什麼也不願意想；沒有什麼好說的，也沒有什麼好想的。凌亂不堪的風雨聲震盪著我的耳膜，倦怠的麻木接踵而至。夏季的雨日裡，所有的聲音和味道都有強烈的催眠效應……炕席是黏膩的，空氣是渾濁的，靈魂渾渾噩噩……她雙手按住一隻寬大肥厚的鯽魚。魚尾波波擊水，水珠濺起時竟然變成明亮的珍珠了。鯽魚吱吱地叫著。我深刻地理解著鯽魚深刻的悲哀。

她雙手緊緊地攥著那條大鯽魚，站在我面前，好像剛剛犯了嚴重錯誤的小女孩一樣。我模模糊糊地意識到她祈求我說一句話，無論是什麼話都會讓她心安理得。我不能說。珠光寶氣的魚鱗開始脫落，有的沾在她手上，有的落在她赤裸的白色腳上。這是個令人終生難以忘懷的時刻：在我們身外的廣大天空裡，射下了一道極端輝煌的、血一樣顏色的、血一樣濃厚的陽光。急雨依然如故，荷花們亂紛紛昂起浸淫在污水中的頭顱。我聽到她呻吟了一聲。鯽魚顫抖著尾巴，墨綠色的魚卵從她的指縫裡哎哎喲喲地擠出來。她扔掉了鯽魚，把沾著魚卵的手往衣襟上擦著。那條鯽魚跌在甬路上，呱唧一響，發出響亮的水的聲音和肉的聲音。一攤魚卵瀰漫在甬路上。牠可憐地弓身跳躍著，終於入了水；水面立即漂浮起一層銀光閃閃的魚鱗。鴛鴦們搖搖擺擺地踱過來，牠們的體態與神情和野鴨子毫無差別。

妻子對我笑了。她臉上的肌肉有輕微的痙攣；那笑容也就顯得勉強、僵化、表裡不一。我也只好回報她一個類似的笑容。這與前面的「我和妻子相視一笑」是一回事，她的嘴巴在凝固的微笑中不可避免地又呈現出輕微的、令人不忍正目而視的傾斜狀態。

我們好像依傍著，但實際上隔著很遠，就這樣鑽進了門洞。葫蘆蔓和海草立即垂掛下來，遮掩了門洞。風風雨雨被拋棄在身外，只有那嘈嘈切切的雨聲和屋頂上擊鼓般的轟響，喚起我們對歷史的一些雜亂無章的回憶。腳下的卵石濕漉漉的，水在地下流動，叮叮咚咚的清脆水聲上達地表，在空空蕩蕩的門洞裡回響著。水聲使火把映照出的奇異景象更加迷人。持火把的女子用大而無當的眼睛盯著我們。她身上散發著濃重的樟腦的味道，我暗暗猜想，也許是從她那些飄飄裊裊的衣服上發出來的樟腦味道吧？火把上滴落的油火流淌在她裸露的腕子上，燙得她的皮膚滋滋亂叫，我心中惻隱發動，便說：「姑娘，您回去吧，我們摸索著也能找到要去的地方。」

我老婆彎腰撿起一塊卵石，猛烈地砸在燈影輝煌的牆壁上。激起的聲音竟如鯽魚跌在甬道上的聲響那般相似。我看到一根慘白的神經抽搐著、顫抖著，把兩個聲音聯繫在一起。儘管牠們拚命掙扎著，好像要擺脫命運般的掙扎著，但毫無結果。一根光滑的、燙著松鶴圖案的長木杆子把那根連結著兩個聲音的神經挑起。牠們收縮著、顫動著，宛若盤中蒸熟的蹄筋。木杆用力一甩，牠們流星般射走了。起碼有三隻壁虎被石頭砸死，牠們隨著卵石落下來。牆壁的根處盤踞著一些猩紅的植物，葉片不像葉片好似一些大張開的嘴巴。壁虎落到那些葉片裡，隨即無影無蹤。幽暗中響起一片吧咂嘴巴的聲音，我悟到那是植物們發出的聲音。牆壁上的紡錘圖案變化很快，好像質量低下的國產電視機屏幕上的圖像。在這變化過程中，數不清的壁虎尾巴急雨般落下來。猩紅的植物歡欣鼓舞，葉片齊鳴，好像一群孩子在歡笑。

我老婆又揀起一塊更大的黑石頭，意欲擲向牆壁，被我攔住了。我捏住了她的手腕子。她恨得咬牙切齒，用另一隻手奮力抓著我的胳膊。我尋找到她肘部那根麻筋，輕輕一撥，她全身便酥軟了，黑石頭掉在地上。

那位持火把的姑娘嘴角上掛著一根血絲，站在我們前邊迎著我們，門洞的深處有一個宏大的聲音在呼喚著我和我老婆的乳名，一聲緊似一聲，容不得我們再有絲毫怠慢。

待到我們離她有三步遠時，她倏忽轉身，高舉著火把，引導著我們往前走。事實上她放出的樟腦味就足以引導我前進，何況還有像金子般溫暖和明亮的火把呢？

卵石上踞伏著一些雞蛋大小的蝸牛，促使我們不得不像跳舞一樣，尋找沒伏蝸牛的卵石落腳。不知什麼緣故，我老婆突然彎下腰嘔吐起來。她伸出一隻胳膊，好像要扶住什麼東西。牆壁是斷斷不可扶的，卵石堆裡也沒生出可供扶援的樹木，萬不得已，我伸出一隻胳膊，架住了她伸出來的胳膊。看別人嘔吐比自己嘔吐還要難受，這話一丁點都不假。她的嘔吐聲在門洞裡盤旋飛舞著，像一堆絞在一起鑽來鑽去的黏蛇。我被她那兩隻閃爍著絕望之光的眼睛觸動，憐憫之情猶如長江大河滔滔滾滾而來。我用空閒的手拍打著她的脖頸和脊背，祈求著她把該吐的東西全吐出來，解放我也解放她自己。潮濕的水邊處處可見的那種紅色的小線蟲成群結隊地爬上了我的腿，已到達膝蓋之上，牠們還在繼續上爬。腳上奇癢怪癢。牠們越往上爬我越感到難過，我簡直不敢想像牠們在我的生殖器官附近爬行時，我的精神是一種什麼樣的狀態。她撕扯開了衣釦，袒露著胸膛。有一個雞蛋大小的東西凸起在她的雙乳之間——與咽喉成一線——上下滑動著，她的嘔吐就是因為這物。我盼望著她能把牠吐出來。牠的確勾起了我的好奇心——人總是對自己身體上的奇異之物和他人身體上的奇異之物表現出一種病態的、因而也就十分強烈的興趣。我想幫助她，於是把這滑動的怪物擠出她的喉嚨，但她絕不允許我的手抓住那物。她越不允許我越想抓住牠，於是我們就糾纏在一起，半像打架半像遊戲。

這場遊戲足足持續了有半點鐘，幾乎耗盡了我的精力。她的嘔吐也許從我想觸摸牠而她竭力保護牠時就停止了。紅色的線蟲正往我的肚臍裡和肛門裡鑽著，奇癢難捱。我顧不上她，鬆開她，用手掌頻繁地打擊著下肢和腹部。持火把的女人目光炯炯地盯著我，迫使我不得不忍受著痛苦而暫時放過身體某些部位危害劇烈的紅線蟲。我整整衣服，竭力裝出一副溫文爾雅的騎士風度來——一種一口唾沫就能啐破的虛假的騎士風度，與我老婆相傍著，用手挑著她的巨臂，昂首挺胸往前走。持火把女人的櫻桃小嘴兩邊浮起一些非用盡心思就難以發現的嘲諷的微笑。我彷彿在大庭廣眾裡被抽掉了最後一塊遮羞布，戰戰兢兢，頭暈眼花，差點兒栽到卵石上。栽到卵石上的醜態是無法形容的。這要特別感謝我老婆，她在急急如燃眉的關頭拉住了我的胳膊。

我們終於又能道貌岸然地往前行走了。道路漸漸高起來，頂上的穹窿也漸漸高大明亮了，腳下的卵石也大而乾燥起來，兩邊的牆壁也比較光潔了。牆壁上有著雲團般的水跡，我猜測這裡的一切都被大水淹沒過。

持火把女人引導著我們攀登一道道又高又陡的台階。台階是用石頭砌成的。石頭的種類很雜，有火成岩，有沉積岩，也有地殼大變動之前早就形成的、最最古老的岩石。但不管是哪類石頭，都鑿得平整光滑，長短與厚薄相等，宛若一個模子澆鑄出來的產品。石頭上附著一些乾燥的苔蘚，腳踏上去就化為嗆鼻的綠煙升騰起來。

起初我還默記著石階的級數，藉以排解、減緩紅色線蟲為我製造出來的千絲萬縷的痛苦。數到一千零一級時，一個雜念——阿拉伯《一千零一夜》的故事衝進了我的腦海，它們爭相向我訴說它們這些年來遭受的磨難，我好言撫慰著它們，好像一個接待來訪農民的、克盡職守的縣長。就這樣，我把台階的級數給忘記，欲待重數，既不可能，又毫無意義了。

在台階上行走著，我感受到一種巨大的壓抑，這壓抑本來是屬於一步步下到地下宮殿裡的人的，但它卻不合時宜地出現在我身上。我是一步步往上爬行著啊！我是一步步走向光明啊！可我每時每刻都感覺到、觸摸著它。

終於，台階中斷了，我們拐進了一個裝飾著五顏六色貝殼的小房間。貝殼鑲嵌在描著龍和鳳的塑料貼牆紙上，構成兩個紡錘形的圖案。地面上鋪著一塊方方正正的地毯，真正的羊毛地毯不是偽羊毛地毯。腳踩上去，彷彿踩著柔軟的淤泥。地毯上織著金黃色的紡錘圖案。地毯的基色是墨綠色的。小房間通往裡面有一個很大的門口，門口上懸掛著用紫蘇子珠串就的簾子，輕輕一碰就發出吐嚕吐嚕的響聲。隔著珠簾，我看到裡邊的大廳和大廳裡影影綽綽的人物，杯盤刀叉碰撞，多少人竊竊低語，好像在開一個重要的會議。火把女郎用嘴巴示意我不得窺視大廳裡的情景，我點頭表示道歉。我老婆怒吼著：

「這房子是我們的、憑什麼讓你們霸占？」

有兩個身材魁梧、身穿橘黃色號衣的女人從珠簾後鑽出來，也不說話，一左一右，把我老婆夾峙起來。左邊那位腰裡鼓鼓囊囊的，我擔心那裡藏掖著一件能置人於死地的法寶。果然有法寶。她掏出了一個用天鵝絨包裹著的、用名貴的紫檀木精心製成的紡錘對準我老婆的後腦勺子輕輕一擊，我老婆就像堵牆壁一樣倒在地毯上。她們把她翻轉得仰面朝天。右邊那位黃衣女人掏出一張傷濕止痛膏，剝開，用嘴巴哈哈，然後像往鍋沿上貼餅子一樣，把傷濕止痛膏貼到我老婆的嘴上。我驚愕得不能動，眼睜睜地看到她們把我老婆抬到一個房間裡去了。

鋪地毯的小房間裡只剩下我和手持火把的女郎。她的眼睛被火把映照得宛若珠貝。她對我點點頭，然後轉過身去，往前走幾步，牆壁上一扇暗門豁然開啟，門裡黑魆魆的，不知道有什麼名堂。女郎看著我，舉著火把走進門去，我迷迷糊糊地、不知不覺地跟著她往黑暗裡走。火把高擎，把半圓形的房頂照亮，一根鮮潤如翠玉的絲瓜從上邊垂下來，絲瓜的尾巴上還懸掛著黃花，黃花過於漂亮，好像用絹做成的。很久之後，我才想到，為什麼只有結黃花的絲瓜而沒有絲瓜葉子呢？為什麼只有白色的蛺蝶在絲瓜間翩翩起舞，而不見金色的蜜蜂採花釀蜜呢？女郎把火把插在牆壁上，拿出一根火絨，點燃了十九根粗大的蠟燭，周圍立刻輝煌無比。牆上滲出的水珠像珍珠一樣。她單薄如蟬翼的衣裙被燭光照徹，裡邊的肉體如同裸露。她看著我笑，我羞愧得無地自容。她摸了一根紅粉筆，往一塊石板上寫字，她寫了些什麼字呢？她寫了些這樣的字：

我是你的老姑奶奶！

我羞愧得無地自容，她看著我笑。

她扔掉粉筆，推開一扇門，顯出一個房間。房間地面上鋪著雪白的瓷磚，正中有一個貯滿熱水的大浴池。水裡有一股濃重的硫磺味道。她把我推進房間，自己也跟進來，順手把門關上。房間的天花板上射下一片橘黃色的柔和光線，熱氣升騰，變成彩綢般的雲霧。她也不管我，自己脫了衣服，縱身跳進池水，把熱水濺起不知有多麼高。我摸著腮上被熱水燙得麻酥酥的地方，心煩意亂地看著她在池水裡游泳。她游泳的技術嫻熟優美，確實不可多得，我看得有些發呆。後來她仰在水面上，瞇縫著眼對我微笑著。那些水從她皮膚上流過來流過去，她的皮膚上好像有一層油脂，水無法濡濕它。

我的身上又有了被絲蟲騷擾的痛苦。她好像早就知道，舉起一隻手，招呼著我。我猶豫了一下，便開始脫衣服。脫最後一件時，好像在犯罪。但終於脫掉了。我縱身一跳，便進了池子。水燙得我幾乎要窒息，我本能地想跳上池去。她飛身一躍，像一條大鋇魚，撲到了我身上，拃著我的脖子，把我按到水下去。她用手抓我，用腳踢我，用牙咬我。後來，她放了我。我筋疲力盡地爬上池子，坐在冰涼的瓷磚上，垂頭喪氣，無聲地哭泣著。

門外有人在走動，緊接著響起敲門聲。她舉起一隻手，示意我不要輕舉妄動也不要哭出聲音來。我全部照辦。她按著池邊，緩緩地把身體從池水中拔起來。因為胛骨高聳，她的背上顯出一條溝。水珠從她的修肩上流到那條溝裡去。她的臀和腿也出了水。一切都顯得美妙無比。敲打門板的聲音越來越急促和響亮。她站在池子對面，背對著我，靜默三分鐘。突然間她轉過身來，正面對著我，臉上是那般神祕的、詭奇的笑容。她這種笑容人世間難尋找，一見如故，終生也難以忘懷。保持了這姿勢幾分鐘，她。門板的巨響好像無法進入她的耳。她從一個地方拿起一節蠟筆狀物，然後仔細地塗抹著乳頭。她的兩只乳房筆直前挺，乳頭微微上翹，這在有著巨大吸引力的地球上，簡直是不可思議的奇蹟。她把一只乳頭塗成粉紅色，宛若一顆水靈靈的櫻桃。她開始塗抹另一只乳頭時，我吃驚地發現：她的手指之間生著一層粉紅色的、半透明的蹼膜。她的腳趾之間也生著同樣的蹼膜。這是怎麼回事呢？我想，人為什麼要生蹼膜呢？我感到恐懼，跳起來，抄起衣服，向門口逃去。她的一隻手滑膩的手搭在了我的肩膀上。我無法不回頭。她的臉姣姣如中秋月，嘴裡噴出如蘭如麝的氣息。她用硬邦邦的乳頭蹭著我的皮膚，蹭著我的皮膚蹭著我的皮膚。

她是我的老姑奶奶。

我的生蹼的祖先。

這個似夢非夢的情景到底意味著什麼呢？我說不清楚。

有一點我可以對天發誓，我沒有犯亂倫罪。她手腳上的蹼膜造成了我的巨大心理障礙，使我免於陷進罪惡的深淵。她的手儘管溫暖如棉，但她按著我的肩膀時，我感覺到的卻是徹骨的寒冷。

她輕輕地歎了一口氣，吹拂著我耳朵後邊的茸毛。忍不住回過頭去，我看到了她眼睛裡流露出的淒涼景象。我說：

「您不要悲傷，這不算什麼事，到醫院去，找外科醫生，做個蹼膜切除術，您就會成為天下最美麗的女人。」

她被我的話嚇得哆嗦起來，嘴唇都蓋不住牙齒，雙手袖到背後，用屁股遮掩著。我低頭去看她的腳。她發出一聲尖叫，跳到池水中去了。

我匆匆穿好衣服，拉開門。妻子在門口怒目而視。她的嘴上還貼著那張傷濕止痛膏。敞著懷，她，那只雞蛋大小凸起的異物在雙乳之間滑行著，上升到喉嚨啦！我伸手扯掉她嘴上的膏藥。她緊緊地捂住嘴巴，逃命般地跑了。門內的池水裡，豁豁浪浪水聲，沉在水聲之下的是低低的哽咽。

我的心一點都不輕鬆，但我能說什麼？又能幫助她做點什麼呢？

我沿著我老婆的味道往前走。低垂的絲瓜不時被我的腦袋撞晃。蠟燭淚水漣漣，並且每枝都結著大燭花。火把早已熄滅，只餘一點餘燼。我摸摸索索地往回走著。燈光之外，有一些調皮的手伸出來撫摸我，每一隻都生著蹼膜，被燈光映照，呈現溫暖的暗紅色調。漸漸地習慣了，我對這些撫摸我的手報以嘴唇的輕輕接觸。燈影之外響起一片感動的唏噓之聲。

生蹼的祖先們在哭泣。

掀開草珍珠串成的簾子，我一步闖進了燈火輝煌的大廳，這裡果然正在舉行一個嚴肅的大會。開會前照樣先由技藝驚人的藝術家表演各種節目。有歌舞，有鬥獸，有耍蛇，有雜技，還有隆鼻藍眼的外邦人表演的幻術。孔雀在座椅之間徜徉著，過道上擺著一盆盆名貴的黑色丁香花。我女兒從一隻倒在地上的大木桶裡鑽出來。我驚訝地問：

「青狗兒，你怎麼也在這兒？」

她說：

「俺娘跑到哪裡去啦？」

我說：

「她被人抓走啦。」

她說：

「你這個狼心狗肺的東西！你一定把俺娘給賣啦！」

我不是跟你說我跟著我女兒衝進了那片紅樹林嗎？這是一次迷誤的旅程，想起來就讓人痛苦萬分。關於那片紅樹林，說法極多，互相攻擊，自相矛盾，也就等於什麼也沒說。我爺爺在世時，不知多少次警告我：千萬不要到紅樹林裡去。每逢夏日，樹林子裡就放出令人聞之醉倒的香氣，十分誘惑我；我是爺爺的好孫子，一直恪守著祖訓。

爺爺死啦，死啦有多少年啦？在座的人無一能數算出來。

四老爺和九老爺相繼死去之後，爺爺就成了族裡的首長，因此，他的葬禮是很隆重的。闔族的男女老幼都來啦，還來了一些外鄉的親戚。有一位個子矮小、患有哮喘症的人是從河對面鳧水過來的。正值夏季，河裡洪水滔天，水勢湍急，他居然能鳧過來，是半個奇蹟。母親讓我稱呼這個人為小老舅舅。我從來沒到過外婆家，對這個小老舅舅的真實性半信半疑。他身背兩個去年的完整大葫蘆，手裡握著一束鮮紅的玫瑰，一束七枝，每朵花都如海碗口大，花瓣層層疊疊，散發著醉人的怪香，無疑是珍奇的種子。母親接了那束花，觸到鼻子下嗅著。小老舅舅把葫蘆摘下來，掛在雞爪樹的斜枝上。母親進屋去找來一桿十六兩為一斤的舊秤，把那束花掛在秤鉤子上稱了稱。七枝花總重量三斤八兩，母親對我說：

「兒子，算算，每枝花重多少？」

我從口袋裡掏出圓珠筆和算術演草本，想列一道算式。我有個很好也可能很不好的習慣，不論計算什麼，都要把數字附著在形象上；我不善於抽象運算。有了這習慣，如要進行哪怕是十分簡單的運算，也要先編出一道應用題。我開始編應用題，編題之前先告訴你一件事。不是事。是一首歌謠。也不是歌謠。是一個口訣。畫撲灰年畫的口訣：

嘩嘩嘩，一溜栽花；胡蘿蔔纓子芥菜疙瘩。大筆揮舞，小筆勾畫，要想活快，就用掃把。

你一定認為我是在胡謅八扯對不對？我們都奇忙怪忙，別囉嗦。就是形容我編應用題的速度驚人呀！我是如何編得呢？這樣：

有一天晚上，月亮還沒升起來，星星早就出來了。蚊子們嗡嗡地叫著，屋子裡剛剛掌起燈。俺爺爺蹲在丁香樹下一塊光溜溜的石頭上，俺娘、俺姑姑都在這塊石頭上捶布。爺爺吃了一個小銀瓜，然後說：

「你們都給我過來！」

我們都過去，圍繞著他站著，像眾星捧月一樣。這時月亮升起來，一群星星圍上去。母親問：

「爹，您老人家有什麼事？」

爺爺暫時不回答。他雙手抓著丁香樹。使勁晃了三晃。黑色的丁香花粉升騰起來，宛如濃煙暴塵，把我們淹沒了。好久我們才掙扎出來，重新見到清涼的月光。我鼻孔發癢，頭暈；抬起一根手指挖挖鼻孔，響亮地打一個噴嚏。大家一起打噴嚏。唯有爺爺不噴嚏，我的噴嚏最響亮。兩隻紫色的大鳥拖著綬帶一樣的長尾巴，從屋子裡飛出來，在丁香樹上空盤旋著，鳥的尾巴翻來覆去地飄揚著。爺爺鬆開搖晃丁香樹的手，一抹晚霞照亮了他的兩隻眼睛。

母親說：

「爹，您老人家心裡一定有事。『眼睛是心靈的窗戶』，您心裡的事從您的眼睛裡流出來啦！想瞞也瞞不住！俗話說，『紙裡包火藏不住，頭上三尺是青天』！」

爺爺悲悲戚戚地說：

「孩子們，還記得我爺爺的爺爺是怎樣把皮團長送到紅林子裡的嗎？我給你們說過多少遍的！」

記得。

記得。

他把皮團長放在青石牛槽裡，用放了硫磺、雄黃、朱砂的溫水沖洗得白白淨淨，然後抱到牛皮褥子上，晾乾了。我們看到皮團長時，皮團長穿著黃呢子軍裝，馬靴子鋥明瓦亮耀眼明，全身捆綁著青草和鮮花。他用一把生銹的鑷子，專心致志地拔著皮團長臉上的毛。什麼眉毛、睫毛、鼻孔毛、嘴巴毛，見毛就拔，拔得一根也不剩。後來又紮了十六個磨盤大的鷂子風箏，選了個颳和風的黃道吉日，齊齊放起來。風箏們沒命地往雲端裡鑽。每隻風箏都拖著一條長長的紅綢飄帶，飄帶上用黃金絲線繡著「革命」字樣。滿天「革命」飛舞。風箏的線聯繫著皮團長的身體。大家擊鼓吶喊，眼見著皮團長就升騰起來。升到五十米高處便不再升高，悠悠地往前、往紅林子上空飛翔。這時他從腰裡拔出槍來，把風箏的連線統統打斷。風箏們栽下來。皮團長也栽下來，大頭衝下，雙腳衝天。軍帽脫頭，滴零零旋轉如飛輪。皮靴亮晶晶。鮮花啦綠草啦一律下垂。鮮花啦綠草啦一律上指。就像一顆璀璨的大流星。皮團長腆著一個大肚子，肚臍眼猶如一眼深深的井。他用絲瓜瓤子蘸著溫水把皮團長擦得乾乾淨淨，然後為他穿戴上黃呢子軍裝。軍裝上綴著鑲嵌金絲的肩牌，肩牌上懸掛著絲線流蘇。流蘇下垂，在鮮花與綠草當中十分顯耀。那天，插遍皮團長一身的，是一種珍異的藍眼睛花，粉紅的花瓣上鑲著耀眼的藍邊。這種花據說紅林子深處才有。他們為了裝飾皮團長，難道進過紅樹林？他把一束束藍眼睛花插到皮團長的口袋裡、鈕釦與鈕釦之間的夾縫裡、軍裝領子與脖子的夾縫裡、馬褲與馬靴的夾縫裡；花束與花束之間聯絡著柔軟的綠草。藍眼睛花下垂著，有的脫落出來，在空氣裡漂流著。皮團長垂直落在紅林子深處，一點聲音也沒有。一群金光燦燦的小鳥從林子中彈射起來，好像重物砸在淤泥之中激起來的泥巴。風箏們也掛在樹枝上。不知不覺到了晚霞絢麗如火的時刻，那些樹枝一如淺海裡的珊瑚，美麗，堅硬，輕輕地呼吸著。溫暖的沼澤風吹拂著風箏的飄帶：革命革命革命……革命在晚風中飄揚。他把放風箏前纏線的牛膝骨紡錘拋進紅林子裡，砸在樹枝上，啪啪地響。送葬的人都呆呆地立著，枯木朽株一般。那隻白鶴向著晚霞深處飛去，終於變成了一個極小的紫點，又終於連紫點也望不到。眾人一直延頸張望，狀若鵠立，到了晚霞消失、一鉤彎月掛在了山尖上的時候。

母親用戴著玉石戒指的手指，指點著環繞在丁香樹周圍、環繞在爺爺周圍的我們，朗朗地說：

「爹，有什麼話您就說吧，這裡沒有外人，都是您老人家繁殖的後代。」

爺爺歎息一聲，說：

「你們睜大眼睛！」

我們睜大眼睛，黑色的丁香花粉在我們面前飛舞，鳥的長尾在花粉裡攪動，爺爺的眉毛上沾著一層花粉。

他把緊攥著的雙手捅到我們面前，笑咪咪地說：

「你們猜猜看，我手裡握著什麼？」

我們都搖頭晃腦，表示猜不出來。

爺爺對我說：

「你來猜。」

我說我也猜不出來，爺爺讓我瞎猜胡猜。

我說：

「您手裡握著金條！」

「還是這個大頭的孫子聰明！」爺爺誇獎著我，把雙手張開，說，「我手裡有十根金條。」

他手裡什麼都沒有。

母親笑著說：

「爹，您是逗著我們玩呢！該吃飯啦！綠豆湯，貼餅子，還有油燜蝦子，都是您老人家願意吃的。」

「你們看！睜大眼睛好好看！」爺爺執拗地命令我們。

爺爺雙手空空。

母親說：

「您手裡屁都沒有一個，哪裡來的金條！」

爺爺哈哈一笑說：

「你們果真看清楚啦？我手裡什麼都沒有？」

我們都感到有些蹊蹺。

「那麼，我要死了！」爺爺平靜地說，「我死了之後，你們要想法把我弄到紅林子裡去，活人萬萬不可進去。用風箏吊皮團長的辦法萬萬不可再用。這個任務就由這位大頭的孫子來完成。」

說完話，爺爺仰面朝天倒在丁香樹下，眾人急忙上前去攙扶。爺爺已經嚥了氣。

母親率領我們哭起來。大家清一色乾嚎，無人落淚。我重任在肩，更是無心哭泣。怎麼辦？怎麼辦？誰給我智慧誰給我膽？爺爺說死就死，大熱的天，屍體擱久了要腐爛發臭，萬一引起傳染病，更是了不得。我心急如焚。母親安慰我：

「孩子，別著急，慢慢思想。俗話說，『車到山前必有路，船遇頂風也能開』；『蜂蠆入懷，解衣去趕』；『眉頭一皺，計上心來』；『世上無難事，只要肯登攀』。今天夜裡，你就坐在這丁香樹下，想一個把你爺爺送進紅樹林子的辦法，為了防止你不專心，我吩咐人把你捆在樹上。」

母親說：

「阿毒，把你大哥捆在丁香樹上！」

阿毒是我的三弟，幼年時受過我的欺負。他提著一根蕁麻草編成的粗繩子，毫不客氣地反剪了我的雙臂，把我和樹幹緊緊地捆在一起。

母親令人點起一盞寶貴的紅燈籠來，闔族人排成大隊，到樹林子邊上去放爆竹，哭泣。明月當空，萬籟俱寂，螻蛄吱吱鳴叫，紅樹林裡香氣蕩漾，與丁香花的香氣混合在一起。大河裡洪水滔滔，母親他們舉著紅燈籠，對著河對岸齊聲高呼：

「臘八老爺仙逝——臘八老爺仙逝——臘八老爺仙逝——」

河裡水聲很響，灰白的浪花像活潑的小獸一樣疾速奔跑。長嘴的蚊蟲叮咬我。我冥思苦想。爺爺站起來。倒背著手，在我面前踱來踱去，很像一位監考的老師。也是情急智生，一條妙計上心頭，我說：

「有了！爺爺，我們去雇架直升飛機把您吊進去！」

爺爺搖著頭說：

「不好！不好！我怕汽油味！」

「你還真難伺候，爺爺。」我不高興地嘟噥著。蚊蟲欺我手腳被綁，大模大樣地吸我的血。

「那麼，用榴彈炮把您打進紅林子，可是好？」

「孽畜！」爺爺虬鬚如薑尾根根皤然上翹，咬牙切齒地罵我，「虧你想得出！把你爺爺當成了肉彈！」

「放開我吧！」我胸有成竹地說，「孫子已經想出了一條萬全之策，保您老人家舒服、快樂、滿意！」

爺爺看著我的眼睛，片刻之後，他點點頭，讚賞道：

「孫子，你是個徹頭徹尾的天才！爺爺死也無憾啦！」

爺爺躺在地上，又一次死去。

我掙脫開蕁麻繩子，感覺到胳膊上火辣辣的，蕁麻的毒刺扎進了我的肌肉。母親他們從河堤上回來了。看我喜色滿面，母親知我想出了辦法，也高興起來。大家就著燈影，在丁香樹下開飯。為了慶賀我這麼快就解決了重大問題，母親親手炒了一盤山蠍子，讓我喝酒。山蠍子又焦又香，在我嘴裡嚓啦嚓啦響著。爺爺在黑暗中吧咂嘴唇，聽動靜饞得厲害。母親說：

「爹，甭吧咂嘴啦，想吃就起來吃！」

爺爺灰溜溜地爬起來，羞羞答答地蛇行到桌前，挺不好意思地說：

「活了一輩子，還從來沒聞到過這麼香的東西。」

母親有些不高興，說：

「爹，您好沒記性！這些蠍子，您吃了沒有二百斤也有一百斤，活著時您誇孝子誇賢孫，一死了，就翻臉不認帳，扒出您的腸子來看看，只怕還有一窩蠍子沒消化完哩！」

爺爺臉上沒光彩，吞了十幾條蠍子，一句話不說，走到黑影裡，再次死去。

一隻橘黃色的鴿子撲棱地在我們頭上打轉。母親說：

「河北來信了。」

斜眼的九姑舉起一隻手，讓鴿子落在她的手掌上。她把牠托到燈光裡。鴿子挺著一個圓溜溜的球胸，咕咕地低語著，雙眼像兩顆金星。

母親從鴿子腿上解下信來，展開，就著燈光閱讀。我剛把頭湊上去想看看信上寫的什麼，母親卻把信放在燈火上點燃了。信紙變成了灰燼，母親說：

「你姥姥家來信，明天，你小老舅過河來弔喪。」

爺爺在黑暗中插嘴道：

「真是好親戚！」

母親說：

「爹，沒有您說話的資格！」

爺爺不言語啦。母親餵了鴿子幾隻山螞子，拍拍牠的球胸，鴿子箭一般向夜空中射去，皎皎的月光裡，傳來一陣盧盧的鴿哨聲。

一夜無話。有話也不多。大家都睡覺，爺爺一人耐不得寂寞，每隔一個小時就來敲一次我的窗戶，名義上是與我商量明天的事，實際上是無話找話，弄得我無限煩惱，忍不住對他發起了壞脾氣。爺爺悲涼地說：

「俗話說得好，『死知府不如隻活老鼠』，果然不假。活著時是爺爺，死了是孫子！」

想想爺爺的話，也覺得有道理。我暗下決心，要是爺爺再來跟我談話，我一定跟他耐心交談，絕不用惡言暴語衝撞他。但爺爺再也沒有來。我在半睡半醒中，聽到他在院子裡整夜出溜，還把丁香樹搖晃得嘩嘩啦啦響。

天一放亮，小老舅就來了，就像前邊說的一樣，他患有嚴重的氣管炎，哮喘不止，嘴唇青紫，目光呆滯。兩個大葫蘆一前一後搭在肩頭，他是借助了葫蘆的浮力才泅渡過來，河裡洪水滔天，漩渦都如斗大，水裡還有很多凶狠的老鱉，過來是不容易的。因此我們把小老舅舅奉為上賓。我們讓他坐在爺爺屍體旁邊的楸木杌子上，給他喝開胃驅寒的茴香酒。他也毫不客氣，喝了一碗又一碗。母親稱讚他帶來的那七朵特大玫瑰花。河對岸的玫瑰為什麼這般大？河對岸的玫瑰為什麼這樣紅？為什麼這樣紅？紅得好像燃燒的火。七枝花總重三斤八兩，十六兩為一斤，試問：每枝花重多少斤？

3斤8兩＝56兩

56兩÷7＝8兩

8兩＝半斤

答：小老舅舅從河對岸帶來為爺爺插屍的玫瑰花每枝平均重半斤。

我嚴肅地告訴母親：

「娘，每枝花重半斤！」

母親吃驚地伸出了舌頭。

我安慰著暴怒的女兒，生怕她一衝動就幹出令人吃驚的事情來。青狗兒，青狗兒，你娘遲早會回來的。女兒又鑽到木桶裡去玩兒，我在大廳的邊角上尋找到一個空位子，坐下，輕輕地舒出了一口氣。可能是我噴出的氣使她反感吧，前邊座席上那位頭上插菊花的女人回過頭來瞪了我一眼。我恍惚記得她是我六老爺爺的女兒，應該叫姑奶奶的。沒及我張口，她就把腦袋扭轉回去。她頭上的菊花放出淡淡的憂傷，不是憂傷是幽香。我女兒滾著桶，嘎啦嘎啦響。舞台上開始表演舞蹈，正中有一團火，人們圍著火跳舞，跳舞者都手持著一個牛骨紡錘。跳了一頓，好像累了，都溜邊坐了，嘴裡嚼著草。舞台邊緣上生著一蓬蓬千頭菊，白色居多，偶有紅、黃。有人掐下花來，插到傍坐的女人頭上。後來皮團長出來了，他腰佩雙槍，嘴角上叼著菸袋。他說：

「革命啦！革命啦！你們懂不懂？從今之後，凡手腳上生蹼者，一律閹割。有破壞革命者，格殺勿論！」

皮團長一招手，幾個人把一個男子推到台上，皮團長舉起槍，像木匠吊線一樣瞄了半天準，然後一扣扳機，噗哧一聲，那人的腦漿子就噴出來了。舞台下的人齊聲歡呼。也有把菊花拋到台上去的。我女兒蹦到舞台上，把那些菊花收攏起來。她抱著菊花，對我憨笑。

又該講給爺爺送葬的故事啦。我吩咐兄弟們拉來了三匹高頭大馬，全是火炭一樣的顏色，眼如銅鈴蹄若覆盆。又吩咐叔叔們用柏木板釘了一架拖車，拖車的底板用刨子刨光，擦上蜂蠟。叔叔們砰砰啪啪幹活的時候，馬兒在一旁吃草料。草是青谷草，料是炒胡豆。馬兒們吃得香甜，肚子漸漸圓溜溜，眼睛也更加光彩。最重要的工作是為爺爺洗浴裝殮。皮團長曾用過的青石馬槽是斷斷不能再用啦，儘管那物還全毛全翅地存在著。找來一口大鐵鍋，鍋裡注滿清水，加上明礬和夜明砂，給爺爺剝光了衣服，爺爺一身硬骨頭，彎彎曲曲地把爺爺抬到大鐵鍋時，鍋裡的水沸沸流流地溢出來。當年擦洗皮團長時用過絲瓜瓤子，這次也斷斷不能用了。就用苕帚疙瘩吧，我說。我們用苕帚疙瘩搓洗著爺爺的身體。這時拖車也做好了。我們把爺爺晾乾後，抬到拖車上。爺爺是不能穿呢子軍服的，穿中山裝又不倫不類，就讓他穿上長袍馬褂，腳上卻是一雙三接頭的牛皮鞋，擦拭得很亮。首先把小老舅舅贈送的七枝玫瑰插到爺爺身上，然後，以白菊花為主，以山丹丹為輔，還有大把大把的萱草，爺爺簡直變成了一條花草繁茂的丘陵。當然，七枝玫瑰高高在上，永遠是花草中的翹楚。靈車裝飾完畢，為了防止滑脫，我吩咐兄弟們用蕁麻繩子把爺爺牢牢地捆在拖車上，又在爺爺的手裡塞上一把用堅硬的紅棗木刮削成的尖刀，這把木刀有三尺多長，任何人握著它都會顯得英武或是孔武。緊接著就是套馬。馬的挽具也是天下難再好的挽具了：一色的生牛皮編織，又用上等的桐油浸泡過。在馬的挽具上，女人們插上了很多的菊花。到處都瀰漫著菊花的幽香。

現在，大家可以放聲痛哭啦。

女人們帶頭嚎哭，男人們跟著哭。

爺爺神態安詳，一句話也不說。我猜想到他對葬禮是十分滿意的。

禮儀剛剛開始，好戲還在後頭哩！

我站在拖車的後尾，我的腳尖碰著爺爺的腳心。手扶著一根橫木，我命令大家不要哭啦。對準馬兒的屁股，我戳了一竹竿，馬兒們跑起來。眾人緊隨在拖車後，頻繁地挪動著腿。

三匹馬並著肩，起初跑得並不快，後來快起來。馬尾巴張開，宛若一匹綢子。我們在田野裡飛馳，油燕貼著草地飛翔是為了捕捉被馬蹄驚起來的飛蛾。有一些褐色的飛行物好像是螞蚱，其實不是螞蚱，而是馬蹄濺起來的泥土。後邊的人飛跑，用盡全力，也追不上駿馬。我聽到了他們的叫罵聲，便用盡平生之力，拉住了馬韁繩。馬頭三只高昂，前蹄舉起；半張的馬嘴裡發出嘶啞的咆哮，馬唇上沾著泡沫。慣性又使油滑的拖車在草皮地上滑行了十幾米，才停下車。我跳下拖車，回頭張望，見草地上出現了一條平坦的道路，路上全是被拖車壓倒的綠草和黃花。

送葬的人氣喘吁吁地追上來。小腳女人們很可憐；患哮喘症的小老舅舅更可憐，臉黃了，眼綠啦，唇紫著，張著黑洞洞的大嘴，輔助鼻孔喘氣。

小老舅舅頗為幽默地說．

「乾巴金豆大外甥噢——噢——噢——好像一場馬拉松噢——噢——噢——鬼子還沒進村哪噢——噢——噢——慢點跑馬中不中噢——噢——噢——」

我說中中中，小老舅舅您可以騎到馬上或是坐到車上，路途還遠著呢到達紅樹林子。

小老舅舅既不坐拖車，又不騎駿馬；人各有志，不得勉強。為了不使他喘死在路上，我拉住馬轠，控制著速度。馬兒因不得隨心所欲奔跑而情緒煩躁，身體扭動，步伐凌亂。蜜蜂追隨著我們飛舞，鳥兒在我們頭上盤旋。有話即慢，無話即快，簡短截說，馬拉著拖車已經來到老樹林子邊緣。

這是個低窪的地方，四面八方的水都往這兒匯集。我們猜想茂密的樹林深處，一定有著積水的大淖子，因為樹林子深處經常有裊裊的水氣上升，匯集成華蓋般的雲團，然後就落雨，清冷的、腐敗的水氣隨風蕩漾到草原上，向我們傳達著魚鱉蝦蟹們和大量莫名其妙的水生植物的信息。紅樹林子究竟有多麼大？誰也說不清。有好事者曾想環繞一周，大概估算出紅樹林子的面積，但無有一人神志清醒地走完一圈過，樹林子裡放出各種各樣的味道，使探險者的精神很快就處於一種虛幻狀態中，於是所有雄心勃勃的地理學考察都變化為走火入魔的、毫無意義的精神漫遊。這且不說，還有一些迷誤進樹林深處、永不出來者，每逢陰雨天氣，空氣濕潤，氣壓陡增，我們常常能聽到這些迷途者發出的呼救聲。

這片富有神祕色彩的樹林子，知道者不覺為奇，不知者更不為奇。近年來，為了脫貧致富，縣府裡組織一些人進樹林子去調查資源，準備把這裡開發成旅遊區，廣泛招徠中外遊客。我們對此是不歡迎的。萬幸的是，那支三男三女的縣府資源考察隊，進了紅樹林子之後就如泥牛入海，再也沒有消息。想想也是很可惜的，那六個人，除了一個五十多歲的半老頭外，其餘五個俱是風華正茂的青年。那三位女人，一個賽一個的風騷，真可惜真可惜。男的死了也就罷了，那三個女的應該留給我們當老婆，為我們繁殖肌肉豐滿、頭腦發達的後代。他們是在一個早晨走進樹林子的，當時的情景歷歷如在眼前……馬兒們不安地彈著蹄子，因為載著爺爺屍體的拖車已經停在紅樹林子邊緣。一溜傾斜的大順溜坡，那些紅色的柔弱枝條在霞靄中搖擺著。戴著毛冠的美鳥在枝條上打鞦韆就暫且不提了，提請你們注意的是我們司空見慣的小「話皮子」，這是一種比黃鼠狼略小、比鼴鼠略大、貓面鼠身、顏色金黃、伶牙利齒善做人語的、極端可愛的小動物。查遍動物學的大小辭典，也找不到這種小動物的條目。我們呼牠們為小話皮子。牠們會說人話，哼哼嚶嚶的像小耳機子一樣。牠們經常趁著月夜跑到村子裡去，在樹枝上、牆頭上婆娑而舞。玩到高興處，牠們就嘻嘻哈哈地笑起來。我女兒跟小話皮子有一種特殊的感情——她虐待小動物，對小話皮子卻特別友好。小話皮子也不提了。馬兒們腋下鑽進了吸血的胡貓，牠們煩躁不安。我也很焦急，那些前來送葬的人竟然漫步在草原上的香花毒草之間，好像春遊一樣。忍不住我怒吼起來：

「喂——快點走啊！你們安的什麼心腸？是不是想耽誤我爺爺的好時辰？」

他們又飛跑起來，終於氣喘吁吁地聚在了拖車周圍。我發號施令，讓他們統統跪在地上，畢恭畢敬地為我爺爺叩了三個頭。最隆重的儀式開始了。自從把皮團長送進紅樹林之後再也沒有過隆重的葬禮。戰亂年代，死人如麻，哪有許多講究？爺爺死在太平歲月，風調雨順，莊稼十成，豐衣足食，人體康健，所以才有此財力和鑑賞死亡儀式的優雅態度。

人們跪在地上不肯起來，我喊：

「禮畢！」

他們才極不情願地站起來。

我把埋藏在綠草與鮮花之間的三串大鞭炮摸出來，命令與我同輩的也就是堂叔兄弟：

「八十、秋田、玉錢，每人一掛鞭炮，拴到馬尾巴上去。」

他們三個很興奮，從我手裡接了鞭炮。馬兒嘶鳴起來，都張著大嘴齜著雪白的長牙，斜眼睥睨著我的三位黑不溜秋的堂叔兄弟。

「快拴！」我毫不客氣地催逼著。

他們的興奮變成了膽怯，捧著鞭炮的手瑟瑟地抖著，畏畏縮縮不敢近前。但到底是在一寸寸地向著馬兒尾巴靠近。馬尾都夾在雙腿之間，嘶鳴聲越演越烈。秋田的手剛剛觸到馬尾，那匹馬就暴躁地揚起蹄子來，把含著芒硝的林邊浮土踢騰起，一團鹹酸苦辣的煙霧迷住了眾人的眼睛。爺爺在拖車上扭動著身體，看樣子十分焦急。

我更是焦急，因為，如果此計不成，整個計畫就泡湯，喪失了我個人威望事小，執行不了爺爺的遺囑事大。三個堂叔兄弟畏難如虎，捂著眼睛避到上風頭去。我不由惱怒起來，正想怒罵時，恰好看到一個十八歲的妹妹掩口而笑。正應了福至心靈的話，我大聲命令三個最漂亮的、雖未結婚但都不是處女的堂叔姊妹，掩口葫蘆那位首當其中：

「牡丹、薔薇、芍藥，你們三個，快快上去，每人抱住一個馬頭，把嘴貼到馬耳朵上，隨便說點親熱的話。」

「好啊！」三姊妹歡呼著雀躍著，宛若三團彩色的、香氣撲鼻的小旋風，撲到三匹馬的頭上。馬兒們咴咴叫著，彈動著輕鬆愉快的蹄子，與我的姊妹們耳鬢廝磨著。我對三個堂叔兄弟打了一個暗號，他們心領神會，彎著腰跑上去，把鞭炮拴在馬尾上。三姊妹與三匹馬玩得高興，我讓他們繼續玩。我吩咐幾十個男人排成兩行，都手持利器，猶如皂役排衙，非逼著馬兒們向正前方——紅樹林子的方向前進不可。

我跳下拖車，手持電子打火機，匍匐到馬尾後，嚓嚓嚓連續打火，打火機連個火星也不冒，真讓人五內如焚。只好扔掉打火機，爬出來，向送葬的人們討火種，只討到半根白頭火柴和一塊擦火紙。又爬進去，用袖子遮掩著，點著火，飛快地點燃三串爆竹的引信，一個滾出來，高叫：

「姊妹們，放了馬頭快快逃跑！」

她們竟然與馬兒戀戀不捨，纏纏綿綿很有感情的樣子。鞭炮在馬腚上爆炸了，硝煙滾滾，紙梢橫飛，爆炸聲尖利刺耳。三匹馬同時昂起頭，她們吊在馬脖子上，馬躥擁擁擠擠往前翻滾。

「快鬆手，滾出來，你們這些混蛋女流氓！」我跺著腳吼叫。

手持利器的人們嗷嗷地叫著。馬拉拖車往前衝，兩個姊妹被甩回來，像繡球一樣在草地上滾。一個妹妹被捲在馬蹄下，就是掩口葫蘆那個，她叫牡丹。牡丹必死無疑啦，誰是殺人兇手？她的娘——大耳朵八孅，絕不會善罷甘休，我感覺到災難的威脅。老天保佑，拖車過後，她站起來，身上毫毛無傷，朝著我掩口葫蘆而笑。這個浪貨，壓死你也難解我心頭之恨！

馬兒們騰雲駕霧般向紅樹林子衝去。「驚馬如電，歪船似箭」，又是大下坡，拖車上蜂蠟與草皮摩擦生熱熔化，滑到不能再滑。馬兒騰雲拖車駕霧，鮮花和綠草都向著我們傾斜，好像眷戀我們。馬鬃飛揚鞭炮響，拖車和爺爺統統呼嘯著，直飛進紅樹林子中央去啦。

紅樹林子裡哈哈喇喇一陣巨響，然後是十分的沉靜。良久，才有一隻戴勝夢囈般啼叫一聲。

我哭啦，因為，這樣轟轟烈烈的大事，每個人一輩子不太可能幹出第二件。

槍聲在大廳裡迴盪著四壁，尤其是角落裡和穹窿上發出的回聲最大。一扇用輕薄光滑的樺木板精製成的百葉窗無聲無息地張開，十幾道狹窄的月光均勻地篩下來，照耀著那只在鋪著化纖地毯的過道上滾來滾去的木桶。女孩不時地從桶裡把頭伸出來，瞭望一下又趕緊縮進去，活像一隻寄生在螺殼裡的螃蟹。紫紅色帷幕緩緩落下，音樂聲大作，幕兩邊的白布字幕上打出幕間休息的字樣。在音樂聲中，無數的壁燈和吊燈大放光明，人們亂紛紛地離了座，鬧嚷嚷地擠出太平門。

電鈴催人入座，又是一陣鬧嚷嚷。燈滅，月光再次均勻而狹窄地照耀著木桶。音樂聲起，鼓聲如磬。大幕徐徐拉開，一束強烈的紅光打在全副武裝的皮團長身上。燈光漸漸湮散，輝映著整個舞台。皮團長說：

「通過代表大會的反覆討論，我們決定：今後凡有生蹼者出生，一律就地閹割，本族男女，有姦情者，一律處以火刑；若干年後，紅頭髮的洋人必來修築鐵路，到時，我們要跟他們血戰經年，凡有貪生怕死、通敵叛變者，一律斬首。這三項決議，將鐫刻在石碑之上。」

舞台上許多黃臉大漢和白鬍子老頭唯唯諾諾，有一群小紅孩跑上舞台，向他們敬獻鮮花。舞台上誰人得花最多？器宇軒昂皮團長。

一個小紅孩站在舞台的邊緣上，拿腔拿調地說：

「演出暫告一段，謝謝各位光臨！」

音樂聲大作。燈光大白。幕急落。

黑暗的夜幕垂了下來，天上落著冰涼的雨滴，蟋蟀們躲在溫暖的鍋灶裡呻吟著。女兒蹲在窗台上，往院子裡看，看什麼我說不清楚。我的頭很痛，凍雨打在乾枯的植物上，發出肅殺的聲音。我睡不著，突然間感覺到瘦小的身體竟變得如此臃腫肥大，行動困難。女兒拍著窗櫺罵道：

「該死的老天下凍雨，月亮哪裡去了？月亮月亮你出來，我給你縫件花衣服。」

烏雲消散，一輪圓月上了天，皎潔月光把白窗紙照得通亮，蟋蟀們的叫聲也由淒涼變成了愉快。

女兒的小朋友——小話皮子們來了，牠們在院子裡奔跑著。女兒撕開封窗紙，對著院子喊道：

「你們好！吃飯了嗎？還是吃的水糝草籽嗎？」

小話皮子們齊聲回答：

「你好，青狗兒！我們都很好！我們現在已經不吃水糝草籽啦，五兒在紅樹林子裡發現了一種小白蘑菇，味道好極啦，我們現在每天都吃小白蘑菇。」

「我知道月亮一出來你們就會來找我玩，所以我就把月亮叫出來啦。」

「是的，月亮一出來我們就跑到村裡來了，你們家裡有一股馬糞味道，好聞極了。」

「你們想吃馬糞嗎？」

「我們不要吃糞，留著馬糞餵你爸爸吧，我們就是想聞馬糞的味道。」

女兒歎一口氣，說：

「那可就沒有什麼好吃的招待你們啦。——哎，你們吃不吃松籽？油炒的！」

「太硬，我們的牙咬不動。」小話皮子們回答著。

牠們都穿著紅色的小褂子、綠色小褲衩，頭上都戴著一頂條絨布縫成的鮮紅小帽，模樣調皮又可愛。

小話皮子們說：

「青狗兒，你別費心思啦，我們都是吃飽了才來的，你出來吧，我們一起玩老鷹抓小雞的遊戲。你瞧瞧月亮多麼好！」

那晚上的月亮確實特別好，因為那晚上極有可能是中秋節。我女兒把祭月亮的糖果和月餅用銅盤端出來，招待她的小朋友們。無論多麼嚴酷的父親，對孩子通神入玄的超常行為也是不敢過多干涉的，何況我是一位慈愛的父親。我女兒對小話皮子們說：

「你們等等，我把俺爸爸灌醉。」

她從窗台上跳下來，拿著一根玻璃吸管，從酒罈裡吸了一管蔥綠色的酒，注到我嘴裡。這酒十分香醇，嚥下去後餘香滿口腔。

院子的西邊有一盤石磨。女兒把糖果月餅什麼的擺到磨頂上，小話皮子們手登腳攀爬上磨頂，坐著磨沿牠們自然形成一個圓圈，都把細長的小腿耷拉下去，一邊吃糖一邊嗚嗚啦啦地唱歌。我女兒站在磨旁邊，揮動著胳膊，儼然一個出色的指揮。我女兒也穿著綠褲衩紅小褂，頭戴一頂小紅帽。

吃罷糖果月餅，小話皮子們跳下磨台，圍著我女兒亂嚷亂叫。後來她們就玩起老鷹捉小雞的遊戲來了。我女兒當老鷹，小話皮子們一個扯著另一個的小褂子，連結成一大隊，裝成小雞的模樣。院子裡一陣陣歡聲笑語，令人心曠神怡，感覺到生活無限美好。

天亮之前，雄雞啼叫，月光也暗淡下去，小話皮子們與我女兒告別，說聲再見，一窩蜂似的跳過牆頭不見了。女兒在院子裡愣了一會兒，然後，蹺腿躡腳地走進屋子。我聽到她在堂屋裡摸到水瓢，從甕裡舀了涼水，咕嘟咕嘟喝著。喝涼水鬧肚子，但這條規律對我女兒適用嗎？我不吱聲，裝睡。女兒爬上炕，用毛茸茸的小爪子試試我的鼻息，然後鑽到炕角上，趴著，撅著屁股，呼呼地睡去啦。

十五的月十六圓，所以第二天晚上月光更加皎潔。這一夜，小話皮子們和我女兒拉著石磨呼呼隆隆轉了一夜。天亮後，我出去看，磨台上落著一層紅色的麵粉，不知她們粉碎了什麼植物。我用手捏了一點紅麵粉放到舌尖品咂著滋味，腥腥的，鹹鹹的，好像是烏賊骨的味道。我把麵粉收起來，用一個木盒盛起來，將來也許會派上用場。

青狗兒睡到日上三竿才爬起來。她毛毛愣愣地跳下炕，胡亂洗了一把臉，吃了兩隻蝦子，蹽起腿就要走。母親說：

「這麼大的孩子啦，一天到晚在野地裡亂竄，將來會有出息嗎？」

「不亂竄又能幹什麼？還能用鐵鏈子把她拴起來？孩子又不是狗貓。」我老婆揭起一角貼嘴的膠布，陰森森地說。

母親說：

「你這人說話好難聽！我讓你把她拴起來啦？又不是我養的孩子，管我什麼事！」

我說：

「青狗兒，你給我回來！」

青狗兒提著一隻死耗子的尾巴走回來。一隻貓頭鷹在梧桐樹上淒厲地嗚叫。她站在我們面前，捏著死耗子尾巴，把死耗子掄得團團旋轉，一副藝高膽大、滿不在乎的蠻樣子。我特別想一巴掌把她打翻在地，然後再踏上一隻腳，叫她永世不得翻身。可女兒頭上的綹綹紅毛像蠍子尾巴一樣捲起來，這是她暴怒的象徵。我和顏悅色地說：

「青狗兒，你已經六歲啦，到了讀書識字學知識的年齡啦，建議你到育紅班裡去學習。」

青狗兒把死耗子扔進鍋裡，憤憤不平地說：

「我知道你們全不是好人！你們都想謀害我。」

「青狗兒，不上學怎麼行呢？沒有文化的人是睜眼瞎，是愚蠢的人……」

「胡說！」青狗兒說，「你也別磨嘴皮啦，我去上育紅班就是。我要看看你們葫蘆裡到底裝的什麼藥！」

我牽著青狗兒的手，送她去育紅班。育紅班開設在紅林子邊緣上的一棟木頭房子裡，木頭房子被一圈粗大的圓木包圍在中央。我牽著女兒從一個低矮的小門裡往裡鑽。女兒一下子就鑽了進去，可輪到我往裡鑽時，小門變得十分狹窄。我鑽進頭和胸，肚子卻被卡住了，欲進不能欲退也不能，一群孩子在旁邊拍著手笑。圓木頂著我的腰，又重又痛。我感到血液湧到臉上，頭脹得有柳斗般大。我用雙手按著地，地上全是一些彎彎曲曲既像蚯蚓又像麵條的東西。難道我的末日就要來臨了嗎？難道這就是我幹壞事的報應嗎？我閉上了眼睛，悲哀地哭泣著。

不知過了多久，眼前紅光一閃，一陣香氣撲鼻。青狗兒用腳踢著我的臉說：

「爸爸，醒醒，這是俺梅老師，她來看看你。」

我吃力地抬起頭，看到飄飄裊裊的紗裙裡亭亭玉立的梅老師的肉體。梅老師說：

「你女兒挺聰明，就是沒有數的概念，教起來比較困難，希望您輔導輔導她！」

我說：

「梅老師，先別說這些了，請您趕快找柄斧子來，劈開木門，把我救出來。」

梅老師為難地說：

「這件事我也做不了主，劈開木門要得到團長批准。」

又是這個該死的皮團長，他簡直無處不在。

我無可奈何地說：

「那就請您快點，我卡在這裡足有兩個小時啦！」

梅老師俯身上來，觀察著我被卡住的情況。她伸出一隻手！天！一隻生著粉紅色蹼膜的手摩挲著我的臉，一陣陣寒冷的味道從她手掌上放出，進入我的五臟六腑。我的全身收縮起來，像隻緊縮成球的螞蟥一樣，滾進了育紅班大院的草地上。我靜靜地伏在梅老師腳前的草叢裡，觀察著她的腳。她的腳趾並攏著，伏在一雙白色的塑料涼鞋裡，那些粉紅色蹼膜從腳趾縫裡擠出來。

梅老師很不高興地撇撇嘴，轉身就走啦。她的屁股在透明的紗幕裡扭呀扭呀的，使我忘掉了她是生蹼的人。我跳起來。追上她，與她並著膀在育紅班大院裡漫步。我們有時走得很快有時走得很慢。大樹上垂下來的鳥蘿彎彎曲曲，猶如懸蛇。地上有一叢叢灰色的灌木，枝椏間結著鮮紅的小球，欲待伸手去摘時，小球的顏色會突然變紫，好像是憤怒的情緒導致了顏色的變幻。

灌木叢旁邊擺著大理石的桌凳，我們對面而坐。梅老師把雙肘拐在桌面上，雙手捧著下巴，怔怔地望著我。她的臉白若羊脂，雙眼憂悒而圓大，眼皮上有好多層皺褶，睫毛也是雙層的，毛茸茸的交剪在一起。她的嘴非常生動，好鮮的嘴味飄過來，宛若仙風一縷吹拂著我的心。這時，我感覺到她用一隻赤裸的腳在輕輕地摩挲我的腿肚子。她的腳好像一隻有獨立意識的小獸。我一陣陣地痙攣著。她憂悒地望著我，把一隻手遞給我。我對蹼膜的敏感逐漸減弱，其實她的手非常溫暖也十分好耍。我特別溫存地撫摸著那些彈性豐富的粉紅色蹼膜。她的臉泛起紅暈，雙眼裡水汪汪的。她嬌滴滴地說：

「你別摸它，你一摸它我就想……」

我疑惑地望著她。她把一隻手蓋在我的眼上。我透過她手上的蹼膜看到了天上的太陽。太陽像綠玉帶一樣，射出的光線是彎曲的。

「走吧，我們到荼蘼架後去……」她灼熱，身腰酥軟。

我抱著她，感觸著她溫柔的胸脯。剛剛走進荼蘼架，就聽到身後一聲冷笑。冰涼的汗冒出來。發出冷笑的是我的女兒。她吃著鮮紅的小球說：

「你們幹吧，我給你們望著風！」

梅老師掩著臉跑掉了。

我女兒追著她的背影說：

「跑了和尚跑不了廟，皮團長早晚要燒死你這個浪貨！你這隻母蛤蟆！」

我也感到無地自容。女兒說：

「爸爸，從今以後，不許你再管教我，你沒有資格！你背著俺娘幹的事我都知道。好便好，要是不好，揭老底，俺娘可不是一盞省油的燈！」

「青狗兒，爸爸錯啦，請原諒。」我低聲下氣地說。

梅老師換了一條藕荷色的裙子，裊裊婷婷地走過來，離我三步遠時她站住，抿著嘴對我笑。她嘴角上有兩個十分好看的肉渦渦。我把嘴伸過去，差一點點就吻上時，青狗兒把我拖回，她嚴肅地說：

「你剛才怎麼說的？馬上就忘了！」

我不敢抬頭，梅老師對著我吹氣。

「同學們，上課啦！」梅老師站在講台上說。她穿著一條淡綠色的裙子，頭上戴著一頂捲沿小草帽，光點在她臉上滑動著。幾十個孩子倒背著手坐在樹木椴上，都挺得筆直。梅老師用黃粉筆在黑板上畫了一個紡錘狀的圖案，然後，扔下粉筆就走了。我緊緊跟隨著她，跟隨著她走進一片長滿硬刺的薔薇裡。薔薇枝上繁花如綴，而且都是少見的黑花朵。梅老師離我好像只有三、五步遠的距離，但我無法追上她。她的身體被縱橫交錯的花枝遮掩著，我只能看到她的被花枝分割得支離破碎的身影。連這身影也是不久長的，一閃念間，她便消逝了，猶如魚兒游進了深海。我眼前橫著嚴肅的黑薔薇。

教室裡鴉雀無聲，孩子們保持原狀，直逼著黑板上那個紡錘圖案看。

梅老師穿著一件黑色連衣裙，翩翩而來。她說：

「下課！」

我女兒最先衝出課堂。梅老師推開黑板旁邊的一扇小門，走進去，關上門。我推門，發現裡邊上了鎖。嘩嘩的水響，在小門裡還有噗噗的含水噴吐的聲音。

院子裡靜悄悄的，連個人影也沒有。一隻烏鴉蹲在高大的木柵欄上，縮著頸，一動也不動。吸取了教訓後，我不從小門洞裡往外鑽，轉著圈尋找大門。找到大門走出去，發現竟然又走進了教室，黑板上那個黑色的紡錘圖案燦爛生輝。洗浴聲還很響亮。我低聲呼喚著：

「梅老師！梅老師！」

小門大開，一盆熱水劈頭蓋臉澆過來。我像隻落水雞一樣逃出教室，見到門就鑽，鑽進來鑽進去，最後，糊糊塗塗地站在了一堆光滑的卵石上。回望育紅班，能看到一圈高大的棕色木柵欄。院子裡的薔薇從柵欄裡探出頭：碧綠的葉子，漆黑的花朵，在遙遠裡召喚著我。

有一天，我送女兒去育紅班學習。回來時，因為追趕一隻大蝴蝶，我們衝進了紅樹林。

那隻蝴蝶是藍色的，藍色的翅膀上鑲著金子一樣的黃邊。我們一鑽出育紅班的木柵欄就看到了牠。是女兒看到的。我因為反覆品咂著黑板上那個紡錘圖案的味道、反覆回憶著有關梅老師的一些情況，所以後於我女兒看到藍蝴蝶。我女兒驚叫之後我才看到藍蝴蝶從一蓬藍眼睛花上起起伏伏，忽忽閃閃飛起來。我女兒看到牠伏在藍眼睛花上，要是牠翅膀搧動牠簡直就是一朵肥大的藍眼睛花，要不是牠翅膀搧動我女兒也發現不了牠。

這隻蝴蝶有海碗口那麼大。看起來牠飛得很慢，其實比我們跑的還要稍快一些。牠的翅膀不像一般蝴蝶的翅膀那樣輕薄，牠的翅膀厚墩墩的毛茸茸的有肉感有質感絕非一般蝶翅可比，這也是我們追趕牠的主要原因。

我們沒有注意到腳下的藍眼睛花逐漸茂密起來，地勢也越來越低窪。藍蝴蝶不緊不慢地飛著，像一塊釣人的誘餌。牠還不時地落到藍眼睛花上，為我們製造希望和幻想。因為牠伏在花上時，我們的心臟立刻緊縮起來，別別地輕跳，血液流動的聲音像遙遠的潮汐，在我們耳朵深處回響。女兒彎著腰，繞來繞去著半米高的藍眼睛花叢，向藍蝴蝶逼近，時當正午，陽光照耀著藍瓣金邊的花朵，煥發出迷人的光彩。女兒翹起做成鉗形的手指，悄悄地伸向蝴蝶的翅膀。我分明看到女兒的手指已經捏住了蝴蝶的大翅，但蝴蝶卻翩翩地飛走啦。每次都是這樣。每次她都遺憾地撕下幾個藍眼睛花瓣，填到嘴裡去。我效仿她撕食藍眼睛花瓣。花瓣異香撲鼻，香得我腦袋都昏昏沉沉起來。我提醒女兒：

「青狗兒，這種藍花可能有毒，不要再吃啦。」

青狗兒斜著眼說：

「你嘴裡有毒！」

我因有把柄留在她手裡，不敢爭競。自我安慰地歎息一聲。人活到被黃嘴小兒欺負的地步，還不如死了好。

「你願意死就死！誰還捨不得你不成！」她一眼就望穿了我的心思，惡狠狠地激我。我想了想，人沒有點阿Q精神也不能活，被女兒欺負強似被外人欺負，立刻便心平氣淡，跟著女兒追擊蝴蝶去吧。

等到我醒悟過來時，我們已經置身於紅樹林子之中。

成群結隊的藍翅金邊大蝴蝶圍繞著我們飛舞著，那隻引我們進來的蝴蝶混進牠的族群裡，再好的眼力也難以分辨出來。這是一個蝴蝶的王國。如果蝴蝶想咬人的話，不出半分鐘我們就會被咬死。我們在外邊看到的紅樹好像也並不是什麼樹，而是一些介於動物和植物之間的東西，但也絕對不是珊瑚。我還是希望它們是植物而不是動物。我願意它們是樹。它們有女人胴體一樣光滑的枝幹，光滑而明亮。它們有章魚腕足一樣的枝條，輕軟又流暢。水生植物特有的腥味從它們身上煥發出來，它們的顏色瞬息萬變。女兒肯定地說：

「爸爸，我告訴你，這就是阿菩樹。」

「你怎麼知道這是阿菩樹？」

她詭祕地笑著說：

「那你就別管啦，反正這是阿菩樹。」

我膽怯地去撫摸那些柔軟如肉線的枝條。它們暴躁地飛舞起來，好像鞭梢一樣啪啪地脆響。有幾根枝條同時抽中我的臉，我的臉火辣辣地痛。阿菩樹瑟瑟地抖著，好像發怒的巨人。處在這種怪樹的包圍之中，我的膽都要嚇破了。女兒很老練地撫摸著那些柔軟的枝條，嘴裡發出羅羅的聲音。阿菩樹的顏色由青紫漸變為嫣紅，狂舞的枝條平靜了，只做波浪式的舒緩運動。四周都是濃重的水腥，但地面上並沒有水。潮濕的地上除了生有一叢叢的藍眼睛之外，還生有一種金黃的細草，這種金黃細草填補了樹間的空白，覆蓋著地面。我們的每一步都踩在這種金黃草上。草柔軟富有彈性，勝過了用優質羊毛精心編織成的地毯。

現在我們已失去了捕捉藍色蝴蝶的興趣。因為幾乎每一叢藍眼睛花上都立著幾十隻大蝴蝶，只要想捕捉，伸手即可捕捉。牠們的翅膀一閉一張，牠們的觸鬚一伸一屈。氧氣在牠們的肚子裡流動著，使牠們透明的肚子變成了水晶般的物質。

我隨著女兒往紅樹林子深處走。越往裡進美景越不勝收。我心裡有些忐忑不安。女兒興高采烈，看不出有些許畏懼。她是我的領袖，在這種神祕的地方。

後來，我們的面前突然出現了一片湖水，太陽和月亮同時在湖上留下它們的倒影。湖水呈濃厚的橘黃色，水面紋絲不動。阿菩樹的枝條直伸到水裡去，宛若無數根吸管。出現湖水之前，我們的腳下很鬆軟，彷彿水就在腳下。植物也比初進樹林時繁茂稠密，各種各樣的藤蘿像肉紅色的灌腸橫牽豎連，使我們每行動一步都很困難。常常有半米多長的肉棍子擦著我的面頰橫飛過去、豎飛過來，激起簌簌的風響。據女兒說，這叫飛蛇，有劇毒，被牠抽傷，皮肉腐爛，見骨而死。不過萬物相生相剋，只要是吃過藍眼睛花的人，飛蛇就不敢近身。我馬上回憶起，好像很久之前，我學著女兒的樣子，撕食香氣濃郁的藍眼睛花瓣的故事。可見這個孩子早就存心，我進入紅樹林子是她精心安排好了的。當時我很有些憤怒，直逼著她的眼睛看。她一眼就望穿了我的心思。笑著，露出幾顆被蟲子咬得千瘡百孔的牙，她說：

「你冤枉我啦！你要走你就走，誰也沒攔你。我要在這裡好好玩一玩，這裡多好呀。」

橘紅色的湖面上倒映著阿菩樹的影子，也許水底就生著阿菩樹呢。如果仔細觀察，可以看到，在水下的阿菩樹影中，游動著一群滿身刺翅、色彩斑斕、狀如氣球的美麗怪魚。牠們穿行在阿菩樹垂直的腕足之中。如果耐心地蹲著等，會看到牠們換氣時的情景：牠們浮到湖水的表層，這時牠們的身體膨脹到最大，色彩也最鮮豔。靜止一會兒。嗤嗤的噴氣聲響起，每條美麗怪魚的身體上都有四個孔往外噴氣，在水中沖激起四股疾速的水泡。與此同時，美麗怪魚像皮球一樣在湖水中團團旋轉。幾百隻、也許是幾千隻美麗怪魚在湖水中團團旋轉著。湖面上奇光散射，水珠迸濺，噴水聲匯成優美的音樂。一些藍色的小飛蟲飛過來，紛紛掉進湖面上這些閃爍著奇光異彩的小漩渦裡。美麗怪魚洩了氣，變成了癟皮囊，慢慢地沉到湖底。縣府資源考察隊的那位戴眼鏡的陳姑娘告訴我：這是魚類中一個從沒被發現的新種，世界珍貴稀有魚。她們把這種魚命名為：高密東北鄉彩球魚。這種魚的生存過程就是一個不間斷地充氣洩氣、浮起沉下的過程。她們認為，彩球魚浮到水面於洩氣的同時散發奇光異彩的行為的目的是捕食與交配。

在湖邊上，與縣府資源考察隊的邂逅使我們歡欣鼓舞。我們輪番擁抱著，興奮得流出了眼淚。

掐指一算，他們最後一天住在紅樹林子外邊的白色帳篷裡，彈著琵琶在帳篷外跳舞的情景，距今已有三年。那時我是他們帳篷裡的常客，他們逼著我給他們講述有關高密東北鄉食草族的歷史和有關紅樹林子的神祕傳說。我其實並無講故事的興趣，我的興趣是跟那三位女考察隊員接近，接近的方式是講故事。那三位女考察隊員一個賽一個的風騷，我已經坦率地說過一次。其實也不見得就是風騷，我所謂的風騷是指她們文化高相貌好，不拘小節，爽朗脆快，令人開心。她們在帳篷裡光著脊梁，只穿一條小褲衩：三個女考察隊員只穿著三條小褲衩，一條紅褲衩，一條綠褲衩，一條黑褲衩。褲衩都緊緊地箍在她們的大腿根上，越顯得六條腿修長油滑，好像六條大鰻魚。聽我講故事時她們出神入化，六隻大眼鋥亮，像六盞電燈泡子。那三個男人，一個帳篷外燒開水，一個持筆往本子上抄寫什麼東西，另一個用錄音機錄我的故事。這裡沒有男人的嫉妒心理也沒有不健康的情欲。如果有一點點情緒的騷動，那並不是她們的肉體引起，而是那三條色彩強烈的褲衩引起。後來她們就脫掉了褲衩，我穿著衣服反倒侷促不安起來；我不脫掉衣服就是對她們的侮辱，於是便趕緊脫掉衣服，大家都赤身裸體，無牽無掛，猶如初生的嬰兒。我把我知道的全講了，一邊講一邊整理撥高。她們對我的評價很高。她們說我所講的每一句話都增強了她們進紅樹林子考察的信念。臨行那天，我趕到帳篷邊為她們送行。但帳篷沒有了，地上只留下篝火的餘燼和一堆空罐頭盒子，一群黑螞蟻在搶食罐頭裡殘餘的魚肉渣滓。但我堅信她們是進紅樹林子裡去啦。

一個瞎子彈著三弦在縣城的青石板道上坐著賣唱，石板縫裡生著一些頑強的毛谷纓，蜥蜴在他腿縫裡休憩。他唱著一個小馬駒的故事，也唱著一個考察隊員在紅樹林子裡漫遊的故事。

她們邀請我們到帳篷裡去休息，吃東西。我正好感覺到既疲乏又飢餓，她們的邀請正合著我的心意。

女兒嘟著嘴，好像很不高興的樣子。因為碰到了這些朋友，我的孤獨感減緩，對女兒的依賴感也減輕。我的腰桿有些硬，說話的腔調裡又滲出了家長和主子的味道：

「青狗兒，姑姑們叫我們去帳篷裡去休息、吃東西，你去還是不去？」

青狗兒揀起湖邊那些有著刀鋒一般利刃的花花石片，憤怒地打擊著湖面上那些陀螺般團團旋轉、激起雪白水花、煥發奇光異彩的彩球魚。她打得很準，每一塊石片都注定要把一隻彩球魚打成兩半。破裂的彩球魚的腔子裡洩出花花綠綠的鮮血，漶在水面上。一股股腥甜的味道隨著破裂彩球魚的增多而濃烈起來。

「你去還是不去?!」

「去幹什麼？去看你們剝成光腚猴子耍流氓？呸！」青狗兒鄙視地說。

我分明記得，我與她們赤身裸體討論歷史時，青狗兒還是個吃奶的孩子，她何以得知？

青狗兒冷笑一聲說：

「要想人不知，除非己莫為！」

我的臉漲紅了。我無法否認，生養出這樣一個女兒是天大的不幸。

「你想捏死我？晚啦！」青狗兒緊逼著我的思想說。

她繼續著殘酷的行為：用尖利的石片把浮到湖水上交配的彩球魚打成兩半。

一位冗長臉兒修長眉毛嘴唇嬌豔肥大的女考察隊員跑過去，攔腰抱住青狗兒，把她舉起來，說：

「這是珍奇魚類，比鑽石還寶貴，要保護，不許殺害！」

青狗兒在她懷裡，瞪著眼說：

「這魚是你們家的？」

「這是國家的珍寶！」

「狗屁！」青狗兒出言不遜，罵道：「我殺了你這個臭婊子！」

青狗兒舉起石片，在考察隊員臉上剮出了一條大口子，嘩嘩啦啦往外流血。

女考察隊員舉起青狗兒，擲到湖水裡。一群彩球魚包圍上去。我嚎叫了一聲。要不是兩位女考察隊員拽住我的胳膊，我一定跳到湖裡去啦。她們說：

「這樣的破孩子要了幹什麼？」

她們像綁架一樣把我拖到架在湖邊的帳篷裡。那位臉上受傷的女考察隊員跟著我們進了帳篷。她的臉上還流血。兩位女考察隊員一個勁地揉搓著我的手，焦急地向我打聽著縣裡的情況，我說我統統不知道。受傷的女考察隊員打開保健箱，找出一塊長條形的橡皮膏，貼到傷口上。血不流了，但她的嘴巴被橡皮膏牽扯，呈現出溫柔的傾斜狀。我馬上回憶起若干往事。

三個女考察隊員不由分說地剝掉了我的衣服。她們自己也飛快地剝掉衣服，她們說：

「穿著衣服，總是妨礙說話。」

我確實有這樣的感覺：我們赤裸裸地坐在一起，我的心境立刻就變得異常寧靜而溫馨，逝去的往事像源源不斷的流水湧到了我的嘴裡，話語自動地跳出來，根本用不著我費盡心思去尋章找句。

正說得熱鬧，青狗兒渾身流著水站在帳篷門口，她手裡提著一條用阿菩樹的肉質枝條擰成的鞭子。她陰鷙地冷笑著說：

「臭婊子們！臭大糞！我就知道，你們只要鑽進帳篷就要裝神弄鬼！」

我又羞又惱，抄過一件汗衫就往頭上套。青狗兒攔腰打了我一鞭，幾乎把我打成兩截。

「今天，我要替俺娘報仇雪恨！」她咬牙切齒地說，鞭子在她手裡扭動著，由綠色變成紅色，由紅色變成紫色，由紫色變成藍色……

「青狗兒，我沒幹壞事啊！」

「丟人！」她一鞭把我手捧著的那件汗衫打成兩片，像用剪刀鉸開一樣齊的茬口。

「你睜開眼睛看看，這是誰的汗衫？」青狗兒嘲笑我。

我一隻手拿著一片紅色的汗衫，汗衫上洋溢著受傷的女考察隊員豐滿乳房的味道。

「你穿上衣服。」女兒命令我。

我穿上衣服。我一穿上衣服，女考察隊員就顯得侷促不安，紅暈上了臉，連乳頭都脹紅啦。她們也慌慌張張地找衣服。

女兒笑著說：

「爸爸，你看看我怎樣教訓這些臭娘們！」

她掄起毒蛇般的鞭子，瘋狂地抽打著女考察隊員們。一鞭一道血痕，一鞭一聲巨響。女考察隊員們被抽得遍地翻滾，鬼哭狼嚎。

我跪在青狗兒面前，替無辜的女考察隊員們求情。

她把鞭子纏到腰上，餘恨未消地說：

「滾起來吧，要不是我爸爸下了跪，我非把你們的屁股打成八百六十瓣不罷休。」

女考察隊員們都把頭埋在金絲黃草裡，她們的脊背腫脹，紅道紫道，赤身裸體就跟穿著花格子衣服差不多啦。

我轉眼看著腰束毒蛇鞭子、戧立著一頭亂髮、小妖一般的女兒，心裡洶湧著兩種感情：一種是對女兒的仇恨，一種是對女考察隊員們的深深的憐憫。我想，一個人要是喪失了人性，哪怕是個孩童，也會幹出比野獸凶殘百倍的壞事。

「對你們必須這樣！」女兒憤怒地駁斥著我的想法。

她不但監視著我的行為，而且監視著我的思想。早知如此，何不——

「你休想！我早就跟你說過了，你休想！」她拍拍腰間的鞭子，又補充道，「用李大媽的話說就叫做：『同志，晚啦！』」

女考察隊員們摟抱在一起，互相舔舐著身上的鞭痕，那一道道鞭痕就像彩色的奶油一樣被飛快地舔光啦。

她們美麗光潔的肉體重新展現在我的眼前，還是一個賽過一個的體態風騷、容貌姣好。

「阿姨們，你們快穿衣裳，我爸爸動了邪念啦！」青狗兒調皮地說。

女考察隊員用鮮紅的舌尖抵著嘴唇，慢騰騰地穿衣服。穿了小件穿大件，好像總也穿不完，好像要把全世界的衣服都套到身上一樣。

她們的態度轉變與我女兒的態度轉變都讓我迷惑不解。女兒在她們懷抱裡竄來竄去，摸摸這位的乳房，親親那位的脖子，好像女兒見了娘一樣。我孤零零地站在一邊，感到從沒有過的尷尬。

在離帳篷不遠的樹叢裡，停泊著三位男考察隊員的屍體，他們的屍體用一層層樹皮包裹著，翹首翹尾，好像三條小船。

我們跟隨著女考察隊員們尋找那種白色的小蘑菇時，發現了男考察隊員們的屍體。不唯我大吃一驚，連女考察隊員們也大吃一驚。據她們說，進了紅樹林子的頭一天，她們就與他們走散了。當時她們三人哭得死去活來，感到塌了半邊天。她們費盡心思尋找他們，自然沒找到。幾天後的一天，一架直升機出現在湖面上空燦爛的陽光裡，螺旋槳撲撲棱棱地旋轉著。直升機緩緩地降低高度，機器掀起的彩色狂風吹皺了湖水。三個女考察隊員都清清楚楚地看到失蹤的三位男隊員坐在直升機裡，她們興奮得哭了起來。直升機落地支架上綁著巨大的浮筒，看樣子準備在湖面上降落。

「後來呢？」我焦急地問。

腮上貼著膠布的女考察隊員歎息一聲道：

「直升機扎到湖水裡去了。」

「人哪？」

「飛機都扎了下去，人還能跑了嗎？」

「可是他們的屍體是誰打撈上來的？又是誰用樹皮把他們包裹起來的？」

「打撈他們屍體的人包裹了他們，包裹他們屍體的打撈起來他們。」

沒想到臉上貼膠布的女考察隊員如此巧妙地回答了我提出的問題。事情確實並不如我想像的那般複雜。

女兒跟女考察隊員的關係已經十分融洽。她在她們身邊穿來穿去，拍拍屁股抱抱腿，摟著脖子親親嘴，全是女孩子的鬼把戲。

我彎下腰去，逐一觀察著三位男屍的臉。樹皮色如松香，雖然很厚，但光線能透進去。這三個人無疑成了三個巨大琥珀的內核，千年萬年都難以腐爛了吧？難道這會是樹皮嗎？不是樹皮那些清晰的紋路如何說明呢？他們的神色都很平靜，看來被包裹之前他們並未遭受太多的痛苦。我用指頭彈彈，他們的外殼堅硬，發出清脆的響聲。

我們從阿菩樹下採了許多像大拇指那般大的潔白小蘑菇，放到一隻鋼精鍋裡，點燃了火。女考察隊員們用的火柴是她們自己製造的，火柴頭是硫磺顏色，火柴桿好像是阿菩樹的細枝做成的，充當木柴的，是包裹男考察隊員的那種像樹皮的東西。藍色的火苗舔著鍋底，一點煙也沒有。我們嗅著香噴噴的火味。鮮蘑菇的味道從鍋縫裡溢出來。

太陽又大又紅，貼近了湖水，成群結隊的天鵝從高空下降，落在湖裡。血紅的湖水和太陽的紅光交相輝映，把天鵝們都染紅了，牠們的脖子像一根根彎曲的紅腸。遠遠近近的阿菩樹也都鮮豔奪目。彩球魚浮到水面上，噴氣，旋轉。我生來還是第一次目睹這樣美麗輝煌的景色。

一位女考察隊員操著一架高級照相機，選取著不同角度，拍攝著落日、湖光、美樹、奇魚與夢幻般的大鳥。

太陽剛剛落進湖裡，月亮緊跟著就升起來了。月亮也大得出奇，紅得出奇，連月中的桂樹和樓閣也被紅色淹沒了。

白蘑菇的鮮美味道隨著月亮的出現越加濃重起來，差不多萬籟俱寂，我們聽到的只有白蘑菇在鍋子裡翻騰的聲音和間或響起的天鵝用蔥綠色的嘴巴攪動湖水的聲音。

一點點風都沒有，阿菩樹的枝條垂直吻地。漸升漸亮的月亮瀉下一派銀輝之後，萬物都失去形體，變成若有若無的樣子。阿菩樹赤色金屬般的影子。湖水裡天的影子和天上湖的影子。天鵝們彷彿冷凝了玉石，白影子印在紅琉璃上。

一片薄雲遮了月亮的時候，我們促膝坐在帳篷前的茸草上，女考察隊員給我和女兒講她們碰到的許多奇異而美妙的現象。我聽得入迷，女兒卻以連續不斷的惡作劇打斷女考察隊員的話。

那群我熟識的小話皮子們跳出來了。牠們的打扮一如既往：紅帽紅褂綠褲衩。牠們用尾巴拄著地，團團包圍著煮白蘑菇的鍋子。

一個小話皮子抽著鼻子說：

「好味好味真好味！」

小話皮子們齊聲喊叫著：

「好味好味真好味！」

一個小話皮子說：

「白蘑菇好吃鍋燙爪！」

青狗兒從女考察隊員膝蓋上跳起來，喊著：

「我來啦！找根棍子捅翻鍋！」

小話皮們一見我女兒，高興地舞蹈起來。也難怪，她跟牠們是老朋友啦。

女兒捅翻了鍋，圓溜溜的小蘑菇遍地翻滾，小話皮們蜂擁而上，搶著蘑菇，燙得吱吱亂叫。

女兒說：

「爸爸，我跟小話皮子們玩去啦。」

一轉眼，小話皮子們前呼後擁著青狗兒，隱進茂密的樹木與花叢，消逝了，從此之後便無影無蹤。

女兒在時，我們嫌她礙手礙腳，她走了我們卻乏味起來。

第二天早晨，我告別了女考察隊員們，去尋找青狗兒。女考察隊員們合夥寫了一封信，託我有朝一日得到進縣城的機會，轉交給縣政府辦公室。我生怕丟掉信，就把它牢牢地記在心裡——萬一丟了信，我可以把她們的信背誦給有關方面聽。

鑽進紅樹林子不到五分鐘，我就迷失了方向。阿菩樹那些密密匝匝擅發脾氣的肉質枝條就夠我受的了，地上竟又擁擁擠擠地生長出葉片如刀劍般上指、邊緣上排生著白色硬刺的劍麻般植物。儘管它們不是劍麻，但既然像劍麻，就以劍麻呼之吧。這裡的一切動植物都需要命名。也許是我見少識狹，少見多怪。劍麻的葉片比刀鋸還要鋒利，我盡量避開它們走，躲避劍麻時阿菩樹暴怒的枝條就抽打我的腦袋啦。我傷心地哭起來。空氣不流通，陽光射不進來，四周都是腥冷的氣息，茂密的植物裡不知隱藏著多少危險和祕密。左衝右撞了一陣，我絕望了，蹲在地上。聽著地表之下淙淙的水聲，我更加感到女兒的可貴。

「青狗兒，你在哪裡？」

「青狗兒，你在哪裡？」

有人在學我的聲音。

突然想起我的衣袋裡有過一包菸。果然摸到一包菸。過濾嘴都脫了，菸絲也揉搓漏了不少。火柴沒有三根，只有兩根。我劃火時很緊張。第一根廢了，第二根著了。

吸著菸，我翻來覆去思索著一個古老的問題：

「我們看到一朵花，紅色，有香味，大家都這樣說。難道這朵花果然就是紅色，果然就是有香味嗎？」

為了節省火柴，說錯啦，沒有火柴啦，菸還有十幾根。一根未熄便引燃又一根。正吸得迷迷糊糊，就聽到頭上一聲巨響。仰臉去看，發現了兩扇展開的寬闊翅膀。大鳥把我抓起來，用力一甩，我翻著筋斗著了地。

這裡又是一番景象，稀稀的樹木中間，搭著一些低矮的窩棚，窩棚的洞口都用寬闊的大樹葉子密封著。我小心翼翼地爬起來，穿行在樹縫裡，逐個竊聽著窩棚裡的動靜。每個窩棚裡都有低語聲議論的內容莫名其妙，好像與我無關，又好像與我有些牽連。女考察隊員們託我帶給縣政府的信在我口袋裡窸窸窣窣地響著，我急忙伸手按住了口袋。

窩棚口上的樹葉同時被掀到一邊，每個窩棚裡都發出了令人膽寒的喊叫聲。我沒有哲學頭腦，憑著下意識撒腿就跑。我在一圈震耳欲聾的喊殺聲中瞎碰亂撞，猶如一隻無頭的蒼蠅。喊叫聲不絕於耳，好像虛張聲勢。一冷靜，滿腦子裡沸騰著活命哲學、流氓哲學、寄生哲學等等，很多很沉。我抱著頭蹲在地上，看樣子好像是在進行哲學思考，實際上是嚇癱了。

持著槍刀和棍棒的人從窩棚裡陸續鑽出來。他們圍成圓圈，慢慢收縮，槍刀棍棒和他們的眼睛都閃爍出寒光來。為了避免不必要的犧牲，我仰面朝天躺在地上裝死。傳說中老虎是不吃死屍的，好漢也不打躺在地上的人。我堅信圍上來的人是一群好漢，我禱告、祈求一切在空中和地下遨遊的神鬼，保佑我遇到一群好漢而不是一群癩皮狗。

他們的腿高大粗壯，密密麻麻排列著，好似柵欄。

「死了嗎？」一個蒼老的聲音自言自語著。

「沒死。」我說著，折身坐起來。

他們用皮繩子把我捆綁起來。有一位大漢用遲鈍的刀背鋸著我的脖子，摩擦生電，電流在我的脊椎上飛竄著，我不由自主地弓腰縮頸，嘴裡放出怪聲怪氣。

他們哈哈大笑起來。

「你們要殺我嗎？」我膽怯地問。

「走吧，去見首長吧。是殺你還是放你，我們說了也不算。」

這時我才有心思去觀察他們。他們穿著草綠色的制服，跟人民解放軍的服裝有些相似，但絕對不是人民解放軍的服裝。前邊有一個大漢子引著路，後邊一群人簇擁著我，迤迤邐邐往前走。我們一直走在稀疏的林子裡，腳下經常被倒木磕碰著。看得出來，這林子曾經十分茂密過，之所以不茂密了是遭到人的砍伐。倒木的旁邊總是蹲著一些半人高的樹樁子，樹樁的茬口上生長著團團簇簇的紅木耳，遠看和近看都像鮮潤的花朵。這且罷了，還有一些蔥綠色的兔子蹲在樹樁上津津有味地啃木耳呢。

我也不知道究竟要走到哪裡去。這樣的不知目的長途跋涉每個人的一生中總要經過幾次吧？早走晚不走，所以我心平氣和，一邊走一邊欣賞眼界裡的風景，何必自尋煩惱呢？

我有理由認為行走到松林裡啦，而且有理由認為天已到了正午。強烈的陽光從稀疏的樹間直射下來，空氣中充溢著濃烈的松油味道。汗水洇濕了頭前帶路車軸大漢的綠制服，我發現綠制服經汗浸濕後，顏色深厚凝重，質地也像人民解放軍團以上軍官的雜毛料制服一樣，但絕對不是人民解放軍團以上軍裝的雜毛料制服。林子深處有篤篤的聲響，是不是啄木鳥在樹上鑿洞呢？

前邊出現了一個高大的土堆，好像一個大墳墓。我耳邊有一個善良的聲音說：

「孩子，別哭喪著臉，就要晉見首長啦，你應該面帶笑容，裝出十分幸福、十分歡樂的樣子。」

這一席話很耳熟，我確信這是真理，放之四海而皆準。是啊，為什麼要哭喪著臉呢？你難道不幸福嗎？

近前了才發現，這個巍巍峨峨的大土疙瘩是一座暗堡，周圍種著樹，土堡上插著草木偽裝，那些像老鼠洞一樣的窟窿分明是對外射擊的槍眼。

暗堡上開著一個拱形的門洞，門洞兩側立著兩株小松樹——其實是兩個持槍直立的哨兵，他們偽裝得太像啦。

遠處，黑色的樹冠收攏著上聳，宛若一股股靜止的黑煙。

引路的漢子對我說：

「立住，你！」

他彎著腰鑽進暗堡裡，再也不見出來。待著好久，跳出了一個穿紅色號衣的小男孩，他說：

「請你們進去呢！」

我們一個挨一個鑽進門洞，小男孩舉著火把為我們引路。地下布滿濕漉漉的卵石，卵石之間爬動著寄生蟹和蝸牛。淙淙的水聲彷彿在頭上響。生滿苔蘚的牆壁上，壁虎們排成紡錘圖案。好像一柄利斧劈開了我混沌的頭顱，我忍不住叫了一聲。

一隻粗糙的大手捂住了我的嘴巴，一個人對我耳語：

「委屈點，這是為了你好！」

然後他們把我抬起來。他們抬著我飛跑。跑得很不平穩。舉著我跑，我的額頭摩擦著門洞的牆壁、牆壁上的紡錘、構成紡錘的壁虎、壁虎癩癩疤疤的皮膚。

進入一個燈火通明的大廳，他們把我摔在地上，像摔一條死狗。

「報告團長，我們把奸細抓來啦！」他們齊聲說。

「每人賞黃金一兩，到財會處領去吧！」

我抬起臉，驚喜地看到，端坐在大廳正中太師椅上的，竟是在夢中見過千百遍的、像太陽一樣照耀著食草家族歷史的皮團長。與過去唯一不同的是：他的上唇上生出了兩撇尖兒上翹的八字鬍鬚。

「皮團長，您好啊！」我獻媚地說。

「我好不好關你屁事！」皮團長冷冷地說，「剝掉他的衣服，嚴格搜查！」

幾位彪形大漢從兩邊的站台上跳下來。他們首先為我鬆了綁。那根皮繩子一離了我的身體便緊縮起來，縮得只有手指頭那麼大。然後他們粗野地剝我的衣服，剝得我一絲不掛。皮團長身體兩側的那兩位半老徐娘死盯著我，使我很不自在。

一個大漢搜出了那封信，遞給皮團長。皮團長緊皺著眉頭，讀完那封信，憤怒地罵道：

「這三個黃毛丫頭，站著撒尿的母狗！滿紙荒唐言，拿去燒掉。」

左側那位女子接了信，走兩步，就著一枝火把引燃。信紙燃燒完畢，化成一隻灰白的蝴蝶，飄飄搖搖落在地上。

「檢查他的手腳！」皮團長發布新令。

兩個大漢把我按倒，一個掰著我的手指，一個掰著我的腳趾，認真地看。

我心裡很煩，但又不敢反抗。

「報告團長，手上沒發現蹼膜！」

「報告團長，他的左腳第四和第五之間有蹼膜黏連！」

我趕緊看左腳，果然發現左腳的兩根趾頭被一層粉紅色的皮膜黏連著。這是怎麼回事？

「抬到外邊去，閹掉他！」皮團長說。

明白了皮團長命令的本意，我大聲嚎哭起來。黑大漢用手捂住我的嘴巴。我掙扎著，咬著黑大漢堅硬的掌心。

「放開他！」皮團長命令。

我跪在地上，搗蒜般磕著頭，說：「皮團長，您高抬貴手，饒了我吧。我早就施行了結紮術，絕不會製造退化的後代啦！」

剛剛與我分別不久的爺爺從一道屏風後轉出來，向皮團長求情。

提著青銅鳥籠的九老爺也轉出來，向皮團長求情。貓頭鷹在籠子裡對我瞪眼睛。

許許多多我熟悉的人都轉出來向皮團長求情。

皮團長呷了一口酒，沉思片刻，說：

「我的心告訴我，不應該閹割你。但此地不可久留，呋喃呢哄，咹噢哩哽，咽喉吭。來到這裡不容易，讓你看幾天風景吧！」

彪形大漢幫我穿好衣服。

皮團長吩咐他右邊那位豔若桃花的中年婦女：

「霞霞，你帶他走吧。」

霞霞牽著我的手，拐了九九八十一道彎才鑽出暗堡。太陽當頭懸掛，天還是正午，門口戴著偽裝的哨兵和遠遠近近的松樹依然像一股股靜止不動的黑煙，在強烈的陽光裡。

霞霞是和善而美麗的女人，她牽著我的手，一句話也不對我說。我幾次鼓起勇氣想問她個究竟，話到嘴邊，卻吐不出來，憑感覺我知道她的手上也生著蹼膜。她的手指間黏連著粉紅色嬌嫩皮膜。因為自己腳趾間也生出了這種東西，所以，對蹼膜厭惡幾乎消逝乾淨，甚至竟有了一種對蹼膜的神祕好感。它傳導給我溫暖，傳導給我欲望，傳導給我曖昧晦澀的感情。

我反過來把她的手捏緊了，她輕微地呻吟著好像要向我表現她的痛苦和願望，美麗而憂悒的笑容像輕紗一樣朦朧著她的真實面孔。

她輕輕地說：

「你輕點，弄痛我了。」

我頓時感到極度的羞愧和惶恐，一群小話皮子在樹上嗤嗤地笑著。牠們從樹上摘下一些紅果子打著我們。紅果子飽含漿汁，濺到身上，好像鮮血。

霞霞揚起臉，罵道：

「你們這些小畜生！」

小話皮子學著她的話：

「你們這些小畜生！」

霞霞拖著我疾走，繞過一道高大的樹木屏障，眼前顯出一個用花朵和松枝妝點起來的、巍峨莊嚴的大門。門口有兩個身材魁梧的漢子，右邊那位手持梭標，左邊那位抱著一柄雪亮的大刀。槍頭下翹著紅纓，刀柄環裡懸著紅穗。

霞霞跟他們說我是皮團長的客人，崗哨不太滿意地嘟噥著什麼，放我們進了大門。

迎面就是一個紡錘形的大花壇，花壇裡不但有豔麗的花朵，還有青翠的香草。花壇後邊立著一尊高大的塑像，細細辨認才能從塑像的臉上看出皮團長的一些模樣。

後來就漸漸走下坡路，沒感覺到進入了地下理論上也進入了地下。眼界還是很開闊，一塊塊大石碑上都刻著歌頌皮團長的文字。這些東西對我並不陌生，可能我的臉上顯出了厭倦的表情。

霞霞捏我一下，說：

「累了嗎？」

她把我搡進了一個小門，然後關上門。房間裡游動著溫暖的黃光。

我畢竟不自在起來。她很寬容地說：

「我沒有那個意思。」

我羞得滿臉流火。然後我們緊傍著坐下來。她用手拍拍牆壁，我們面前便顯出了一片方闊的田野來。田野裡有各種作物和鏡子般明亮的水泊子。男女老少活動在莊稼地上，其中最引人注目的是一對青年男女。他們一起勞動一起唱歌。歌聲美妙動聽，洋溢著純真的愛情。每逢他們唱歌時，就有一些目光陰沉、年齡很大的人躲在植物的陰影裡偷聽。

「他們好像是壞蛋！」我說。

霞霞把一根手指壓在我嘴上，示意我不要隨便說話。

日出，日落；月圓，月缺。風雨雷電。植物飛速地生長。水泊子近在我們眼前，水裡的草、花、游魚俱清晰可見，新鮮的水味直灌我的咽喉。這一會兒是出奇的熱，蝗和螳螂在柔軟的樹枝上搏鬥著。兩個年輕人拉著手來到水邊，來到我們面前。我驚愕得想出聲，霞霞捂住了我的嘴。她鬆開我的嘴後，我連呼吸都小心翼翼。

他和她沒發現我們，儘管近在咫尺，儘管我的心跳聲十分響亮。他和她眼睛對著眼睛。女的眼睛裡有淚水旋轉時男的眼睛裡也有淚水旋轉，男的眼睛裡溢出幸福時女的眼睛裡也溢出幸福。

這是在戀愛嗎？是戀愛，冒著巨大的危險，還是一個流傳很久的故事，有出奇之處也有一般化的東西。兩人緊緊地摟抱在一起，互相咬著臉咬著耳朵咬著脖子，女的哼哼唧唧地、搖搖晃晃地癱下去了。一男一女躺在柔軟如毛毯的水邊草地上，靜止了一會兒，就打起滾來，把草地都壓平了，烏鴉呱呱地叫著。碧綠的青蛙爭先恐後地跳進泊子裡，水面上泛著漣漪，紅日壓住樹梢，傍晚十分溫暖。他和她背對著我們脫衣服，脫光了，兩個流光溢彩的裸體挽著胳膊，朝泊子裡走去。

我發現，他和她的手腳上都黏連著粉紅色的蹼膜。他們在泊子裡嬉戲，把一串串的水珠撩起來。他們游泳，水性好極了，自然是沾了蹼膜的光。他們在水裡打滾，摟在一起翻滾。日出，日落；月殘，月圓，田野裡的高粱收割了，秋天到了，泊子裡那些喜歡在夜間開放的白蓮花消逝了。白蓮花在明朗月光下堅挺著象牙一樣的花瓣，在閃爍的星光下如同白色的幻影。印象。白蓮花雖然消逝了，但白蓮花的印象不斷地在我腦海裡復活。有一天，她掛著水珠從泊子裡走上來，我發現她的小腹凸了起來，原先緊繃繃的乳房也肥大鬆弛了，乳頭周圍有一圈難看的黑暈。她懷孕了。她用樹葉子擦著肚子上的水珠，一道明顯的紅線從她的肚臍直上胸口，好像合縫的痕跡。他用細草擦著頭髮上的水，一群穿著草綠色制服——絕對不是軍裝——手持棍棒繩索的男人們從植物的陰影裡鑽出來。她驚慌地捂著肚子。綠制服們一擁而上，把他和她打翻在地，然後橫一道豎一道的綁起來。這事多嚇人。白蓮花在月夜和星夜裡的印象。他和她被分別拴在兩棵植物上。他的眼裡噴射怒火時她的眼裡也噴射怒火，她的眼裡流露絕望時他的眼裡也流露絕望。八個黑轎夫抬著一乘黃頂大轎，到了我們眼前。轎夫嘴裡的青草味道噴到我的臉上。轎前是兩頭驢，驢上馱著兩個乾瘦的小老頭，轎後緊跟著一群五色斑雜的人，有一個瘦猴身軀鬥雞眼小男孩，活活的像煞我們的以訓練貓頭鷹說話為後半生主要任務的九老爺。轎子打住，一人上去打起轎門上的簾子，身穿呢子軍裝、軍帽上插著一根高高飄揚野雉翎的皮團長弓著腰從轎裡鑽出來。皮團長一出轎就從腰裡拔出一管槍，對著草地放了一響，打起一蓬泥土，把所有的人嚇了一跳。皮團長掏出一張告示來，足足念了有四個小時。他從一千個方面來論證火刑的必要性。聽得我昏昏欲睡。傍晚時，眾人遵命往泊子邊搬運高粱秸稈，壘成一個留有空隙的秸稈的高台；為了便於引燃，高粱秸稈都淋上石油。那兩位赤身裸體的戀愛者被鬆了綁。他和她活動著被捆麻了的肢體，面色紅潤，情緒穩定。抬來了兩塊木板，命令他和她躺上去，他和她相視一笑，順從地躺上去。提來兩桶黃牛油，往他和她身上塗，翻來覆去地塗，塗了一層又一層。他和她積極配合，偶爾看到他和她的眼睛，眼睛裡溢出掩飾不住的幸福。月亮升起了，泊子像一面巨大的銅鏡。白蓮花宛若象牙的花瓣，印象，罩著一層縹緲的薄霧。皮團長坐在一把藤椅上，射擊著草地上的鼴鼠取樂。把他和她架到稭桿堆上，吹響了嗩吶，腮幫鼓得如皮球。四下裡點火，風隨火生，風助火勢。月光暗淡，看客的臉都如爐中即將燒透的鋼鐵。白蓮花的印象籠罩在一片粉紅色的縹緲霧裡。火勢沖天，連天都燒白啦。都憋著一股勁，屁都嚇下去啦。小話皮子們歡呼雀躍，在火光映照的草地上唱：

好味好味真好味，
加上茴香更好味，
加上蒜瓣去腥味，
還要捏上一撮鹽！

皮團長對準小話皮子們開了一槍，小話皮子們連滾帶爬地逃竄啦。火熄滅了，一縷縷白煙在銀色的月光下飄來飄去。人群像被一陣大風捲走，頃刻消逝得無影無蹤。

霞霞用生著蹼膜的手拍著我的腮幫子，拍得呱唧呱唧水響。我滿腦子都是火蛇飛躥，火，印象，與白色的蓮花，夢，印象，交織在一起。被閹割的男孩發出吱吱喲喲的聲音。

皮團長坐在藤椅上，把槍拋起來。槍在他頭上旋轉著下落，落到他胸前時，他便抓住槍把子，對著草地放一槍，用嘴吹散槍口逸出的硝煙。吹得淨盡，再把槍拋上去。

泊子邊放著兩塊血跡斑斑的門板，兩個五大三粗的黑漢子每人手持一把寒光閃閃的牛耳尖刀，神色嚴肅，佇立在門板旁。黑壓壓的光頭亂蓬蓬，猶如兩柱黑煙。

遠處，來了兩支驢隊，漸漸走近時，兩隊驢合成一支驢隊。每頭驢馱著兩隻偏簍，五十頭驢馱著一百隻偏簍。每只偏簍裡盛著一條男孩，一百隻偏簍裡盛著一百條男孩。男孩們的母親跟在驢隊後邊，嚎啕大哭；哭聲震動天地，黃桷樹的葉子在蕭瑟的金風裡嚓嚓啦啦地摩擦著。女人們個個蓬頭垢面，破衣襤衫。淚水沖洗著她們滿面的塵土。她們與驢隊保持著一定的距離，她們跌跌撞撞地跑著想縮短與驢隊的距離。

押送驢隊的男人們都穿著黃制服，雙手抱著白木托子土槍。當追趕驢隊的女人們逼上來時，他們就用槍托子胡搗驢腚，搗得驢們馱著孩子飛跑。孩子們在偏簍裡躥跳著，發出各式各樣的哭叫聲。女人們都直著眼，張著血盆大口，呼喚著自家孩子的名字。男人們都站定，威逼著她們不許再前進；女人們也站定，哭著嚎著，要索回她們的孩子。有膽大的衝上來，被黃制服男人用槍筒子戳回去。有一個女人雙手攥住了一桿槍筒子，死勁往下按。不知怎麼搗弄走了火，呼通一聲響，草地上騰起一陣煙霧，把奪槍的女人和持槍的男人都罩住了。

女人聽到槍響，撒腿往回跑，跑出一段，回頭看看沒事，又哼哼哈哈地哭嚎著追上來。

男人們把那個奪槍女人拴在樹上，回頭飛跑追趕馱著孩子的驢隊。驢們被槍聲驚擾，亂了營，噢兒昂兒長鳴著，驢蹄跑得密集宛若雨點兒，地上飛騰起滾滾的濁塵。女人們又發瘋一樣追上來。

到了泊子邊緣，驢隊自動停止，聚集成一圈，都舉著脖子，夾著尾巴，聳著耳朵，口嚼著白沫，呼哧呼哧喘粗氣。

皮團長命令一部分男人排開散兵線，阻擋住那些哭天搶地的女人；一部分把偏簍裡的男孩抱出來，放在泊子裡把腚上的屎尿洗乾淨。

這些男孩都是五歲左右，有胖的有瘦的有黑的有白的有俊的有醜的，相貌各不一樣。但有一點是共同的：他們的手腳上都生著粉紅色的蹼膜。

孩子們在水裡嬉鬧著，活像一群生下來就會鳧水的小鴨子。他們鬧著，不願上岸。黃制服男人硬把他們提拎上來塞進兩道用棘針條籬笆夾成的胡同裡。在胡同裡，男孩們自然而然地排成了一隊。棘針條籬笆的兩邊和兩頭都站著崗哨，崗哨很密，一個個槍筒裡裝足藥，食指摸著槍機，如臨大敵。

皮團長端坐著發布命令，闔割開始啦。他玩弄手槍的遊戲繼續進行。

兩個男人把一個男孩從籬笆胡同裡拖出來。

兩個男人把一個男孩從籬笆胡同裡拖出來。

關閉籬笆胡同。

關閉籬笆胡同。

男孩哭。

男孩不哭咬男人的手。

到一扇門板旁，把他按在門板上，一個按住胳膊，一個按住腿。

到一扇門板旁，把他按在門板上，一個按住胳膊，一個按住腿。

持牛耳尖刀的男人彎下腰。

持牛耳尖刀的男人彎下腰。

神情麻木。

神情呆板。

一刀旋掉兩只卵，很利索。刀子非常快。

一刀旋掉兩只卵，很利索。刀子非常快。

撒上一把黃土止血。

撒上一把黃土止血。

包上大樹葉子，用四根繩子兜住樹葉，繩子上端掛在脖上。

包上大樹葉子，用四根繩子兜住樹葉，繩子上端掛在脖上。

用刀尖把樹葉剜一個洞，排尿洞。

用刀尖把樹葉剜一個洞，排尿洞。

孩子哭著，兩男人抬著孩子，走過散兵線，擲在草地上。一個女人撲上來，把孩子搶走了。

孩子哭著，兩男人抬著孩子，走過散兵線，擲在草地上。一個女人撲上來，把孩子搶走了。

老婆哭孩子叫。

老婆哭孩子叫。

重複五十次。

重複五十次。

據霞霞說，這種為防止人種退化的集體閹割連續進行了四年，每年閹割一百條，四年共閹割了四百條。

我汗流浹背，嘴裡一股血腥味道。

當然，她說，單單依靠閹割男孩並不能根本解決問題。為此，皮團長是有長遠規畫的，但戰爭的爆發破壞了皮團長的計畫。先是內部戰爭。後是與洋人的戰爭。

我們親眼看到那四百名被閹割過的男孩風快地長大了；樹上的葉子由黃轉綠由綠轉黃由小到大等等。遍地落滿蠕蟲般的阿菩樹的花序，槐花的悶香從遙遠的地方飄來，地上的綠草柔軟而稠密，正適合打滾。我躺在柔軟而稠密的綠草地上打著滾，耳旁模模糊糊地有人說：你這裡賣酒嗎？酒店怎能不賣酒？適才那個小姑娘是誰？是我女兒！今年多大啦？一十六歲。叫什麼名字？滿堂嬌。有婆家啦？沒有！笛——笛——笛——剛才最後一響是高密時間十八點正。

十八點的太陽溫暖如火，色彩如血，湖、樹、草地新美如畫，猶如遲發的愛情，濃烈而淒涼。我們打著滾，漸漸長大。我們吃掉碰到嘴邊的一切植物，逢草吃草，遇樹吃樹。吃飽了就在柔軟而稠密的草地上打滾，骨頭、肌肉不間斷地膨脹著。我們生長著。那童年時代遭閹割的巨大恥辱像一道永遠難以癒合的深刻傷痕，銘刻在我們的記憶裡，一旦回憶起來就感到怒火沖天。這種情緒導致我們逢佛殺佛、遇祖滅祖，連天老爺都不怕。

一轉眼我們都長大了。我們從別人的容貌上發現了自己的容貌，我們沒鬍鬚，我們無喉結，我們聲音尖細，我們目光邪惡，仇視著那些男人和女人們。

轉眼又是春天，四百個身高體壯、不男不女的青年人躺在湖邊的草地上酣睡。我們在夢中聽到黃鶯挑逗春天情思的撩人鳴叫，阿菩樹的柔軟枝條猶如芳唇，吻著我們的臉。睡夢中我們怒火填膺，連肺都氣炸啦。

四百個人不約而同地跳將起來，大家都在進行著極端痛苦的回憶，那一刀鋒利感覺在胯襠間衝突著，宛若一股冰冷的旋風。大家彼此觀望著，每一張臉上的表情都是相同的：狂妄又惆悵。赤金般的目光移到湖面上，蓮葉捲成唿哨形狀，高挑出水面，鴨狀的水鳥漂浮在水面上猶如官履。目光又各個注視著同夥們的臉。湖那邊，被華麗的樹木掩映著的宮殿裡傳來了鬥雞走狗的喧鬧聲。

到了產生領袖的時刻了。

領袖是怎樣產生的？

領袖是這樣產生的：當四百個閹人怒火滿腔、滿腔的怒火鬱積成一股滾熱的岩漿時，我福至心靈地高喊了一聲：

「弟兄們，報仇去！殺死皮團長！」

我的話喊出口，他們停止了呼吸，用滾燙的眼睛盯著我的臉——這簡直就是一群紅了眼睛的餓狼，好像要撲上來活活吞掉我。雪白的牙齒在他們口腔裡交錯著，放出咯咯吱吱的脆響。嘴唇因為恐懼變得笨拙，我嗚嗚嚕嚕地再次說：

「受苦受難的弟兄們……你們不要這樣看我……你們這樣看我我心裡怯……我們共同的仇敵是那個肥胖的皮團長，是他把我們變成了這等模樣……男不男女不女的模樣……」

他們都把拳頭攥緊，高舉到頭上，挺直的胳膊上凸現著一稜稜的肌肉。一片肉的森林燃燒起明亮的火焰，好像是。如此矯健。如果振臂一呼，群起響應，揭竿為旗，折木為兵，那革命的形勢就成熟了，革命爆發了，領袖就產生了。因此領袖是革命的產物，革命是形勢的產物，形勢是閹割男孩覺醒。如此等等，難以盡述。

我被群情所激奮，目光明亮，喉嚨清新，肺部沒有陰影，壓抑不住的熱情化為冰冷的汗珠滾滾而去，我說：

「飽受凌辱的弟兄們，幾十年過去了，過去的這般快，猶如一股青煙。我們的肉體雖然不流血了，但我們的心還在流血。那血腥的場面彷彿就在眼前，那血腥的味道搐鼻可聞。我們的傳家之寶被浸泡在鹽水裡，日日垂掛著或是浮懸著細如毛髮的殷紅血絲。這是亙古未有的奇恥大辱。就是因為我們多生了一層蹼膜嗎？這是人種退化的標誌嗎？」我大膽地舉起手掌，迎著陽光，果然，那層聯絡著五指的膜像輕薄的紅綢一樣把陽光透過來。蹼膜上蛛絲般的細微血管根根畢現，交織成複雜的網絡圖。「這是人種的進步！這是人類的驕傲！親愛的生蹼的兄弟們！它賦與我們征服大海的力量，我們的同族兄弟已走向大西洋！要知道，當貪婪的人類把陸地上的資源劫掠淨盡後，向海洋發展就是向幸福進軍！」我把停滯在空中的手用力揮了揮，巴掌像五扇，搧起一股風，我莊重地吼叫：「皮團長是個劊子手，向劊子手討還血債的日子終於到了！」

群眾嗷嗷地叫著，簇擁著我，向湖對岸衝去。我們涉水過湖。弟兄們的蹼膜輕俏地劈開水面，水聲響亮，湖上飛濺著一簇簇潔白的水花。

在溫暖的湖水裡游泳是絕頂的幸福。水浮力很大，輕軟的水像鴨絨一樣摩擦著我們的肉體。

我們不是用肉體游泳，而是用精神游泳，我們用意念游泳。我感到溜滑的水面觸著我的肚皮，我們在水面上滑翔。一群群藍色的蟾蜍驚訝地看著我們。

很快就到達了湖的彼岸。眾人經過這一番愉快的水上遊戲，心中的火焰明顯減弱，從眼睛裡可以看出來。我煞費苦心地鼓吹著，喚起他們的造反精神。

范碗兒幫助我組織隊伍。他是一個圓臉的高大青年，嘴角上掛著愚蠢野蠻的笑容。實際上他聰明過人，他結結巴巴的講演極富煽動性，他說：

「弟兄們，你們看到那些哭喪著臉的騾子了嗎？牠們就是我們的倒影！是誰把我們由人變成了騾子？是皮團長！」

「打倒皮團長！」

「剝他的皮！剜他的眼！點他的『天燈』！」

一片褚紅色的胳膊森林在我周圍樹起來。喊聲震天動地，復仇之火熊熊燃燒。

我跳到一個高土坡上，不知羞恥地說：

「弟兄們！子曰：『名不正則言不順。』俗諺曰：『鳥無頭不飛，蛇無頭不行。』群龍無首即為烏合之眾，烏合之眾不堪一擊。為了造反勝利，我們必須推舉出領導人。大敵當前，刻不容緩，我毛遂自薦為閹割造反軍的司令官。」

群眾齊聲歡呼。唯有范碗兒臉上似有不悅之色。我暗中一笑，揮手平息群眾的呼聲：

「我任命范碗兒為副司令官！」

大家又是一陣狂呼亂叫，范碗兒嘴角上的愚蠢笑容又出現了。

我命令大家就地折斷樹木，武裝自己。一個小伙子在木桿上綁了一根紅飄帶權充旗幟。

我們鼓譟吶喊著，向樹林子深處衝去。一群群在地上尋找白蘑菇充飢的小話皮子驚惶地蹦到樹上去。牠們蹲在顫抖的樹枝上，用黑豆般的黑眼珠看著我們。衝進樹林約有一箭之地，我們就摧毀了一個用黃茅草搭成的窩棚，兩個看守窩棚的士兵被群眾亂棍打翻，也不知死活。窩棚裡有一排生滿銹的鐵刀鐵矛，還有一只盒子炮、一管雙筒鳥槍。刀、矛武裝了群眾；范碗兒得了雙筒鳥槍；我把盒子炮插進腰帶裡。

我命令造反隊員們貓下腰，免得中了皮團長隊伍的飛彈。范碗兒對我的命令不以為然，他在我背後咕噥著，大意是人類應該挺直腰板，不能像猩猩一樣弓著腰。我凶狠地把盒子炮舉到他的眼前警告他，如果不聽命令就槍斃。他啐了我一口，隱身到樹的陰影裡，不見了。

皮團長的宮殿就在眼前了。樹林由稀疏到一馬平川，宮殿門前的開闊地上兀立著一些粗大的邊緣上生著木耳的樹樁，每個樹樁後都蹲著一名士兵。他們的馬步槍架在樹樁上。一簇簇的藍眼睛花包圍著焦炭般的樹樁，也包圍著穿黃制服的士兵。景色真漂亮。皮團長沒有蹤影，只有一個小頭目站在士兵們後邊。他穿一身黑制服，沒戴帽子，蓬鬆著黑頭髮，好像一柱黑煙。他的手裡握著一隻黑色小手槍，槍口著天。

我的隊伍有些畏縮，隊員們狡猾地原地踏步走。互相看著眼睛，眼睛裡都冒出黑色的鬼氣。

「不許怕死！」我喊叫著。

他們乾脆就地坐下，有的揀草棍剔牙，有的捉肥胖的白螞蟻填牙縫。這群貪生怕死的王八羔子！臨到關鍵時刻，全部裝了狗熊。我用槍苗子敲著他們的腦袋，一敲就響。他們齜牙扭嘴，但屁股不動。范碗兒在樹影子裡冷冷地笑。

我頓時明白了：都是這小子在背後搗鬼。非給他點顏色瞧瞧不可！我提著槍逼近他，他端著槍逼近我。眼睛對著眼睛，槍口對著槍口。我膽怯了，但表面上還是很強硬。

「范副司令！」我諷刺道，「你本領不小哇！」

范碗兒掀著鼻子，輕蔑地哼哼著：「雜種！你有什麼資格當司令官？司令官應該由我來當！」

我被他的厚顏無恥激怒，對準他那張賊臉開了一槍。子彈出膛，被他一槍筒子撥到一邊去。他嘻嘻地笑著：「就憑你這點本事也要來指揮我？你被閹過嗎？你他媽的根本就沒閹過，你是混進來搞陰謀的狗特務！」

他一槍就把我打翻了。他的槍口噴出的黑煙像烏賊魚噴出的濃黑墨汁一樣把我淹沒啦。

在稠密溫暖的黑暗裡，我苦苦地思索著：我究竟被閹割過還是沒被閹割過？是僅僅從精神上被閹割了還是連肉體加精神都被閹割了？現在我痛苦地回憶起一個夢境：有一天傍晚，兩位手持白色剪刀、身穿鴨蛋青色服裝、分辨不清是男還是女的人，把我騙到一張彈簧床上，用粉紅色的、好像驅蛔寶塔糖一樣的藥丸餵我，把我餵醉了，他們就下了毒手，把我給閹割了。我至今牢記著那剪刀咔唧咔唧絞肉皮的可怕聲音和可怕的、巨雷滾滾的疼痛。

我相信這兩個穿鴨蛋青色服裝的人是皮團長一夥的，而且無疑是皮團長的親信。他們的技術麻利透頂，非久經實踐是達不到這般爐火純青的技術高峰的。

范碗兒取代了我的位置，指揮著大隊向前方衝去。那些樹樁後的持槍人悠悠地呼吸著，並不開槍，好像在等待什麼。

他們在等待什麼？皮團長被一群面容姣好的女人簇擁著走出宮殿。他對著我們看，鼻孔眼裡的黑毛伸出來，翹著，像山蠍子的尾巴一樣。他從腰裡拔出信號槍，對天放了三響，槍聲很悶，噗哧噗哧的，幽藍的天上飛速滑行著三個焦黃的火球，火球拖著白煙，彎彎曲曲如蛇蛻。

一陣槍聲，幾十名閹勇栽倒了。沒倒的打著滾翻著筋斗逃走了。皮團長率領著大隊人馬追了一程，就打道回營了。

這次起義就這樣簡單地被鎮壓了。準備起義像開玩笑，起義被鎮壓也像開玩笑。我簡直不敢相信那些弟兄們就死啦。一槍打中，一頭栽倒，蹬蹶兩下腿，有的連腿也不蹬蹶就死啦！

夜裡我們趁著星光去偷運弟兄們的屍體。大家已經把范碗兒打了個半死，掛在樹杈上晾曬著。他指揮失誤，不懂戰爭規律。領導這支隊伍的重擔天然地落在了我身上。我第一感到高興，第二感到緊張，第三感到膽怯，第四感到憂慮。造成這四大感覺的原因千頭萬緒，不允許囉嗦。星星的微光落在纖細的金絲小草上，亮晶晶的，煞是好看。我們一繞過湖邊的藍花花叢生之地就四肢著地往前爬行。大家白天見到了同伴的下場，所以都小心翼翼，不敢抬高身體，生怕中了槍子兒。

草地上爬行著很多鼯鼠，牠們身上有金色的細毛，毛尖上噼噼地放射著火星。有時牠們興奮，就飛騰起來。把幽暗的夜弄出一條條耀眼的光道。

早就該爬到死人的附近了，但沒見死人的蹤影。藉著鼯鼠的光明，我們看到了一片凌亂的大腳印和倒在腳印裡的細草，還有灑在草尖上的血跡。死人被搬走了。周圍很安靜，湖水安詳地旋轉著，魚兒在水底啁啾。

突然就見一輪金色的圓月高高地掛在寶石一樣的天幕上，花樹的倒影比花樹本身更迷人。我們不由自主地站起來，心裡充滿淒涼。遠方的一片熠熠汩汩的銀色亮光裡，放出嗚嗚咽咽的悲聲。我們垂著頭，順著臂，淚水浸濕了睫毛。這究竟是怎麼回事？

那裡的光明如燔，嗚咽之聲不絕如縷，像河裡緩緩流淌的水。頭戴花翎的大鳥在嗚咽聲中翩飛如舞。我們跪在地上，放聲痛哭起來。我們心裡空空的，一種空空洞洞的悲傷使我們放聲大哭。什麼都沒有，心裡什麼都沒有，不哭又能幹什麼！

趁著我們哭得神魂顛倒的時機，皮團長把我們全部俘獲了。

他命令把我們押到一道溝邊上，全部槍決。

突然又說不槍決了，要改為絞刑。

好多人舉著火把，在地上栽絞架。都板著臉，無一絲笑意。想想也是應該如此，哪有劊子手面帶微笑的呢？

絞刑架豎起來了，一大溜絞刑架一眼望不到邊，都像高大的鞦韆架一樣。這會兒脫不了死了。唉！我們都悲傷地歎了口氣。連手執粗繩套的劊子手也唉聲歎氣起來。

突然又說不用絞刑啦，改為活埋。

我們對皮團長的多變的命令感到憤怒又感到好玩。

那些人彎著腰，流著汗，呼哧呼哧挖窟窿。挖出了一溜大坑，一眼望不見底的深。跳下去就跌死啦，哪裡還用活埋？

又說不活埋啦。我們煩透啦，一窩蜂朝前衝，想跳進窟窿裡跌死算啦。那些人打著墜墜把我們拖回來。

我們活著，比死了還要難受。

他娘的皮團長，貓戲耍耗子好殘忍！

皮團長說：洋鬼子要來修鐵路，搶我們的好寶貝，我們要團結起來共同對敵。

他命令一個老頭把我們帶到一個窩棚前，發給我們每人一管紅纓鐵扎槍。

然後，一聲呼哨，我們就吶喊著衝上去，與腿如鷺鷥的洋鬼子肉搏起來。

洋鬼子逃跑我們追趕。洋鬼子放槍我們中彈。子彈頭冰涼冰涼，死勁往我們肉裡鑽。

我們統統死在曠野上。

夜色多美好。我不願這樣躺著，地下的潮氣令人難過。跳將起來，往前就跑；腿腳輕捷，想跑多快就能跑多快。我疑心這一切都是虛假的。但什麼是真實的呢？這個世界上什麼是真實的呢？

高密東北鄉神奇的湖泊裡，充足了氣的彩球魚在金光閃閃的水面上飛速旋轉著，彩色的蝶群波浪般翻滾著。

女考察隊員們在月光下工作，她們唱著歌：

翩翩飛舞啊一群蝴蝶
孤孤單單啊一隻蝴蝶
飛進藍眼睛花叢啊獨自彷徨

尋尋覓覓啊暗暗憂傷
淒淒涼涼遍地月光
裊裊婷婷阿菩成行
薄煙如幛路途斷絕
不知在何方啊我的故鄉

我無論如何也要死去了，即使是上帝伸出生滿金鱗的手挽留我，也動搖不了我的決心。

我又一次躺下，躺得很舒適，仰望著上方的星月。

女兒率領著那群可愛的小話皮子們來啦。她們採集鮮花裝飾我。花朵像山一樣壓在我的身上。

女兒問：

「爸爸，你還有什麼話要說嗎？」

小話皮子們一齊學舌：

「爸爸，你還有什麼話要說嗎？」

我問：

「青狗兒，你知道你娘的下落嗎？」

青狗兒嘲諷地說：

「新鮮新鮮真新鮮！你還能想起俺娘。俺娘來啦。」

我從花的縫隙裡，看到我老婆穿著一身破衣服站在我的屍體旁。她滿面怒容，在月光下宛若一塊微紅的鋼錠。你這個喪盡天良的反革命！她罵道，你忘恩負義，拋下一家老小，化蜂化蝶，到處拈花惹草，死了都尋不到家門，真是蒼天報應。地裡的野草長得比莊稼都高了，欄裡的牛羊瘦得像魚刺一樣啦，房頂上的青苔都比銅錢厚啦，院子裡淨是野兔子。你不管不問，要你這樣的丈夫還不如要條狗！嫁你這樣的丈夫還不如嫁匹貓。

我感到了深深的內疚。

「青狗兒，梅老師怎麼樣啦？」我問。

「爸爸，你臨死都不忘風流！」青狗兒說。

梅老師手持教鞭，站在我的屍體旁。她用教鞭挑開花朵，憂傷地看著我的面容。看一回，歎口氣，扭身就走啦。

我感到了難以排解的孤獨。

我想起了女考察隊員們託我帶給縣政府的那封信，便大聲吼叫起來。

青狗兒問：

「爹爹，你咋呼什麼？見到梅老師你又後悔死去了是不是？」

「不是！有一封信，應該託梅老師帶給縣政府！」

青狗兒說：

「那封信早在報紙上登出來了，你臨死都在夢裡！」

我被女兒打擊得就想撒手而去啦，但一句話梗在喉頭，不吐不快，便說：

「青狗兒，好女兒，你通仙入魔，古今中外，天文地理，色色都知曉，請你告訴爸爸，紡錘是什麼？」

「紡錘就是紡錘。」

「還有，人為什麼要生蹼呢？」

「人為什麼不要生蹼呢？」

她再也不搭理我，率領著那群小話皮子們到阿菩樹下採集藍眼睛花。她們飛快地挪動著小腿，形狀滑稽可笑。她們要用花朵埋葬我。

花朵越集越多，月光漸漸逍逝了，清涼的夜風中洋溢著的湖水味道消逝了。伴隨著我的是黑暗和令人窒息的花香。

我掙扎著往外鑽。鑽呀鑽，用力鑽。終於把腦袋伸了出來。

小話皮們驚呼著：

「青狗兒，爸爸鑽出來了！」

青狗兒說：

「人都是不徹底的。」

我認真思索著她的話。人都是不徹底的。人與獸之間藕斷絲連。生與死之間藕斷絲連。愛與恨之間藕斷絲連。人在無數的對立兩極之間猶豫徘徊。如果徹底了，便沒有了人。因此，還有什麼不可以理解？還有什麼不可以寬恕？還有什麼不可以一笑置之的呢？

我女兒是個了不起的好孩子，我真為她驕傲！

第四夢：復仇記

湖水動盪不安，在碧綠的月光下，翻騰著一道道田塍般的巨浪。他們逃出村莊，倉皇如喪家之狗，在綿密的、生滿倒鉤和硬刺的灌木林裡盲目地衝撞著，在陷沒膝蓋的泥濘裡掙扎著。後來他們穿越了窪地裡茂密的蘆葦，到達湖邊。湖水因為翻騰，湖底的淤泥和水草泛起來，所以有腥與臭的味道。月光下，湖裡浪花呈現一種淺淺的藍色，不知因為什麼原理。他們不約而同地在湖邊停下來，兩顆心合著同一的節奏跳躍，兩張嘴用同一的頻率喘息，至少我認為是如此。如此這般，月如冰霜，他們緊緊縮著脖子，湖裡溢上來的氣味塗在他們的感覺上，好像油漆一樣。

蘆葦在他們背後翻滾起來，前邊的彎下腰，後邊的直起腰——此起彼伏——宛若追逐著的長浪，好像要把他們驅趕到湖裡去。

我也不清楚是誰把我搡到蘆葦地裡去——幾秒鐘前我還在《生蹼的祖先們》裡和手上生蹼的梅老師摟著脖子親嘴呢，怎麼一眨眼就進了蘆葦地？墨綠色的蘆葦高大粗壯，「和尚」鳥紡織精巧的草窩窩一排排懸掛在蘆葦的莖葉上，羽毛未豐的鳥雛張著金黃的大嘴，等待著食物。有幾條竹節般的細蛇沿著蘆葦的稈兒往上爬，牠們很笨拙，爬到距鳥窩不遠的地方就跌下來，跌下來再往上爬。爬不上去，誓不罷休。這景象令我遍體起栗。我分撥著蘆葦，像擺脫噩夢般地往外逃跑？蘆葦冰涼黏膩，如同毒蛇？四周響起咯咯的鳴叫？是毒蛇在鳴叫還是和尚鳥在鳴叫？

我的童年時代，原來並沒結束。僅僅因為迷途，我就痛苦失聲。一道道凜冽的月光照耀著蘆葦，蘆葦上盤纏著的毒蛇都昂著頭，張著口，嘴裡叉舌飛快地點著，像一束束灼熱的小火苗子？蛇嘴裡冰涼潮濕的氣息噴吐到我的臉上，不由我不哭。

但我畢竟從蘆葦地裡鑽了出來，回頭觀望，那彎曲的長蛇因為憤怒通體發了亮，好像火舌的扭曲？映照得每一株蘆葦纖毫畢現。我本能地向著站在湖邊的兩個人靠攏過去。我看到他們的眼睛凝視著湖上並凝結了的奇異浪花，不由得眼睛也發直：淺藍的浪花緩慢地翻騰，沉悶如雷的呼隆聲在水底翻滾著，讓人感到湖面上隨時會騰起沖天的浪柱。

沉默片刻，我用一個指頭輕輕地戳了戳一個人的腰眼，兩個人同時飛快地轉過身來，好像我把他們嚇了一跳似的？四隻金黃的大眼惶惶不安地盯著我？我的身高不及他倆的膝蓋，可見他們身材高大，猶如兩株挺拔修長的蘆葦。

「你們是誰？站在這裡幹什麼？」我膽怯地問。我膽怯的問話一出嘴竟然氣勢洶洶，好像在審判這兩位高大的青年。

他們轉動著金黃的大眼看著我，麻木著臉，好像沒聽懂我的意思是……

在我的記憶裡，他們的衣服又短又瘦，釦子把釦眼撐得很緊，隨時都可能脫落。半截生著纖細毛的胳膊從袖子裡伸出來，四隻大手，一陣陣哆嗦著，像四隻傻呼呼的小動物。我還記得他們頭上生著柔順的黃頭髮，唇上生著柔軟的黃鬍鬚。總之在我的印象裡這是兩個處處顯示出侷促不安的心理狀態的青年。

那時候我重複著上邊的問話。

聲聲逼得緊，他們是非回答不行了。

「我是大毛。」

「我是二毛。」

「我是二毛的哥哥。」

「我是大毛的弟弟。」

「我們是雙胞胎。」

「母親一胎生了我們倆。」

「她一生下我們就死了。」

「我們父親這樣說。」

「是不是母親一生下我們就死了？這僅僅是個傳說。」

「也可能沒生我們時她就死了？這僅僅是個傳說。」

「她可能被人給強姦啦。」

「她可能被人給暗害了。」

「現在我們站在這裡看湖裡的風景？」

「湖裡的風景很好看？」

「看完了風景我們要到湖那邊去。」

「我們要游到湖那邊去。」

「我們的爹昨晚死啦。」

「他死啦還睜著眼睛。」

我聽說他們倆經常處於一種如醉如癡的狀態。你對我說過，從他們剛剛能站立行走那天起，他們的眼前，就週期性地出現一個陌生的女人的身影。她披散著頭髮，臉皮緊緊地貼在顴骨上，好像輕輕一劃就會綳裂。這個女人站立在黑暗的牆角上，悲悲戚戚地注視著他們。有時候她還會發出一聲奇怪的抽泣聲：咯——咯——咯——，好像患胃潰瘍的病人在飢餓時發出的聲音。每逢她站在黑暗裡若有所思地注視著他們時，寒冷便如潮滾滾而來，使他們的牙齒不由自主地叩擊。她是個什麼人呢？隨著年歲的增長，兄弟倆猜測到這個女人就是他們的母親。她有時候敞著懷，胸脯上的一道道抓痕怵目驚心，血腥味煥發出來，令他們的恐怖更加深刻。

在一個溫暖的夏夜裡，金黃的月光從破爛不堪的窗櫺間射進來。月光塗在烏黑的牆壁上，牆壁上伏著一隻翠綠的大肚子螳螂。牠高昂著頭，高舉著蜷曲的前腿，一動也不動。後來月光又轉移到房梁上，梁頭上懸掛著一只紫紅色的、落滿灰塵的紡錘。院子裡的野草梢上，蟈蟈們發出淒婉的叫聲，肉足的小獸在野草之間行走，走出沙啦沙啦的聲響。我聽他說那一夜兄弟倆同時從睡夢中驚醒，那一夜他們剛剛過了九週歲的生日，雖然他們的身高體重都超過了與他們同齡的男孩，但他們的心靈則較之同齡男孩要脆弱要單薄要幼稚。那個女人的魔影死死地糾纏著他們，恐怖壓迫了他們的心靈。他們同時驚醒是因為他們同時感覺到一隻涼涼的手撫摸他們的面孔，是他們同時嗅到了那隻手上的、像青蛙肚皮上的又冷又腥的氣息。

他們一骨碌爬起來，身體往後收縮著，縮到炕頭上後，兩個赤裸的身體緊緊地貼在一起。那個女人站在炕下，月光照著她青色的臉，好像磷火在燃燒。她冷冷地笑著，還噘起嘴，把浸人肌膚的冷風噴到他們臉上。

他們幾乎同時啼哭起來，那女人的影子褪入月光照不到的朦朧地帶，消逝了。

他們的爹把房門推開，走到屋裡來。爹從牆壁上的窟窿裡摸出火鐮、火石，噼噼啪啪地打著火，火星四濺，窸窣有聲。一盞豆油燈點亮，月光立即黯淡了。兄弟倆啼哭不止。他們的爹有些不耐煩地說：「半夜五更，不好好睡覺，嚎什麼！」

兄弟倆膽怯地望著門後的暗影，他們分明感覺到，那個女人就避在那裡，只要一滅燈，她就會走出來，用那隻彷彿生著潮濕蹼膜的手，撫摸他們的臉。他們鬼鬼祟祟的目光引起爹的注意。他猛地把門拉動，兄弟倆驚叫一聲，他們看到那女人的身體像一張薄紙一樣，緊緊地貼在門板上。

他們的爹卻什麼也沒發現，罵他們幾句，吹熄燈，爬到他們身邊睏覺。

「爹，她摸我的臉！」

「爹，她的手涼、黏！」

「誰的手？」爹說，「狗東西，誰的手？快睏快睏。」

那女人又站在月光裡冷笑著，青色的臉猶如一團鬼火。但是，他們的爹，已經呼呼地打起響鼻來。

後來，他們把那女人的事告訴爹，爹沉吟一會，說：「你們夢到了，你們的娘……」

我聽說這兄弟倆對親娘的感情十分淡漠，他們怕她，膩味她，想擺脫她，她卻無孔不入，無處不在，好像一股陰冷的風。

他們問：「爹，俺娘是怎麼死的？」

「你們的娘是病死的。」

我還聽說他們的爹是個黃眼睛的人，村裡有鄙諺曰：「黃眼綠珠，不認親屬。」他們的爹是個陰沉、邪毒的人。他們的爹把糧食換成白酒，每日都喝得半醉，嘴裡咿咿呀呀地唱。他們十幾歲時，聽到村裡的人喊他們的爹：四瘋子，學聲狗叫吧，給你兩毛錢！

他們像狗一樣長大了，誰也不知道他們的衣服是從哪裡買的，他們倆五冬六夏都穿著一樣的杏黃色衣裳，儘管衣裳上抹著污七八糟的髒東西，但依然是杏黃色。

有一天上午，他們的爹抓到了一匹老貓，拴在院子裡一棵蘋果樹傷疤累累的樹幹上。爹說：「你們好好給我看著牠，要是讓牠跑掉，我就剝掉你們的皮！」

爹提著一只筐子走啦。他們開始觀察那隻老貓。他們同時感受到老貓的陰森森的精神和牠對人類的難以消解的仇恨。牠蹲在樹下，眼睛裡的瞳仁忽而變長忽而變圓，跳蚤在牠的身上亂紛紛爬動著。牠用破碎的爪子抓搔跳蚤，往往把毛撕下來，往往把臉抓破，卻於跳蚤無損。後來老貓伸出舌頭舔背上的毛時，他們同時伸出舌頭舔嘴唇，他們同時產生了舔舔貓背上油光膩膩的雜毛的強烈願望。僵硬的舌頭在他們嘴裡笨拙地運動著，舌尖上漾開一股子香噴噴的藥味。他們互相打量著，但眼珠一碰，便清楚了，他們之間的感覺完全相同，產生的疑惑也完全相同。他們往前移動了一步，離老貓近了一些。蘋果樹上掛滿青黃葉片的枝條籠罩著他們。老貓眯縫著眼睛，沒有顯示出一絲一毫的驚慌，也好像沒有不愉快的情緒。他們大著膽子又前進了兩步，貓睜圓了眼睛，淒厲地嚎叫了一聲，嚇得他們腿如彈簧，腰似風標，飛一般逃出蘋果樹的陰影。喘息甫定，香噴噴的藥味又吸引著他們向老貓逼近。老貓暴躁起來，向他們撲來。牠的每一次瘋狂跳躍都被拴在頸上的鏈子給徹底粉碎，牠在地上翻滾著，牠用牙齒啃著那條鐵鏈。貓的背毛直豎著，香味從那兒來，誘惑也從那兒來。

他們找來兩根乾槐樹枝條，遠遠地站著，戳那貓的背，貓的憤怒到了極點，咬鐵鏈子、抓地、嚎叫、拉尿，但都無法制止這兩個黃頭髮男孩的惡作劇。他們把沾著貓毛和貓毛之油的槐枝抽回來。他們同時伸出舌頭，貪婪地舔著槐枝上的貓的油膩，舌頭漸漸柔軟啦。——這兩個男孩喜歡舔貓背的事村裡人人皆知。我聽說他們的這種癖好之後，感到很驚訝，找人去問為什麼，誰也不能回答我——他們把那隻老貓戳得半死不活的時候，他們的爹回來啦。

爹挎著筐，筐裡盛著胡椒、花椒、桂皮、茴香、芫荽、蔥、薑、蒜等等佐料。看到他們戳貓，爹竟然沒發怒，只是用眼睛斜了他們幾下子。爹找出蒜臼子，把調料搗碎。然後，爹走到蘋果樹下，對準貓頭，用包著豬皮的大鞋尖，猛力一踢。貓被踢飛起，在空中翻了兩個滾；貓跌落在地，在地上翻了兩個滾。仔細一看，貓頭破裂，貓眼珠迸出，貓鬍子上掛著血珠。他們的脊上有一股涼意，宛若小蛇在爬升。

爹把貓掛在樹杈上，進屋裡去了。兄弟倆趁著這機會，飛撲過去，伸著鮮紅的舌頭，舔著貓身上的毛。他們枯黃的小臉變得紅潤又鮮豔。爹站在背後，好奇地打量著這兩個黃毛小子的怪異舉動，狐疑之色濃重地罩著他的臉龐。

「你們要幹什麼？狗娘養的！」他終於怒罵起來。

感受到來自背後的威脅，他們戀戀不捨離開貓，四目晶亮地驚恐，注視著爹的臉。爹臉上的肌肉不自然地抽搐著。他們的嘴唇則細細地哆嗦著。

爹舉起一把生滿紅銹的牛耳尖刀，色厲內荏地說：「我宰了你們倆狗爹弄的、狗娘養的王八蛋！」

他們同時感到了疑惑。自從舔了貓背上的油膩之後，他們的腦袋就像剛灌注了潤滑油的機器一樣快帶地運轉起來，他們想：狗爹弄的？爹是狗嗎？

「你是我們的爹，你是狗嗎？」

「你弄的我們，你是狗嗎？」

問完話後，他們望著他，大大的眼裡放射著狡黠而凶狠的光彩。

他高舉著刀子的胳膊有氣無力地垂下來，嘴裡低沉地、飛快地咕噥著什麼。

他們第一次感覺到傷害了成年人的歡娛，所以，儘管爹在他們的屁股上各踢了一腳，他們還是感到惶惶不安的興奮。

爹把刀子放在磨石上蹭，呲楞呲楞的磨刀聲使他們牙磣，口水從牙根裡往外冒。

爹磨快了刀，開始開剝貓皮，貓的尾巴像旗竿一樣豎起來，貓身體悠來蕩去，爹無奈，又用拳頭把貓頭亂擂一陣，直到貓尾像條死蛇一樣垂掛下去才罷手。

他們看到爹把貓的熱呼嘟的內臟從腹腔裡拖出來時，感受到了翻胃的痛苦。爹提著貓皮和沾著血跡的刀子，站在離他們三步遠的地方。爹把貓皮掄起來，讓貓皮上的熱血和貓皮上的味道淋漓在他們臉上。

「你們這兩個狗養的，想舔貓皮嗎？」爹陰毒地笑著問。

他們咧著嘴，齜著牙，都把左腳半抬起，用腳尖敲點著地皮，顯出了一副焦慮不安的怪模樣。

爹掄著貓皮轉圈，越轉越快，越轉越快，然後一撒手，貓皮挾帶著腥風，飛越房脊，落到河裡去了。他們想著貓皮砸破青琉璃一樣的水面、激起淡藍色浪花的情景。貓皮旋轉著往河底沉去，血跡飛速下降，猶如一根根血線，直戳到金色的河沙裡去。青背的河鱉隱身在沙土中，只露著兩隻秤星般的小眼睛，死死地盯著那緩緩下沉的龐然大物。爹手裡的刀也滑脫出手，叭一聲釘在了門框上，薄薄的刀刃在門框上抖著，發出錚錚的聲響。

他們被這情景嚇得要命，一抬頭就跟赤裸裸的貓屍打個響亮的照面，貓眼裡射出的灰白光線與他們跳蕩如豆的目光相碰，他們畏畏縮縮地倒退著，一直退到背後是牆壁時才不得不停止後退。他們的身體在牆上蹭著，蹭得牆壁掉渣。雞窩在香椿樹下，離他們比較近，一群老鼠在雞窩裡蹦跳著，好像在歡欣鼓舞。

爹把貓屍放在剁菜的板子上——板子中心凹下去，成了一個坑——找出一柄大斧，剁著貓屍，剁得大一塊，小一塊；迸得東一塊，西一塊。爹臉上沾著貓的骨髓。後來爹又洗芫荽、切薑，往鍋裡添水，加佐料，蓋上鍋蓋點著火。爹命令他們蹲在灶口續柴燒水，爹說要是燒滅了就宰了他們兩個狗娘養的。

爹坐在門檻上，拤著刀子監視著他們。

灶裡的火焰發出噼噼剝剝的響聲，好像燃放鞭炮一樣。柴草潮濕，白煙從灶口一團接一團突出來，屋裡瀰漫著厚重的煙霧。兄弟倆趴在地面上，呼吸著新鮮空氣，聽著爹的頭在煙霧裡吭吭咯咯地咳嗽著，不免有些擔憂。他們手腳著地，慢慢地往屋外爬。剛爬過門檻，就聽到爹在罵他們。等到他們爬到陽光明媚的院子裡，直腰站起來時，爹已經獰笑著站在他們面前。

爹賞給他們每人一個響亮的耳刮子，然後拤著他們細長的脖頸，像老鷹抓小雞一樣把他們提拎起來，先摔大毛，次摔二毛，大毛二毛相跟著，跌在了鍋灶門口。爹說：「燒不開鍋就把你們填到灶裡去，狗雜種兩個！」

濃煙瀰漫，屋裡什麼也看不見。他們一個往灶裡續草，一個噗噗地往灶裡吹氣。爹在院裡邁著大步走動，嘴裡罵聲不絕。他們同時想到，應該往鍋裡加點什麼，加點什麼呢？四隻手在地上同時摸索著。大毛摸了一把土，二毛摸到了一塊乾燥的牛糞。他們互相看不到，但卻非常清楚地知道對方在幹什麼。大毛揭開鍋蓋，把土撒到鍋裡；二毛揭開鍋蓋，把牛糞扔在鍋裡。他們的臉上都浮現出愉快的笑容。

「幹得好！」一個女人的聲音在說。

他們非常恐懼地聽到煙霧裡有一個女人咬牙切齒地誇獎他們。

他們還感覺到那隻熟悉的、冰涼潮濕的、有一股青蛙肚皮味道的手在拍打著他們生著稀薄黃毛的頭皮。他們恨不得把腦袋縮進肚皮裡去，來逃避這可怕的撫摸。

這時鍋裡的水沸騰了，貓的破碎屍體隨著水浪翻騰，骨頭茬子擦著鍋邊，發出嚓啦嚓啦的聲響。

貓肉的香味從鍋蓋與鍋沿的縫隙間溢出來，他們同時抽動著鼻翼，唏溜唏溜的，好像感冒了。

爹揭開鍋蓋。銅錢般大小、金黃色油花子浮在水面上團團旋轉。爹把切成寸段的芫荽梗子拋撒到鍋裡，刷刷地響。芫荽梗經開水燙了，變成驚人的翠綠。

濃煙漸漸消散，顯出黝黑的牆壁和流油的房笆。爹臉上油汗淫淫，眼睛裡濁淚汪汪。

爹喝酒，吃貓肉。他們倆坐在灶口，胳膊摟著赤裸的膝蓋，下巴擱在胳膊上，呆呆地看著，他們的腸胃吱喲吱喲地鳴叫著。

爹把一塊塊啃得不乾不淨的貓骨頭扔到他們面前，用煥發神采的眼睛看著他們，好像在期待著什麼。他們冷漠地看著慘白的貓骨，肚子裡吱吱地響。

那個婦人的身體緊緊地貼在牆壁上，愁苦不堪地望著他們。這是多年前的事。

「你們的爹死了，為什麼不在家守靈？你們慌慌張張跑到這裡來，身上帶著一道道傷痕，可見跑得非常急，有豹子追趕你們嗎？」

他們頻頻地點著頭，好像對我說，確實有一隻五彩斑斕的大豹子追趕過他們。

「現在你們要到哪裡去？」

「我們要到湖那邊去！」

「我們要游過湖去！」

「湖那邊有好吃的鮮果。」

「湖那邊有好看的風景。」

說完話，兄弟二人便往湖水裡走去，湖水開始僅僅淹到他們的膝蓋，他們的腿抬得很誇張，宛若兩隻在雪地上行走的公雞。水面綻開一朵朵渾濁的浪花，但無聲無息。

水越來越深，淹到他們的臂膊了，站立行走，已經很吃力，他們隨時準備伏下身去鳧水前進啦。

「等等我！」我呼叫著，背後蘆葦地裡浪潮般湧來的巨大恐怖推著我，「等等我，我跟你們一起走，我也是個無家可歸的人。」

已離開湖岸十幾米遠的二兄弟停下來，同時扭轉脖子，瞭望著站在岸邊、身體前傾的我。我聽到他們倆低聲交談了幾句，看到他們向著我舉起他們的黏連著粉紅蹼膜的手——這突然的發現使我心如刀絞，一股溫暖的血把全身的皮膚都烤熱了。我不顧一切地衝進湖水。衝過去，插在他們之間，由他們的左手和右手攙扶著，我們往前走了幾步，當湖水浸到我的脖頸時，我們齊齊撲倒，湖水立即托住了我們的肚皮。我們在水中很淒涼很幸福，彈性豐富的魚嘴巴唧巴唧地啄著我的那個凸起物，使我的感覺在那兒形成了一個焦點。

半夜時分，我們站在湖對岸柔軟的草叢裡，任憑著身上的水珠吐嚕吐嚕往下滾動，我們的身體上煥發著輝煌的釉彩。闊大的棕櫚葉子，在晚風中微微搖擺著，暗影婆娑，恍若美人。回望湖對岸，一片淡青色的迷霧從蘆葦叢中升起，並逐漸往湖面罩過來，蘆葦外邊，也就是迷霧屏障的後邊，傳來咣咣的狗叫聲，那裡就是我們的村莊。

我們手挽著手，沿著湖邊徜徉。究竟要幹什麼？為什麼到這裡來？我完全不清楚。我只是感到夾在這兩個高大健壯的肉體之間，是安全，是屏護，是一種終極的目的。

我們漫遊到天亮，身體變得像冰一樣涼。東方紅時，他們的身體哆嗦起來，他們的哆嗦通過緊抓住我的手傳導到我的身上，我也哆嗦，合著他們哆嗦的節拍，在哆嗦中我們變成了一個整體。

對岸的狗狂吠不止，鑼聲急急，槍聲如尖刀劃破挺括的綢緞。我真切地感受到了他們的畏懼心理，知道他們急欲尋找避身的場所。

一道壁立的懸崖，從半腰裡垂掛著一大蔓開著星星點點黃色小花的藤蘿，我們猶豫了一會兒，直著眼觀察那些黃色小花，它們在薄曦中閃爍著，好像一堆眼睛，一股淡雅的幽香，從容不迫地侵入我們感情深處最黑暗的地方，把那裡照耀出昏黃的光暈。

撩起藤蘿，不怕尖硬的刺兒扎手，我們鑽了進去。這是個巨大的岩洞，像天方夜譚的境地。黑暗中有咻咻的鼻息聲，一群群蝙蝠在洞裡飛舞著，肉質的薄翅震盪空氣，發出嗡嗡的風聲。

他們點燃了松明——松明插在牆壁上。火焰抖動，像豔麗野雞的尾巴。一切都準備好了：用乾草搭成的鋪，磨得鋥亮的切菜刀，盛著五顏六色粉末的瓶瓶罐罐。洞壁上懸掛著一些死人毛髮般的植物，空氣是潮濕的，洞頂下垂著的奇形怪狀的鐘乳石上，緩慢地形成著大滴的水珠。洞壁上稍微平滑一點的地方，都有用粉筆畫出的符號，也有一些歪三斜四的漢字摻雜在符號裡，不用心看是看不出來的，用心看是能夠看出來的：全是些咬牙切齒、恨入骨髓的刻薄歹毒話。

我們坐在鋪上，隨隨便便地坐著，肌肉卻緊張得像鋼條一樣。陽光從洞口的藤蘿縫隙裡射進來。洞外嘈雜聲起，人語，狗叫，狗頸上的鏈條索落落地響，槍聲像爆竹一樣。

「是來抓我們的。」

「是老阮的狗叫。」

「是老阮的槍響。」

「老阮帶著狗和民兵來搜捕我們。」

「他想斬草除根。」

「爹臨死時是怎樣說的？」

我聽到他們在回憶著爹臨死的情景：

前天晚上，爹搖搖晃晃地走進家門，一跨過門檻，便栽倒在地。血從爹嘴裡咕嘟咕嘟冒出來了。我們從睡夢中醒來，我們從棲身的草堆裡鑽出來，把爹抬到炕上。爹身上的臭蒜味道熏得我們頭暈眼花。我們討厭爹身上的味道，我們討厭爹黏膩的肉體，我們感到這個爹與我們格格不入，我們與他之間彷彿有著難以排解的宿怨，無恨不結父子，無恩不結父子，無仇不結父子！爹是什麼呢？拳打腳踢，臭氣熏天，深仇大恨，爹和兒子是這種可恥的關係，我們為什麼還要抬他？我們把爹抬到炕上，我們厭惡地看著從他嘴裡滾滾湧出的、腥臭如同蝦醬的黏血，其實是束手無策、無可奈何。爹臨死也不忘仇視我們，用他的大黃眼珠子仇恨地斜視著我們，一貫的奸邪笑容掛在他的臉上，一個人的肚子裡究竟有多少血？其實是無窮無盡，這是爹用他的實際行動告訴我們的，真理？血的潮流洶湧，從爹的嘴巴裡湧出，湧出湧出略有間斷繼續湧出，炕上血泊，匡噹匡噹響，好像一輩子的深仇大恨，都在湧出。隨著湧出湧出湧出湧出，爹的臉由蠟黃漸漸化為雪白，好像一隻屙盡了腹中屎、生就了全腹絲，準備上簇的大蠶。他彎曲著昂起頭，三昂方起，他說：大毛、二毛，你們兩個聽著，十八年前，老阮把你們的娘強姦了，這個仇，我報了一半，剩下的一半由你們去報。狗操得你們，你們要去把老阮幹掉！你們要是不幹掉他，他就要幹掉你們。你們過來……你們過來……把你們的頭伸過來……我們膽怯地把頭伸過來，他嘴唇上的血沾到我們臉上，沾到我們臉上，永遠洗不乾淨的恥辱沾到我們臉上……他用他的鋒利的指甲，在我們臉上狠狠地剮著，剮破了我們的皮肉，流出了我們的鮮血……他一仰脖子死啦……這時我們看到了老阮那張臉，那張擠扁了的臉，那張像水蛭的吸盤一樣的臉……我們奪路逃跑……我們聽到老阮在喊：孩子們，別跑，我不會害你們……我喜歡你們……他可能要吸我們的血……是的，他想剝掉我們的皮，把我們的心肝挖出來，用刀子切成小方塊，撒上鹽粒，拌上蒜泥，加上薑絲，當酒肴……我們快逃，我們感覺到湖這邊是平安的……

狗叫、狗脖子上的鎖鏈抖響、槍聲、雜沓的腳步聲，又到了洞口外，老阮啞著嗓子吼叫：大毛二毛，別怕，我想給你們找點好事……你們的娘是個好女人……

我聽說有一年冬天，將近春節吧，天氣十分的寒冷，連日鵝毛大雪，後是零星小雪，然後又是鵝毛大雪，地上積了厚厚一層，村東頭蘋果園裡，樹冠積雪重重，都像大饅頭一樣。樹枝喀巴喀巴響著，寒風在河道裡呼嘯著，凍結了的河裡，冰塊響亮地崩裂。那年夏天，上級號召「大養其豬」，老阮派人去六蓮山區買回了九百頭瘦猴一樣的野豬，關在蘋果園外那一排土坯房裡飼養。他們的爹被老阮派去養豬，那群野豬從買回來關進土坯房第二天就開始死亡。有時每天死一隻，有時兩天死兩隻。如果有一天不死，第二天必定會死三隻或四隻。土坯房旁邊新蓋了三間磚屋，磚屋裡安著兩只大鍋，壘了一鋪大炕，炕上睡著三個飼養員。那年頭當飼養員是美差。他們的爹能被老阮——阮書記從全村一千口人裡選來當飼養員，可見阮書記對他們的爹印象很好。秋天開始不久，黃豆收割了，紅薯也挖出來啦。大垛的黃豆就垛在磚屋旁邊，大堆的紅薯就堆在黃豆垛旁邊。

深秋的夜晚，垂死的秋蟲在枯草叢裡啁啾著時，村裡的軍號聲就響起來了。軍號聲像牛叫一樣，吹軍號的小伙子名叫沫洛會，個子矮小，一臉疤瘌，出身貧農，跟在阮書記身後，像個小警衛員一樣。沫洛會的軍號斜挎在膀子上，軍號脖子上的紅纓絡垂到他的膝腕，忽閃忽閃，很是好看。沫洛會跟在阮書記身後，肩上扛著一桿鐵扎槍，扎槍脖子上的紅纓絡忽閃忽閃，很是好看。

每到晚上秋蟲叫起來時，大灶裡的火就噼噼叭叭地燃燒起來。灶膛裡的火影子投射到牆壁上，像灰蝶一樣撲棱著，很是好看。他們蹲在牆根上，目不轉睛地盯著灶膛裡的火。灶膛寬大，煙囪高大，天高氣爽，金風浩蕩，火勢很旺，灶裡的火燃出一派風聲，屋裡一點點煙都沒有。灶裡塞著乾透了的桑樹疙瘩，燒桑木的味道實在是好聞極了。

鍋裡煮著，如果不是黃豆就是紅薯。他們蹲在那裡，等待著不是吃黃豆就是吃紅薯。

豬們在土坯房裡嚎叫著。有一隻豬嗓門淒厲，叫起來跟女人哭老公完全一樣。這隻豬的叫聲像鋸子一樣割著他們的心。

是的，每天夜裡，十點多鐘光景，他們用紅薯或黃豆填滿了肚皮時，阮書記就晃晃蕩蕩走來了，沫洛會扛著紅纓槍跟在後邊，很是好看。這時候，也注定是他們依偎在灶門口，昏昏欲睡的時候，灶膛的餘燼烘著他們赤裸的背，舒服極了。另一個灶膛裡的火熊熊燃燒起來，灶膛裡燃燒的除了桑樹疙瘩還會有什麼！乾枯的桑木被燒得滋啦滋啦冒白油，偶爾也會有一隻桑螵蛸被燒焦，撲鼻的香味淡淡薄薄地散開，很是好看。越是夜深，那火焰越旺，那火光越亮，他們的小臉膛像金子一樣，眼睛像寶石一樣，很是他娘的，好看極了！他們聽到風在煙囪裡呼呼地響著，他們看到暗紅的火星從煙囪裡躥上去。

鍋裡的豬唧唧咕咕地叫著打滾，好像活了一樣。阮書記進了磚屋後就坐在那張專為他擺設的凳子上，沫洛會抱著紅纓槍倚著門框站著。

老阮脫掉鞋襪，將兩隻彎曲得像雞爪子一樣的腳放到灶口烤著。

他們的爹笑嘻嘻地問：「阮書記，您見天烤桑木火，腳痛一定輕了不少……嘻嘻嘻……」

「輕個屁，越烤越痛！」阮書記罵道。

身材高大、白鬍鬚、練過武功、學過中醫、會捏骨順筋、能打胎治陽痿的王先生說：「阮書記，您只管烤，《本草綱目》上寫著：手足風濕痙攣用桑木火烤之，百烤百驗！」

「烤豬蹄！」

「烤豬蹄子！」

「這兩個狗雜種！」阮書記惡狠狠地罵！

「這兩個狗操的雜種！」他們的爹惡狠狠地罵著，好像他比阮書記更恨他們，「狗雜種，驢日的，什麼王八蛋做出了你們這兩個東西，快去，舔舔阮書記的腳後跟去！」

他們看著阮書記那張油光閃閃的大臉，心裡充滿仇恨，爹用粗糙的大巴掌搧著他們光溜溜的頭皮，逼他們去舔阮書記的腳，他們心中的仇恨更重。

他們爬到阮書記腳下，伸出舌頭舔著那兩隻臭烘烘的腳。阮書記舒服地哼哼著。——從此之後，他的腳就癢，奇癢難捱，只有他們兩個的舌頭舔過，阮書記的腳癢才能忍受。

冰天雪地使村莊的暗夜增添了無數的情趣，增添了無數的神祕氣氛。黑暗在積雪之上懸浮著，貓頭鷹躲在積雪的樹冠裡呼嘯著。他們一如既往地把背靠在桑木火的餘燼裡，抱著膝蓋。阮書記帶著沫洛會，準時出現。一進屋，老阮就抖動肩膀，跺腳，他的皮靰鞡上沾著污濁的雪泥。他們看著那兩隻熊掌般的大腳，目光穿透靰鞡，鼻孔裡記憶復活，心裡滿是臭烘烘的味道。

「這個婊子養的！」老阮跺著腳罵，「這個不繫褲腰帶的婊子！」

屋裡的人都不吱聲，靜靜地、仔細地捉摸著阮書記罵語裡的味道。

爹的雙眼血紅，嘴唇哆嗦著，猶猶豫豫地、異常陰毒地罵道：「該把這個婊子的×剜下來，把那婊子招得嫖客的×旋下來，扔出去餵狗！」

老阮臉皮紅了紅，打著哈哈說：「老哥，你發什麼狠？你知道我罵什麼？我是罵這下雪天哪！」

王先生從大炕上摸過一把磨禿了的笤帚疙瘩，殷勤地撣打著阮書記肩頭的積雪，說：「他罵那頭母豬哩，牠起圈啦，那家什腫得像顆紅桃子，引逗得那些騸去蛋子的豬都把『鑽頭』伸出來啦！」

老阮笑啦，說：「趕明兒找頭種豬給牠配種就是！」

爹說：「這個婊子，我用樹枝子戳爛了牠！」

「老哥，那可不行，你要擔破壞『大養其豬』的罪名！」老阮說。

土坯房裡的豬嚎叫起來，簡直不像豬叫，簡直就是野狼嗥。他們傾聽著豬叫，腦子裡連續地出現一些不連貫的畫面，宛若一蓬蓬水草，宛若一尾尾鰻魚，宛若一條條褲子，宛若一根根褲腰帶，宛若一簇簇魚尾撩起的浪花。

「外邊還下雪？」王先生巴巴結結地問。

「唔。」阮書記魂不守舍地說著，他的眼睛裡迷濛著一層薄霧。

爹的眼睛裡也迷濛著一層薄霧。他們感受到了這層薄霧的性質，他們看到這兩個男人在回憶著同一件往事，一件與他們哥倆密切相關的往事，他們又一次感到恐怖。

「瑞雪兆豐年呵！」王先生頗有幸福感地說。他揭開鍋蓋，用一柄鐵叉戳煮在鍋裡的死豬的肉。鐵叉戳在豬的腮幫子上，滋滋地響，拔出鐵叉，血水冒出來。

「還不爛。」王先生說，「你烤著腳等一會吧。」

阮書記說：「急什麼！老長的冬夜，慢慢煮著吧。」

王先生忘了蓋鍋蓋，死豬在鍋裡微微抖著，熱水翻著浪花，豬耳朵浮著，像荷葉一樣。

阮書記脫掉鞋襪，把兩隻大腳湊近火焰，烘著烤著，那癢就鑽了心。

「兒子們，來給乾爹舔腳啊！」老阮說。

他們實際厭惡老阮腳上的味道，畏縮著身體往後退，想逃避這苦差事。他們的爹擰著他們的耳朵說：「狗日的雜種，快去舔吧！」

爹的堅硬的手指像鐵鉗一樣夾著他們的耳輪，毫不客氣，一絲一毫不放鬆，他們歪頭咧嘴——一個嘴往右上方咧，一個嘴往左上咧。

他們跪在阮書記腳兩邊，伸著嬌嫩的紅舌，呱唧呱唧地舔著臭腳。淚水在他們的眼眶裡打著轉。

後來，他們漸漸適應了老阮腳的味道，舔腳的時候不噁心啦，眼裡也不噙淚花啦。那味道充斥腦海，像彩雲般滤散開，形成金色的、流著香油的誘惑。像在夢裡一樣，他們不約而同地張大嘴巴，狠狠地咬住了老阮的腳背。

老阮嚎叫著，從座位上彈起屁股，站直身體——痛楚又墜彎了他的腰。屋裡的人呆呆地看著這場戲。他們的爹在油燈昏黃的光輝裡甜蜜地微笑著。

老阮晃動著身體，試圖把兩條腿拔出來，但他們緊抱著，緊咬著不放。老阮歪歪扭扭地跌坐在地上，痛苦把他打倒了。

沫洛會猛醒，用槍桿子把他們打開了。

他們又緊緊地靠在一起，四隻眼睛亮晶晶的，好像鬼火一樣。

老阮的腳背上鮮血淋漓。他呻吟著，坐在板凳上，臉上的表情好像要哭。

沫洛會用紅纓槍的鐵矛頭敲打著他們的與瘦身子相比顯得龐大的腦袋。他們本能地舉起手遮護腦瓜子。槍頭打在他們的手巴骨上，咯崩咯崩響著。

王先生臉色灰白，山羊鬍子哆嗦著，說：「啊咦！啊咦！這兩個不懂事的毛孩子……」

爹悠閒地抱著膀子，看著雙腳流血的阮書記，看著正遭受著沫洛會毒打的孿生兄弟，完全是一臉微笑，好像一切都與他無有關係。

阮書記盯著爹的臉看，雙眼像錐子一樣。

爹噘著嘴唇，一副超然姿態。

忽然，阮書記拎起一隻沉重的皮靰鞡，對著爹的臉擲過去。爹抬臂，輕輕一撥，那隻皮靰鞡便落在漚滿了青綠地瓜醬的豬食缸裡。阮書記把另一隻靰鞡擲過去，它也落進了豬食缸，打著滾翻著筋斗。

「王八蛋！」老阮罵道。

「王八蛋在那裡呢，」爹指著挨打的孿生兄弟說，「這倆都是驢日的王八蛋！」

爹的眼閃閃出綠光，逼著阮書記；阮書記的眼閃閃出紅光，逼著爹。紅光碰綠色，迸濺出仇恨的火星。好像兩隻冤恨深重的狗在一條狹窄的小巷子裡迎面相撞。他們僵持著，僵持著。紅光漸漸減弱、下垂，啪噠一聲落在地上，緊接著消逝啦。綠光噴射一陣，終於也消逝啦。

阮書記和氣地說：「夠了，沫洛會，你打他們幹什麼？你打死他們，能抵命嗎？混蛋！」

沫洛會停住手，委屈地看看阮書記，退到牆邊立著去啦。

他們的頭火辣辣地，耳朵裡嗡嗡地響。血越過眉毛，塗在眼皮上，流過睫毛，流進眼睛，血裡的鹽殺著他們的眼球，很痛，他們的眼前物都是鮮血一樣的淋漓。

阮書記命令沫洛會跑步到村裡去叫「赤腳醫生」。

沫洛會挾著紅纓槍跑啦。

王先生抓起一把桑木灰燼，要按到老阮的傷口上，遭到老阮一頓臭罵。王先生唯唯諾諾地退到牆角上。半天沒敢吱聲。

爹用一根光滑的白木棍把阮書記的兩隻皮靰鞡挑出來——皮靰鞡沾著酸臭的豬飼料——扔在方磚地上，威嚴地說：「你們兩個，把靰鞡上的豬食舔乾淨！」

他們面面相覷，滿臉苦相。

爹又怒吼一聲：「聽到了沒有？狗操的你們兩個雜種！」

他們哆嗦著，哭著，好像兩片殘留枝頭的寒冬臘月的枯樹葉子。

爹高舉著劈柴對他們撲過來了。他們尖利地哭嚎著，在房子裡逃竄著，甚至避到了阮書記的背後，想逃避舔靰鞡的痛苦勞動。

爹隔著阮書記的身體用劈柴去砍他們時，阮書記攥起拳頭，猛捅了爹的小腹。爹扔了劈柴，雙手捂住小腹，倒退著、呻吟著，一腚蹲在地上。

「你——畜生！」阮書記罵。

「我打你的兒子了？」爹臉色蠟黃，額上滲出細小的白汗珠，但淫晦的笑依然掛在紫黑的唇邊，「我打這兩個狗日出來的雜種你心痛啦?!」

「混蛋！王八蛋！」阮書記暴怒，阮書記簡直要放聲大哭啦。他抓起灶邊的劈柴，沒頭沒臉地亂甩著、摔著，爹陰森森地笑著，拉開門，到院子裡去了。

一陣清涼的、潮濕的寒風突然灌滿了房屋。掛在牆壁上的煤油燈熄滅了，一點燈芯在發紅，煤油的味道在上升。灶膛裡柴火更加旺盛，映照著阮書記肥胖的、沉甸甸的大臉。鍋裡的死豬在翻騰：撲棱棱、撲棱棱、噗咈咈、噗咈咈咈……豬肉的香味隨著一撮撮的蒸氣，從鍋裡溢出來了。

他們看到了門外邊積雪的光芒。爹在蘋果樹的間隙裡走著，他腳下的雪發出嘎嘎吱吱的叫聲。豬在土坯房裡嚎叫。豬停止嚎叫，進入沉沉的夢鄉。夜安靜馨香，乾巴巴的寒冷裡竟透出幾分潤澤的溫暖來，田野裡的麥苗在厚重的積雪下沉沉大睡，肥厚的、硫磺色雲團把星星與大地的聯繫切斷了。他們同時陷入冥思苦想之中，腦的眼穿透雲層，觀看著萬千星斗旋轉翻騰，天空猶如沸水，煮著日月星辰。他們膽怯地把目光投到門外清冷的夜裡，恍惚看到爹與一群周身生著綠色絨毛、額窄嘴闊的毛人們在一起嬉鬧，毛人們用彎彎勾勾的手爪子，撓著爹的腋窩。他們扭動著上肢，感覺很不舒服。

王先生起身去關門，阮書記說：「別關！」

王先生縮回牆角坐下。

他們聽到爹用棍棒敲打蘋果樹冠的響亮聲音。樹冠積壓日久的雪成團成團地落下，撲簌撲簌響。後來聲音越加響亮，他們清晰地感覺到，結著一層薄冰殼子的蘋果樹枝在棍棒的打擊下跳躍著，哭叫著，冰殼破裂，亂紛紛跌進鬆軟的雪粉裡去。裸露的蘋果枝條鮮紅鮮紅的顏色，他們同時想：大雪天，好冷，蘋果枝條都凍紅啦。

爹一邊棒打蘋果枝條一邊罵著，罵雜種、罵狗日的、罵鱉羔子。

他們同時想：爹，你罵誰呢？你罵阮書記？你敢罵他？你罵我們？那不等於罵你自己嗎？不知道什麼緣故，一時間他們心裡很是酸楚。他們感到孤孤單單，無依無靠，只有灶裡的餘燼才能給他們一些溫暖，於是，他們就把赤裸的脊背使勁往灶口擠。

「這兩個鑽鍋灶的瘦貓！」王先生悲涼地歎息著說，「春狗秋貓，性命難逃！」

王先生站起來說：「阮書記，還是把門關起來吧，要不就把這兩個瘦貓凍死啦。」

阮書記不置可否地嗚嚕了一聲。

「這頭犟驢，活活地瘋了！」王先生說。

爹敲打樹枝、叫罵，那條破嗓子更破了。

正在這時，沫洛會領著赤腳醫生闖了進來，寒冷充斥房屋，沫洛會隨手關起門，王先生用一個破舊的齒輪打火機，噼噼啪啪地打著火，點燃了煤油燈。

初起的燈火顯得格外明亮，他們因為眼睛疼痛便眯縫起眼。

沫洛會說：「書記，好不容易我才把她叫起來。」

「沒聽到……睡沉啦……」赤腳醫生有些不好意思地說著，把一件棕色麻絨領子的黑大衣脫下來，到處找地方掛，終究沒地方掛，便抖幾抖，小心翼翼地摺疊起來，放在灶外的劈柴堆上。

她穿著銀灰色底、點綴著黑色麥穗狀花紋的罩衫，兩排黑色的鴛鴦釦直貫脖頸，少婦才有的膨脹乳房鼓鼓囊囊的，把鴛鴦釦兩側撐得繃繃緊。他們緊緊地盯著她，目光灼灼，像狼一樣。他們看著她解開包裹著腦袋的深咖啡色大圍巾，露出了兩片紅彤彤的腮。

她把藥箱從肩上摘下來，用手提著，挪到阮書記眼前，彎下腰，羞答答地問：「阮書記，傷在什麼地方？」

阮書記盯著她，神鬼地笑著，並不說話。

「不是告訴你了嗎？阮書記傷了腳！」沫洛會端著紅纓槍，惡聲惡氣地說。

她放下藥箱，蹲在阮書記面前，說：「沫洛會，你把燈端過來照著，這樣我看不清楚。」

沫洛會卻吩咐王先生：「王老頭兒，你端著燈給她照明去！」

她微微一笑，潔白的牙齒露出來，閃爍著珠貝般的光芒。

「真他媽的，小懶支使大懶，大懶支使老懶，老懶不願動彈！」阮書記慈祥地罵著，「放下你那桿破扎槍，把油燈端過來。」

沫洛會無奈，只得把槍靠在牆上，用兩根手指捏著油膩膩的燈盞靠過來。

她打開藥箱，拿起一把鑷子，夾著棉花球，蘸著酒精，清洗著阮書記腳上的傷口。阮書記噝噝地吸著涼氣。她抬起頭，大睜著兩隻驚愕愕的眼睛，去探詢阮書記的臉。

阮書記伸出很厚的手，摸著她的頭髮，油油地問：「小畢呀，快過年啦，想家啦吧？」

他們看到她黑油油的滑溜頭髮在阮書記的指縫裡哆嗦著。

「我也想放你回城去看看你爸爸媽媽，可是，村裡離不開你呀！」

黑油油的滑溜頭髮在顫抖。

「你好好幹，明年推薦你去念大學……」

這時響起了碰門聲。

「誰?!」沫洛會聲色俱厲地喝問。

砰砰砰，砰砰砰，有東西在碰門。屋裡的人一時都變得木呆呆的，看著顫抖的門板。

他們看到她在想：有一個漆黑的夜晚，我剛剛洗完腳鑽進被窩，就聽到單薄的門板砰砰砰地響起來。砰砰砰！砰砰砰。誰呀！誰！砰砰砰！砰砰砰。聲音執拗而頑固，好像命運一樣。

黑油油的滑溜頭髮在肥厚的手掌壓迫下顫抖。

他們看到沫洛會在想：那天夜裡，天也是這麼黑也是這麼冷……京漢鐵路一萬多工人都罷了工……我正在燈下給你爺爺縫襪子，就聽到砰砰砰！砰砰砰……這時闖進一個人來，左手抱著一個嬰兒，右手提著一盞號誌燈……他渾身是血，到處是傷，一進門就跪在地上：師娘啊……師傅和師兄都犧牲了，從今後你就是我的親娘，這孩子就是你的親孫女兒……奶奶……嗚呀呀呀呀……

他們看到王先生在想：那秀才獨坐案前，秉燭夜讀，正在得趣時，就聽到砰砰砰！砰砰砰。響起一串打門聲。秀才問：何人擾我？門外響起一個女子哧哧的笑聲。秀才說：誰家的女子，深更半夜，到此何幹？快快離去，免得玷污了俺讀書人的名譽。秀才正囉嗦著，就聽到那門吱呀一聲，豁然開朗……

一條脊梁上戳著雪花的瘦狗，夾著尾巴溜進來。冷風突進，燈火亂點，沫洛會趕緊伸出一掌，罩住那燈火，免遭了熄滅。阮書記喘了一口粗氣說：「原來是這個狗東西！」

王先生從鬼狐夢裡醒來，顛著蹲麻了的腿腳去踢那瘦狗。瘦狗捱著踢，嘴裡哼哼著，眼裡流露出可憐相，把身子扁扁著，往牆旮旯裡擠。

阮書記說：「算了，讓牠在屋裡吧，快把門關起來！」

王先生哈著腰，關了門，回頭往灶膛裡加了幾塊劈柴，便重回他的牆角，擂著脖子做夢去了。

她用紗布包紮好阮書記的腳，站起來，打了一個呵欠。收拾好藥箱，伸手去柴堆上拿大衣。阮書記一探身捉住了她的手。他們感覺到肥厚的大手把小手淹沒了，嗓子眼裡沾著黏糊糊的痰，怎麼咳也咳不出來。

「你不要走！」阮書記說，「鍋裡煮著肉，等吃過肉再走。」

她低著頭，耷拉著眼睫毛。他們感覺到她的小手冰涼冰涼，好像死了一樣。

就這樣不死不活地僵著，那兩隻肥滾滾的白奶子上爆起了一層疹子，像褪了毛的雞皮一樣。這感覺令他們害怕。

阮書記鬆開手。她立了幾秒鐘，咧開嘴燦爛一笑，輕輕地說：「我聽您的吩咐。」就那樣她倒退著坐在一個雪白的劈柴上，臉皮像雪白的劈柴，又白又硬。

「王先生，看看肉好了沒有。」阮書記說。

王先生一躍而起，出奇地輕捷，立在鍋旁，掬動著腿。他用一根筷子戳著豬的頭說：「爛啦爛啦稀糊爛啦！再不吃就化掉啦。」

阮書記說：「肉爛在湯裡喝湯就是。」

萎縮了的豬的破碎的屍體被訓練有素的王先生一塊一塊地撈到一個缺沿的破瓦盆裡。鍋裡湯還在沸騰。

「吃吧，來，快些吃！」阮書記招呼著她。

她坐在那裡好像一匹警覺的母貓。

阮書記用筷子撥拉著，挑選著，最後插定了一顆黑色的豬心，挑起來，還淅淅拉拉的淋漓著熱湯，心頭上連結著一塊白黑的東西，像橡皮筋一樣，阮書記伸手去撕，很熱，嘴裡唏拉唏拉的，燙的。一撕一拉一縮，終於撕下來，放到鼻子下嗅嗅，說：「糊心脂，吃了糊塗，給狗吃了吧！」順手就撇給了狗，狗感動地跳起來，眼裡夾著淚珠，燙得直齜牙，死活不顧地吞了下去。

弓起腰，脊梁上的毛支棱起來，融化的雪變成亮晶晶的水珠，在毛尖上挑著，狗尾巴卻死勁夾在雙腿之間，好像為了防備公狗的姦污。阮書記把豬心挑到她面前，暖洋洋地說：「大冷的夜，把你弄起來，該慰勞慰勞你！吃吧，這是豬身上最好的東西。」

她張著手卻不知如何去接。阮書記尋了一塊乾淨劈柴，把心放在劈柴上，托著，讓她接，她接了過去，雙手端著一顆似乎微微抽搐的豬心，不知如何下嘴。

阮書記吹著從盆裡湧起來的團團熱氣，側著頭，用筷子噼楞噼楞地拔拉著。他找到豬的大腸頭——連結著豬肛門的那一截，夾出來放在劈柴柈子上；他找到了兩扇豬耳朵，從豬頭上撕下來放在劈柴上。阮書記說：「王先生，拿我的酒來。」

王先生忙不迭地跳到裡屋，從不知哪個地方摸出阮書記的酒瓶子。他們看到她看著那個白玻璃的酒瓶子想到這裡盛葡萄糖注射液的瓶子裡泡著一根彎彎曲曲的黑樹根一樣的東西想到這物是鹿鞭即公鹿的陰莖很噁心猛然一驚難道是妊娠反應怪不得他像匹種豬一樣整夜折騰肚皮好像要著火一樣一股墨綠色的胃液與膽汁的混合物慢悠悠爬上她的咽喉他們清清楚楚地看到從這時刻起他們獲得了洞察別人五臟六腑的能力。

阮書記嘴對著瓶子口咂著那黯紅色的液體，然後把沾著一層白脂油的大腸頭塞到嘴裡去，他的舌頭攪拌著被牙齒嚼得爛糊糊的豬腸子，黑色的豬糞的氣味噴進了她的嘴裡，她又一次噁心。難道懷孕了？不可能啊，事後我吞了一把避孕藥片，赤腳醫生竟然能被人搞大了肚子，真是笑話。這頭老公豬。他們看著那些被唾液調和成糊狀物的豬腸子滑行進他的胃袋裡，他的胃像個大刺蝟一樣，鼓鼓湧湧地活動著，很是嚇人。後來他們看到他雙腿之間有一股灼熱的氣流，散發著濃濃的腥鹹味道。

阮書記津津有味地、咯崩咯崩地嚼著豬耳朵上的脆骨，少鬍鬚的下巴上塗著一層明晃晃的豬油，他揮揮手，說：「你們還傻看著幹什麼？笨蛋，快吃啊！」

王先生撲上來。

沫洛會撲上來。

王先生搬起了半個豬頭。

沫洛會拽下了一條豬腿。

豬油表層雖冷，但裡邊還是奇燙。王先生的腮幫子被豬的腮幫子燙紅了。帶皮的肥肉在他的口腔裡打著滾難以下嚥。他搬著半個豬頭，流著渾濁淚水的眼睛卻死死地盯著熱氣騰騰的盆，沫洛會每咬一口豬腿，王先生的身體便扭一下。王先生痛恨破爛的牙齒，把沒嚼爛的肉嚥下去，伸著脖子硬往下嚥。他們看到那團肉堵住了王先生的咽喉，王先生的咽喉處有一個彎，那團肉就卡在彎那兒。

現在，除了沫洛會之外，大家都看著王先生啦。王先生伸脖子，王先生翻白眼，王先生憋死了，瘦雞爪子一樣的手還死死地摳著那半個豬頭。

「憋死這個下作的老狗！」沫洛會痛罵著。

「給他捶打捶打！」阮書記命令沫洛會。

沫洛會加快了撕咬豬腿的速度。

「你聽到沒有？」

沫洛會塞滿豬肉的嘴嗚嚕著。他騰出一隻手，攥成拳頭，對準王先生的胸脯，狠狠地捅了一拳。王先生腔子裡咕嚕一聲悶響，一團肉噴出來，在地上亂鼓湧，像剛出生的小兔子一樣，那條瘦狗冷不防躥上來，把那團肉吞了。

王先生醒過來，先看看盆，然後啃豬頭。

阮書記瞥一眼捧著豬心無語的女赤腳醫生，臉上泛起紅暈。

「你們兩個，也來吃！」阮書記招呼著孿生兄弟。

他們膽怯地透視著阮書記的大腦和胸腔。那滿滿一殼子白豆漿一樣的腦子蠕動著，蠕動著……一幅幅模模糊糊的圖像在深藍色的帷幕上飄盪著。忽悠忽悠，忽忽悠悠，要有所依附，又無所依附。炎熱的夏夜……點燃的艾蒿……點燃的捆成把子的艾蒿擺在炕前地下，冒起縷縷青煙，香氣撲鼻，蚊子避在陰暗的角落……飄舞的窗前樹影。一個皮膚雪白，面孔黝黑的年輕女人一絲不掛在炕上翻滾著……兩只沉甸甸的奶子——Ma! Ma! 他們叫喚著——每只奶子都如同棍棒一樣敲打著他們的腦袋，使他們耳中轟鳴，心跳加速，熱血往臉上衝……一個肥大的影子罩在那女人的身上……他們看到，一種緬懷逝去好光景的甜蜜又淒涼的情緒從容不迫地爬進了他的腦海……

阮書記輕輕地歎息著，用憐憫的目光掃著他們的臉，說：「來呀，大毛、二毛，過來吃……」

他親自動手，選了兩塊最好的瘦肉，用手托著，招呼著他們。

他們你看我我看你，都聽到對方的飢腸在肚皮裡轆轆地響。那個裸體女人的形象執拗地在他們眼前晃動，有時就在阮書記的臉上晃動。她一隻手托著一只奶子對著他們微笑著，奶子上盡是青紫的瘢痕，肚皮上也是瘢痕。Ma! Ma! 之聲輕輕地衝擊著他們的嘴唇。他們明白了，這個女人，就是他們在家裡無時無刻不看到的女人。他們想起了爹的話：她就是你們死去的娘！

他們好像在看著阮書記的臉，但實際上在看著他們的淒涼地微笑著的娘。

「這兩個小子，被折磨成癡子啦！」阮書記同情地說。他把兩塊精美的瘦肉扔在盆裡。沫洛會的手和王先生的手飛快地向那兩塊瘦肉撲去。

「混蛋！」阮書記怒罵著，「吃著盆外的盯著盆裡的！」

阮書記抄起劈柴對那兩隻手砍去，他們縮手飛快，劈柴砍在盆沿上，發出喀叭一聲脆響。盆邊上砍出了一個豁子。盆裡上衝的蒸氣已經很微弱了，盆沿上凝結了一層白色的豬油。灶裡的火已成黯紅的餘燼，滿鍋明油，微微地波動。夜已很深了，沒有風，河裡的冰在破裂，田野裡深埋在雪褥下的生命鼻音濃重地嘟噥著。

房門被撞開，寒氣猛烈沖襲，使人精神爽朗，頭腦清晰。爹直挺挺地戳在門當中，臉色青紫，滿面都似憤怒，嘴上卻綻著一朵梅花般的冷笑。

他們在爹的冷笑聲中顫抖著，身體使勁擠靠，恨不得融為一體，恨不得縮進尚有餘熱的鍋灶裡去。

還是阮書記說：「你要進來就進來，要出去就出去！屋裡就這麼點熱呼氣，全給你放跑啦！」

爹斜愣著眼看阮書記。

阮書記說：「夥計，你認為我很不敢動你的毛梢嗎？」

沫洛會罵道：「快你媽的進來！你裝什麼瘋癲！狗日的！」

你們看到爹縮起脖子，臉皮上浮起了一片倒楣相。沫洛會搡了爹一膀子，然後，一腳把門踢上。

爹的眼綠光灼灼，迅速地打量了屋裡的情景。他徑直走到盆前，抓起那兩塊精肉，死命往嘴裡捅著。

「這是阮書記給你兒子挑的，我們都撈不到吃！」沫洛會憤憤不平地說。

「呸！」爹把一根肉裡的筋絡吐到沫洛會衣襟上，爹的一句話消融在滿口的爛肉裡，他們分辨清楚，爹罵的是：「少來狗仗人勢！」

阮書記搖搖頭，側臉對女赤腳醫生說：「這樣的爹也算個爹？」

爹卻說：「我不算他們的爹誰算他們的爹？你說，誰算他們的爹？是你嗎？」

他們的爹怒氣沖沖地嚷著，嘴裡的碎肉渣子噴到了阮書記肥厚的臉上。

王先生嚇得夠嗆，語不成句地說：「老四，老四……你發什麼癲狂……」

阮書記寬厚地笑著，說：「你快吃吧，沒人搶你的兒子。大毛二毛是你的兒子，沒人搶你的，只不過，碰到你這樣的爹，他們也算倒了楣。」

「你心疼啦？」爹鬼鬼祟祟地笑著。

「我心疼個屁！」阮書記說，「我不跟你囉嗦！你也該讓他們吃肉！」

他們的爹撕了一塊肉扔給臥在牆邊的狗，狗興奮地嗚嗚低鳴。

阮書記說，「老四，你要知趣，不是看在兩個孩子面上，你狗日的撈不到這差事！你爺爺那輩子幹過多少壞事？你爹也幹過黃皮子！有多少貧雇農都在冰天雪地裡喝西北風！你小子蹲在這兒大塊吃肉！你仔細著點！」

「大毛二毛，快過來吃肉！」阮書記喊著。

他們抖抖索索地站起來。好像兩架骷髏。腳上是破草鞋，腚上是破單褲，赤著背，肋骨一根根凸出，心在肋骨間胡蹦瞎跳。

他們站在盆邊，兩個肚子一齊鳴叫。

爹看看他們，竟然歎了一口氣，說：「吃吧，狗雜種……」

得到爹的許可，他們伸出鷹爪，不擇粗細肥瘦，抓起腸子吞腸子，抓起蹄子啃蹄子。滿屋裡響徹他們因激烈進食發出的喘息聲。

他們的肚子眼見著就鼓起來，鼓得很大很圓。

女赤腳醫生說：「不能讓他們再吃了，胃要撐破的。」

其實盆裡也只剩下了骨頭。他們抱著骨頭到灶邊，用斧子把骨頭砸破，然後歪著頭吸骨髓，吸得吱吱叫，好像吹笛子一樣。

連骨髓都吸光了，就用鐵勺子撇鍋裡的豬油喝。最後，他們把手上黏糊糊的油擦到肚皮上，擦得肚皮明溜溜的，像紫皮西瓜一樣。

他們心滿意足地蜷縮在灶口，瞇縫著眼睛，聽著腸胃積極工作的聲音，幾乎同時張嘴打呵欠。

夜更深了，屋裡也漸漸寒冷起來。所有人的眉眼也漸漸模糊了。

「這兩個小子，將來會有出息的！」阮書記堅定地說。

沫洛會說：「這兩個貨，長大了也是個下三爛！種不好！」

他們看到爹沒有生氣，甚至重複一句沫洛會的話：「種不好！」

「你不許折磨他們！」阮書記說，「否則我就斃了你！」

他們沒聽清爹嗚嚕了一句什麼，便緊緊地依偎著，香甜地睡過去啦。

「我們知道村裡好多人都議論我們。」大毛有些不高興地說。

「議論我們過去的事，誰說了什麼我們全知道。」二毛有些不高興地說。

「誰想什麼我們也能猜到一半。」

「原來是什麼樣子我們也能猜到一半。」

「本來我們能全猜到的。」

「後來我們發瘧疾她給我們吃了毒藥。」

「一種紅色的小藥丸。」

「吃到嘴裡甜絲絲的。」

「毒藥都是甜絲絲的。」

孿生兄弟你一句我一句地對我說著同樣意思的話。他們嘴裡有強烈的野蒜的味道。我貪婪地嗅著野蒜的味道。他們倒在草上，又要睡去，我晃醒他們，問：「你們打算怎麼辦？」

他們揉著眼睛，不高興地說：「睏覺睏覺，睏起覺來再說。」

他們一歪頭又睡過去了。

我夾在他們中間，睡不著，就仔細地聽他們一唱一和地說夢話：

那天夜裡，他們認為我們睡著了——其實我們沒睡著，哥，我們是吃肉吃累了——我們吃肉吃醉啦，坐著歇息哩——肉在我們肚子裡唱歌——我們的肚子像石磨一樣忽隆忽隆響著——一古嘟一古嘟的沒嚼爛的豬肉爬到喉嚨裡來，我們捨不得浪費，嗚嗚啦啦地嚼幾口，又咕咚一聲嚥下去啦，這時候滿嘴裡都是黏稠的豬油——老阮的目光在我們身上轉悠著。照到哪裡哪裡亮。弟弟，唔，哥哥。——無邊無沿的可怕可厭又誘人有一股腥腥的甜味好像煮熟的大對蝦一樣的景象在我們的面前遊蕩著——像一層薄雲，絲絲縷縷，透出湛藍的底色，有時破一個洞，洞裡出現清晰的圖景，黑紅的心臟在洞裡急一陣慢一陣地跳動著——這是誰的——還出現過粉紅色的、表面布滿針鼻大小水泡泡的肺，它像不像浮在海面上的蠢蠢欲動的海蟄皮——這是誰的肺——哥哥，唔，弟弟。我們聽到了屬於我們死去的親娘的歎息聲。我們看到娘像隻斗笠大的黑蝙蝠在眾人的頭頂上飛翔著；我們確切地感覺到肉翅膀搧起來的陰涼的風。可他們全都不知不覺，這群混蛋！弟弟，我們那時候是有如此之神嗎？是的，哥哥，那時候我們就是那樣神。娘吱吱喲喲地叫喚著。對，叫聲很尖，直扎耳朵眼裡。我們的心被那叫聲扎得一拘緊，連著又一拘緊。拘緊拘緊又一拘緊。拘緊的滋味可真是難熬難捱。娘娘娘可怕的親娘。娘娘娘可憐的親娘。寒冷的冬天把她凍壞了，貧瘠的梁木之間把她餓乾癟啦……他們悲楚地歎息著……夏天，她是多麼豐滿，翅膀厚敦敦的，像海帶菜的顏色，明晃晃，如同塗了一層牛油……娘在夏天裡牛皮哄哄，蚊蠓蛆蟲不能把她來阻擋……娘在夏天的夜裡從來不穿衣服……夏天的夜裡我們看到她時她總是赤身裸體……

像個熟透了的香瓜……像隻剛生下來的小豬……她的兩奶子像兩小狗崽子，哼哼唧唧地叫喚著，逗著我們，吸引著我們……Ma——Ma——Ma——我們的心發出這樣的叫喚……哥哥，我很難過……弟弟，我也很不好受……唏溜——唏溜——唏溜溜——我們多麼想撲過去，墜在親娘的奶子上……我們哭了……很傷心，鼻涕流到嘴唇上……這時候娘走過來，娘從梧桐樹上摘了兩片大葉子，輕飄飄地飛到我們眼前……娘變成了一隻大蝴蝶，梧桐葉是她的綠翅膀。她用翅膀為我們揩鼻涕……她在眾人的頭上飛舞著，把一層又一層的壞運氣覆蓋在他們頭上……我們看得清清楚楚……對對對，在那個寒冷的夜晚，冰雪覆蓋著那幾間小屋，灶膛裡重新塞滿了劈柴，明亮的火舌舔著鍋底，小屋裡溫暖如春天，我們集中精力消化著腹中的豬肉，肉汁滲入我們的血液，變成我們的肌肉、骨骼和精液……火在煙囪裡嗚嗚叫，風在煙囪裡嗚嗚叫……他們都癡癡迷迷地看著灶膛裡的火，王先生身上的蝨子蠢蠢欲動，他癢得抓耳撓腮，忍無可忍便解開褲腰帶，把一把一把的蝨子抓出來扔到灶膛裡去。火暗了一剎，緊接著又明亮起來，灶膛裡噼噼叭叭地響著，是蝨子們在爆炸。一股奇異的香氣瀰漫開來，他們都緊張地抽著鼻子……阮書記罵王先生是個老狗東西胡鬧竟然燒蝨子，王先生挨了書記的罵顯得很高興，哈哈地笑著，連山羊鬍子都哆嗦。他從裡屋裡抓了一把「六六六」藥粉撒在褲襠裡，沫洛會說老賊當心把老雞巴頭子藥爛了。他們都笑了，齜出漆黑的牙齒。只有她不笑……她臉上沒有血，嘴唇的顏色像乾枯了的桃花瓣兒的顏色，眼睛冰涼冰涼，很黑。很白。黑的多。白的少。不是一團漆黑。還有幾線白，精細細兒。不好好看也就是一團漆黑啦。挺像兩塊浸在涼水裡的黑鵝卵石。更像兩隻明蓋的屎殼郎。我們看到了她的心。她的那只奶頭上生著一顆小豆粒那麼大的瘤子，奶子遮掩著她半個心。不跳啦她的心。又跳了她的心。她的心停停跳跳跳停停，像小狗走道用嘴巴東嗅嗅西聞聞，還蹺起後腿藉著牆角啦樹根啦什麼的胡亂撒尿。你說是隻小牙狗子？她是母的呀小母狗怎麼撒尿你也不是沒見到過。我們不是說她的心嗎？不是沒說她嗎？難道說人是個母的，心可以是個公的？可以是個小牙狗。為什麼就不能是個小母狗呢？弟弟，我們不要爭啦！好哥哥，我不和你爭啦……她雙手端著那塊白劈柴，劈柴上放著那顆已經烏黑了的豬心。她為什麼不吃……她的頭腦子一團糨糊……阮書記笑著說你發愣怔快把它吃啦不用愁什麼都不要發愁一切有我給你做主入黨啦回城啦上工農兵大學啦一切都包在你阮大叔也就是我老阮的身上啦……她的幾乎一團漆黑的眼睛裡突然放出了水淋淋的光彩；這光彩是房簷上冰凌子的光彩，很涼很涼……真難過……好難過……她低下頭，咬了一口豬心。我們親眼見她咬了一口豬心。她的嘴裡填著豬心真難看。她的左邊的腮幫子鼓起來，嘴巴隨著向左上方歪去；右腮幫子鼓起來，嘴巴隨著向右上方歪去。就這樣就這樣突然間突然間她眼裡咕嘟咕嘟湧出了淚，淚水是黃的，好像是馬尿色，沿著她鼻子兩邊的溝流進了她的嘴裡……我們看到她光著腚和老阮在床上打滾，披頭散著髮，騎著大白馬……她又咬了一口豬心……圖像在她頭上三尺活動著，閉著眼也能看到……她捂著嘴跳起來，拉開門衝出去……冷氣吹著我們的肩膀……她站在門外的雪地裡，彎著腰，哇哇嘔吐著。她把吃下去的黑東西吐在潔白的雪上……像臭狗屎一樣。明天早晨我們看到啦，確實像臭狗屎一樣……她的嘔吐聲那麼響亮。因為是靜極了的深夜，野兔子在五里外的雪上困難地爬行，累得呼哧呼哧喘粗氣。我也聽到啦。是隻公兔子。耳朵缺了一塊。像老王奎家的細腰狗咬的。明天我們去捉牠嗎？——她好像要把自己的心也嘔出來。嘔出來被狗叼走啦？——爹的嘴又撇起來啦！看到啦。阮書記起身出去，把她攙回來啦——按著她的肩讓她坐在劈柴上——我該回去啦，她掏出一塊疊成方塊兒的手絹擦擦眼睛和嘴巴，然後站起來穿大衣——沫洛會抱兩捆劈柴，我們一起走，老阮說，要盡心飼養，不能讓牠們全死光！說豬呢。豬在土坯房裡擠成了堆，只有那隻怪誕的母豬站在一旁！歪著顆母狼一樣的頭。——一行三人：女赤腳醫生背著藥箱昏昏沉沉在前走，連兩個大奶子都為嘔吐時凍得變成冰涼。阮書記瘸腿跟在她腚後嘴裡絮絮叨叨，抱著兩捆劈柴胳肢窩夾著紅纓槍的沫洛會跟在最後邊有些瞌睡腳下發滑摔在雪窩裡啃了一嘴雪。

我們被沫洛會給逗笑啦——這兩個小雜種做了什麼好夢啦？瞧他們笑的，王先生說。

阮書記一行人走了，房子裡只剩下王先生、爹、我們。

王先生頂上門，往灶裡塞柴，讓火著得旺旺旺！狗東西啊狗東西！大公雞大公雞！把一村的母雞都踩遍啦！王先生說著。

王先生用一根鐵條插著女赤腳醫生啃過兩口的豬心，伸進灶膛裡烤著，豬心吱吱地叫。他奶奶的，不吃自吃！起身從窗台罐子裡抓出一撮鹽，放在劈柴上。豬心沾著鹽末就咬，一嘴黑貨，又說：喝口書記酒！喝了幾大口，幾大口，吃著沾鹽豬心，臉上漸漸泛出桃花紅，嘴裡滔滔不絕都是話。這老傢伙。老驢屌。

知道不？老四，老阮他娘，媒婆，早年間，有名的「四大」：嘴大、奶大、腚大、腳大。她愛吃一口：黑驢屌！

王先生咬了一口豬心，先沾了鹽末後咬，咂一口酒，繼續說：每逢羊欄集，老阮婆子——就是阮書記的親娘！一大早就起來，搽胭脂抹粉——她的臉比腚還白——收拾好了，挎上了二升小笎斗，翹翹的，元寶形狀。笎斗裡蒙一塊藍包袱，包袱下一個碟子，碟子裡幾撮鹽末。扭呀扭呀，一路和地痞流氓二賴子打鬧著上了集。上集直奔東頭驢肉鋪。肉鋪夥計狗旦子齜著黃牙朝她笑。「四大」來啦。她板著臉，對準狗旦子的臉啐一口唾沫。狗旦子嬉皮涎臉地猴上來，伸出沾滿驢油的手擰著她的胸脯。乾娘，摸摸大奶奶……多大的兒啦，還要摸你娘的奶子。她睒著眼。把一口口的唾沫朝著狗旦子臉上啐，身體卻死不動彈，任由著狗旦子摸夠了、揉搓夠了，她才長吁一口氣，說：兒呀，把你乾娘饞死啦，快把那個東西給我。什麼東西？狗旦子擠圪著眼問。裝你娘的傻！那根東西！什麼東西？呸！你爹那根東西。這時候，來買熟驢肉的、看熱鬧的鬧鬧烘烘擠滿了鋪面，都來看老阮婆子買驢吃屌——這是每逢集日的好節目——狗旦子把那煮熟了玩意用塊紙包得黑一塊白一塊的，裝腔作勢地咋呼著：乾娘，你可小心攥緊了，別讓它跑啦！老阮婆子一把奪過那物來，袖在襖袖裡，嘴裡罵著：放你娘的臊辣屁！扭著屁股就走。走出鋪子，把袖子往小笎斗裡伸伸，把那物上蘸上鹽末，趁著眾人不提防，從袖子裡伸出來，「哄咚」就咬一口。——聽她說那物香得不能再香。那物也叫「錢肉」——中孔外圓，片片切來，可不就是銅錢形狀……

　　王先生「哄咚」咬一口豬心，滋咂一口酒，臉色越紅，眉眼漸漸有些麻胡，眼角上睗出黃眵，舌頭也肥胖起來，說出來的話呼嚕呼嚕的，眼見著他是醉啦。他前仰後合地站起來，模樣古怪，一臉神情難分哭與笑……咱喝了書記的酒……也就算半個書記……常言道一醉能消千種愁啊——兒行千里母擔憂喝了書記的酒咱就哪學幾腳書記的走——晃晃悠悠悠晃晃恰如那金絲鳥兒站在高枝頭——吃不愁來穿不愁二八嬌娘伴俺睡在熱炕頭——

爹推了他一把，他就勢跌倒，脖子扭幾扭，我們認為他跌死啦，卻早已鼻息如雷。爹把王先生搬起來扔到炕上。又往阮書記那瓶被王先生喝下去半截的酒壺裡灌進了涼水。

我們閉著眼全都看到啦。

爹踢醒了我們，讓我們撒尿，上炕去睡。

我們懵懵懂懂地爬起來，把尿滋到牆角的耗子洞裡。噗嚕噗嚕地響著是尿往洞裡灌的回音。

我們爬上炕去，真的睡著了。

我們做了許多夢。

許多丟人的夢。我們的骨節咯嚕咯嚕地響著。

豬肉迅速地變成我們的骨頭。我們的肉皮發脹。

豬肉迅速地變成我們的皮肉。

我們在夢中快速生長。

天黑啦。湖水中儲存的熱量開始揮發，於是湖面上籠罩著一層彩色的溫暖霧氣，於是我們赤裸裸地站在湖邊就感到清涼的風嚴肅地提醒我們的脊背，溫暖的熱流親切地撫摸著我們的肚皮。

「報仇的時候到啦！」

「到了報仇的時候啦！」

「我跟你們一起走，」我說，「我也痛恨這個阮大頭、阮大公雞、阮大肚子！」

他們兄弟各按著我一只肩頭，說對我的話他們不理解。我大聲地叫嚣著，以至於剛吼了兩聲喉嚨就嘶啞啦。匆匆忙忙、吃力地嘟噥著，我，向他們表示我對阮書記的深仇大恨。

「好，我們帶你去。」

「你不要亂說亂動。」

我們把衣服脫下來，捲成一個球，用草葉捆起來，掛在岸邊一棵垂柳樹上。垂柳樹的鮮紅的枝條直垂進湖水上。當我們把衣包掛上去時，所有的枝條都窸窣地抖動起來。我們望著它，費盡心思也不理解它的意思。

在微弱的光芒裡，我看到兩兄弟雙腿間的肉棍子直挺挺著，呈鮮紅的顏色，根部的毛兒綠油油的——宛若兩枝新鮮的胡蘿蔔，真真美麗又多情，機警可愛還透著一股愣頭愣腦的傻勁兒。

他們說：「撒點尿撒點尿塗到塗到肚臍眼兒上肚臍眼兒上預防感冒預防感冒！」

他們玩弄著腿間的「胡蘿蔔」時竟然毫無羞恥之感。可我卻拘緊地撒不出尿來。他們恥笑著我，等待著我，誘導著我。

他們是如何徹底消除了暴露肉體時產生的羞恥感的呢？

「水不涼，尿不出來就算啦吧。」

「尿不出來就算啦吧，水不涼。」

像昨天夜裡渡湖時的情景相似：他們每人架著我一隻胳膊，慢慢浸入湖水中，湖水淹到了我的脖頸淹到他們的乳房。湖裡的水層次分明：上面是溫暖的，下面是冰涼的。我們俯下身去。我感到十分愜意，像在雲團上飛翔。他們的手掌划水時，我又看到了他們指間的蹼膜。

游到湖的對岸。身體乍一離水，竟是十分的戀戀不捨。蘆葦地腥冷的空氣侵襲過來，我打著哆嗦。

要到村裡去，必須穿過這片蘆葦地，蘆葦地裡是毒蛇懸掛如豆角的險地。我有些畏葸不前啦。

「你不要駭怕，我們有辦法。」

「你駭怕不要，有辦法我們。」

他們從一棵蘆葦上剝下三條葉子，要我叼在嘴裡一條，他們各叼一條。

「不管你吸氣還是吹氣，葦葉都會響。」

「只要毒蛇對著你舉起頭來，你就把葉子吹響。」

「只要葉子一響，毒蛇就會睡覺。」

我試驗了一下，果然不論吸氣還是吹氣，葦葉就發出吱吱的叫聲。

我們叼著葦葉鑽進了蘆葦地。蘆葦好茂密啊多麼茂密為什麼這般茂密？它糾纏我摩擦我劃破了我的皮膚。湖水消逝了，四邊都是澀滑冷膩。當一隻蛇頭像弓一般翹起來，蛇眼呆漠晦暗如玻璃渣子，我聽到了他們將蘆葦葉子吹響了。吹出了悅耳的小調，穿透了黑暗，村姑的稻草的顏色稻草的溫暖稻草的甜酸酵味稻草垛一樣的愛情一塊塊塌陷下來，撒滿了蘆葦的海洋。所有的毒蛇都如醉如癡，或盤結在葦莖上，或懸掛在葦葉上，發出甜蜜的夢囈。音樂還是音樂裡包涵的愛情使這千千萬萬的毒蛇的身體放出了金黃的光輝？使牠們一貫冰涼的血液也發了熱？

我的腿深深地陷在淤泥裡。我的腳踩著蘆葦們縱橫交錯的根系，被我們踩著根的蘆葦在我們身體四周嘩啦嘩啦抖動著，好像一個被抓撓著胳肢窩的人發出嘰嘰嘎嘎的浪笑。我很笨，不能協調嘴與腿的動作：當我吹或是吸響葦葉時就忘了邁腿，當我想起了邁腿時就忘記了吹或吸響葦葉。——要不是孿生兄弟拖拉著我走，我早就被毒蛇們咬死啦——無論什麼動物都有其討人喜歡的時候，譬如這些青色的毒蛇身體放出溫暖的黃光，嘴裡嘟噥著大概與戀愛有關的囈語時，就不令人嫌惡，我甚至想用嘴唇去碰碰牠們的身體，你說奇怪不奇怪？

走出蘆葦地，進入低矮的灌木叢裡，貓頭鷹們捉田鼠。狐狸在追逐。我忘了那時候是不是狐狸們交配的季節。藍色的大繡球一樣的笸籮花在朦朧的星光下呈深灰色，當大半塊黃色的殘月升起來時，它就成了閃爍的紫色，大蝴蝶伏在花上，像死去了一樣。這不大美好，可總不能不讓牠睡覺吧？蝴蝶蝴蝶睡覺吧，報仇的時候來到了。

報仇的時刻來到了。

我們在村頭上一個稻草垛上掏了一個大洞，費去了大半夜工夫，因為孿生兄弟堅持一定要把這個洞搞得沒有一絲一毫不滿意的地方才罷休。我們鑽進洞裡，又用稻草堵了洞口。我們躺在稻草垛的心臟裡，身上蓋著稻草，只露著三顆圓葫蘆一樣的頭。稻草的甜酸味兒多麼好聞，像醋和酒和葦葉粽子，糯米大棗。金絲被身上蓋，暖洋洋熱呼呼，我的眼皮沉重得要命。蟋蟀在我耳朵邊上鳴叫：㘗唧——㘗唧——㘗唧——牠還用鬚兒撓我的耳朵垂兒。你別撓我！癢癢，我要睏覺。不許睏覺……報仇的時候到啦……我聽到孿生兄弟在我的兩個耳朵外邊一唱一和地說。

「我們應該設一條智謀！」

「要幹掉他還不留痕跡！」

「我有點睏啦。」大毛打了一個呵欠。

二毛幾乎與大毛同時打了一個呵欠，說：「我的眼皮也發沉。」

「我們睡一會會，睡一會再起來定計？」

「我們早該睡一會啦……」

「不過……爹娘的深仇大恨還沒報，怎麼能睡覺？」

「我們問問爹娘怎麼樣？」

連我都看到那個赤身露體的女人從洞口的稻草縫裡鑽出來啦，稻草在她身後無聲地，迅速地闔起來，原來是什麼樣現在還是什麼樣。

她的眼皮上抹著一層紅色。嘴唇上塗著綠顏色。

鬼……我想。

這個小毛孩子是從哪兒鑽進來的？她問。我磨磨牙生吃了他吧！

我的尿滋到稻草上啦。

她用指頭——冰涼的指頭——指頭上生著鐵一樣的長指甲——戳著我的胸脯，自言自語地說著：膘還可以，生吃有點腥，還是用稻草燒熟了好吃，燒熟了，撒上鹽，抹上醬，慢慢地品咂著滋味吃……

我的心臟早就不會跳了，手腳也麻木僵直，想動彈是萬萬不能夠啦。但我的思想還在繼續，我的回憶自己的歷史，究竟是從哪裡來？到底要往哪裡去？越想越糊塗，就這樣又糊糊塗塗地睡過去了。

一覺醒來時，昨夜的驚悸未消。躺著不動，不知是死還是活著，一線紅光從稻草縫裡射進來，想了好久才明白太陽出來了。孿生兄弟在我身體兩側仰著大睡，鼾聲如雷，兩根通紅的「胡蘿蔔」從稻草裡鑽出來，傻不愣冬地怪誕樣兒，我喜愛，連姑娘們小媳婦們老大嬸子們也會喜愛，流沙嘴子村那個半人半妖的神婆子也喜愛，她的事在後邊就說。

天亮了，我撕著他們的耳朵吼叫。費了約有吃頓飯的工夫，我把他們弄醒了。

「幹什麼呢！小屁孩！為什麼不讓我睡覺？」

「小屁孩你破壞我們的覺，不讓我睡，為什麼？」

我說：「明了天啦。明了天啦。我們在稻草垛裡睏著啦。我還夢到了一個生著肉翅膀的女人，她自己說是你們的娘，現在明了天啦。」

「明了天啦？為什麼明了天啦？」

「怎麼回事就明了天啦糊塗人啦？」

這時候稻草的霉味香味溫暖極了。公雞的腥味從垛外滲透進來。我們聽到了公雞遍體紅毛，眼睛金黃，尾羽高揚翠綠，昂首挺胸，在遍生酸棗的斷牆撕肝裂膽般鳴叫了一聲。一陣難以忍受的寒冷滲進我的牙髓，金黃的棉絮般的團團濃煙膨脹起來，稻草在塌陷，眼前都是金黃都是金黃……這是一種什麼病呢？……倆金毛大公雞立在我的左右，歪著頭，用神祕的目光盯著我。牠們還用碧綠的油汪汪的短喙、三角形的短喙，啄著我的額頭。篤篤篤！篤篤篤！宛若手指關節叩著一只乾葫蘆。我知道進入了多麼幸福的如癡如醉狀態——這種狀態真美好，有的人精心修鍊一輩子也體驗不到啊——在這溫存的、同時畢竟又有強有力的啄擊的提示下，啄擊聲的啟示下——公雞的口腔裡的類似剛用利刃剖開的鮮蛤蜊的味道——啄擊味道的引誘下，我的體溫漸漸回升，猶如遙遠的潮汐聲是我的血液在流動。我知道我昏昏沉沉似睡非睡。公雞的眼睛野蠻但沒有絲毫惡意，我真喜歡牠們，那麼多的腸子在蠕動，肺葉粉紅，忽閃忽閃的也挺好看。

幾乎是同時爆發的兩聲撕肝裂肺的雞鳴把我驚動了。

我看到了他們倆在那兒玩耍著各自的肉棍棍兒。一點也不難看，他們也沒有不好意思。只是說：「你別對旁人亂說不要長舌頭這種事他們都幹過我們的爹、爹逼我們當面表演給老阮看他說你看你的兒子我把他們教壞啦還是教好啦他捂著心口窩就蹲在草地上臉是焦黃色乾牛屎像乾牛屎一樣我們的牛在草地上吃草……」

他們渾身軟綿綿，躺在稻草上，歇了一會兒，就坐起來了。

大毛說：「唔，弟弟，我們怎麼鑽到稻草垛裡來啦？我們是什麼時候鑽到稻草垛裡來的？我們鑽到稻草垛裡來幹什麼？」

二毛說：「噢，哥哥，我也想問我們怎麼鑽到稻草垛裡來啦？我們是什麼時候鑽到稻草垛裡來啦？我們鑽到稻草垛裡來幹什麼？」

「還有這個狗小子這狗小子怎麼也鑽進來啦？他像隻貓一樣跟著我們幹什麼？」

「你是誰你是誰？」

我說我是我。

他們點著頭說：呀呀，我是我，我們在這裡幹什麼呢？西海裡的老鱉精今日娶媳婦請了池塘裡的老烏龜來當陪客還請了：河蟹、井蛤蟆、沙裡蛤、泥中鰍、藻間蝦去吃酒。酒有三瓶，一瓶是「五糧液」，一瓶「雷副官」，一瓶「二鍋頭」。菜有五道：一為紅燒河蟹，二為清燉井蛤蟆，三為炮烙沙裡蛤，四為油炸泥中鰍，五為爆炸藻間蝦。還有一個湯：銀耳烏龜湯。你說好笑不好笑……

一把大刀從塞住洞口的稻草縫裡戳進來，呲楞一聲響，嚇我一大跳。他們繼續說一些不著邊際的鬼話，這時我已經很清醒啦。我把身體悄悄地往後移動著，同時戳戳孿生兄弟，他們卻不滿意，責問我為什麼無緣無故地擰他們的肉。我示意他們看刀，他們好奇地問：「這是一條什麼腿？」

那柄閃光的大刀惡狠狠地看著我——刀面上用紅漆畫著一隻圓睜的眼睛，很大很明；雙眼疊皮，很美很俊；睫毛茂密，很黑很壯。這是男人的眼睛還是女人的眼睛？沒人能回答我，就不想再問啦。眼睛盯了我一會，眏眏，像開玩笑一樣。只聽到嚓一聲響。大刀突然抽回去啦。

孿生兄弟又咕嚕起來，說著公牛騎到母牛背上的事。說先是一頭母牛肚皮上帶著一塊白花牠先騎到公牛背上的。兩條小公牛才去騎她，又夠不到她的尾巴根，氣得她用腳頂他們……

嚓啦！又把一把大刀戳了進來。這次呢刀面上沒畫眼睛，畫著什麼呢？畫著一張嘴，緊閉著，挺紅，挺大。說不準是男人的嘴還是女人的嘴。一個聲音說：可能是男人的嘴，因為男人的嘴一般比女人的嘴大。一個聲音說：可能是女人的嘴，因為女人的嘴一般比男人的嘴要紅，女人都往嘴上抹紅顏色，沒有紅顏色就刷紅油漆，沒有紅油漆就抹豬血。一個聲音問：男人就沒有紅嘴唇的嗎？一個聲音問：女人就沒有大嘴的了嗎？他們說不吵不吵，說點正經的吧！後來他們想想，說：哪裡有正經話好說呢！

一聲鋒利的冷笑從刀刃上發出來。——剛開始我還以為發出這冷笑的是孿生兄弟，可轉動頭顱左顧右盼，發現他們兩個的眼神都散漫著，不知道看著哪方世界。也許他們在看著很遠的過去吧，因為他們嘴裡依然在嘟囔著母牛和公牛的事情呢。

這樣我確信是刀面上的紅嘴在冷笑。連刀刃都在他們的冷笑中顫抖呢、都在呼嘯呢！難道還能懷疑這是一把寶刀嗎？於是我的腦子裡閃電般地回想起聽別人說過的，在下大雪的夜裡，王先生講過的，寶刀在鞘中鳴叫的故事。

王先生說：從前有一個人，買了一把刀，掛在牆上。黑夜裡，那個人害打盹啦，就吹了燈上炕睏覺。正麻麻胡胡地要睏著又沒睏著的光景，聽到牆上的刀唧唧地叫起來。起先頭他還以為是耗子叫呢，細聽聽才知道刀在叫。他嚇得夠嗆，緊揗著身子不敢動彈。聽著那刀一陣接一陣地叫著，聲越來越大呢。這時就聽到一個女人在門外大雪地裡破口大罵呢。這個人都快嚇死啦。這時聽到錚錚一聲響，眼前一道白光閃。門外那女人鬼哭狼嚎著，一陣，就沒動靜啦。這時又聽到錚一聲響，一道白光鑽進刀鞘裡去，緊接著就沒有動靜啦。第二天早晨，那人起來，第一件事就是開門，出去一看，見雪地上一溜血跡。這個人呢也是賊大膽，就循著血跡往前走，曲裡拐彎，曲裡拐彎，淨走些溝邊、地角刺槐棵子、酸草叢，最後血跡沒有了，眼前一個墳，墳上一個大窟窿，往裡一望黑古隆冬的，不知道有幾尺幾丈深。那個人也不敢久留，就沿著來路回去啦。回去後從牆上摘下刀來仔細觀看。看著看著就哭啦，哭著說：「爹啊！我的親爹，兒今日替你報了仇啦……」

那人哭夠了，把刀往脖子上一抹，把氣嗓管子割斷啦，古嘟古嘟冒熱血，冒完了血，就死啦。

整整的一天，那刀拔出去插進來插進來拔出去，窮折騰，我也就不害怕啦。我說你這刀真是插插拔拔拔插插你也不嫌累，天要黑啦，快回家睡覺去吧，要不你娘找不著你該著急啦。刀點點劃劃地，嚓啦抽去，稻草垛外邊錚錚一聲響，再也沒有動靜啦。

村裡有黃牛在叫，還有毛驢也在叫。毛驢的叫聲比黃牛的叫聲好聽多啦。愛信不信，不信咱倆打個賭：你輸了你就是小四眼狗，我輸了我是小四眼狗。——上面的話我竟然不自覺地說出來啦，被孿生兄弟聽到啦。黑暗的草垛裡亮了四顆星，那是他們的眼睛在放光明。

大毛說：「弟弟，你聽聽這個小屁孩在說夢話呢！」

二毛說：「是說夢話。」

小屁孩！小屁孩！屁孩——屁孩——屁孩——你醒醒！

我感覺到十分飢餓。在飢餓中發現他們比我的年齡要大很多，便以年幼為資本，放起賴來撒起嬌來。我用頭撞他們的胸脯、用手揪他們的耳朵、用腳踢他們的狗蛋子。他們用手護著身上要緊的部門，嚶嚶地哭起來。他們倆是身材魁梧的大漢子，被我打得嚶嚶地哭，眼淚滴在稻草上撲簌簌地響。我的心頓時軟了，便停止踢打碰撞，陪著他們哭。

這是個奇怪的夜晚。陰風在草垛外邊啾啾叫著，撕扯著稻草。村裡的狗咬成一片，槍聲不時響起，還有放手榴彈的聲音。好像發生了什麼驚天動地的大事。

我的心裡感到無名的悲痛，不哭就憋悶，便放聲痛哭。他們的感覺與我無疑是完全一致。他們哭得比我還要響亮，還要悽慘，還要動人。在他們的哭面前，我的哭顯得有些虛情假意。他們嘴裡還哭出一些悠長的字眼——因悠長都變了調——似乎是哭爹，又似乎是哭娘。

我們整整哭了半夜。這時村子裡也安靜啦。

他們抽著鼻子，啞啞著嗓子對話。對話大意是：哭完了心裡覺得敞亮了許多，好像把該拉的屎拉出來一樣輕鬆，如果不把淚哭乾淨，憋在心裡就會得心臟病，現在好啦，該幹正經事啦。只是有些餓。餓也得忍著計畫復仇方案。

他們的頭腦出奇的清晰，計畫很周密。計畫完了，他們帶著我這個小屁孩從草垛裡鑽出來。已經是後半夜啦，村子格外的靜。按計畫我們潛行到生產隊倉庫前時黃鼠狼和野貓正在倉庫門口打架，貓眼發綠，黃鼠狼放臊，把貓打得在地上亂打滾。

倉庫的門上持著鐵鎖，我們進不去。按計畫去保管家偷鑰匙，保管家的小四眼狗很能咋呼。按計畫去騾子棚裡把老七頭的光板子羊皮大襖偷來。騾子棚插著門。按計畫我從狗洞裡爬進去，從裡邊打開門。我們三個開始偷皮襖。按計畫我們先用騾糞把老七的耳朵眼堵住，讓他什麼也聽不到。按計畫我們把煤油燈裡的油滴到老七眼裡，殺瞎他的眼，讓他什麼也看不到。摸著他的耳朵眼往裡堵馬糞時，他老打噴嚏，還罵娘。把煤油倒到他眼裡，他嗚嗚地叫，從炕上滾下來，罵娘，摸索著到飲騾子的水池裡洗眼去啦。按計畫趁老七在水池邊上洗眼時，我們就把他推進水池子裡去啦。

我們大搖大擺地拿到了老七的光板子羊皮大襖。老七在水池子裡打撲棱啦，咕咚咕咚喝水哩。

按計畫我們來到倉庫保管家門口，把羊皮大襖翻過來。羊毛在外，光板子朝裡。大毛往身上穿，穿不進去。二毛子往身上穿，穿不進去。大毛二毛讓我把皮襖穿上，我呼隆就鑽進去啦。大毛二毛讓我趴下裝妖精。我真高興，忍不住想笑。

倉庫保管員家養著一隻四眼子小母狗，聽到一丁點動靜就窮叫喚：昂昂昂、昂昂昂。

我趴在地，大毛二毛說往前爬，我就爬。我真高興。嘴裡學鬼叫。我身上長著黑毛黃毛紅毛白毛，成了一頭雜毛野獸。

小母狗聽到動靜就撲出來——保管員家土牆豁開，沒有大門——昂昂昂！昂昂昂！狗叫。吱吱唧唧嗚嗚呀呀嗷嗷哇哇哼哼吭吭啊啊喵喵嘔嘔……我叫。一定要有明亮的月光，要不小母狗怎能看到我呢？於是月亮鑽出雲團，澄澈的月光灑遍大地，我明明白白地看著小狗，小狗也明明白白地看著我。我知道牠是個小狗一點也不害怕，牠不知道我是個小孩怎麼能不害怕呢？小狗嚇毀了，嚇得說話的聲音都變啦：原來是「昂昂昂」、現在是「啊嘔嘔……」。牠轉身就往家跑，一頭闖到房門板上。房門嘩唧一聲敞開啦。小狗蹦了一個高從半空裡掉下來，蹬崴蹬崴腿，死啦。我把小狗活活給嚇死啦。

保管員和他老婆聽不到我們的動靜？

我從地上站起來——我不願意站起來，我覺著裝妖怪比當小孩好玩多啦。小孩太不好啦，吃不飽，穿不暖，爹也打，娘也踢，哥哥姊姊當馬騎——是大毛和二毛把我從地上提拎起來的。趁著皎潔的月光，利用小狗為我們撞開門的方便，我跟隨在孿生兄弟身後，潛進了保管員的家。屋裡連打呼嚕的聲音都沒有，真靜，怪嚇人，蟋蟀的叫聲像利箭一樣穿透牆壁。

我看到大毛二毛蹲下啦，也緊跟著蹲下。蹲了一會兒，我們的眼睛都亮了，看到梁頭上吊著一個人，光溜溜一絲不掛，上邊浪當著一根大舌頭，下邊浪當著一根大黃瓜，你說可怕不可怕！

往炕上一看。保管員的老婆披頭散髮，滿臉都是藍顏色；一摸，黏糊糊；一聞，腥呼呼；才知道是血，炕沿上放著一把切菜刀。不知誰殺了她。

孿生兄弟每人搗了保管員一拳。我也搗了他一拳。

孿生兄弟每人摸了保管員老婆一只血奶子。我摸了保管員老婆兩只血奶子。

我看到他們兩個翻箱倒櫃，好像要找什麼。找什麼呢？找了一把大鑰匙，倉庫門上的。

按照原定計畫我們打開了倉庫門，偷出了一瓶子毒藥。按計畫我們應該把毒藥倒進阮書記家的鍋裡，把他和他老婆毒死，可等我們走到阮書記家高牆外，扒開豬圈牆上的小洞，鑽進他家的豬圈——沒及往院子裡走，就聽到一隻大公雞哽哽起來。阮書記也咳嗽起來，那頭母豬也用兩條後腿站著，舉著兩條腿像舉著兩隻小胳膊一樣，對著我們撲上來，大毛把毒藥瓶子扔到豬食槽裡。二毛早鑽出牆外。母豬撲到我身上，把老七的大皮襖剝去了。我鑽出牆，大毛也鑽出來啦。

然後跑哇跑哇，跑得上氣不接下氣；鑽進了稻草垛裡。

天又明啦。

我比那時候還小的時候就聽說過：大隊飼養場裡的一頭母豬成了精。每當夜深人靜的時候，就用前腿扶著牆立起來，練習走路。很快就能夠只用兩條後腿在土坯房裡扭扭捏捏地行走啦。像個小腳女人一樣。腳上穿著高跟的粉紅色小皮鞋。手上戴著烏黑光滑明亮的皮手套。豬們都羨慕地看著她。豬們臥在尿泥裡凍得打哆嗦，她卻氣色良好，優雅地散著步。

孿生兄弟有一天夜裡同時驚醒，同時想把睡夢中見到的奇異景象告訴對方。其實根本不需要開口，他們同時抓住了對方的手，驚喜的交流便電一樣地開始了。後來他們輕手輕腳地下了炕，像倆灰白的暗影飄出磚屋，來到土坯房前，踏著磚坯，把著窗櫺往裡瞅。

請月亮出來！要大，要亮，要像瀑布一樣瀉進土坯房，照得滿室亮堂堂，好像戲台子一個樣。

月光滿室，亮得有些古怪。他們看到那頭漂亮的、還沒結婚的母豬正用嘴巴擦皮鞋，其他的豬嫉妒地看著她，有一頭名叫「巴格郎」的閹公豬故意裝出夢遊的樣，爬起來，抖擻著僵硬的鬃毛，走到她（約克霞）身邊，撞了她一膀子，這還不算，還刺啦刺啦地往她的皮鞋上撒尿呢！

約克霞氣哭啦。一串串的眼淚沿著又黑又硬的睫毛往下滾。她的身體雪白，比月亮更美好。她這一哭把巴格郎弄得很尷尬，連聲賠著不是，回到尿泥裡臥下去了。

約克霞梳裝完畢，站起來，在屋裡來回走，腳步那麼輕捷，屁股扭得那麼活泛，小尾巴在兩腿之間扭呀扭呀真好看。簡直像跳舞。瘦得皮包骨頭的豬，患了重感冒的豬，都用爪子敲地，表示讚賞，也打著拍子，還用嘴吹口哨，吱吱地響。連那兩頭得了豬瘟明天注定要死的豬，也堅持著把昏昏沉沉的腦袋抬起來，發出一聲低沉的嘶鳴，為約克霞小姐喝采。

約克霞跳累啦，回到她的鋪著乾草的床位上，坐下，從牆縫裡夾出一條花手絹，揩著額頭上的汗，她說：「朋友們，這是我為你們進行的最後一場表演啦，很快，我要去一個新地方，嫁給一個有權有勢的人。」

豬們都流露出羡慕的目光，當然也有嫉妒的，但即便是嫉妒也不敢公開說出來，甭說是有權有勢的人，就是有權有勢的豬，也得罪不起呀！

第二天夜裡，那頭會說人話、能直立行走的小母豬就從土坯房裡消失啦。

他們經常半真半假地看到，那條母豬穿著的確良布縫成的花襯衣，前腿上挎著一只小皮包，在大街上行走。又住了幾年，她上街時腚後跟著一群穿背帶式褲衩、滾瓜溜圓、活蹦亂跳的小傢伙，可愛得不得了。

漫長的、枯燥的白晝又開始啦。孿生兄弟與昨天一樣，躺在稻草上沉沉大睡，嘴裡咕嚕著連串葡萄似的夢話。夢話的內容是與放牛放羊有關的事，摻雜著那頭會說話的漂亮女豬的事。我仔細聽了一會，猜想到他們曾經在年幼時跟隨著一個生黃病的男人到大河灘裡去放牧牛羊，那男人教會了他們胡鬧。他們鬧上癮來差點送了小命。還有就是他們的爹曾與那頭女豬相好的事。還有就是他們的爹逼他們與那女豬胡搗弄，故意讓老阮書記看到，老阮捂著心口窩坐在地上。爹指著與豬胡搗弄的孿生兄弟問老阮：看看看，這兩個狗兒子怎麼樣？老阮臉如黃金捂著心口窩蹲在地上，說犯了心臟病啦。沫洛會提著紅纓槍去喊女赤腳醫生。赤腳醫生——臉紅銹。挺著個特別大的肚子。他們說一眼就看穿那肚子裡有兩個小孩，都是女孩。彎著腰，盤著腿，抱著腦袋，閉著眼。

我又一次感到飢餓。孿生兄弟神神鬼鬼的可以不吃飯，我不吃飯可不行。我試圖扒開堵洞的稻草出去尋點東西吃，剛要動彈，那把明亮的大刀嚓啦一聲戳進來，不是我躲得急非被穿個透心涼不可。刀面上的嘴厲喝一聲：「哪裡逃！」

我哭咧咧地說：「你行行好，放俺出去吧，俺已經好久沒吃東西，快餓死啦。」

刀上的嘴撇了撇，說：「快去快回——你這麼討人喜歡的一個好孩子，怎麼捨得殺你？」

我從草垛裡鑽出來，跑到一塊地瓜地裡扒了兩個地瓜生啃啦。肚子咕嚕嚕響，還不飽。跑到花生地裡扒了一堆花生，剝著皮生吃了。肚子吐嚕嚕叫，還不飽。跑到蘿蔔地拔了兩個大蘿蔔，啃著吃啦。肚子不叫啦，飽了。剛要起身回稻草垛，從地道裡鑽出來兩個民兵，把我活捉啦。

兩個民兵，頭上紮著一樣的藍白格子毛巾，正腦門上打著一個蝴蝶結，紫花布褂子，白洋布肥腿大襠高麗褲子，斜挎著黃帆布子彈袋，攔腰捆一根黑皮帶，皮帶裡別著兩顆木柄手榴彈，右手提著一桿黑色的漢陽造步槍。這兩個民兵生得一般高低，一樣的眉眼，連說話的腔調，走路的姿勢都是一模一樣，活活像一個模子做出來的。

他們用大槍指著我，虎狼般凶狠，命令我往前走。稍一遲疑，他們便用槍筒子戳我的屁股。戳得我好痛好痛，我不由得哭起來。越哭他們越戳。他們還嚇唬我：「你要是敢再哭，我們就把手榴彈塞到你的腚眼裡去，一拉弦，讓你腚上冒白煙，腦袋上青天。」這句話可把我嚇毀啦，再也不敢哭啦。

他們押著我走進一大片蘋果林，鮮紅的蘋果、翠綠的蘋果、金黃的蘋果……果實纍纍綴滿枝頭。他們不彎腰蘋果就會碰撞他們的頭。熟透了的蘋果被我們激起的氣流吹得噼哩啪啦地往地上掉。地上其實早已經鋪了一層蘋果，大多數都開始腐爛，發出一股酸溜溜甜絲絲的味道。

一群小黃鼠狼在樹枝上躥跳著，啃著蘋果。

我瞅著機會，撒丫子就跑。

他們高喊：「站住！你這個反革命！再不站住就開槍啦！」

我猜想他們的槍一定是演革命樣板戲時雕刻的假槍，所以放膽跑。跑著跑著，聽到腦後啪——勾！一聲槍響！在我腦後又一聲槍響：啪——勾！這兩個狗娘養的，拿著真槍呀！我一頭栽到沙地上，啃了一口沙土，肚裡的地瓜花生蘿蔔塊子，湧到嘴裡來，摻雜著一股屁味，連忙吐掉。槍聲震盪，滿園裡的蘋果往地上掉好像下冰雹一樣。

他們攥著我的胳膊把我從地上提拎起來，罵道：「反革命！哪裡逃？」

他們再也不敢鬆開我的胳膊啦。像拖死狗一樣拖著我。剛走出蘋果園子，就望到三棵高大的白楊樹，白楊樹下圍著黑壓壓一大片人。口號聲震天動地，楊樹上的烏鴉呱呱亂叫。

他們把我拖進人堆，扔在地上，向坐在一張八仙桌後的老阮彙報：「阮書記，我們抓到一個壞分子！」

阮書記還跟幾十年前一個模樣，通紅的大臉上汪著一層油，連一根細皺紋都沒有。他瞥了我一眼，不搭理的樣子，隨便說一聲：「待會再說。」

「是！」他們回答。

「你說不說？」阮書記冷冷地盯著被反剪了雙臂、剝光了衣服、跪在八仙桌子前的、飼養騾子的老七頭。老七頭今年六十一，大號叫做李歡喜，給生產隊裡餵騾子。騾子用堅固的大牙，咀嚼著穀草的結節、炒黃豆的味道直透我們的肚皮，引起腸胃的痙攣。這是怎麼回事？

「冤枉啊！阮書記！您老人家明察善斷，不該我老頭的事啊……」

白楊樹上早安裝好了定滑輪。

「狡猾！」阮書記威嚴地說：「吊起來！」

兩個民兵拉著繩子，老七頭吱吱喲喲升了空。人被吊起時，為什麼要使勁低著頭？人被吊在高大的白楊樹上時，鼻子裡為什麼要躥出黑色的血？

「你說不說？」阮書記問。

「冤……枉……啊……」

阮書記做了個手勢。兩個拽著繩子的青年民兵同時把手鬆開。

老七頭掉在地上啦。

里格龍格里格龍……適才聽得司令講，阿慶嫂屁股害癢癢……參謀長為俺看了病，診斷結果是痔瘡……里格龍格龍……這小刁一點面子也不講，不由俺老胡怒滿腔……。（摘自革命樣板戲《沙家濱》第十二稿）

老七頭掉到地上後，圍觀的群眾便齊聲高唱起上邊摘錄的戲文，連胡琴演奏的「過門」也由嘴哼出來。一時群情振奮，場面十分紅火。

阮書記大聲說：「你老實交代！」

地上沒動靜。一個民兵彎下腰去試試老七頭的鼻子，直起腰來說：「阮書記，他已經斷氣啦！怎麼辦？」

阮書記說：「放到大鍋裡煮爛了，埋到蘋果樹下，上等的肥料。」

阮書記還說便宜了這條老狗。

抓我來的兩個民兵向書記請示：「書記，這個小崽子怎麼辦？」

「他犯了什麼罪？」阮書記問。

「他偷地瓜吃，偷花生吃，偷蘿蔔吃。」

阮書記冷冷地打量著我，又冷冷地說：「這樣的小雜種，留著也是禍害，拉到白楊樹下去斃了吧！」

群眾歡呼起來，十幾個小腳的老太太從人群中擠出來。她們一個個塗著胭脂抹著粉，嘴唇上刷了一層紅漆。來到八仙桌前，她們就開始脫衣服，脫得只剩一條三角小褲衩，小褲衩都是用鮮豔的紅綢子縫的。脫完了，每人腰裡紮上一條紅綢子，一手扯著一塊綢子角。匡采匡采匡采……鑼鼓響，好熱鬧！祖國大地紅爛漫，好看好看真好看，這就扭起身歌來啦。

我雖然死啦，但還牢記著若干年前這場好戲。老太太們有胖的，有瘦的，胖的一肚子脂，瘦的一身骨頭。有的奶子像大水罐，晃蕩晃蕩的；有的奶子像空口袋，耷拉到肚臍下；有的奶子沒了，只剩下兩個大奶頭子貼在肋條上。

我雖然現在早不活了，但還是知道這群跳舞為我送終的老太太後來都被餃子撐死啦！活該，誰讓她們撈著不花錢的餃子就猛吃呢！

就在老太太們的輕歌曼舞中，兩個民兵把我架到大樹下，告訴我不許亂動彈，然後他們就走啦。等了好長時間，還沒動靜，我有些著急，轉身回去，看到在離我五十米的花生地裡，四個民兵正在挖掩體呢。抓我來的民兵高叫：「回過頭去——不許偷看——！」

我面對楊樹的粗幹，研究著粗糙的樹皮。越看越有趣，這些乍一看疤疤癩癩的樹皮，原來都是美好的圖畫：山，水，鳥，狗，馬，羊，眼，鼻子，房子……什麼都有。樹皮突然迸裂，露出了白茬子，纖維崩斷，滲出了樹汁。好久我才聽到槍響。我下意識地轉身，迎面就是一道奪目的藍光，耳朵裡嗡一聲響。響聲越來越尖越細，像一縷藍煙裊裊上升，升到高空中，匯合成一個團體，成為一個新的輕清的生命，我獲得了自由，我獲得了幸福，我獲得了歡樂。在我周圍，舒緩地騰挪著千萬匹金黃色的天馬。牠們的脖子彎曲好像點水的天鵝，堅實的利蹄劈斬著輕清的去霧……如果我躍上了一匹天馬，牠就會把我馱到九重天上去，但我眷戀著地上的風景，想看看被靈魂拋棄的我的肉體是什麼樣子，掛念著還在稻草垛裡說夢話的孿生兄弟。我堅決地墜落在地上，落到狂舞的老太太之間，她們竟然看不到我！這個發現使我欣喜若狂！

我揪住一個老太太的長奶子，用力撕了一下子。她叫喚了一聲，嚷道：「誰撕我的奶子？」她轉著圈尋找撕她奶子的人。我忍不住嗤嗤地笑起來。老太太掄起巴掌對準笑聲打過來，我輕輕一歪身體就閃過去了。為了教訓她，我對準她的屁股踢了一腳。她栽倒在地，爬起來，從跳舞隊裡退出來，飛一樣地逃跑了。

那兩個抓我的民兵英雄站在阮書記身旁，活像兩根樹樁子，我本來想去揍他們，但突然發現了我的屍體。天！我的腦蓋都被炸子掀掉了，腦漿子濺到了樹皮上，紅紅白白的，招來了一大群紅頭綠蒼蠅。我的小腿還在抖呢！憤怒湧上了我的心頭。

我蹦了一個高，搧了那個開槍打死我的民兵一個耳光子。

「誰打我？」他吼著。

旁邊的民兵嘲笑他發了瘋。

嘲笑別人是反革命的行為！我對準他那張嘲笑別人的嘴就捅了一拳。他捂著嘴嚎叫著：「嗚嗚……誰打我……」血從他的牙齒縫裡滲出來。他的牙硌得我的手巴骨好痛。

又找到那抓我的民兵，每人賞了一耳刮子。

清脆的耳光聲誰都能聽到。

我該不該打阮書記呢？即便做了鬼魂我也怕他，他的肥胖的身體裡輻射出一股扎眼的紫線，我繞著他轉圈，卻不敢逼近他的身體搧他的耳光子。

「你們胡鬧什麼？」阮書記看節目正得趣呢，把民兵們臭罵了一頓。

我圍著我的死屍轉了一圈，便徜徉揚長向村子走去。

到了稻草垛邊，我碰到了一個陌生的漢子細看又有些熟識。他一臉血，牙也掉了。問我是誰，我說：「你管我是誰！」剛要進草垛，又有一個美人拉住了我的手。她是我的老熟人啦。我說你是大毛二毛的親娘，我是大毛二毛的好朋友，我們一起來為你丈夫報仇呢！

女人剛欲啟齒說什麼，那男人就撲上來了，抓住女人的頭髮，按倒在地，又抓又撕又踢又咬，一邊蹂躪一邊痛罵：「臭婊子！臊母狗！你為什麼要讓他弄你？他弄了你你為什麼還要瞞著我？……」

女人掩面慟哭，遍體鱗傷，頭髮一綹綹掉下來。

我很可憐這個女人，便上前勸解。那粗魯男人力氣大極了，他扯著我的頭髮一甩，就把我甩到稻草垛後邊去啦。

女人趁機逃跑，男人緊追不捨，一轉眼就滾到溝裡去了。

我聽到溝裡的動靜很難聽，探頭一看：男人騎在女人身上，胡竄竄，手也撕，嘴又咬，啊咦，這個女人算是倒了血楣啦。

搖搖頭，歎歎氣，鑽進了稻草垛——我像一股氣一樣灌進了草垛裡。孿生兄弟正在訴說著他們的夢境：

弟弟，我看到那個小屁孩被民兵槍斃了——哥哥，我也看到了。他的腦漿子噴了一樹，一群蒼蠅在那兒吃——老七頭跌死啦，這會兒正在鍋裡煮著呢——我聞到煮人肉的味道啦——我也聞到了，酸溜溜的，跟驢肉差不多——老阮的娘喜歡吃驢屌。王先生說的，你還記著嗎？——我記著，她還往上邊蘸鹽末子呢——王先生還給咱講過寶刀的事——還說過報仇的事——天要黑啦——已經黑啦——小屁孩已經死啦，好像沒死一樣——我還能聞到他身上的味道呢——我能聽到他喘氣的聲音呢！我們該去放火啦——是該去啦。

我本來想跟他們講話，但不知為什麼，只要我一動了跟他們說話的念頭，嗓子眼裡就有什麼東西咬我。

這一夜孿生兄弟先去王德順家盜來火柴，又去張德順家偷來煤油。爬到阮書記家的豬圈裡，被那頭母豬咬了一口。但畢竟是點著了草垛。火苗燃起一尺高時，阮書記驚醒，吹響哨子，來了一群民兵，一會兒就把火救滅了。

民兵們打著燈籠火把搜查縱火犯，孿生兄弟躲在牆角上。我把民兵們的燈籠火把弄滅了，幫助他們跳牆逃走。

有刺客的消息使阮書記很不安，他讓人把牆頭上拉起了鐵絲網，院牆上那個通豬圈的窟窿外邊掘上了一個兩丈深的陷阱，陷阱裡栽著鐵蒺藜、竹籤子，掉下去就別想活。

這些情報，孿生兄弟都夢到了。

怎麼辦？弟弟，難道這殺父欺母的血海深仇咱就不報了嗎？——哥哥，俗話說「君子報仇，十年不晚」，再說，爹活著的時候，也老是折磨我們——他再不好也是我們的爹，不報仇，人家會笑話咱們無能——我對老阮也不是太恨，他要是給我們當爹可能也不錯——弟弟，你怎麼啦？昏了蛋？糊塗啦？爹是什麼？爹是咱的根、種……

孿生兄弟因為報仇受挫，第一次發生了爭執，兩顆永遠步調一致的心靈出現了混亂。我看到二毛的腦子裡有個地方不好，就對準那兒打了一拳。於是，爭論消失，一條報仇的良策同時浮現在他們的腦海裡。

他們到村裡的白菜地裡，每人拔了一顆大白菜，抱著，來到了村後的河邊。河裡究竟什麼時候發下了大水我不知道。紅柳叢裡拴著一只小舢船。他們抱著白菜跳上船，他們把白菜放在船中央，每人抓起一把槳。我捨不得離開他們，雖然我已經死了他們還活著我也不想離開他們。我跳上小船，小船晃蕩了一下。

小船小船為什麼為什麼晃晃蕩蕩?!

我們我們的的朋友朋友小屁孩小屁孩正在正在把船把船上……

船一出紅柳叢，立刻就進入湍急的中流，「一輪巨大的水淋淋的血紅圓月」從浩浩蕩蕩的河水中冒出來。河水往東流，流得激烈不平穩，小船被浪頭催得顛簸。孿生兄弟骨骼巨大，肌肉豐滿。大白菜兩棵像大白腚豐滿含著很多水。小船吃水很深，水面幾乎接近船舷，浪花濺到裂縫的船鋪板上。我死了拋棄了皮囊還有重量沒有？這古怪的疑問跳進我的腦海。我跳到船舷上——船舷只有一扇蛤殼那麼薄，除了我別人休想站穩。你站不穩他站不穩你娘站不穩他姨也站不穩。孿生兄弟笨拙得如同蛻毛的狗熊更站不穩——小船立刻傾斜啦，一個浪頭響亮地砸在大白菜上。孿生兄弟憤怒地驚恐地吼叫起來：混蛋混蛋小屁孩不許你胡鬧。我被他們著急的樣子逗樂了，憋不住的笑聲噴出來。他們嚇唬我：小屁孩我們會凫水你不會凫水。弄翻了船先把你淹死！

他們一手握槳，舉起另一隻手讓我看連結著他們手指的蹼膜。

我坐在白菜上，看著他們用力划槳。一下一下的很有板眼，好像受過專門訓練似的。

小船是朝著東西方向涉過去，遙遠的小河對面，有一個黑呼呼的大村子，狗在村中叫，隱隱約約的，朦朦朧朧的，好像夢囈一樣。河水低沉地嗚咽著，聲音很大，但壓不住船頭豁開水面的聲響，也蓋不住船槳划破水面的聲響。月光均勻地灑下來，但浪的平緩的峰是閃爍的金黃色，浪的舒緩的谷是閃爍的黛青色。往東一望，剛剛跳出水面的月亮比一個車輪還大，並不圓，似生著八個角。剛剛出水的八角大月亮把一道長長的大影子投到河面上，明顯出奔流的河水宛若月光在流淌，宛若血在流淌。我望見那一片茂密的紅柳像彩色的雲團一樣，小船就是從那雲團裡划出來的。

我閒得無聊，就用手撩著水直潑到他們的臉上。他們說我如果繼續搗亂就用槳把我搧到河裡去餵鱉。

終於漂到對岸時月亮已升起很高了，升高了，變白了，團圞如一盤銀，滿河裡白亮，水面上漂流著紅花。

我們跳到岸上，把船拴在樹上。樹旁邊立著一幢高大的鐘樓，半截淹在河水裡。鐘樓上的大錶盤裡，分針像根巨臂，每隔一會，就往前跳一格，跳格時必定要咯崩一聲，很響。

孿生兄弟抱起大白菜，並著膀走，盡走些牆角旮旯，但顯然走的是熟路，我有時跳到他們身前，有時跳到他們身後。

一定是後半夜了，因為天氣有些涼。怎麼拐彎抹角地繞到村外來啦？來到一道土牆前，隔著土牆望到三間草房。他們挾著大白菜，扶著牆頭跳進去啦。我早就在牆頭上跑了好幾圈啦，看到他們落地時踩破了一扇葫蘆瓢。一條小公狗衝他們搖尾巴。

他們敲窗戶，壓低嗓門喊：「九姑，給您送白菜……」

「誰……」炕上有個女人打著呵欠。

「大毛。」

「二毛。」

「是你們兩個狗。」

九姑開門，點燈，關門。她披著一條毯子，老粗線織的，九塊六毛錢一條，瓦灰色，鑲著紅邊。毯子裡她光著腚，進門時我早看到了。

九姑把孿生兄弟讓進裡屋，乜斜著眼，把光著腚的孿生兄弟從上看到下又從下看到上。

「狗雜種，來幹什麼？難道要來跟九姑睏覺？」

「給九姑送白菜。給九姑送大白菜。」

九姑點著一枝菸，插到嘴裡鼻孔裡冒青煙，瞇著眼看那兩顆肥胖的大白菜。

「實話說吧，找九姑幹什麼？」

孿生兄弟兩張嘴啟開，咕咕嚕嚕地說出一通話來。大意是要藉九姑的法術報仇，取老阮魂靈。

九姑把菸屁股一吐，吐得真俏；菸紙還黏在她的嘴上，菸絲兒四散。九姑說她也恨老阮那個老騾子，正要作法治他。但九姑說她餓了。命令孿生兄弟剁白菜包餃子。九姑找了兩把菜刀，發給孿生兄弟每人一把。孿生兄弟就剁菜，剁得一片刀光。白菜味鮮美。又剁爛了一塊醃肉。然後和麵、包起餃子來。孿生兄弟一個燒火，一個擀皮。九姑包餃子，毯子披在肩上，露出兩個雪白的奶子。我把九姑的毯子摑掉，露出了九姑的白腚。九姑把毯子披上，我又給她摑掉。氣得九姑跺著腳罵毯子。乾脆扔到炕上不披啦。我對準九姑的腚打了一巴掌，呱唧！九姑蹦了一個蹦轉回身，剛要罵，看到大毛蹲在灶前老老實實燒火，二毛站在板前低著頭擀皮。九姑心裡一定犯疑，她看不到我。我轉到她背後，對準她的屁股又是一巴掌，呱唧！有鬼！有鬼！九姑從牆上摘下桃木劍，胡劈亂砍。呱唧！有妖婆！呱唧！讓你砍！

大毛二毛笑起來。

龜兒，跟你姑玩什麼猴兒戲。

九姑九姑別生氣，不是我們是小屁孩。

小屁孩小屁孩你別搗蛋啦九姑包餃子給你吃。

餃子下了鍋。從南來了一群鵝，跩啦跩啦跳下河。知道謎底嗎？餃子。

餃子熟了，端到炕上。我吃了二十個就飽了。然後就跟九姑搗亂。把餃子扔到九姑的脖子上，放在九姑肩頭上，擱在她的頭頂上，扔進她的大腿裡，燙得九姑吱哇亂叫。

孿生兄弟不高興啦，我老實啦。

吃完餃子九姑就把孿生兄弟叫到炕上，說是要施法術了。九姑端著一個顏色碟子，碟子裡有紅顏色、黃顏色、綠顏色、藍顏色、白顏色。九姑叫他們仰面躺著，閉著眼，一睜眼就會破了法術。九姑真有景：在炕上跳一陣唱一陣，用刷子蘸著顏色往孿生兄弟身上亂塗亂抹，紅一道，綠一道，一片藍，一片黃，鬼畫符。他們的「胡蘿蔔頭子」也給塗得花花綠綠，不像個人樣子。還有些景我不願意說啦……

天要放亮時，九姑命令他們起來，看她斬阮書記的靈魂。

九姑弄來一張黃裱紙。平放在桌子上。

點起兩枝紅色大蠟燭，火苗子晃晃，連人眼都冒藍星星。

九姑在他們身上蹦蹦跳跳，用屁股蹾他們。蹾夠了，在黃裱紙上畫了一個人頭。

這就是阮大頭呀呀呀……

九姑披散著頭髮，仗著劍，嘴裡吐著白沫。喝一口鹹水，噴到桃木劍上。然後運氣，眼睛冒綠光，咿咿呀呀唱著：我是那黎山老母下凡塵……吃了餃子有精神……全心全意為人民……幫大毛二毛斬仇人……

她又喝了一口鹹水噴到劍上。又喝了一口鹹水噴到黃裱紙上。然後，對著黃裱紙上的頭劈了一劍。

一會兒，紙上紅殷殷一片鮮血！

九姑仰面朝天往後倒。

甦醒過來，九姑說：殺了一夜鬼，累死啦。

孿生兄弟問九姑，阮書記死了？

九姑說：他的魂死了！肉還活著，你們放心大膽地砍去吧，剁去吧。

天亮的時候，我們划船過了河。

我還聽說那個現在早爛成了泥土的王先生給孿生兄弟講過一個報仇的故事。說朱元璋做皇帝之後，一天三頓盡吃好飯：餃子啦，包子啦，大白菜燉豬肉啦，粉皮大豆腐啦，反正都是好東西。人這種東西就不能吃飽了，吃飽了就尋思事。什麼事？弄女人唄。有了昏君不愁奸臣。說有個奸臣名叫錢廣——就是《青松嶺》裡那個錢廣？——小孩子聽大人說話不許打岔！說起錢廣這個奸臣，可不是個好東西！他是中國爹美國娘，蒜薹脖子一丈多長，雙腿羅圈著好像彈簧。他是吃鐵絲拉彈簧——一肚子彎彎腸子。滿肚子都是壞水兒。到處給皇帝找美女，胖的，瘦的，白的，黑的，一群又一群，皇帝都看不上眼。錢廣見皇帝鎖著眉毛、陰著麻子臉不高興，急得好像熱鍋上的螞蟻似的。說這一天錢廣在北京城裡胡轉悠，皇帝說三天之內找不到好女人就要他的狗頭。錢廣想：萬歲爺啊萬歲爺，要是俺老婆中您的意，俺錢廣也早就獻上了，有好女人奴才還敢藏起來不成？錢廣想著想著動了感情，兩眼淚汪汪，看看那條護城河，想：跳下去自殺了吧，活著不能讓萬歲爺開心，還不如死了好。正要往河裡跳時，忽聽到一條小巷子裡傳出一個女子的歌聲。那嗓子高得呀，尖子拔尖；那曲兒好聽喲，直往肉裡滲。錢廣三步並做兩步走，兩步並做一步行，站在窗外，用舌頭舔破窗戶紙，單眼往裡這麼一瞅，啊咦俺的親天老爺來！屋裡站著一個奇俊怪俊的大閨女。錢廣一步闖進去，拿出介紹信來，說明了身分，錢廣問那女子願意給萬歲爺去當小老婆嗎？女子說不願意。錢廣說你不願意就活剝了你爹的皮。她爹早在外屋跪下啦，嘴裡高喊謝主隆恩！錢廣說你爹都願意啦，你還拿捏什麼？沒有你爹你能從石頭縫裡蹦出來？女子說俺願意啦。正說著呢，一陣奇香撲鼻，錢廣抽搭鼻子問：什麼味？什麼味？那女子紅著臉不吱聲。還是女子的爹說：不瞞上官，小女子每天能放九陣香氣，每次十分鐘。錢廣拍手叫好說：好寶好寶，此寶除了萬歲爺，誰配受用！錢廣問：你們家有電話嗎？老頭說有：在桌子上。錢廣立即給皇宮裡打電話。當天夜裡就來了一乘大轎，吹吹打打把九香女抬走了。

說皇帝自從得了九香女後，恨不得放在嘴裡含著，那恩愛比海還深。馬上扶成貴妃，把原來的貴妃拉到南河邊上斃啦。皇帝批了幾個條子，讓九香女的一家過上了富貴日子。錢廣也提拔了好幾級。

說這一天，九香女坐在皇帝腿上扭著屁股放香氣。皇帝歡喜，被香味熏得暈呼呼地說：天下沒有比你好的女人啦。九香女也是得意忘了形，她說：臣妾還不是最好的。龍眼圓睜，像兩盞鋥亮的電燈泡：還有誰比你好，快告訴寡人。九香女說：俺姊姊比俺還好。皇帝問：怎麼個好法？九香女說：臣妾每天只能放九陣香氣，臣妾之姊每天能放十陣香氣。皇帝說：那不成了十香女啦？九香女說是十香女。

皇帝一把將九香女推開，喝令傳錢廣。

錢廣小跑步登上金殿，撲地跪倒，口稱萬歲萬歲萬歲萬萬歲。皇帝吩咐手下先打錢廣四十大板，打得錢廣叫苦連天，皮開肉綻。皇帝罵道：錢廣，你這個雜種，竟敢蒙蔽寡人，把一等十香女藏起來自己受用，把二等的九香女獻給寡人！錢廣磕頭如搗蒜，說：萬歲容稟，非是奴才藏匿一等好寶，只是因為這十香女已於兩年前嫁給了當朝宰相。

皇帝沉吟不語。後來總覺著不甘心，就傳令讓宰相到冰山上去跑馬。宰相不知道怎麼得罪了皇帝，就回家問老婆。十香女也弄不明白皇帝的意思。兩口子正納悶著，小姨子打來了電話，說：姊夫好自保重，皇上對姊姊有了意思。宰相長吁一口氣，與懷孕的十香女告了別，兩口子哭了一陣，宰相說：君令臣死，臣不敢不死，吞了一塊金子自殺啦。十香女解下褲腰帶拴在門框子上正要上吊，皇帝帶著人馬來把她弄到皇宮裡了。

十香女成了皇后。但肚裡的孩子眼見要足月啦，十香女知道皇帝有婦科知識，一算日子就知道不是龍種，為了斬草除根，必殺無疑。十香女就說：兒啊兒，為了你給爹報仇，你再等一年出來。那孩子果然又在十香女肚子裡待了一年。這孩子一生下滿嘴是牙。他是誰？永樂皇帝！所以呀，皇帝霸了人家的老婆，人家的兒子篡了朱家的江山。這個仇報得高明。

王先生說：皇帝也是貪心不足，不就差一陣香氣嗎？女人不都是那麼個玩意？您說對不對，阮書記？

聽說阮書記搧了王先生一個耳光子，第二天就把他攆回家去。不幾天，王先生就喝了毒藥死啦。

渡過了大河。我們穿過厚厚的淤泥時看到那個被打死的爹和那個鬼女人在廝打，「婊子」、「母狗」之類臭罵不絕於耳，他們在淤泥裡翻滾著掙扎著。我們把他們甩在後邊，一反常態不躲躲閃閃是大搖大擺，走在村中的大道上，沫洛會的軍號又吹響。孿生兄弟赤裸的身體上五彩繽紛，吸引著村民的目光。那些耗子般的村民，都畏畏縮縮，不知道怕什麼。他們倆大步往前闖，一句話也不說。

逼近阮書記家的漂亮住宅時，有一些拖著破大槍的民兵正懶懶散散地往響號的地方走。我們忽然聽到喇叭裡說：統治村莊四十年的阮大頭被撤銷了官職。他無惡不作，魚肉鄉里，欺男霸女，惡貫滿盈。保衛他家宅院的民兵隊即刻撤退，新任書記號召全體村民有仇的報仇，有冤的伸冤。

我們走進老阮家的大院時，滿院子亂糟糟的人正在抄家。抄出了胡椒一麻袋，大蒜二千顆，香油一甕，綾羅綢緞不計其數。

老阮坐在一個方凳上，背靠著新用石灰刷過的雪白的粉壁，耷拉著眼皮，不言不語，任憑著人們把他的家財搶掠一空。

人們都撤了時，孿生兄弟才從牆角上跳出來。這麼兩個高大的光腚猴子突然出現，何況身上還五花八門，因此好像把老阮嚇了一跳。

孿生兄弟身上的肉抖，好像是膽怯。

還是老阮先說：「兒子們，來得好！」

「大老阮！」

「阮大頭！」

「找你來伸冤！」

「找你來報仇！」

「你強姦了俺娘！」

「你槍斃了俺爹！」

「我們我們要報仇報仇啦啦！」

老阮抬起大腦袋來，連聲歎氣，然後說：「兒子們，想怎麼處置我？」

孿生兄弟面面相覷，拿不定主意。

兩人商量了半天，才猶豫不決地說，「我們要砍斷你的腿。」

「好好好，兄弟倆一人一條，換著來。」老阮和氣地說，「大毛到牆角上把斧子拿來，二毛去廂房裡把木墩子搬出來。」

他們乖乖地提出了斧子，搬出了木墩子。

老阮坐在地上，把腿放在木墩子上，點著一根洋菸捲，插在嘴裡。老阮說：「兒子們，看老子給你們表演雜技！」老阮的左耳裡冒出滾滾的白煙來。

「奇事！」大毛看著二毛說。

「奇事！」二毛看著大毛說。

「他耳膜上有個窟窿眼！」我大聲喊叫著。

「別愣著啦，誰先砍？」老阮催促著。

兄弟倆你催我，我推你，都不願動手。

「笨蛋！老子下得虎狼種，生出了兩塊窩囊廢！」老阮罵著孿生兄弟，探身抄過斧子，把褲子挽到大腿根，正要自己動手，忽然又說，「你們到窗台上去拿過筆和尺子來。」

孿生兄弟乖乖聽令。

老阮把尺子橫放在雙腿膝蓋下，擺正，用鉛筆貼著尺邊畫，畫出清晰的黑槓在膝蓋下。老阮說：「砍齊了才好看，要不一條長一條短，叫我如何見人？」

他比量比量，一斧子剁下了左腿，放在身邊立著。斷口處的皮肉緊著往裡縮，又一斧子又一斧子又一斧子砍下右腿，和那條左腿並在一起立著。兩條腿如同小醉漢一樣晃蕩著。

「還要什麼？兒子們。」老阮的腿椿子裡，噴湧著箭桿一樣的紅血。他的臉蠟黃色，掛著一層大汗珠子。

孿生兄弟唯唯諾諾地倒退著。

「把你們要的腿拿走！」老阮叫。

他們撒丫子跑了。

不知過去了幾年幾月，我在村裡遊蕩夠了，正想趁著春天的氣流去尋找出路時，聽到一個高大宏亮的嗓門在街上唱戲。

街上有一個無腿的瘋子在唱戲乞食。周圍一圈人在看。

他的頭臉乾瘦，但龐大的骨骼上殘留著當年曾經肥頭大耳過的痕跡。雙眼裡往外流黃水，但凶光依然逼人。他的膝蓋上綁著兩塊黑膠皮，手上扶著兩只小板凳。小板凳的腿磨得很短了。

他唱道：好心的大娘嬸子們，可憐可憐沒有腿的人……

說他在歌唱，還不如說他在嗥叫。雖然他唱出的詞兒表面像個可憐蟲，但大家都感到暗藏殺機。我早死啦當然無所謂，活著的人心裡卻亂撲通。

有一個老太太端著一碗剩飯，蹣跚而來，眾人為她閃開道路。她把那碗飯放在無腿人面前，菩薩般地說：「可憐的人，吃了吧……」

無腿人高揚起臉來，突發出一陣冷笑。老太太說：「你還笑？」

他笑得更冷，老太太顫抖起來，正待轉身逃走，就聽到無腿人說：「嬌杏——！」

圍觀者知道老太太乳名「嬌杏」的並不多，知道者都膽戰心驚。老太太像僵了一樣，連眼珠都不會轉啦。

「嬌杏，你拿出一碗冷飯，餵狗嗎？」他掄起小板凳，把飯碗打得稀糊爛，「今天是什麼日子？」

是啊，今天是什麼日子，今天是寒食節，鬼節，連鬼都在這一天改善生活。

老太太走啦，走得風快。

當年她真是一只嬌杏，胖呼呼的屁股，捏一把冒香油，兩個奶子挺挺著，奶頭通紅，賽過大紅棗……

老人回憶著，孩子們傾聽著，過一會兒，老人們歎息著走了，小孩們用石塊擲他。

瘋子——瘋子——老瘋子。

寒食節啦，紅柳樹上綻出了米粒大的新芽，向陽避風的地方，桃花骨節咧開了嘴。肥胖的大閨女小媳婦在盪鞦韆，男孩子們在草地上放風箏。

我觀看著風箏的臉，我擰著大姑娘的奶子，我鑽到小學校裡去，趁紅臉蛋兒梅老師睡著的時候摟著她亂親。我還翻開她的被褥，抖開她的枕頭，發現了兩只避孕套，吹成大氣球，綁住口，放到春風裡。這一夜家家戶戶都不安寧，他們議論那斷腿的人，他們在講述一個報仇雪恨的故事。

他們說很古很古的時候，村裡有過一對孿生兄弟，練就一身硬功……

他們說很古很古的時候，有兩個精通法術的孿生兄弟，在這村裡報了仇……

他們說孿生兄弟拉著手，高唱著歌兒，鑽到村前那一大片蘆葦地裡去了……

他們說村後曾有過一堵白粉牆，牆上又是血又是膿，抹畫得亂七八糟，也有人說牆上畫著一只紡錘……

這一夜村裡十分黑暗，黑暗中家家都有老人在講述這嚇人的復仇故事。

我早死了所以我告訴你：

活著的人永遠被死去的人監視著！

第五夢：二姑隨後就到

只要天上出現彩虹，我們就想到那條可怕的諺語，「東虹霧露西虹雨，南虹收白菜，北虹殺得快。」北虹就是出現在北方天際的虹。出現北虹的年頭注定是殺人如麻的年頭。那年的秋天高密東北鄉出現過北虹。北虹與那年緊密相連。北虹是那年的一個驚愕的符號。那年的高密東北鄉與二姑的兩個兒子緊密相連。那年高密東北鄉的歷史是二姑的兩個兒子用鮮血寫成的。二姑的兩個兒子一個叫天，一個叫地。直到如今，我們也搞不清楚是天大、還是地大，據說他們二位也為此爭論不休。

天和地進入村子時，是八月裡一個陰雲密布的下午，當時，村裡的人正聚集在街道上，仰首向北方，觀看著那道鮮豔奪目的彩虹。

天身著黑色機織布制服。地身穿白色卡其布制服。天腰裡別著一枝德國造大鏡面匣槍。地脖子上掛著一枝俄造花機關槍。天身材高大、頭髮金黃、嘴唇鮮紅，大眼睛藍汪汪的、像滴進了幾滴藍墨水。地個頭矮小、駝背弓腰、五官不正、牙齒焦黃。英挺和猥瑣是他們的不同特徵。年輕是他們的共同特徵。

正當村人們為天上的虹憂慮重重時，他們一高一矮、一俊一醜地從橋頭上走過來。河是東西方向，橋是南北方向。橋頭上修築年久的高大門樓是進入這四周高牆圍住的村子的唯一通道。天和地從北虹的方向走來。人們感到他們是從北虹裡走出來的。

他們毫不猶豫地逼近了大爺爺。大爺爺不但是族長，也是村長。大爺爺生著一下巴鋼絲一樣的好鬍鬚。

「二位是……」大爺爺迎上去，問，「二位是從哪裡來的？」

天和地對視了一會，好像在用眼睛交流什麼信息。人們都滿腹狐疑地打量著這兩個對比鮮明的怪客。

天從衣兜裡摸出一張發黃的照片，遞給大爺爺，說：「你認識她嗎？」

地斬釘截鐵地說：「你一定是我們的外祖父！」

天和地手上都戴著又薄又光滑的白綢手套，顯得格外扎眼。

大爺爺打量著照片上那團模糊的人影，嘴裡支支吾吾，說不出清楚的話語。

天說：「難道連你的親姪女都認不出來了嗎？」

地說：「俺娘可是被你們逼走的！」

大爺爺驚訝地說：「你們是二妞的孩子？」

天說：「是二妞的兒子，我叫天。」

地說：「是二妞的兒子，我叫地。」

大爺爺看著天腰間的匣槍和地脖子上的花機關槍，不由地心生畏懼，從皮肉裡擠出來親熱的笑容，說：「啊呀呀，原來是兩位大外甥到了，大喜！大喜！你們的母親呢？」

天和地齊聲道：「她隨後就到！」

飽學多智的父親對我們說：「那年我十五歲半，正是好奇、好動的年齡。聽到你們二姑奶奶的兩個兒子——我的兩個表哥到來的消息，興奮使我渾身哆嗦。由於誰也說不清楚的原因，我們這個在高密東北鄉曾經盛極一時的家族，正在走向下坡路。我的十六個叔叔們，生出了四十八個女孩，與我同輩的男孩只有四個，除了我還算伶俐聰明，其餘的三個，八叔的兒子德高是個黃眼睛的啞巴，二伯的兒子德重是個先天的瞎子，十一叔的兒子德強，是個活了十三歲沒穿過一件衣服的癡呆兒——十一嬸多少次為他穿上新衣，都被他即刻脫下撕得粉粹。相反的，那四十八個姊妹們，則一個個如花似玉，既聰明又伶俐。高密東北鄉老管家的閨女，有一個算一個，個個都不差，這是方圓三個縣都有名的事。我們家女孩太多，牡丹、芍藥、月季、薔薇、玫瑰、蘭花、桂花、菊花……幾乎把花名都用完了，才剛夠為我的姊妹們命名。我們家是半個「百花園」。所以，我在這個家族裡雖然比不上《紅樓夢》裡的賈寶玉珍貴，可也算得上是個「混世魔王」。跟姊妹們鬼混了十幾年，縱然她們都是天仙，也令人膩煩。突然聽說有兩個表兄到來，我興奮得渾身哆嗦，就是很可以理喻得了吧。

你們老爺爺輩上，有親兄弟七個，號稱「管門七虎」，他們的各種故事，我已經懶得講述了，也許等我把二位表兄的故事講完後若干年，再重翻歷史舊帳，把他們虎皮抖擻出來讓世人欣賞——將來的事難說。猶如一棵樹，分成了若干枝椏，我們的家族。雖是分家單過的日子，但由於我的特殊地位，在家族中處處受優待，即便是我的父親與大爺爺的親生兒子為了爭地邊子十分鐘前打了肉搏戰，十分鐘後我到了大爺爺的家，大奶奶也會把她盒子裡的酥焦茅草根拿出來給我吃。吃甜茅草根是我們家族的傳統，這個傳統是相當複雜的問題，我不想講它。

聽到二位表兄到來的消息時，已是掌燈吃晚飯的時辰。我不顧爹娘的阻撓，甩掉了丁香妹妹和桃花妹妹的糾纏，飛跑到大爺爺家裡去。我們的家族其時已分裂成幾十個獨立的經濟單元，但住房因為受祖先宅基地的制約而集中在橋頭胡同兩側，大爺爺的弟兄們已經因為戰鬥和疾病死去了五個，活著的是老大和老小——這死法很有趣——二姑姑是三爺爺的女兒，三爺爺死了，所以我那兩位表兄就理所當然地下榻大爺爺家。

我奔跑在街上，聽到我們家族中的狗發了瘋一樣地吠叫著。那道令人驚異不安的北方之虹已經消逝，但北邊天際上依然有一大片濃重的顏色，好像血溶在了水中。街上模模糊糊地行走著一些人，雖然看不清他們的臉，但從他們嘴裡噴發出來的腐草味兒，證明著他們是我們橋頭街管家的人，也許是八叔，也許是六叔，當然也完全可能是我的這位或那位嬸娘。

在大爺爺家門口，我停住了奔跑，讓喘息聲減弱了，然後從衣兜裡掏出一束火柴棍般長短的焦乾茅草根兒，塞進了嘴中。大爺爺家門樓簷下懸掛著的玻璃燈放射出的昏黃光芒，照耀著我綠色的臉和不停頓地咀嚼著的嘴巴。那天晚上大爺爺家的大門虛掩著，影壁牆上長年架設著的那尊土炮也撤了。為了防匪，大爺爺把自己的家院修築得像座碉堡，院牆上、房山上、影壁牆上，連茅廁的牆上，都挖上了方形的射擊孔。大爺爺和大奶奶各有一枝土炮，還有五枝長短不一的前膛裝藥、打鐵沙子的鳥槍。大爺爺和大奶奶隨時都準備在他的家院裡展開一場保衛陣地的殊死戰鬥。當然，在我的記憶中，這種戰鬥從沒發生過，那場二十年前的唯一的戰鬥，與我的二姑姑緊密相連。那場戰鬥初發時曾是我們整個家族的巨大恥辱，後來竟變成了整個家族的驕傲。畢竟我們高密東北鄉老管家曾經出了一個敢於率領土匪攻打自己親大伯的家院的女中豪傑，這樣的女人並不是任何一個家族中都能隨便出現的。正當豪傑的二姑姑越來越變成了傳奇中的人物、她組織的那次小戰鬥變成了我們茶餘飯後的輝煌話題時，她的兩個古怪的兒子，突然出現在我們面前，彷佛從天而降、從血一樣鮮豔的北方彩虹中走來，而且他們還宣布，他們的母親隨後就到——我們的二姑隨後就到。有了上述的閒言碎語，我的興奮簡直是必然的、必須的。

那尊從影壁牆中央的大「福」字的中央伸出的紅銹斑斑的土炮被戳在影壁牆後水缸旁邊的軟泥裡，炮根朝天，顯得十分狼狽。堂屋裡射出的明亮燈光，把水缸旁邊那株高過房簷的夾竹桃堅硬的葉片照耀得閃閃發出幽藍的光澤，兩隻藍色的夜蝴蝶在夾竹桃的樹冠中翩翩地追逐著，牠們時而與那些葉片混為一體，好像千萬的藍色葉片都在翩翩起舞，彷佛整株樹都要拔地而起；時而牠們又從那些葉片中表現出來，葉片靜止，宛若萬千的堅挺翅羽，唯有兩片柔弱得讓人心痛的幽藍宛轉飛行在樹中。大爺爺家那條老得幾乎不能行走的黃狗是我從小的朋友，那晚上竟然對著我發出警戒的吠叫，這令我憤怒。牠的叫聲頗似耄耋老人的咳嗽，想威風也威風不起來了。

大爺爺家寬敞的堂屋原本是家族的議事廳，周遭十幾把太師椅，圍定一張沉重的楸木方桌，沿著四面的牆壁，還擺著一些狹窄的條凳。正北的牆上供著一張標注著祖宗名諱的畫軸，軸下點著兩枝血紅的羊油大蠟燭，燭火跳動不安，帶動著畫軸上的祖宗臉龐也跳動閃爍，畫上的人兒彷佛在交頭接耳，竊竊私語。

堂屋裡坐著我的大爺爺、大奶奶、七爺爺、七奶奶，十六位叔、伯中，只缺了我的父親和十一叔，嬸娘們有來的有沒有來的，也可能是來過了又走了。我的那三位堂兄弟，只缺了赤子德強，啞巴德高在，瞎子德重也在。我闖進堂屋，驕縱跋扈地吼叫著：「表哥在哪裡？」堂屋裡嚴肅的氣氛讓我吃了一驚。大爺爺、大奶奶、七爺爺、七奶奶坐在裡圈的太師椅上，叔、伯、嬸娘們坐在靠牆的條凳上。瞎子德重萎在牆角上，雙手拄著高高的馬竿，豎著耳朵聽動靜。啞巴德高站在德重身旁，一顆圓圓的頭顱，像只撥浪鼓一樣轉來轉去，兩隻大眼閃爍著魅力無窮的黃金光芒。我名叫德健，頭腦清楚，感覺敏銳。德健一進堂屋立刻就感到氣氛緊張，似乎有一股冰涼的空氣，把屋裡的熱情包裹住了，就像蚌殼包裹珍珠一樣。尋找表哥的熱望頓時減弱，在這個家族中橫行霸道慣了的德健第一次感覺到必須察言觀色，謹慎言行。我在啞巴和瞎子旁邊找到了自己的位置。瞎子居中手扶馬竿而坐，左邊站著啞巴，右邊站著我。瞎子儼然如一個深謀遠慮的軍師，我和啞巴則是他的左右侍衛。不必任何人介紹，我就看到了那兩位表哥。他們倆緊挨著坐在兩張紫紅色的太師椅上，與大爺爺和七爺爺對著面。所有的人都在看著他們，幾乎是闔族的男人們，在注視著這兩個突然降臨的我的表哥用膳。

我們都知道大奶奶是世界上最吝嗇的女人之一，無論什麼樣的貴客上門，也難吃上她家一錢肉，頂多炒兩個雞蛋，外加一碟子蝦皮。而今晚擺在二位表哥面前的，竟然是一隻郭小手家的黃燒雞、一盤醬燉的乾帶魚、一大海碗蝦米炒雞蛋，外加一蒜臼子紫皮蒜泥，還有一摞至少二十張白麵單餅，一把羊角蔥。這樣的一桌飯菜竟然擺在大奶奶家的方桌上，簡直是王八蛋的破天荒。二位表哥旁若無人，正在心安理得地狼吞虎嚥。對了，還有一瓶高粱燒酒、兩只綠皮盅子擺在桌上。金髮藍眼的表哥左手捏著一隻雞頭，右手抹著一張捲了蔥的餅。不顧吃餅，他先在那兒聚精會神地啃著雞頭上那層淺薄的油皮。他的嘴唇因為沾了雞油更顯得嬌豔如紅杏，鮮嫩如櫻桃。所謂的「面若敷粉，唇若塗脂」，應該是專為我的這位大表哥（我們感覺他大）準備的真實寫照。二表哥的吃相凶惡，沒有一絲一毫大表哥的瀟灑，他嘴裡塞進了過多的食物，把兩個腮幫子高高地撐起，我只能看到食物一團團地沿著他瘦長的脖頸追逐著下行，而看不到他的牙齒咀嚼食物，即便如此充盈了他的口腔，他還是持續不斷地把一塊塊的雞皮、一團團的雞蛋、一段段的帶魚、一圈圈的單餅、一節節的青蔥、一攤攤的蒜泥，沒命地搗到嘴裡去。

漸漸地，明亮的汗水布滿了他們的額頭。漸漸地桌上盤盞中的食物被吞食乾淨。他們摘掉頭上像鐵皮一樣堅硬的帽子，摔在桌子上，隨後又解開衣鈕，露出了潔白的洋布襯衣，甚至露出了大表哥生著黃毛和二表哥生著黑毛的胸膛。但是，槍，這標誌著死亡與威嚴的符號，卻始終掛在大表哥的腰間和二表哥的脖子上。我們高密東北鄉的食草家族裡也曾經出了幾個愛槍如命的傢伙，譬如三爺爺，譬如五爺爺，但也沒愛到吃飯不下槍的程度。另一種解釋是，這兩個表哥，對在座的他們的外祖父們、外祖母們、舅舅們、舅母們、表弟們，保持著不信任的態度，因而也就保持著高度的警惕性。眼見著杯乾盤罄，桌上狼藉著雞的屍體殘骸與食物的渣滓。大表哥用一根火柴棒剔著牙縫，態度安詳鎮定；二表哥置滿嘴的雞絲蔥皮而不顧，摘下脖子上那枝又長又大、槍筒上布滿散熱孔的俄式衝鋒槍，用手指抵住槍托後部的壓簧片，讓一只小小的鐵圓桶蹦出來。鐵圓桶裡裝著槍油。他從衣袋裡摸出一方白布，展開，用牙齒咬住一角，哧拉一響，撕下一片，然後，沾上少許澄清的槍油，開始擦拭他的武器。這枝花機關應該說有九成新，鋼鐵部分燒藍未褪，放著幽幽的寒光。木托上的油漆呈現杏黃的顏色，顯得既溫暖又可愛。我的八叔是玩槍的行家裡手，從他的臉上表情可以看出，二表哥這桿槍是真正的好家什。從擦拭槍枝的熟練與專注上，連我也清醒地認識到，這位二表哥絕對不是個善茬子。二表哥不是善茬子，大表哥也不是盞省油的燈，儘管他並沒有當眾炫耀他腰間的德國造鏡面匣槍，但這種匣槍的威力高密東北鄉何人不知！玩匣槍要玩鏡面的，玩手榴彈要玩花瓣的，馬步槍要玩帶蓋的。鏡面匣槍、花瓣榴彈、帶蓋步槍，都是同類武器中的翹楚，一流貨色，值得驕傲與自豪。燭光有些黯淡，原因是燭芯結了疙瘩，大奶奶操著一把黑色的剪刀走上前去，剪掉疙瘩，火苗頓時大了，油氣上升，光亮陡增，越發映襯出二表哥懷中寶物的奪目光彩。這時候，在大表哥的臉上，綻開了一絲金黃的微笑，這微笑是那般地富有魅力，幾乎勾走了我的魂魄。

僵局的打破全依仗著各嗇成性但又智勇過人的大奶奶。她端著一只黑色的漆托盤，向我的兩位表哥敬獻上兩束一等第一的焦香茅草。高密東北鄉食草家族從來就沒人剔牙縫，我們借助咀嚼茅草來清理牙齒。我們的人一個個都是牙齒潔白健康，這是食草家族的一大驕傲。茅草纖維細密，甘甜如飴，清喉潤肺，資源豐富，掘開高密東北鄉的每一寸土地，都能拽出一把茅草根。大奶奶托盤上那兩束茅草，顏色焦黃、香氣撲鼻，是大奶奶親手製作，一般人無福享用。此草製作過程大致如下：先將初春的茅根褪去護節的糙皮、洗淨晾乾，使它們潔白如粉絲，然後用剪刀剪成寸餘長的節，用鹽水浸泡了再用糖水浸泡，晾乾後噴灑白酒，最後放到瓦片上用文火烘焙，烘焙到顏色焦黃為宜。家族中製作茅草的過程基本如此，但每家的茅草各有風味，品味茅草，如同一般人品味菸草一樣，是我們這個古老家族的一大樂趣。家族中的男女們，公認大奶奶製作的焦茅味道最佳，火色最好，我吃過大奶奶許多茅草——這老太太諸般吝嗇，唯獨請人吃草是例外——她的茅草香、甜、微酸、略帶酒香，味道倒也罷了，難得的是她的火候：焦而不酥，纖維經口水浸滋後能恢復良好的彈性與韌性。而我母親製作的茅草，入口便化成了草灰，完全喪失了咀嚼的樂趣。

大奶奶敬獻茅草，看起來是禮待，實際上是考驗。凡與食草家族有親緣的人，當然應該知道這吃草的重要。所以，請你吃草，就變成了一次對你的身分的驗證。終於有人說話了。終於讓我聽到了我的表哥的悅耳的外地口音。

「請吃草！」大奶奶陰險地說，「請吃草，兩位大外甥！」

「什麼？吃草？」二表哥手抱花機關，憤憤不平地說，「請我們吃草，難道我們是牛嗎？」

大表哥用兩個指頭夾起一束草，放在眼前端詳一陣，又放到鼻下嗅一陣，那模樣、神情，一像老中醫，二像洋鬼子。他終於從那束草中抽出一根，放到門牙尖上咬了咬，然後把那些許的草渣呸呸地吐掉。他微笑著問：「為什麼要讓我們吃草？」

大奶奶看看大爺爺，大爺爺看看七爺爺，七爺爺看看七奶奶，然後這幾位老人又胡亂地掃視著周遭的晚輩們，狐疑的神情在每個人的臉皮上浮起，大家都在想：這是兩個食草家族的冒牌外甥。至於他們的真實來歷、他們冒充二姑的兒子來到此地究竟想幹什麼，我們並沒來得及思索。

大爺爺威嚴地說：「你們的母親沒告訴過你們嗎？」

他們倆互相看著，搖搖頭。

「她什麼時候回來？」大爺爺問。大爺爺所指的，自然是我們的二姑姑，這個家族的叛逆，但我的兩位表哥竟然不明白——也許是真不明白，也許是裝不明白。

「她是誰？」大表哥笑著問。

「你們的母親！」大爺爺怒吼著，「她派你們來幹什麼？她什麼時候回來？」

一陣爆豆般的槍聲猛然在堂屋裡響起了。開槍者是我們的二表哥。他端坐在桌前，身體幾乎沒有一絲一毫的移動。他的臉上掛著一種可以稱為猙獰的笑容。我們首先看到十幾顆金燦燦、亮晶晶的彈殼在房間裡飛翔，然後才聽到清脆、尖利、猝不及防、震耳欲聾的槍響。聲音與圖像的時間差微小到難以覺察的程度，但我還是覺察到了。二表哥玩槍已經玩到出神入化的程度，他抱槍而坐，態度雍容，自然大方，誰也沒有看到他是怎樣迅速地把槍口對準了大爺爺的頭顱又是怎樣迅速地收槍，讓槍口傾斜向上，散漫地指著屋頂。槍像他懷抱中一個正在吃奶的嬰兒，像他的肢體的一個有機組成部分，是他的一條胳膊，或者一隻眼睛，或者一張開闔自如的嘴巴。白色的硝煙從他的槍口裡裊裊地飄出，細弱的蛛網裊裊地下落，落到我們的頭顱上，落到漫鋪了青磚的地面上，落到二表哥瓦藍的槍身上……他用擦槍布輕輕地拭掉那線白色的蛛絲，然後，又用嫩綠色的沾油槍布，輕輕地擦拭著彷彿是橢圓形的槍口，像煞一個慈母，為進食完畢的愛子擦拭口唇。

在瀰漫了全室、灌進了我們心肺、震驚我們食草家族古老而怪戾的靈魂的大爺爺獨具一格的血腥味道中，我們——除了啞巴德高——都聽到大表哥一字一頓地說：

「她——隨——後——就——到——」

這無疑是一個莊嚴的宣告、一個嚴厲的警告、一個震聾發聵的提醒。從大表哥的聲音裡，我聽到了對於食草家族的最後判決，像紅色淤泥一樣暖洋洋甜蜜蜜的生活即將結束，一個充滿刺激和恐怖、最大限度地發揮著人類惡的幻想能力的時代就要開始，或者：說已經拉開了序幕。

二姑姑——我們的二姑奶奶究竟什麼樣子？亂紛紛的家族傳說並沒人給我們這些晚輩描述清楚。沒有說她騎過黑馬，但她在我們的腦海裡騎著黑馬馳騁，馬的閃閃發光的蹄鐵，在我們的腦海裡閃爍，有時像天上的星光，有時像河中的水光。黑馬「的的」的蹄聲，經常清脆地把我們從睡夢中驚醒。我們感到心中痛楚，不知被什麼東西感動得熱淚盈眶。思緒超越現實，進入二姑奶奶的境界，進入黑馬的境界。父親說他經常嗅到那匹馬的味道，聽到牠的嘶鳴，看到牠的容貌：周身全黑，光滑如緞，雙耳如削竹，一把垂挺的尾巴。奇怪的是，我不知道這匹馬的性別，也許是因為雄雌對馬無關緊要。沒人對我們說過二姑奶奶身披大紅猩猩斗篷，但她的斗篷總是如一團熊熊的烈火，在我們的靈魂中燃燒，在我們的骨髓裡燃燒。那烈火是藍色的。沒人說二姑奶奶手使雙槍，我們卻總看到她腰插著或者手提著雙槍——當然是德國原裝大鏡面匣槍——忽而飛身下馬，忽而飛身上馬，那足了分兒的瀟灑，難以用語言形容。家裡人都說二姑奶奶身材清瘦，瓜子臉兒，大眼睛，膚色黧黑；但我們總看到她面若銀盆或者粉團，胳膊白嫩，賽過漂洗過十二遍的肥藕。她是兩隻細長的丹鳳眼。她是豐腴得近乎肥胖的一個少婦。我們不斷地修正著傳說中的二姑奶奶形象並逐漸確立了我自己的二姑奶奶形象。在修正傳說時，我感受到一種創造者的幸福。

父親對我們說，二姑姑的雙手上，生著一層透明的粉紅顏色的蹼膜，這是屬於我們家族的獨特返祖現象。她更像我們的祖先——不僅僅是一種形象，更是一種精神上的逼近——所以她的出生，帶給整個家族的是一種恐怖混合著敬畏的複雜情緒。據我的父親說——我的父親與二姑姑是同胞兄妹——我爺爺排行第三——二姑姑一降生，就在血泊中揮舞起她的雙手，哇哇地哭叫。接生婆為她結紮臍帶時，看到了嬰孩眼睛裡閃耀著藍色的虹彩。她雖然在啼哭，但卻沒有一滴淚水從眼睛裡流出。她其實是在睜著眼鳴叫，那藍色的射線帶來的恐怖尚未消失，接生婆隨即又看到了她手上的蹼膜。剪刀和布條跌落地上，接生婆萎軟在地，好像被子彈射中了要害的大鳥。產房裡亂成一團，奶奶只看了一眼血泊中女嬰那高高舉起的雙手，便昏了過去，再也沒有醒過來。

奶奶生產出帶蹼嬰兒的消息，迅速地傳遍了整個家族。爺爺幾乎是跌跌撞撞地撲進大爺爺的家。大哥，大嫂，爺爺說，大事不好啦，帶蹼的又降生了！

可能是帶蹼嬰兒的每次降生都標誌著家族史上一個慘痛時代的開始，否則爺爺何必那般驚恐？他面色慘白，下巴上的焦黃鬍鬚像火焰中的茅草根兒一樣鬈曲著顫抖，顫抖著鬈曲，高大的身軀搖搖擺擺，彷彿隨時都會癱倒，分裂成一堆垃圾。

哥，嫂子，想個法子吧！爺爺可憐巴巴地向家族中的最高權威也就是最高智慧求救。大爺爺面色深重，微微瞇著眼睛，顯然是在沉思。家族史上那些與蹼膜直接或間接關聯著的鮮血和烈火淋漓在他面前燃燒在他面前，要不然他為什麼下意識地哆嗦起來？哥、嫂子，快想個辦法吧！爺爺軟軟地癱在一把椅子上。大奶奶用一種憐憫的目光看著他，說：老三，甭著急，先吃點草壓壓驚。她遞給爺爺一束焦黃的茅草，也順便遞給大爺爺一束。兄弟二人咀嚼著茅草，神色漸漸安定。大爺爺咳嗽一聲，問：她娘怎麼樣？爺爺說：已經死了。大奶奶說：果然是個討債的。大爺爺沉吟著：時代畢竟不同了，過去的酷刑不能再用。罷罷罷，怎麼著也是條性命，我看，找塊被單子，裹上二十塊錢，扔到紅色沼澤邊緣那個虮蜡廟前，興許有不嫌的撿了她去。是死是活，就看她自己的造化了。爺爺求救似地看著大奶奶，大奶奶說：老三，就照著你哥說的去辦吧，想來想去，這就是最好的法子了。

爺爺抱著二姑姑，越過園子牆，進入村南那遼闊無邊的原野，抬眼望見半人高的黃草一浪逐一浪地滾到遙遠裡去，間或有狐狸和野狗在草間閃現身影。秋雁聲聲，金風颯爽，正是農曆八月中的時令。一條灰白的道路延伸到紅色沼澤附近。爺爺沿路往前行。很快就看到虮蜡廟青色的瓦頂從黃草中鮮明、冷峻地凸現出來。他站在廟前，看著破爛的廟裡情景，當年那金碧輝煌的螞蚱塑像早已沒了蹤影，方磚鋪就的地上，磚縫裡擠出野草，野草上沾滿鳥屎。二姑姑安靜地睡在襁褓裡。爺爺把她放在廟門口的枯草上，她照舊酣睡。爺爺打量著這個紅撲撲的小東西，心裡很不好受。狐狸在沼澤裡鳴叫起來，野狗在草叢中狂吠。爺爺省悟到大爺爺定下的放生計實際上絕無一線生路。爺爺想：只要我一離開這兒，野狗和狐狸立刻就會包圍上來，把這個手腳生蹼的女嬰吃掉，連骨頭渣兒也不剩。他猶豫著，但最終還是用理智戰勝了感情，撇下女嬰，一人獨自離去。他的背感受到了沼澤裡颳來的涼森森的霉變空氣，心中忐忑不安。走出了幾十步，他似乎聽到了虮蜡廟附近草梢晃動的聲音，還有野獸們咻咻的喘息。他回頭觀看，見草梢波動如水，廟前寂靜如初，沼澤的氣息撲面而來，見隻高大潔白的仙鶴單腿站在濕地上，女嬰的襁褓鮮紅地躺在黃草上，她連一點聲息也不發出。

爺爺回到家裡，處理完奶奶的喪事，已過去了三天。他提著一桿鋼槍，口袋裡裝著二十粒火，翻過圍牆，往虮蜡廟前走。他相信出現在面前的情景應該是：廟牆上濺滿污血，被利齒撕碎的紅布襁褓一條條懸掛在草梢上，狐狸十幾匹，野狗十幾條，分成兩大陣營，猶如兩團雲，圍繞著蚂蜡廟旋轉。一團紅雲，一團黑雲，追逐著似地圍繞著蚂蜡廟旋轉著尋找食物。活著的初生嬰兒是野獸們的美餐。牠們只吃過死嬰，死人，變味了，餿了，鮮活的嬰孩子味道令野獸們饞涎三尺。爺爺想牠們一定都血紅了眼睛嗥叫著，齜著青色的白牙。爺爺想像著用鋼槍把牠們打翻在地的情景，心裡感到為女報仇後的舒暢。先把女兒送到狐狸和野狗的嘴邊，讓牠們把她吃掉，然後開槍打死牠們為女報仇，這正是最英明的政治家慣用的手段。在距離蚂蜡廟半里路處，爺爺掏出子彈，認真地擦拭著，他擦掉了子彈屁股上的油膩，並把每一粒子彈的彈頭放在自己頭皮上蹭過。據說放在頭皮上蹭過的子彈就變成了炸子，沾肉就炸，威力大增。他那桿鋼槍是比利時國槍炮公司製造，彈倉裡能壓七粒子彈。中國人管這種槍叫「七連珠」。這是一種質量很好的槍，在爺爺的時代裡，一桿「七連珠」價值一百大洋。爺爺壓上子彈，拉開槍栓，把子彈推上膛，讓「七連珠」處於一觸即發的狀態，然後英勇無畏地向前走。一輪朝陽從沼澤地裡升起來，照耀得這個大漢滿臉通紅。漸近蚂蜡廟，他把槍抱在懷裡，變雄赳赳的走姿為小心翼翼的走姿。蚂蜡廟前靜寂無聲，沒有野狗，也沒有狐狸。包裹過二姑姑的紅被單子像一面鮮豔的旗幟，懸掛在廟門上。紅被單子完整無缺，上面沾著一些黑色的胎糞，沒有一牙一爪撕咬痕跡。嬰孩哪裡去了？爺爺站在蚂蜡廟前茫然四顧，看到了紅色的沼澤、青色的村莊、黃色的野草，一隻孤獨的仙鶴伸著頸子奮力向著太陽飛行，爺爺百無聊賴地對著牠開了一槍，沒有打中。又開了一槍，還沒有打中。再開一槍，依然沒有打中。這是爺爺射擊史上的一大恥辱。他不再射擊，盯著那仙鶴在陽光裡變成了一個針尖大的光點，然後收回目光，眨眨痠麻的眼，大背了槍，垂頭喪氣地走回村莊。

爺爺走進大爺爺的家門，向大爺爺和大奶奶報告了虮蜡廟前的情況。大爺爺說：好好好，這個丫頭命大，肯定是被人抱走了。大爺爺嘴上說好，臉色卻很陰沉，爺爺知道他寧願聽到女嬰被野狗和狐狸吃得骨渣不剩的消息也不願聽到手腳生蹼的女嬰逃了性命的消息。

大奶奶又獻上草來，爺爺扔一束進嘴，枯燥無味地咀嚼著。這時院子裡狗狂叫，大門上的銅環嘩啷嘩啷響。大奶奶警惕地看了爺爺一眼，好像懷疑爺爺引來了虎狼。她挪動小腳，走到院子裡，在影壁牆後摩挲著土炮後邊的引火帽兒，大聲問：「何人敲打門環？」

門外的人不回答，只是持續不斷地敲打門環。節奏分明的門環聲證明敲打者不慍不火，心情平靜，不達目的，絕不罷休。爺爺和大爺爺都來到院子裡，示意大奶奶去開門。

來人一臉皺紋，下巴上生著一部白鬍鬚，是個陌生的老者。雖然衣衫襤褸，但骨骼清奇，頗有幾分令人肅然起敬的丰儀。更重要的是，他的懷裡，抱著被爺爺丟棄在虮蜡廟前的生蹼女嬰。

大爺爺、大奶奶、爺爺，三個人目瞪口呆。白鬍鬚老人走進大門，把懷中的赤子放在冰涼的濕地上，冷笑一聲，轉身便走。

大爺爺攔住老人的去路，裝腔作勢地問：「您這是什麼意思？您把這個嬰孩扔在這裡是什麼意思？」

老人道：「除了你們食草家族，誰家能生出這樣的嬰兒？」

大奶奶說：「你這人好不講理，把這個野孩子扔到這裡幹什麼？」

老人道：「棄殺嬰孩，天理難容，國法也難容，管老大，管老三，你們小心著點！」

老人從懷裡掏出那一包洋錢，啪，扔在大爺爺腳下，冷笑著，格開擋道的大爺爺，瀟瀟灑灑地走了。

爺爺膽怯地看著赤身裸體的女兒，看著那張紅撲撲的小小圓臉和那圓圓頭顱上茂密烏黑的頭髮，心中不由得滋長起憐愛的感情。這是個相當結實、漂亮、生命力頑強的女孩，唯一的缺陷是手指與腳趾間那層粉紅的蹼膜。這些蹼膜夾在她的指縫裡，只有當她張開手時才能顯出來。他彎下腰去，伸了一隻手，觸到了女嬰臂部的皮膚，冰涼的感覺立即麻木了他半條胳膊。女嬰睜開眼睛，兩道幽藍的光線從她魚眼般呆滯的眼睛中射出，刺得爺爺心頭一堵，好像當胸挨了一拳。女嬰閉上眼，大聲啼哭起來。哭聲響亮、圓潤、音節短促，頗似紅色沼澤深處那種特有的大如馬蹄、紅腹綠背、能噴射劇毒汁液射殺飛蟲的馬蹄蟾在陰雨連綿的氣候裡發出的叫聲。爺爺最怕的就是這種馬蹄蟾，他吃過這種蟾的虧。有一年他進沼澤追捕紅狐時，手中誤中了蟾的毒液，當時即奇癢鑽心，隨後就流黃水潰爛，要不是遇上那位走江湖的高手郎中，他的手非爛掉不可。被馬蹄蟾傷害的痛苦過程迅速地在爺爺腦海裡旋轉了一圈，他下意識地，驚恐萬分地縮回手，直起腰，大口地喘息著。女嬰的哭聲越來越烈，藍色的淚水匯集到眼角，淌過面頰，流進耳朵。

爺爺處於手足無措的狀態，求援地望著他的兄嫂。大爺爺歎息一聲，道：「老三，是福不是禍，是禍脫不過。她畢竟是你的女兒，你把她抱回去養著吧！」

爺爺無奈，只得再次彎下腰去，像抱一隻巨大的馬蹄蟾蜍一樣，把女嬰抱起來。他感到自己周身的肌肉都緊縮起來，口裡分泌出大量酸溜溜的津液。抱著這樣的嬰孩是難忍的酷刑。女嬰揮了一下手，那手指的蹼膜透明著張開，好像蝙蝠的粉紅肉翅。當然蝙蝠的翅不是翅、蝙蝠的膜也不是粉紅色的膜。她的冰涼小手輕輕地、涼涼地觸到了爺爺的胸膛，也觸及了爺爺的靈魂。他

「呱」地叫了一聲——竟然也類似了馬蹄蟾蜍的鳴叫——把女嬰扔在地上。女嬰跌落在地，呱唧一聲響，是那麼肉、那麼濕、那麼黏。「呱呱」的哭叫聲中止了。她在地上抽搐著。她四肢睗煞開，綳得筆直，手指和腳趾也全部踢開，伸展開了所有的粉紅蹼膜。這景象冷膩恐怖，爺爺「嘔嘔」地嘔吐起來。

爺爺吐出一些綠色膽汁，捏著脖，青著臉，回頭對大奶奶說：「嫂子，找把刀給我。」

大奶奶驚訝地問：「老三，你要動狠的？現在可是民國了。」她一邊說，一邊走進屋子，將一柄明晃晃的牛耳尖刀，用兩個指頭夾著刃兒，把兒遞到爺爺面前。她的眼睛裡漾溢著笑的波瀾，彷彿在鼓勵著小孩子勇敢地去幹一件大事件的慈母。爺爺攥住刀把子，刷，把刀子抽出來，囂張地叫著：「我要把她這些該死的蹼膜剔了！你這個蛤蟆種、青蛙精，沼澤地裡爬上來的妖怪！」言罷，便俯了身、左手捏在女嬰的小手腕兒，刀子風快地落下去。但是此時女嬰睗開的手指合攏，緊緊地攥成小拳頭，哭聲也閉了，藍藍的眼睛賽過兩塊滋潤的美玉，在爺爺臉下閃著光澤。爺爺的刀無論如何也落不下去了。他抬起臉來，求援地望著大奶奶。大奶奶冷笑一聲，道：「果然是『虎毒不食親兒』！老三，你給我滾吧。」一把搶回刀，逕直地回院裡，並響亮地踹上門。

二姑奶奶的童年紀事我們本應寫得搖曳多姿，但家族中人對此避諱，躲躲閃閃，誰也不願多說。我們掌握的材料十分有限，只能捉住隻言片語，任以想像、編造、邏輯的推理。我們寫出來的東西，與事實的真相，究竟有多大的差距，無法知道。寫得不符合事實又有什麼關係？寫得符合事實又有什麼用途？對一代絕望的、對一代對前面的一切都充滿了巨大恐怖，對一代被永難排解的深重憂慮時刻糾纏著的男人來說，有什麼意思？有什麼要緊？

父親說，一九四七年，我生氣蓬勃，邪性十二分地足；宛若紅色沼澤裡一隻剛萎了尾巴的半大馬蹄蟾蜍，全身流動著粉紅色的毒液。現在，我可老了，躲在劍葉蓮的潮濕泥土裡，整日昏昏欲睡。

父親說，我的二姑姑，從小就會咬人，牙齒鋒利，像荒草叢中的小狼。我父親——你們爺爺左手的食指彎曲著難以伸直，像一節生著疤瘤的樹根。父親說他的父親說：這就是被她咬的……她咬住東西輕易不肯鬆口，像沼澤地裡那種黃蓋的鱉，牙床上打著狠狠，聳動著耳朵，眼睛裡閃爍碧綠的光線，那樣子可真叫嚇人，那樣子誰見了誰怕。父親說他殺豬一般地嚎叫著，痛楚深入骨髓，甩動手臂，帶動著那小妖精像皮球一樣滾來滾去，但終究無法甩掉她。父親說你們的老爺爺聞聲起來，高叫著我父親的名字：武兒，武兒，別硬拽，別強拽，當心把指頭弄斷。我有法子對付她。父親說我們的老爺爺折了一根草棍兒，輕輕地戳著她的鼻孔，終於戳出了一個大啊啾，趁著這機會，我們爺爺血淋淋的手指才從她的嘴裡解放了。那年她才三歲多一點，就恁般厲害，家族中人誰不懼她！你們的老爺爺說：都躲著她點，她是個屬鱉的，咬住東西不鬆嘴。你們的老爺爺雄豪半生，舉槍雁落的角色，他怕過誰？若要管三發了怵，玉皇大帝開當鋪！就連他，也怵著你們的二姑奶奶。她不怕死，似乎也永難死。她生，你們老奶奶死；無人餵她一口奶，正好家裡的老母狗下了四隻崽子，你們的老爺爺便把她扔到房簷下那鋪著乾草的狗窩裡，與狗崽子們搶奶頭。老母狗通人性，主子的女兒，自然不敢怠慢，把最好的奶頭讓給她。她是個吃狗奶長大的孩子，經常在深更半夜裡發出一種拖著長腔的嚎叫，這種叫法就是那所謂的狗哭，主大禍降臨，整個家族，一條街上的人，都被她——老母狗和小狗們也加入了半夜的哭嚎——的哭嚎驚恐著，在蟋蟀的促促聲與壁虎的索索聲中哆哆嗦嗦，長夜難眠。父親說在深夜裡他父親看著一個血紅的點兒在我們老爺爺的菸袋鍋裡閃爍著，光點明亮時能看清一張瘦削的、被茂密的鬍鬚包圍著的臉。粗重的呼吸、長長的歎息和切齒磨牙聲音交替著出現。你們的老爺爺在那些日子裡心事重重。父親說他父親有一次壯著膽兒出去小便，群狗和我們二姑奶奶的嗥叫聲聲慢、聲聲淒涼。他感到有一股徹骨的寒氣在他的脊髓裡遊走，頭頂上的毛髮噼噼啪啪地直立起來。我們的爺爺看到紫色的天幕上點綴著幾十顆有稜有角的碩大星斗。星斗的光芒是那樣的刺眼，是那樣的怪異。它們彷彿在嗥叫聲中顫抖，隨時都會墜落下來似的。父親說你們的二姑奶奶雙膝跪地、雙胳膊撐地，仰著臉，揚著下巴，與老母狗和牠的四個狗崽子們的蹲踞姿勢一模一樣。她的眼睛的綠色光芒比狗眼裡的綠光還要強烈。父親說爺爺膽戰心驚地看到我們的二姑奶奶伸直脖子、繃緊了皮膚，嘴巴噘成圓筒狀，像吹火一樣，對著天上的星斗，發出了驚人的嗥叫。群狗模仿著她嗥叫。在她（牠）們的嗥叫裡，星斗一顆顆像被狂風吹動著的紅燈籠，父親說二姑姑的嗥叫比狗們的嗥叫拔得更高更尖拖腔更長，好像玉米林裡秀出來的一株高粱。她是牠們的歌唱教員。父親說爺爺那夜裡硬是撒不下尿來，脹脹地跑回屋裡。他看到室外的天地黃漫漫的，令人總感到將有山崩地裂的大禍臨頭的感覺。父親說那天夜裡他還做了一個怪夢，在夢中，他說爺爺上了天，看到那些星斗都用一根根的青草扭成的繩子吊著，一些灰色的兔子在緊一口慢一口地啃著繩子，二姑奶奶的嗥叫直衝雲霄，而她的每一聲長叫，都像鞭子一樣，抽打著兔子們的脊梁，促使牠們用更快的速度啃草繩。

家族中人紛紛向大爺爺和大奶奶提出了抗議。大爺爺差七爺爺將爺爺喚去。父親說我爺爺鐵青著臉回來，從炕席下抽出一柄缺尖的腰刀。父親說這柄腰刀是從一個捻子身上解下來的，那捻子身高馬大，一副身經百戰的樣子。這柄腰刀，父親說，一定沾滿了旗兵的鮮血。我們的老爺爺在一塊磨刀石上磨刀，多年的紅銹與清水混合在一起，像污濁的血一樣，流在磨刀石旁的土地上。父親說爺爺聞到了一股強烈的鐵腥味兒，他說鐵的腥味兒與血的腥味兒極其相似。在爺爺霍霍的磨刀聲中，父親說老母狗和四隻小狗崽子縮在狗窩裡，哼哼唧唧地叫著，好像預感到大禍臨了頭。二姑奶奶卻繞著磨刀的老爺爺轉圈子，嘴裡發出模仿磨刀的「霍霍」聲。她受了狗的影響，用四肢爬行起來比直立行走還要快捷。父親說她那時的確不像個人樣子：長髮披散，腰背彎曲，全身青紫，指甲堅硬銳利，只有那指縫裡的蹼膜，透露著永遠的粉紅。你們的老爺爺用一把亂草把腰刀擦拭乾淨，舉起來，瞇著一隻眼，歪著嘴巴，打量著腰刀的鋒口。父親說腰刀銀光閃閃，好像一條銀蛇。屠殺隨即開始，我爺爺左手上戴了一只馴鷹用的皮套子，彎著腰，從狗窩裡揪出了一隻狗崽子。他捏著狗的頸皮，小狗滑稽地伸動著四條腿，少毛的粉色肚皮顯得嫩油油的。這是隻小公狗，那像顆糖葫蘆的小玩意窘著尿。我爺爺把小狗高拋起來，然後右臂機械而僵硬地、閃電般地一揮，在半空中將那小狗攔腰斬斷了。小狗兩半著落了地，前半截「汪兒汪兒」地叫著，後半截撥浪尾巴。父親說，我爺爺的刀真是快得無法再快了，挨這樣的刀砍了頭都不會覺得痛。父親說我爺爺就這樣一連腰斬了四條狗崽子，然後又抖擻精神，轉向那條老狗。父親說自從屠殺開始後，那條老狗就一聲不吭地僵臥在窩，任憑爺爺一、二、三、四次地伸手從狗窩裡往外揪狗崽子，牠連一絲一毫的反抗都沒有。你們的老爺爺先用刀去戳了戳牠，試圖待牠往窩外逃竄時再下狠手，可是牠依然一動不動。於是伸手把牠拖出來，牠四條腿軟塌塌地，儼然已是一條死狗了。你們的老爺爺奇怪地「咦」了一聲，說：死了？隨即踢了一腳，牠翻了一個身，尾巴彎在腹下，果然是死了。父親說你們的老爺爺閉著眼，拄著刀，靜默了足有抽袋菸的工夫，然後，扔掉刀，垂頭喪氣地進屋去了。四條小狗分成八半，狼藉在地，熱烘烘的腥味兒，熏得人直想嘔吐。父親說他的二姑姑試圖把小狗的屍體對在一起，但她不辨顏色，亂拼一氣，於是小花狗的屁股對在小黑狗的頭上，小黑狗的前半截又與小白狗的後半截連接在一起，就這樣產生了荒誕與幽默。二姑姑搞得雙手狗血，臉上也沾了一片片紅，樣子猙獰恐怖。父親說我們的爺爺遠遠地躲在牆角，根本不敢往前湊。父親沒說那些狗屍最終是怎樣處理了，也沒講是誰收藏了吹毛寸斷的腰刀，又是誰幫二姑姑洗淨了身上的狗血。父親說那老母狗死得奇怪，死得不一般。父親說你們的爺爺第一個推斷是：老母狗看到孩子被殺，萬分悲痛，牠的腸子一定寸斷了；第二個推斷是：老母狗看到大禍臨頭，驚嚇而死，牠的苦膽一定破了！第三個推斷是：老母狗看到在劫難逃，在屠殺開始前已經像老和尚一樣涅槃了。我們爺爺的三個推斷裡，第三個最為美好，其中包涵著若干超脫於生死之外的大精神大思想，人能涅槃已算高境，何況一條老母狗。

父親說本來你們的老爺爺是下了狠心要像殺狗一樣把你們的二姑奶奶殺掉的了，但那條老母狗的自絕不知道從什麼角度擊中了他的要害。從此後他無疑是一具行屍走肉，好像他活著的目的，就是等待著你們二姑奶奶那一槍。

父親說那是個極其炎熱的中午，你們的老爺爺袒著肚皮，在院子裡的榆樹蔭影裡吃西瓜，成群結隊的紅頭蒼蠅圍著他飛舞，轟不走，趕不散，好像他是一具腐屍。這時你們的二姑奶奶從外邊跑來了。她那時已經十歲，離開了狗的世界後，她已出落成一個相當美麗的小姑娘，除了她手指間那些蹼膜還令人心裡不愉快之外，別的一切正常。她那天穿著一身紅綢子衣服，頭髮上簪了一朵大大的紅絨花，簡直是一把火。她手裡拿著一枝銀子柄的七星左輪子手槍。那小玩意兒閃閃發光，精巧得像個假貨。一進大門她就喊叫：爹，我要槍斃你！父親說老爺爺把嘴裡的黑西瓜籽兒吐出來，拍拍鼓鼓的肚皮，平靜地說：這玩意兒也能打死人？子彈打到我鼻孔眼裡我能給你擤出去，打到我的肚臍眼裡我能給你挺出去。你們的二姑奶奶說：爹，你是在吹牛吧？老爺爺說：不是吹牛，你不妨試試。你們的二姑奶奶說：好，我試試。她說著，笨拙地轉了一下槍輪子。然後，瞄準你們老爺爺的肚臍，叭，就是一槍。你老爺爺哈哈大笑起來，啪啪地拍著肚皮說：怎麼樣？閨女，你爹沒有吹牛吧？你們的二姑奶奶狐疑地看著槍口冒出的縷縷青煙，嘴裡嘟嘟噥噥地說了幾句什麼，然後再次將槍口對準她的爹，叭、叭、叭，叭、叭、叭，三槍一個小間歇，連續六槍，都招呼在你們的老爺爺身上。你們的老爺爺笑聲朗朗，但立即有一股鮮血從他嘴裡躥出來。他搖搖晃晃站起來，喊一聲，好——，隨即前仆在地，蒼蠅如一塊綠色的屍布，一秒鐘之內，便遮蓋住了他的身體。

父親說，你們的二姑奶奶從此便消逝了蹤影，家族中曾派出過十幾個人四處明察暗訪，想把她抓回來用最嚴厲的酷刑活活燒死，但都空手而回。當然，也不能說一無所獲，派出去的人，每個人都帶回來一大堆消息，有說她被一個白鬍子老頭領走了的，有說她跟著一隻老狐狸進了紅色沼澤的，有說她跟著一個雜耍班子闖江湖的，等等。家族中的娘們，乾脆說她原來就不是人，是討債鬼投胎，是蛤蟆精、狐狸精投胎。隨著時光的流逝，漸漸地我們忘記了她，說忘記也不可能是完全忘記，她像一塊病，潛藏在我們心裡；她是一個千糾百結的傷疤，長在我們身上，每逢陰雨天氣，就令我們不舒服。其實，家族中每個人都知道，這個趾間生著蹼膜的小妖精肯定沒有死，她不可能死掉，她正在某個神祕的地方修鍊著，一旦她長豐滿了羽毛，就會飛回來。她好像生來就是為了和這個在紅色沼澤周圍繁衍了數百年的食草家族做死對頭的。

果然，父親說，這一天終於到了。那是個草黃馬肥的深秋的夜晚，煉丹的狐狸把紅色沼澤弄得一片片輝煌，夜間飛行的鴻雁在高空中鳴叫著，河水在響亮流淌，狗在嗚咽。這時候村外燃起了幾把沖天大火，高大的穀草堆被點著了。火光把家家戶戶的庭院照亮，窗戶紙一片通紅。街上響起馬兒「咴咴」的嘶鳴，和馬蹄鐵打擊青石板道發出的清脆響聲。父親說那時他的父親寄居在橋頭大老爺爺家，看到大老爺爺和大老奶奶黑影裡躥起來，往土炮、土槍裡裝填著火藥。他的父親縮在炕角上一動也不敢動，只聽到大老奶奶豢養的那七條狗咬成一片，響亮的馬蹄聲從街北頭響到街南頭，又從街南頭響到街北頭。聽動靜有十幾匹馬，是一股不算小的響馬。父親說馬隊跑了幾個來回趟子後，一個尖銳的女人聲在街上高揚起來：都聽著——姑奶奶今夜來——是衝著管老大和他老婆——怕死的都在家裡睡覺，不怕死的儘管出來——然後就噼噼啪啪響了十幾槍。父親說我們的爺爺看到大老爺爺和大老奶奶僵在院子裡。父親說你爺爺一聽動靜就知道是你們的二姑奶奶回來了。緊接著槍彈就啪啪地打在門板上。父親說大老爺爺家的大門是用三寸厚的老楸木做成的，裡外包著鐵皮，還打著密集的蘑菇釘，這樣的門堅硬無比，子彈根本打不透。父親說大老爺爺和大老奶奶醒過神來，便開始了頑強的抵抗。他們首先點燃了大門的兩側的土炮，轟隆隆兩聲巨響，震得窗戶紙像笛子一樣呼嘯。父親說門外傳來馬的悲鳴聲，並聽到一扇肉障壁倒地的聲音。一個男強盜在外面呼道：我的馬吔！

這說明沒有放空炮，大老爺爺和大老奶奶像兩隻凶猛的老豹子一樣，從這個槍眼竄到那個槍眼，把五枝鳥槍放了一遍。然後，大老爺爺忙著往槍筒裡裝火藥，大老奶奶從梁頭上解一個竹籃子，竹籃子裡盛著幾十顆小香瓜形的炸彈。從大老奶奶趔趔趄趄的步態上，父親說他的父親看出了那一籃子炸彈的分量。父親說這時外面的槍聲和咒罵聲像河裡的水一樣，一浪趕著一浪，大門被重物撞擊著，發出「空咚，空咚」的巨響。大老奶奶從籃子裡摸出一顆炸彈，放在影壁牆的角石上磕了一下，揚臂撇到牆外，俄頃牆外一聲巨響一團火光一股濃煙，牆外的強盜怪叫著跑遠了。大老奶奶又撇出去一顆炸彈，爆炸過後，牆外一聲聲息也沒有了。大老奶奶對大老爺爺說：這小雜種，哼，這小妖精！火光裡，父親說我們的爺爺看到大老爺爺和大老奶奶臉上的興奮表情，大老爺爺要開大門，遭到了大老奶奶的拒絕。後來據旁人說，你們二姑奶奶就潛伏在大門不遠處，只要大老爺爺一開門，就沒有活路了。他們的第一次退卻是條詭計。父親說大老奶奶又漫無目標地往牆外丟了十幾顆炸彈，天就漸漸放了亮。一直到了半上午光景，大老奶奶才准許大老爺爺開門。門口躺著一匹淌出了腸子的死馬，還有一根大石條，撞門用的，還有一些黃銅的匣槍彈殼，在陽光下閃爍著金光。父親說大老爺爺家的院牆上，被人用破布蘸了馬血塗抹上一行污穢的大字：管老大，有朝一日非割下你的鳥來不可！旁邊還畫著一個鳥，鳥頭極度誇張，像個大頭的嬰孩。蒼蠅密匝匝地伏在字與畫上吸髒污，所以那字、那鳥都很立體，並且蠢蠢欲動。

這場保衛戰結束之後，大老爺爺和大老奶奶積極備戰，花血本購買炸彈和火藥，又把家族中男人轟來，加高了院牆，加固了大門，還在院牆周遭挖了十幾個下邊插滿尖樁子的陷阱。

大家都在等待著二姑奶奶捲土重來。一天天等過去，一年年等過去，一等等了二十年。二姑奶奶沒到，她的兩個兒子，卻如兩位天神，伴隨著北虹到來，當天晚上，就給了我們一個下馬威。

在令人膽戰的靜默裡，我聽到大爺爺的黑血在方磚地面上快速下滲時發出的沙沙聲，好像一群小蠶在吃桑葉，我的腦海裡跳動著騎黑馬、挎雙槍、身披大紅猩猩氈斗篷的二姑姑的形象，父親對我講述過的那場二十年前的戰鬥畫面，像洋片一樣，在我的腦袋裡拉來拉去。大奶奶如夢初醒般地嚎叫了一聲，接著，撲到她的丈夫的屍身上，試圖用手去堵塞那些流血的窟窿。她的手指太少，大爺爺身體上窟窿太多，她的努力等於白費。她提著兩隻血手站起來，齜著兩排因咀嚼茅草而堅硬潔白的白瓷牙，模樣猙獰，像一隻老狼。她切著牙齒罵道：

「你們這些生蹼的蛤蟆種！」

天瞅瞅地，笑嘻嘻地說：「她是罵我們嗎？」

地說：「罵我們就罵她自己。」

天說：「極是，因為我們是她的外甥。」

地說：「殺了她吧，免得她絮叨。」

天說：「趕明兒吧，今晚上不宜殺女人。」

大奶奶罵著，走到裡屋去，並且併上了房門。屋裡傳出翻箱倒櫃的聲響。

天說：「她會不會上吊呢？」

地說：「上吊也要割她二百刀。」

「二百刀怎麼夠？」

「那就割三百刀。」

天和地正說著，房門「嘩啦啦」被推開，衝出了手握兩顆炸彈的大奶奶，她尖厲地笑著，道：「畜生們，咱們一路去了！」然後把兩顆炸彈使勁一碰，就等著發火爆炸。

「炸彈！」天高叫一聲，奪門而出。

地緊跟著衝了出去。

我的十五個叔伯們也一窩蜂擠出屋子，並趁著亂烘烘的機會，跑回自己家裡去了。

最後留在屋子裡的，是我的啞巴哥哥德高，瞎子哥哥德重，還有我，德健。我也鬧不清我為什麼沒有跑，我對大奶奶手擎著的那兩個黑不溜秋的鐵疙瘩沒有絲毫畏懼。

德重哥用頭上包著鐵皮的馬竿篤篤地搗著地面，似乎有些不耐煩地問：

「鬧什麼？你們鬧什麼？」

我說：「大奶奶要擲炸彈呢！」

德重道：「屁！放了二十年的炸彈，早就臭了，用火都燒不響！」

大奶奶聽了德重的話，扔掉炸彈，一腚坐在地上，嗚嗚地哭起來。

天和地走進來。天嘻嘻地笑著，扯扯德高的耳朵，捏捏德重的鼻子，拍拍我的頭頂，高興地說：「表兄弟們，一個賽一個的好膽量，咱合夥玩個痛快吧！」

地對我們的態度不如天友好，對這個開槍殺死大爺爺的凶惡傢伙，我沒有好感。但我又不得不承認，這傢伙身上有一股說不出來的魅力在吸引著我。

大奶奶彎腰低頭闖上來，想與天拚命。地一伸腿便把她絆了一個嘴啃磚。地踩著她的脊梁，說：「殺了吧！」

天說：「捆起她來。」

天對我說：「你去找根繩子。」

我自幼在大奶奶家摸爬滾打，對她家裡的一切東西熟如手掌。我知道門後的洞子裡就有十幾根上好的精麻繩子，伸手即可拖出，但讓我真幹，卻難免猶豫，因為大奶奶從不對我吝嗇，我是嚼著她的香茅草長大的孩子。

「你不願跟我們合夥幹？」天依然笑嘻嘻地說，他用戴著潔白綢手套的手摸出一包紙菸，抽一枝，劃洋火點燃。他戴著手套的手靈活極了，我突然回憶起方才他用手摸我頭頂時那種滑溜溜的感覺。一個念頭在我心頭閃過：難道他們的手指間生著那種粉紅色的蹼膜嗎？

「你不願幹也不要緊，只管回家就是。」天瀟灑地抽著菸捲說，兩股白色的煙霧從他鼻孔裡冒出來。他用手指攏了一下鬈曲的黃頭髮，說，「你現在就可以離開我們回家。」

而這時，我的啞巴哥哥德高已經翻東倒西地尋找繩子了。他又聾又啞，卻有著超出常人的領悟能力。眼見著德高就要從門洞裡拖出繩子了。我知道要是那樣我就永遠失去了追隨這兩位迷人的表哥的機會，我知道那樣我即便再付出十倍的努力也難討表哥們的歡心，不能再猶豫了，爹親娘親，不如表哥親，千好萬好，不如表哥好，當啞巴拉開房門時，我一個小箭步衝上去，把那捆精麻繩子拖出來。

「好好好！」天拍著巴掌說，「好極了！」

他拍手時發出「呱唧呱唧」的聲響，好像他的手掌上沾滿了水。

「把她捆起來。」天說。

地抬起踩在大奶奶脊梁上的腳，斜著眼睛看著我們。他不吸菸捲。他從口袋裡摸出一個翠綠的鼻菸壺，倒一撮在手心裡，用大拇指揉進鼻孔裡去，然後擠鼻子弄眼，打了一個響亮的啊啾。我注意到他潔白的手套黃了拇指和手心兩處。

大奶奶四肢著地，趴在地上，一動不動，好像一隻被踩扁了的蛤蟆。

我和德高面對面，眼對著眼。我猜不出他那兩隻骨碌碌轉動著的金黃色眼珠子正在向我傳達著什麼信息。抬頭看天，天微笑著看我。儀表堂皇的大表哥與死蛤蟆一樣趴在地上的大奶奶相差太懸殊了，即便她是我的親奶奶也沒有什麼好猶豫了。捆，捆這個老東西！我堅決地彎下腰去，擰住了大奶奶一隻胳膊。

大奶奶翻身坐起來，沒有反抗，也沒有罵人，只用她那兩隻宛若蛤蟆一樣的眼睛盯著我，盯得我渾身發驚，心裡發瘆、皮膚上凸起一些疙瘩，好像我也變成了一隻癩蛤蟆。我鬆開手，囁嚅著：「她……她看我……」

地從腰帶上摘下一柄牛角柄小刀子，扔在我和德高面前，惡狠狠地說：

「剜掉她的眼睛，她還怎麼看你！」

我不敢去撿那把刀子。我寧願忍受著她那蛤蟆目光的逼視把她捆起來，也不願動手挖活人的眼睛。我擰住大奶奶的胳膊，示意德高動手捆綁。他「啊啊」地叫著，兩隻手一齊比劃，好像是「讓我捆綁」。於是我又一次鬆開了手。啞巴上前，掄起肥厚的大腳，對準大奶奶的腰眼就是一下子。這條愣態，只一踢就把大奶奶踢昏了。然後他反別著大奶奶兩隻胳膊，抽動著繩子，一個人捆綁起來。這時我才明白了他的意思。原來這啞東西要貪天之功，據為己有。我擠上去幫忙，不能讓這小子的詭計得逞，他一把將我拽到邊上，說：

「讓他捆綁，你剜眼睛。」

我戰戰兢兢地拾起那把刀子，掰出刀刃，覺得一股寒氣侵人，知道這是鋒利無比的家什，殺人刃上不留血。

德高把大奶奶捆好。將餘下的繩子扔到房梁上，用力一拽，強迫著軟成一攤泥的大奶奶直立起來。大奶奶的頭軟軟地歪在肩膀上，我猜想她已經死了。

天用他的微笑督促我，地用他的奸笑督促我。大奶奶，為了比你的眼睛更珍貴的東西，我要動手了。只有剜掉你的眼睛，才能證明我的勇敢和忠誠。我鐵了心，舉起了小刀子。

這時，一直躲在牆角悶聲不語的瞎子德重大聲說：「德健兄弟，你別下手，讓我來，讓我來剜掉這個老雜種的眼睛。」

我堅定地說：「不行，這是表哥分派給我的任務！」

他用馬竿頓著方磚，陰森森地說：

「讓給我剜！你們這些有眼的，哪裡知道我心中的仇恨！」

他拄著馬竿，準確無誤地走到我的面前，伸出一隻生著修長手指的、蒼白的手。我感到沒有力量違背他的意志，便把被我的手汗濡濕了柄兒的小刀子遞到他手裡。

瞎子像長了眼睛一樣，邁著大步走到大奶奶面前。他把馬竿靠牆放了，伸出左手，揪住大奶奶的頭髮，使她浮腫了的臉仰起來，他的右手，攥著刀子，一點點湊近大奶奶的眼眶子，刀尖將細微的感覺準確地傳達給瞎子，使他操刀無誤。我看到那柄小刀像條小銀魚兒一樣，繞著大奶奶的眼眶子游了一圈，緊接著刀尖一挑，一顆圓溜溜的烏珠，便跳出了眼眶。用同樣敏捷的手法，他挖出了大奶奶的另一顆眼球，可憐大奶奶一雙慧眼，頃刻之間變成了兩個血窟窿。

「瞎子，幹得不壞！」地點頭讚許道。

在瞎子挖眼的過程中，她竟然沒出一點聲響。只要是活人，遭此酷刑，那怕意志如鐵，也難保不出一聲。所以，我斷定大奶奶在挖眼之前，就被啞巴給一腳踹死了。挖死人的眼睛，算什麼勇敢？天大一個便宜竟被瞎子給撿了。我感到十分沮喪。天好像看穿了我的心思，用安慰的口吻說：

「小老表，不要沮喪，想挖眼睛還不容易嗎？」

但事實並非與我想像的一樣。大奶奶並沒有死，第二天大清早，她淒厲的叫罵聲，便把我們吵醒了。

這一夜我們三兄弟沒有睡覺，與天跟地一樣，我們睡在大爺爺家院西側那個乾草垛旁，那原本是老狗的地盤，但我們身上的騰騰殺氣，早把那條老狗嚇跑了。我們拉開乾草，鋪在地上，並著頭大睡。這種野蠻的露宿富有刺激性，呼吸著大量的新鮮空氣，百無遮攔地胳膊蹽腿，寬鬆和諧，大有益於健康。我感到跟著二位表哥幹事情必將有無限光明的前景。我的表現還不夠好，明天應該好好表現。

大奶奶在曦光中嚎叫著。我納悶她為什麼還敢活著，我懷疑是否有什麼野鬼附了她的身。

天和地同時跳起來，根本不理睬大奶奶的鬼哭狼嚎，率著我們三兄弟，跑到河邊，洗了臉，漱了口，又把嘴扎到河裡，咕嘟嘟汲了個飽。我走起路來，水在胃裡「匡噹」響，這也是一種新的感受。

天和地不提吃早飯的事，我們也不敢問。

天和地指揮著我們，把大爺爺的腦袋割下來，放在河水中漂洗得乾乾淨淨。天還有一柄精緻的牛角梳子，把大爺爺下巴上的鬍鬚梳理得根根通順。然後端端正正地放在橋頭正中，讓每一個走上石橋的人都能看到。

太陽冒紅時，天命令我們把大奶奶押到橋頭堡前。大奶奶不肯走，我們找了一根槓子，穿在她被反剪著的雙臂間，將她抬了過來。

這天正逢著集日，外村的人不知道橋頭管家發生了大變故，所以照舊來趕集。不論是挑著擔的，還是提著籃的，一走近橋頭，都要怪叫一聲，跳一跳，轉身欲跑。大爺爺的頭顱嚇破了他們的膽，這時天和地就吼一聲：「站住，哪裡逃！」

我們已經從第一個賣豬肉的屠戶的籮筐裡搶來一桿秤，一把割肉的刀子。我們逼著那屠夫從拴在橋頭堡馬柱上的大奶奶身上往下割肉。那屠戶是個強悍的人，我們搶奪他的家什時他還有些小小地反抗。天伸出戴著白手套的手摸了摸他的禿頭頂，這老傢伙一下子就萎縮了。他結結巴巴地說：「祖爺爺們，秤，我不要了；刀也不要了；兩百斤豬肉，算我送給你們的軍糧，只求你們放我走。」

天笑嘻嘻地說：「我要考考你的本事，」他指指瘋叫不止的大奶奶，繼續說：「我們判了這個老婆子淩遲罪，我要你一刀從她身上割下四兩肉來，割多了，我們就割你的肉，割少了，你再從老婆子身上割，一直割足四兩為止。」

屠戶連忙跪倒，磕頭作揖。他的頭碰得橋石發出很響的聲音。他哀求著：「祖爺爺們，饒了我吧。我是個殺豬的，割豬肉行，割人肉不行。」

天說：「你不要太謙虛了。豬和人都是哺乳動物，能殺豬就能殺人，會割豬肉，就沒有不會割人肉的道理。問題在於你沒把道理想清楚。你總認為人是殺不得的，其實這是陳腐的偏見。人生來就是被殺的，你不殺她，我就殺你。」

地氣沖沖地說：「你跟他費那麼多口舌幹什麼？」他搶過殺豬刀，在橋頭石柱上反覆磨了幾下子，磨出一些「嚓嚓」的聲響。然後，他用刀背敲著屠戶的禿頭，問：「割不割？」

屠戶被地用刀背敲得節節下縮，身體上全是皺褶，好像一條吐盡了絲的蠶，正在變成一隻蛹。他硬著舌頭和嘴唇說：「我割，我割。」

我們看到屠戶摸起他用慣了的刀，手指哆嗦胳膊哆嗦連眼珠子都哆嗦著，哭一聲，邁一步，身體一側歪，終於挪到了大奶奶面前。被挖了眼的大奶奶比鬼還嚇人。兩個黑窟窿裡流出來的血一直淌到她的腿上，散發著生冷的腥臭味兒。屠戶的手一觸到大奶奶的身體，她就發出一聲令人毛髮倒豎的怪叫。我又一次感到大奶奶早已死去，附著在她的屍身上發出怪叫的，是一個妖精。我甚至想把我的感覺對屠戶說說，讓他大膽地下刀子，幹完了這樁事，我們也該去找點東西填填肚子。我真切地感到餓了，也感到二位表哥玩的把戲有點無聊。屠戶突然扔掉刀子，轉身就跑。從他的跑姿上我感到他好像被魔祟住了一樣，他一定用了全部的力氣試圖逃離這個是非之地，但速度卻像蛆爬一樣。

天歎息一聲，道：「朽木不可雕也。不爭氣的東西。」

地沒容天的話音消散，就用隻手把胸前的花機關一順，啪啪啪，一個點射，將屠戶放倒在橋上。屠戶抽搐成一個圓球形狀，打個幾個滾，掉到河水中去了。

隨後那些來趕集的，有被逼割了大奶奶肉的，有下不了手想逃跑的——逃跑者都跟屠戶同樣下場——有當場被嚇死的——雖然表現形式人人各異，但有一點是共同的，這就是——恐懼。唯有一個例外，是一位胳膊挎著竹籃子的中年婦女。她走上橋頭時，橋面上的人血已經流成了小溪。橋頭上的惡消息已經迅速擴散出去，沒人敢來找霉頭了。所以，她踩著血大搖大擺地走過來時，我們就對她格外敬重了。天依然笑嘻嘻地攔住了她，說：「大姑，要過橋先割她四兩肉，這是規矩。」

她抿嘴一笑，腮上顯出兩個像杏子那般大的酒窩窩。她明眸皓齒，烏髮長頸，雖近中年，但依然魅力無窮，較之我們家族中那些姊妹們，別有一番風景。她朗聲道：

「孩子們，想得好主意！」

天道：「好的還在後頭呢。」

她說：「我等著看呢。」

地說：「別跟我們磨牙。」

她伸出潔淨的手，說：「你們替我割吧，別弄髒了我的手。」

地說：「別耍滑頭。」

她說：「兒子們，真要老娘動手嗎？」

她說：「看看你的本領。」

她把籃子遞給我，讓我幫她提著。伸出幾個手指，從籃子裡捏出一張鮮荷葉，裹了那沾滿髒血的殺豬刀柄。轉眼間，就從大奶奶身上旋下一塊肉，用刀尖挑著，說：「兒子們，稱稱吧。」

她用秤勾子掛著那塊肉，一稱，佩服地說：「果然是好刀法，正好四兩。」

她說：「給我把肉包了，拿回家去包餃子吃。」

她從籃子裡揪了一張荷葉，包了那四兩肉，扔回籃子裡。

她接過籃子，說：「你們這玩法並不新鮮。」

天說：「我們知道這玩法不新鮮，我們不過是執行我娘的命令罷了。」

中年女人走了。天打了一個呵欠說：「無聊，太無聊了。」

我們的父親對我們講述了他追隨著他的兩位表哥在北虹出現後的當天夜晚和第二天早晨殘殺了他的大爺爺和大奶奶的經過後，便扛起鋤頭下了地。我們清楚地知道，要讓我們的父親再次一氣連貫地講完一段時間內發生的事情是不可能的了。父親適才講述時，使用了十分統一的第一人稱，這是罕見的現象，罕見的現象難以重複。根據我們的經驗，從那場大劫難中苟活下來的人，頭腦總是有些混亂。突出的表現就是那混亂的人稱。人稱的混亂說明了他忽而站在現在立場上，忽而又站在過去的立場上。他忽而是沉浸在對歷史的回憶中自言自語，忽而又變成一個對晚輩講述歷史的長者。我們坐在通風良好的寬敞的門樓裡，目送著鋼鐵般堅強的父親光膊赤足走向被強烈陽光照耀著的田野，感到我們自己的靈魂像被雨水浸泡過的草紙一樣蒼白。轟轟烈烈的食草家族輝煌的歷史已成為過去，過去的一切是那樣的豐富那樣的千頭萬緒。真正對過去的一切感到混亂的其實是我們，而不是我們的父親。一個能夠宛轉自如地不斷變換著視角講述歷史的人，怎麼可能頭腦混亂？一個把一件事情連講十遍而仍令聽眾感到趣味無窮的人怎麼可能頭腦混亂？父親的頭腦像鏡子一樣清楚。

他沒有向我們說明那位最後出現在橋頭上，準確地切割了我們的大老奶奶四兩肉的中年風流女人的來龍和去脈。她突然出現又突然消失，宛若天上的一道彩虹。我們曾想到她可能與二姑奶奶有關係，我們也曾想到她就是那道詭異而美麗的北虹的化身。在那個時代裡，人指縫裡生長著粉紅的蹼膜，狐狸能把唾液鍛鍊成熠熠發光的仙丹，黃鼠狼能指揮女人唱歌跳舞，出現一個來無影去無蹤的女人又算什麼？

後來，父親說，天和地突然變得垂頭喪氣，好像一群努力工作著的下屬受到上司的痛斥一樣。這種零刀把人割死的把戲原來並不是什麼創造。父親說他的兩位表哥沿著青石街道懶洋洋地向南走去，把垂死叫嚎著的大奶奶扔在橋頭上，再也不管不問。父親與他的二位堂兄弟肚子餓得咕咕叫，但卻像中了魔法一樣，緊跟著天、地往南走。家家的狗都夾著尾巴怪叫著，根本不敢跑出家院。父親說啞巴德高不斷地撿起路邊的石片，投擲到街道兩側我們那些叔叔伯伯家裡去，好像他對這些自家的人有著深仇大恨。父親說瞎子德重用竹竿探索著道路，走得像風一樣快。

他們一行走到村南，在當年我們的老爺爺拋棄二姑奶奶的虮蜡廟前停住。天揮槍打死一匹野兔，地打死一隻肥胖的大獾。開剝獸皮，清洗獸肉的任務由德高承擔，攏集柴草的任務由我承擔。瞎子陪著天、地說話。

父親說等他攏來一大堆柴草時，聽到兩位表哥正在大笑。地用腳踢著瞎子的屁股，說：

「果然是好法子，明天就試試。」

天說：「事不遲疑，吃過肉就動手。」

父親說他對那位陰險的瞎眼堂哥一向不滿意，見他得到表哥們的讚賞，心裡很不痛快。正好這時啞巴肩著摑去皮的獾、拎著褪去皮的兔，渾身水淋淋地走過來，父親便對他做了幾個手勢，使了幾個眼色，激起了他對瞎子的滿腔怒火。父親說啞巴把獸肉往草上一扔，便撲上去掐住瞎子的脖子。瞎子全無提防——有提防也難抵啞巴的蠻力——當場被按倒在地。天和地愣了半晌，才衝上去營救。他們每人擰住啞巴一扇耳朵，好不容易才把他掙起來。啞巴的手卡在瞎子脖子上不鬆，天用槍托子敲了啞巴的鼻梁——鮮血迸流——啞巴去捂鼻子，瞎子才算得救。父親說瞎子臉色青紫，如果有眼珠早就凸出來了，幸虧瞎子沒眼珠。

天伸手在瞎子鼻孔處，試了試。然後又騎在瞎子身上，用雙手擠壓他的胸膛。瞎子長出了一口氣，活了過來。

父親說地連抽了啞巴十幾個耳光，啞巴捂著腮幫子，紅著眼珠子，但始終未反抗。

他們點著火，燒獸肉。燒得半生不熟，胡吃一通。吃飽後，天和地肚皮朝天躺在乾草上，你一句我一句的爭論。

父親說天說天上的星星與地上的人一對一，一人頭上頂顆星。地說那純粹是胡說八道，譬如說我們隨時都可以宰人，但並沒有看到人死星落。天說那些流星不就是在落嗎？地說那不是落，是星星搬家。

半生不熟的獸肉在我胃裡翻騰著，父親說，幾匹野狗在草叢中潛伏著，伸著鮮紅的舌頭，盯著我們吃剩的肉和那些紅殷殷的骨頭。

天和地爭論夠了星星又爭論地上的石頭，由石頭又及廟上的瓦片，由瓦片又及蹲在廟頂上的烏鴉。他們的爭論起初還有意思，後來就變得很枯燥。父親躺在乾枯的草上，迷迷糊糊的睡著了。

父親說夕陽西下，大地一片血紅的時分，天把他揪了起來。天說起來起來，吃飽了睡足了，該幹正事去了。父親揉掉眼上的眵站起來，看到自己的影子長長地鋪在地上。他說他突然想起曾聽老人們說過，鬼是沒有影子的。於是他看到了天和地那格外清晰的大影子，有力地證明著這兩位表兄不但是人而且是有大本事、大造化、大福氣的人，父親說影子重的人福氣大，影子淺的人福氣小。

天和地散漫地往村子裡走，父親他們跟隨著。臨近村頭時，傍晚的風吹得草梢亂點，那幾株葉子金黃的栗子樹千葉萬葉婆娑起舞，好似滿樹金蝴蝶。父親說往常每到這時候，南北方向的青石板道上有很多捧著粗瓷大碗喝粥的人。現在連一條人影也沒有，偶爾有一隻野貓穿街衝過，身影油滑，好像一道電流。父親說他再次感到沒意思起來，路過家門時，他甚至想逃脫掉，回到那跟堂姊妹們廝纏打鬧的往日生活中去，但他沒有逃脫。他感到跟著二位表哥寸步不離是無法違抗的命令，當然並沒有任何人給他下命令。

一絲不掛的癡呆兒德強蹦蹦跳跳地在石街上出現了。父親說癡子德強那時有十一、二歲，個子約有三尺高。他生下來就沒穿過衣服，但那身肉卻粉紅色、油漉漉的，活像個人參娃娃。

他攔住天和地的去路，咬著舌頭說：「喝湯、喝湯。」

連一直陰沉著醜臉的地也露出了很溫存的笑容。

癡子德強繼續重複著：「喝湯，喝湯。」

天和氣地問：「小表弟，到哪裡去喝湯？」

癡德強突然清楚地說：「跟我去喝湯。」

天和地交換一個眼色，又低聲咕噥了幾句。然後，天一揮手，說：「跟他走。」

父親說他們一行五人，尾隨著一絲不掛的德強，拐彎抹角，穿過幽暗的小巷、進入一個大門樓。父親認出這是我們的七老爺的家。父親說你們的大老爺爺和大老奶奶被處決之後，七老爺爺和七老奶奶就是家族中的尊長了。他們家裡也有一條狗，是狼與狗的子孫，原來非常凶猛，用指頭粗的鐵鏈子拴著，天上飛過一隻鳥，牠都要躥跳叫嚷，因為性子太猛躥跳太高，常常被鐵鏈子扽回去翻跌筋斗。奇怪的是這條惡狗那傍晚竟然一聲也不叫，縮在窩裡哼哼著，像感冒了一樣。父親說那狗是被天和地這兩個殺人魔頭給威住了。狗通人性，父親說牠知道天腰裡的大鏡面匣槍和地懷中的花機關槍不是好惹的。你蹦得高，蹦不過槍子兒；你跑得快，難道就快過了槍子兒不成？

父親說七爺爺在院子裡迎接他們。父親說他們的七爺爺原是個紅了眼不認親屬的東西，他是他們同輩中最小的，提籠架鳥，鬥雞走狗，吃喝嫖賭，人世間諸般惡事都沾過邊，平日家斜著眼看人，家族中送他外號「七斜」。可是這天不怕地不怕的「七斜」竟戴著瓜皮小帽，穿黑緞子長袍，滿臉堆著笑，像村公所裡的帳先生一樣，點頭哈腰地招呼他們進屋去喝湯。父親說他們一行，赤子德強在前，依次是天、地、德高、德健，德重挾著馬竿殿後，魚貫而入，很像後來我們在電視機上看到的一隊進入開幕式的運動員。

父親說我們的七老奶奶是一個臉大麻子的女人。父親說他的七麻子奶奶雖然長相凶惡，但人卻善良、和藹、慷慨大方，恨不得將自己的心肝掏出來給晚輩們吃了。父親說他心裡其實挺喜歡這位麻奶奶的。

堂屋裡已經擺好了桌椅。父親說他們家族中房屋內部的格局差不多都跟大爺爺家一樣，幾百年也沒有大變化。麻奶奶極醜的臉唬了天和地一下子，父親說他看到天和地都縮了一下肌肉。麻奶奶親熱地迎上來，大聲說：「好外甥，早聽說你們來了，把我歡喜死了，快坐，快坐。」

父親說麻奶奶安排天、地入座之後，也不怠慢、疏淡他們。她逐一呼著他們的名字：「德高、德重、德強、德健，你們這四條小狗，都快坐下吧。」

七老爺爺進屋，忙不迭地端茶倒水。父親說，「七斜」成了這副模樣，也算是威風掃了地皮。父親說我們的七老爺爺倒了一巡茶，點燃了三根羊油大蠟燭，自己也怯怯地入了座。

父親說麻奶奶端上菜來，七個盤八個碗，雞鴨魚肉，山珍海味，把一張大桌子塞得滿滿的。

七老爺爺殷勤地勸酒勸菜。天優雅進食，地狼吞虎嚥。父親說天和地的手套不知是用什麼質料做成，那麼白那麼光滑。酒過三巡，父親說七老爺清清喉嚨，對天和地說：「二位賢外甥，當年害你們母親的事，我可是一點點都沒參與，你們的七老娘可以作證。」

麻奶奶堆著滿臉笑說：「都是老大兩口子的壞主意，殺了他們，正是報應。」

天說：「吃飯吃飯，過去的事不要再提。我們這次回來，也不是要找誰報仇。」

父親說我們的七老爺爺聽了天的話，像吃了定心丸一樣，臉上的肌肉鬆弛了許多，更加殷勤地侍奉天、地，像個重孫子一樣。

吃罷飯，麻奶奶端上幾盤炒葵花籽兒，說：「大外甥，嗑幾個瓜籽兒香香口，我一開頭就看不慣他們的習性，只有驢才吃草，人吃草還算人嗎？」

地點點頭，說：「你真明白。」

麻奶奶連忙謙虛著：「明白什麼，老糊塗了。」

父親說他根本沒料到和平的形勢會突然消逝——瞎子德重捂著肚子哀嚎起來——怎麼回事，好孩子，怎麼回事？父親說麻奶奶關切地問著。瞎子說：酒裡有毒！

父親說麻奶奶抬手搧了瞎子一巴掌，罵道：「放你娘的狗臭屁！有毒單毒你？我看你小子是吃撐了。」

大表哥說：「酒裡沒毒。」

七老爺爺說：「還是大外甥聰明。」

天說：「我聰明什麼？我一點也不聰明。」

父親說天站起來，打著飽嗝走到麻奶奶面前，說：「七老娘，你和七老爺都聽著，我有話跟你們說。」

麻奶奶和七老爺同聲道：「大外甥請說。」

天道：「二位老人，你們倆年紀不小了，活夠了沒有？」

麻奶奶道：「活夠了活夠了，活得夠夠的了！」

天道：「那為什麼還不想法死？」

父親說我們的七老爺爺一聽這話，臉立時煞白了，嘴唇乾哆嗦，卻連一句話也說不出來。

麻奶奶道：「大外甥，雖說是活夠了，但閻王爺不來催，也就懶得去。」

天說：「閻王爺這就來了。」

父親說你們的七老爺「撲通」一聲就跪倒在地，哀求道：「好外甥，饒我一條老命吧……你娘的事我真的沒插手……」

麻奶奶鎮靜地說：「大外甥，皇帝老子也不殺無罪之人，要殺我們，總得有個講說。」

地踢了他一腳，說：「起來，起來，橫豎逃脫不了的事。」

天笑著說：「好一個糊塗老婆子，要殺你就是要殺你，還要什麼講說。」

麻奶奶說：「你不說明白，我死也不閉眼。」

天說：「那你就睜著眼死吧！」

地一揮手，說：「找繩子去！」

父親說他堂兄弟幾個積極地找繩子。麻奶奶抄起一把菜刀，說：「小雜種們，看你們哪個敢捆我！」

天說：「不用捆了。」

地說：「瞎子，我們不要捆她，還要她無法反抗，該怎麼辦？」

瞎子說：「當頭一棍，打昏她。」

地說：「不好，不好！」

癡子德強咬著舌頭說：「把她的手剁掉。」

天說：「你小子，一點也不癡嘛。」

地說：「動手吧。」

父親說他與德高、德強一擁而上。麻奶奶揮著菜刀，劈得風響，跳著罵：「雜種，我先劈了你們！」啞巴躲閃得慢，耳朵被削掉一塊。父親說他靈機一動，抓起一個木頭鍋蓋當盾牌，衝上去，麻奶奶一刀劈在鍋蓋上，拔不出刀來了。德強一個地滾龍上去，摟住了麻奶奶的腿，德高撲上去，扠住了麻奶奶的脖子。父親說他對著麻奶奶的肚子，撞了一頭，麻奶奶應聲倒地。父親說天從廚房裡搬來一個剁肉的木墩子，放在麻奶奶身邊，從木鍋蓋上拔下菜刀，對著地說：「你來剁吧。」地推讓著，說：「還是你來剁。」父親說他們倆推讓了好一會兒，最後決定猜包袱、剪刀、錘比輸贏，贏者先剁，輸者後剁。天伸出巴掌，地伸出拳頭，天贏了，先剁。他命令父親他們把麻奶奶的手按在木墩子上。麻奶奶好大的勁頭，像條母水牛一樣哞哞地叫著，父親說他們堂兄弟三個使了吃奶的力氣都按不好她。地過來，一隻腳踏在麻奶奶背上，說：「老實點！」麻奶奶頓時老實了。天舉起菜刀，往刀刃上吹了一口氣，然後揮臂刀落，「喀嚓」一聲響，麻奶奶一隻手齊著腕斷了。父親說麻奶奶怪叫了一聲，背雖然被地的腳踩著，還是羅鍋了起來。血一股股地從斷腕上冒出去。那隻脫離了肢體的大手在地上抽搐著。

父親說天把菜刀遞給地。地接了刀，用更加乾淨利索的手段，剁下了麻奶奶另一隻手。

天說：「你們鬆手吧。」

父親他們鬆了手。麻奶奶困難地爬起來，失了雙手，她的身體喪失了平衡，晃晃蕩蕩站不穩。豆大的黃汗珠在她的麻臉上滾動著。

「小畜生們！狠心的小畜生們！」父親說麻奶奶扯著喉嚨罵著，揮動著雙臂，像揮動著兩根棍子，黑色的血像熱呼呼的急雨，在屋子裡飛濺。一道熱血淋在天潔白的臉上，天像被火燙了似的，怪叫了一聲。父親說天掏出一塊布擦著臉上的血，氣急敗壞地下著命令：「快快快，按倒她，剁了她的腳！」

父親說麻奶奶閉著眼往牆上撞去，啞巴伸手揪住了她，並順勢把她壓倒在地，天和地把剁腳的任務交給了父親。德高搶刀先剁，父親說啞巴手大臂粗，勁頭兒十足，一刀便剁斷了麻奶奶的腳脖子，那隻穿著緞子鞋的小腳單獨立在地上，樣子十分可怕。父親說麻奶奶雖然面孔醜陋，兩隻小腳卻裹得十分精巧。父親說輪到他動手時，那把菜刀已經被熱血燙捲了刃子，所以他連剁了三刀也沒能把麻奶奶的腳剁下來。剁到第三刀時，父親說他忍不住的噁心，一股黏稠的東西從胃裡往上翻。他扔掉菜刀跑到院子裡彎著腰嘔吐。

接下來，父親說，天表哥讓德高把麻奶奶扶起來。麻奶奶如何能站住？她的嗓門也降低了，趴在地上，大口地喘息著。天說：「瞎子，該你動手了，割掉她的眼皮吧。」

瞎子摸索上來，從大表哥手上接過那柄牛角柄的小刀子，去割麻奶奶的眼皮。麻奶奶斷斷續續地說：「好孩子……給我個利索的吧……」

瞎子旋去了麻奶奶的眼皮。麻奶奶哼了幾聲。就昏了過去。

父親說目睹了這一切的七爺其實已被嚇癡了。他癱在牆角，身上散發著屎尿的臊臭。兩位表哥令父親他們在院子裡挖了一個窟窿，把七爺爺活埋了。

父親說土埋到你們七老爺爺脖頸時，他鼻孔流血，眼球突出，臉色像茄子。天讓癡子舉著半截蠟燭照著明，自己掏出匣槍，對準你們七老爺爺的腦頂打了一槍。一股白腦子躥了出來。

父親說，你們老爺爺這一輩的人就這樣被拾掇乾淨了。天從癡子手裡奪過蠟燭，插在你們七老爺爺頭頂的槍眼裡，打著呵欠說：「累了累了，有活明日再幹。」

天和地進村後的第三天，是一個基本和平的日子。父親十分厭煩地對我們敘述著，完全失去了講故事的興趣。我跟著你們那兩位瘋瘋癲癲的表叔，串著胡同打狗。這根本不是兩個殺人魔頭應該幹的事情，而是兩個頑童的行為。父親說，我這兩個大表哥的迷人之處，也正是通過這些荒唐行為表現出來。

我們堂兄弟幾個跟著他哥倆，打死了十幾條狗。癡子德強有模仿狗叫的天才，他用狗的語言把狗引出來，充當兩位表哥的靶子。父親說這天傍黑他們受到一次小小的偷襲，一發子彈從背後打中了瞎子的脖頸。瞎子立仆在地，嘴巴裡吐出了一堆血沫子，一句話也沒說就死掉了。

這一槍結束了打狗行動。天察看了一下瞎子的槍傷，對地說：「這是捷克造七十九毫米步槍發射的子彈。」

地說：「槍法還不錯。」

父親說地的話音沒落，又響了一槍，子彈打在天腳前的泥土裡，冒出了一股白煙。地一扶花機關，打了一梭子，就聽到有人在西邊的房頂上叫了一聲，然後滾得一片瓦響。

那是我的八叔，父親說。他也算是個神槍手。地的槍彈打光了，便吩咐我們去河北邊的墓地裡為他取子彈。

父親說那片墓地有一畝大小，裡邊生長著一些黑松樹。傳說裡邊有一條碗口粗的黑蛇。

他有些膽怯地看著天和地。地說：「你怕了嗎？」

父親點點頭。

地說：「我自己去吧。」

地大搖大擺地在石街上往北走，天帶著我們尾隨著。

父親說兩天前遭了酷刑的大奶奶還綁在柱子上，人已死了。

雖然沒有風，但墓地裡的松柏卻嘩嘩地響著，宛若潮水湧動。一陣陣令人毛骨悚然的涼意從天而降。地推倒一個石馬，顯出一個方方的石坑。石坑裡竟然是一堆金燦燦的子彈。地往槍裡壓子彈，槍裡壓飽了，胸前還多了一個沉甸甸的布袋。地拍拍布袋，說：「五百發。」

父親說少了瞎子馬竿戳地的「篤篤」聲，他心裡感到非常空虛。走回石橋時，夕陽把滿河的流水照得通紅。河水因有了顏色而顯得格外寬厚。那座與石橋連接著的大門樓子也顯出了幾分巍峨。父親說他看到大爺爺那顆頭顱被一陣旋風吹動著在橋頭上打轉兒，好像那頭是用紙殼糊成的。他還聞到了一股刺鼻的屍臭。一群烏鴉從空中俯衝下來，呀呀地叫著，盤旋著覆蓋了大奶奶的屍體。一隻肥大的鷹在河上盤旋著，突然一斜翅膀俯衝下來，好像一道黑色的電光？老鷹抓著大爺爺的頭顱，艱難地、用力搧動著翅膀飛起來，那縷山羊鬍子在晚風中飄動，一陣槍響，一溜火光，老鷹和頭顱被打爛、垂直跌落在河水中、輕巧的羽毛隨即飄下。地哼了一聲，臉上布滿笑容。父親說，他們站在橋中，望著那黑洞洞的大門，不由得發了愣。

就在那時候，門樓裡一陣吶喊，好久沒有關閉的兩扇大門，嘎嘎吱吱怪響著合攏了。緊接著就有幾道火舌就門樓上射下來，打得橋面一溜火星子。天和地幾個箭步就竄到大門外的死角裡。父親他們也隨著跑過去。

這場戰鬥，是父親的十四位叔伯組織的，父親說他的父親我們的爺爺沒有參加。我們的爺爺就是被二姑奶奶咬了手指那位。父親說他不知道我們的爺爺跑到什麼地方避難去了。

天說：「舅舅們，開開大門，放我們進去吧。」

門裡嚷著：「野雜種，回去找你們的娘吧。」

話音甫停，又有石頭瓦塊從門樓上扔下來，有一塊枕頭大小的石頭擦著天的鼻尖滑下去，差一點就要了他的命。

天舉起匣槍，對著門樓上掃射。地也用花機關槍打了幾梭子。上邊有人掛了彩。哭著跌下去。天和地帶著我們從土圍子上爬上去，看到有七、八個男人正在街上奔跑，兄弟倆便用槍撂倒了他們。這其中有十一叔——癡子德強的爹，還有二伯——瞎子德重的爹。

父親說中秋節晚上，月亮又大又圓，白光灼灼，照耀得村莊幾乎沒了黑暗，即便在房子的陰影裡，也能看清手掌上的紋。

消滅叔伯們的戰鬥持續了好幾天。他們有的藏在枯井裡，有的鑽在草垛裡，但都被癡子德強發現了。他活脫脫是一條警犬。這裡一個，他指指枯井。天和地就命令啞巴搬著一盤石磨投下去。井裡傳上來沉悶的聲響，和十四叔的慘叫。他指指草垛，說，這裡還有一個。天和地便令父親去尋找煤油。父親從六嬸家提來一桶煤油，淋在草垛上。天點著一塊沾了油的棉絮，擲在草垛上，火焰迅速爬上草垛，數丈高的火苗子沖起來，一個遍體著火的人從火堆裡滾出來，滾了幾米遠，便停住不動。儘管人成焦炭，但父親還是辨認出了焦炭是他的三伯。

十六個叔伯中，只逃脫掉我的爺爺。我們的老爺爺藏在什麼地方逃脫了？父親好像沒聽到我們的詢問，繼續著他的麻木敘述。德強抽搐著鼻子把村子裡搜索了三遍也沒找到。後來天說：「他是我們的親舅舅，放他一馬吧。」地說：「親舅舅更該死。」天說：「找不到只好罷休。」

中秋之夜，村子裡一片歡騰景象。父親說打穀場上點燃了一大堆松木，火光熊熊。四十八個以花卉命名的父親的堂姊妹們，全部集中在一起。她們中只有幾個年紀小的在小聲哭泣，大的卻都似乎很鎮靜。

父親說天和地端坐在一張八仙桌子旁，仔細地擦拭槍枝。父親說他希望表兄們玩個利索的，一頓槍子兒掃倒她們就算完事。不要再變換花樣，他說他並不是怕，而是疲勞。因為表兄們每變換一種殺人方法就需要器械，而尋找各種器械的繁瑣任務就落在父親他們身上。

父親說天站起來，大聲說：「表姊們，表妹們，我是你們二姑姑的兒子，是你們的表哥或者表弟。我早就聽說你們個個美麗，如花似玉，今日一見，果然名不虛傳。你們的二姑姑讓我帶給你們每人一件禮物，這就是——」他舉起一個小小鹿皮口袋，晃晃，裡邊嘩啦啦地響著，「待會兒你們每個人摸一件。你們猜猜，這裡邊裝著什麼？是金子？是寶石？都不是，這裡邊有四十八張骨牌，每個牌上都用刀刻著一種刑法，這是你們二姑姑多年的研究成果，你們真是好福氣。」天把口袋扔到桌上，說：「你們別怕，執行刑法時，你們的二姑姑會來觀看，現在，我先把每樣刑法解釋一下，然後你們就來摸骨牌。」

父親說天像背書一樣背著：「第一種，彩雲遮月，也叫『戴驢遮眼兒』，這刑法的施行方法是：用利刃把受刑者額頭上的皮膚剝下來，遮住雙眼。第二種，去髮修行，此刑的施行方法是：用一壺沸水，澆在受刑者頭上，把頭髮一根也不剩地屠戳下來。第三種，精簡幹部，幹部者，五官也。此刑即是用利刃旋掉受刑者的雙耳和鼻子。第四種，剪刺蝟，此刑的實施：用鋒利剪刀將受刑者全身皮肉剪出一些雀舌狀，像你們的娘過年時做麵刺蝟時那樣。第五種，虎口拔牙，這刑法簡單，就是用鉗子把受刑者的牙齒全部拔下來。第六種，油炸佛手——用滾油將受刑者的十指炸焦。第七種，高瞻遠矚——用滑車將受刑者高吊起來。第八種，氣滿肚腹——將氣管子插進受刑者屁眼往裡打氣。第九種，步步嬌——赤腳走二十面燒紅的鐵鏊子……

父親說天一口氣說完了四十八種酷刑，連半句廢話也沒有。他說：「你們的二姑姑不忍傷了你們的性命，這些刑法，只要施刑方法得當，保證死不了人。所以希望你們要積極配合，不要反抗、掙扎，否則會更難受，弄不好還有性命危險。你們的二姑姑說：食草家族的女孩子，都不是平凡人物，都是注定橫行世界的角色。只要你們能咬牙熬過這一關，往後，世上的人就奈何不了你們了。」

父親說天把口袋扔在桌上，說：「表姊妹們，來吧，每人摸一張，誰也脫不了，早晚脫不了。」

父親說他的四十八個姊妹們，齊聲嚎哭著排起了一字隊形，走到桌前，每人從口袋裡摸了一張刻有刑名的骨牌。

摸牌完畢，天說：「各人收好自己的牌，誰丟了誰死。」

父親說月光皎皎，火光熊熊，晚風清涼，蟲鳴唧唧，中秋夜晚十分美好。天命令他們分頭去準備施刑所需要的各種器具，任務雖然艱巨，但他們歡騰而去。

忙了整整半夜，父親說他的腿硬得像兩根木棍子一樣，再也挪不動了。八仙桌子周圍堆著他們堂兄弟三人從各家搜集來的刀子、剪子、繩子、棍子、鑿子、鏟子、鐮刀、钁頭、水壺、鐵鍋、掃帚……其中有施刑需要的，也有不需要的。萬事俱備，只等二姑到來，但二姑遲遲不來。火堆裡的松木燃燒將盡，火苗子漸漸疲軟瘦弱，但月光卻越發皎潔起來。那晚上的月亮大得讓我再也不要看月亮，那晚上的月亮亮得呀從此之後我再也沒見過那樣亮的月亮，那晚上的月亮是不是月亮誰也說不準。偌大的天上，沒有一顆星，沒有一絲雲，但卻有白色的、銅板般大的雨點稀疏地砸下來，過一陣又一陣。打穀場外的田野裡，原本碧綠的植物變成一片銀色的海洋，雨打葉片的聲音讓我心中恐慌，二姑為何還不到？松脂的香氣、姊妹們眼淚的味道瀰漫在月光中，嗅著這味道我心中焦急，二姑怎麼還不到？二姑啊，你快些來吧！我們腦子裡鮮明地晃動著二姑的身影，她騎馬挎抱出現，也許是乘坐花轎出現；有兵們鳴鑼開道、也許是吹鼓手鼓瑟吹笙簇擁。總之，二姑的出現是一個輝煌的時刻，我知道不僅僅我在盼望著、不僅僅我的那幾個堂哥們盼望著，連那些手握刑名骨牌的姊妹們也在盼望著。她們的心情，類似出嫁女的心情、不是恐懼也不是高興，哭不代表悲傷笑也不代表歡樂。父親說她們哭夠了笑夠了等煩了等膩了便聚成一堆摟著抱著唧唧喳喳嘀嘀咕咕，伸出你的手，伸出我的手，伸出她的手，她們伸出手，探著頭，互相觀看著對方手中骨牌上的刑名，並在沒徵得二位表哥同意之前開始交換骨牌。菊花用「精簡幹部」換了蘭花的「彩雲遮月」，桃花用「油炸佛手」換了梨花的「高瞻遠矚」，蓮花和牡丹都要用手中的骨牌換水仙的「剪刺蝟」，水仙堅決不換，三個人先是爭執後是推擠最後打成一團。姊妹們滾成一團，秩序大亂。天心煩意亂地罵她們，甚至過去拉架，不知被誰搧了一個耳刮子。他捂著臉退出來。無可奈何地說：打吧打吧？等你們二姑來了再收拾你們。他這句話竟奇妙地制止了混亂。姊妹們整整容貌，看看天和地，不語，突然一個說：二姑什麼時候到?!一齊發問，如同質問。天和地無法解釋。地踏著梯子爬上房，向遠處眺望。一會兒下來，什麼也不說。望到沒有？望到了嗎？地有些窘，不語。姊妹們罵天罵地。罵倦了，便呵欠連天。天和地也打起呵欠。啞巴像堵牆一樣倒了，接著便發出了響亮的鼾聲。癡子抱著一把竹掃帚睡了，嘴裡發出咯吱咯吱的磨牙聲。父親說一陣睏倦襲來，眼睛隨即迷糊了，眼前的一切都晃動起來，那些姊妹們，一個個搖晃著，倒也，倒也。父親身子一軟，同樣倒也，倒在被夜露和白雨打濕的地土，沉沉地睡去。

我們默念著那古老的諺語：「東虹霧露西虹雨，南虹收白菜，北虹殺得快。」想像著七彩的北虹在天上橫亙的情景，崇拜著父親的二姑我們的二姑奶奶，神話著父親的表兄弟我們的表叔，心裡生出許多說出來就會犯錯誤的念頭。一隻貓從我們面前油滑而過，於是我們睏倦交加，呵欠連天，鼻涕和眼淚齊流。父親冷笑一聲，指著我們說：倒也，倒也！我們便倒也在他老人家腳下。

父親扛起鋤頭下地，我們進入夢鄉。

第六夢：馬駒橫穿沼澤

「他們為啥非要穿過沼澤，非要穿過沼澤到這邊來，這邊難道果然就比那邊好？那邊難道就不生長地瓜和茅草？為什麼非要橫穿沼澤？繞點路走好道不行嗎？費那麼多辛苦死那麼多人值得嗎？……」

——生蹼時代那個著名的小雜種滔滔不絕的疑問惹得他心情煩悶，便啐一口唾沫，從草地上站起來，不忘記拍拍屁股上沾著的草屑，對準低頭吃草的遠處的牛群走去。

生蹼的小雜種睜著黑溜溜的眼睛盯著他的背影，一直望瘦了眼睛，把他送進了暮色沉沉的墓地裡。他——就是小雜種？——他叫什麼名字？為什麼坐在那裡。——就叫他小雜種吧，坐在那裡……就算他坐在那裡放牧牛羊吧——所有的講述，總是被一代一代求知欲過分強烈、性情又特別著急的小傢伙打斷——這也是革命傳統代代流傳的一種表現形式。

天眼見著就要黑了，牛羊自動地靠攏過來，母牛藍色的眼睛裡憂傷巨大，母愛氾濫，脊梁微微躬起，牛犢子用腦門子撞擊著母牛的乳房，呱唧呱唧響。

爺爺對我說——爺爺死去若干年啦——我對拖著黃鼻涕的孫子說：「我像你這麼大的時候，

跟著我爺爺到這兒來放牧牛羊，他對我說這說那的。那時的太陽比現在白，沼澤嗎跟現在差不多，三稜草上沾著一串串油螞蚱，火紅色，一燒滋啦滋啦冒油……」

我孫子把一隻燒焦了的螞蚱扔在嘴裡。

……小雜種晃晃腦袋，我爺爺說，好像打尿戰一樣。這個小雜種每天傍黑總是坐在那個地方：往南是紅色淤泥大沼澤，往東是草地，往西是草地和莊稼地，北邊有個小村子。草地上有三棵大柳樹，像三個垂頭喪氣的大漢子一樣。小雜種就坐在那兒等候那個「他」——一個黑巴魚樣的瘦男人。瘦男人總是日頭剛冒紅時從那片亂七八糟地生長著雜樹的墳墓堆裡走出來，和小雜種一起玩耍，講橫穿沼澤的事——他們也燒油螞蚱嗎？——爺爺問他爺爺我問我爺爺我孫子好奇地問我——我折了一根草棍，刮掉他的即將入口的黃鼻涕，回答道：當然！當然！

看到孫子漆黑的眼，我的心頭浮起了一陣悲涼，一陣悲涼從容不迫地浮上我的心頭。傍晚時分，草地雖然照樣熱古嘟，但從沼澤吹出來的風，卻已經涼爽，淤泥的味道滲進我們的骨髓。

一轉眼就是七十歲，夢到死人的機會越來越多，死期要到了，心裡很高興。

……最初，小雜種坐在那兒，用草棍捅螞蟻窩，瘦得像一道黑煙的男人在他身後冷冷地笑著。小雜種並不吃驚——因為這笑聲很熟悉，族裡的長者都是用這種聲音笑。他把一隻粉紅色的螞蟻誘到草棍上，讓牠沿著草棍往前爬，爬到頂端，如同面臨萬丈深淵，螞蟻搔首躊躇。他感到了恐怖。一隻黑色的腳，宛若一隻獨立的怪物，漫過他的肩頭伸到他的面前。他聞到腳上的味道：幽幽野菊香。螞蟻跳上他的過分突出的腳趾，很快地往上爬，爬過腳背，爬上腳踝，看不見了就扭脖子回頭：黑瘦的男人青白分明的眼睛盯著他，堅硬的唇邊漾著青苔狀的微笑，嘴裡是兩排鋼鐵牙齒……

我爺爺對我說：小雜種打量了黑色男人一會，冷不丁地問：「你是誰？」黑色男人回答：「我是我。」他們倆就這樣認識了。第一天什麼也沒說，第二天什麼也沒說，第三天上，傍黑了，黑色男人說：「明天我給你說件事。」

「說的是馬駒穿過沼澤的事嗎？」我孫子好奇地問，「馬駒為什麼要過沼澤？沼澤南邊難道沒有好草讓牠吃嗎？……」

「不許打岔！」我爺爺對我喝斥我對孫子說，「不許打岔！」

草地上……油螞蚱蹦來蹦去，我稚嫩的皮膚被油螞蚱彈打得生痛……我蒼老枯槁的皮膚上站著一隻油螞蚱，火紅鮮亮的顏色，油潤有光澤，牠如同玉石雕就，活脫脫一個寶貝物兒，牠腳上的吸盤弄得我皮癢癢，抬手擦掉了牠……爺爺，螞蚱碰得我肉痛，孫子哭咧咧地說著。我們到三棵柳下去吧，那裡草少螞蚱也少。

我被爺爺講述的黑色男人吸引著，幾乎見到了他的面容，頭髮蓬鬆著，恰如一股黑煙……爺爺打死了沾在他胳膊上的油螞蚱，領我到了三棵柳下。

……第三天一大早，小雜種就來到了這裡，把兩頭黃牛十二隻綿羊散漫在草地上吃草，他坐在樹下等黑色男人。草上露珠扎著綿羊們的嘴，牠們啊啾啊啾地打著響亮的噴嚏。日頭剛一冒紅，黑色男人就出現在小雜種面前。小雜種問：「你吃了飯啦沒有？」黑色男人說：「我喝了一巢蜜？」——一巢蜜是多少？鬼知道！鬼知道一巢蜜是多少——我給你講個馬駒過沼澤的故事吧！很早很早以前啦，有一群人趕著一匹母馬從南邊過來，走進沼澤之後，母馬生了一匹馬駒子，紅色的，緊接著母馬就死了，就剩馬駒自己了。那群人也死了若干，最後剩下一個小孩，男孩。男孩和馬駒抱在一起，嗚嗚地哭起來，哭呀哭呀，把眼淚都淌乾啦……

小雜種夜裡睡得不好，不由打起呵欠來。

黑色男人說：「好好聽著！孩子！」

小雜種說：「這故事一點也不好聽，你騙我一大早跑來，連飯都沒顧上吃，你領我吃蜂蜜去。」

黑色男人從地上揪了一朵花，撕了兩片草葉，放在手心裡揉搓爛了，吹了一口氣，往空中一揚，一群蜜蜂飛舞著。在一棵草上壘了一個窩。採來花粉、海水、屎尖——最甜的東西要用最臭的東西造——釀出一巢蜜，給小雜種吃了。吃了蜜，小雜種不睏啦也不餓啦，聽黑色男人繼續講。

……小馬駒用舌頭舔舔小男孩的臉，說：小哥哥，別哭啦。小馬駒是個母的，兩隻大眼藍汪汪的，雙眼皮，長睫毛，鼻唇又嫩又紅，像玫瑰花瓣一樣。小男孩摸著馬駒的臉，說：小妹妹，我聽你的話，不哭啦。我比你大，我怎麼能哭呢？男孩和馬駒找了塊硬地方，吃了一點果西：馬駒吃草，男孩吃草籽。吃飽了，就一起跋涉沼澤……

剛講到這裡時，就聽到沼澤地一聲怪響，如同虎嘯，黑色男人和小雜種都震悚不淺，延頸開口，也算目瞪口呆，往那一叢叢灌木裡看。我記得當年爺爺說到這塊時，我也不禁歪了頭，怯生生地望著那連綿不斷地延伸到沼澤深處的紅色灌木叢。那又是傍晚，陽光涼森森的，沼澤裡升起一團團煙霧。灌木枝條嚓嚓嚓擺動一陣，然後便一動不動，靜寂無聲。牛羊已自動圍繞過來，眼睛裡都流露驚懼之色。

「是什麼鳥兒叫？」小雜種問黑色瘦男人。

黑色瘦男人正死盯著已經靜靜如畫的沼澤地與沼澤地裡如花如絮的煙瘴發呆呢。他的深凹在凸出的眉棱骨下的雙眼銳利，宛若發現了野兔的鷹隼。

小雜種又問他，並用手指戳了戳他的大腿側——後來的人都說那黑色男人的大腿像石頭一樣堅硬像冰塊一樣涼。

「是蒼狼在叫。」他回答著，其實更像自言自語著。灌木叢深處又發怪聲，似狗叫非狗叫似狼嗥非狼嗥，仔細辨別則認為近狗聲而遠狼聲。灌木搖動，靜止，怪聲在死寂的沼澤裡迴盪。我當時嚇得尿顫現在卻習以為常，孫子用獸爪般的小手緊緊地抓住我的皮。他拍拍小雜種方方正正的腦袋，忽然把頭抬起來，脖子上的大筋暴跳起來，出了怪聲，他模仿得很像，引逗得沼澤裡蒼狼與他唱和：啊噉……啊噉……啊噉……「這是蒼狼，真是一種鳥。」他說著，前言似乎總難搭後語，然後用一種銳利的嗓音唱：「蒼狼啊蒼狼生蛋四方，鳴聲如狗叫行動閃火光，此鳥非凡鳥啊此鳥是神鳥，口銜靈芝啊築巢於龍香，得見此鳥啊避禍消殃，得見此鳥啊萬壽無疆！」他反來覆去地唱著，一直到日頭沉沒，天地全被紫氣籠罩，星斗的寒光從紫氣中射下來，好像閃爍的流螢。那天晚上，小雜種看到了蒼狼低飛，拖著一道道月光，把灌木的枝條照耀得如同金絲。

……小馬駒和小男孩在沼澤裡艱難地走著，辛辣的腐敗氣息刺得他和牠眼睛流淚。周圍噼剝噼剝響，那是氣泡從淤泥裡冒上來又破裂的聲音。遠遠近近地漂浮著一些枯黃的草疙瘩，他們小心翼翼地、躲躲閃閃地、蹦蹦跳跳地尋找著草墩子立足，一刻也不敢懈怠。稍一遲緩，他們的腿就會隨著草墩的下陷而被淤泥吞沒。淤泥暗紅色，黏稠如漆，味道腥臭。沼澤似乎永無盡頭。這天，小男孩一不上心陷在泥潭裡，越掙扎越深，很快陷到了胸口。男孩頭發脹，鼻子流血，眼珠子往外鼓。他哭了。馬駒用蹄子去拉他，拉不上來，她也難過地哭啦。男孩說：「馬駒……別管我了……你自己走吧……」馬駒說：「不，要死咱倆也要死在一塊兒……」男孩使勁地搖著頭。這時候，天已經黑透了，一群群螢火蟲飛舞著。清風掠過沼澤。忽然，前邊傳來幾聲朦朦朧朧的狗叫聲，抬頭看時，狗叫聲處，隱隱約約顯出幾線燈火。馬駒興奮地叫起來：「小哥哥，你快看，前邊有人家啦！我們快走出沼澤啦！」男孩感到一股力量注入全身。也是情急智生，馬駒把屁股掉過來，支棱起尾巴，讓男孩揪住。她四個蹄子把住四墩大草，躬著腰，嘴巴幾乎扎到泥裡，拽啊，拽啊，終於把男孩拽出來啦。紅馬駒累癱了，尋了塊硬地方，躺著喘粗氣。男孩好久才鬆開她的尾巴。遙望那前方明明滅滅的燈火，聆聽著夢囈般的狗叫，一股溫暖的浪潮在他血管裡蕩漾。他感覺到只有放聲大哭一陣才能把鬱積在心裡的感情排泄出來，於是他就嗚嗚地哭起來。馬駒幸福地瞇縫著眼。小男孩情不自禁地撫摸著她涼森森的皮膚，梳理她滑溜的鬃毛，把臉兒貼在她狹長秀美的鼻梁上。馬駒堅硬的睫毛摩擦著他的腮，他的唇，他的嘴巴正在舔著她的眼睛。後來，馬駒身體灼熱，用四條腿把男孩摟抱起來，男孩緊緊地貼在她的肚皮上。她的噴著熱烘烘的青草味道的嘴巴幾乎要把男孩的頭皮咬破。又後來，他們一起扶持著，向燈光走去。以往的夜晚，他們寸步不敢動，生怕黑燈瞎火地陷進泥潭裡去。今天的夜晚，他們把陷入泥潭的危險拋到腦後，燈火和狗的嗚叫——人間的氣息——賦予他們神奇的力量，他們感到身輕如燕，腥臭的泥潭裡竟然也放出蘭花的幽香。他們終於尋到了那發出燈光的地方：一棵金黃色的樹——龍香木——樹上一個大巢——巢裡有兩顆正方形的鳥蛋——一隻金色的大鳥驚飛——一道火光——發出狗吠般的嗚叫聲……

那小雜種盤問黑色男人：「你見過蒼狼嗎？」

黑色男人長歎一聲。小雜種於暗夜中聽到牛羊在黑暗裡的嚼草聲，看到黑色男人眼裡閃爍的光芒，憔悴在夜裡更顯得分明。村莊裡狗聲狺狺，有一個女人拖著嘶啞的長腔在呼叫什麼。

黑色男人攏了一堆枯枝敗葉，用石頭碰撞鐵鐮，一顆光芒四射的大火星濺到枯葉上，他噘唇一吹，一縷綠色的火苗，猶如一條游動的小蛇，漸漸放出溫暖和光明來。天上也有一顆大星殞落，把一道天劃得賊亮。他從火堆周圍掘出了兩只大木薯，也不刮皮去鬚，徑直填到火堆裡去。火苗黯淡片刻，立即又明亮起來。

「我不回家啦嗎？」小雜種問。

「難道你還有家可回嗎？」黑色男人用嘲諷的口吻說。

於是小雜種便默然了。他用一根小木棒挑撥著燃燒的枯枝。羊兒在光圈之外不時地打噴嚏，尖聲浪氣，酷似女人。有時光明中突然伸進來一個牛頭，鐵角聳立，雙目炯炯，有些嚇人。

在木薯的香味裡，小雜種又問：「你真的見過蒼狼嗎？」

黑色男人用眼睛逼著小雜種，臉上浮著冷酷的、輕蔑的神情。他的下巴鐵青、尖削，邊緣鋒利，好像一柄鋼斧。

我問爺爺：「您見過蒼狼嗎？」

篝火映得爺爺的臉一片金黃。遙遠的南方和北方俱有沖天的火柱，連我們也聞到了鋼鐵被熔化的味道。

「我們也生一堆火吧！」我對孫子說。他的爹娘被一場旋風捲走有一個多月啦，現在不知降落到哪裡的草地上去啦。但我相信他們會回來的，王瞎子占卜，也說他們會回來的。孫子可憐巴巴地問我：「爺爺，真有蒼狼嗎？」

……蒼狼被他們嚇飛啦，貼著灌木的梢兒飛，拖著長長的、像掃帚星一樣的大尾巴。馬駒聞到那棵樹上放出的迷醉心靈的香氣，癡癡地說：「小哥哥，真香啊……」小男孩也被那味道熏得魂不守舍，他摟抱著紅馬駒的脖子，好像摟著母親又不似摟著母親……馬駒那些日子裡漸曉春情，尤其是當她把尾巴給了小男孩拽住之後，那羞羞答答的愛便像蘑菇一樣膨脹起來。她說：「小哥哥，到了那邊，咱倆做一對夫妻吧……」小男孩親著她的耳朵、眼睛、沉甸甸的鬃毛，嘴裡流著香甜的津液……馬駒說——她的眼裡水汪汪的，都是淚：「小哥哥……我早就等你啦……我有一條要求，就是，你我結成夫妻之後，你永遠不能提一個馬字……」小男孩爽快地答應啦。馬駒說：「小哥哥你閉眼吧！」小男孩閉了眼。只聽得一聲響亮，好像馬鳴。男孩睜開眼，竟發現站在他面前的是一個千嬌百媚的姑娘。只見她一頭金紅色的長髮、沉甸甸的，好像馬駒的鬃毛；兩隻水靈靈的藍眼睛，好像水中的寶石；嬌嫩的嘴巴，誰見了誰想親。男孩剛想問：「你就是馬駒嗎？」但立即想起了誓約。女孩說：「小哥哥，我的名字叫草香。」小男孩當夜就跟草香在龍香樹下成了夫妻。一夜晚景不提。第二天，夫妻二人攜手並肩，繼續跋涉沼澤，受盡千辛萬苦，終於來到了這地方……黑色男人用手往村子的方向大略一指，便停嘴不語。火苗剝剝地響著，木薯的香味越加濃重，一忽兒有一隻羊頭伸進光明裡來，一會兒又伸進來一頭牛犢的腦袋。

小雜種出神地望著火苗，心裡卻在思想那匹一聲響亮就變成了美麗小姑娘的紅色小馬駒。

你怎麼知道他在想那匹紅色小馬駒。

當時，我也產生過這樣的疑問，我爺爺說他怎麼會不想那匹紅色小馬駒呢？難道你不想那匹紅色小馬駒嗎？老實告訴我，孫子，我嚴肅地問，你現在想什麼？孫子恍恍惚惚地望著跳動不安的火焰，好像丟了靈魂。難道你現在想的不是那匹紅色的小馬駒嗎？你騙不過我的經驗。

也難怪啊也難怪，我自言自語著，多漂亮的一匹紅馬駒啊！雙眼如水，四蹄如花朵，嘴唇像花瓣兒一樣！咱們食草家族在這塊窪地裡繁衍生息若干年，一代又一代，哪一個男子漢沒聽說過紅馬駒的故事呢？哪一個沒在白日夢裡思念過紅馬駒呢？牠一聲響亮就變成了千嬌百媚的俊姑娘。思念著這樣美好的姑娘，還有什麼樣的高山大海能把人阻擋住呢？你、我、爺爺、爺爺的爺爺，世世代代的男子漢們，總是在感情的高峰上，情不自禁地呼喚著：Ma! Ma! Ma! 這幾乎成了一個偉大的暗號。

爺爺說黑色男人把烤熟的木薯從火堆裡扒出來，撈一把枯草，包住木薯的兩頭，用力一掰，木薯斷成兩半，玫瑰色的薯瓤冒著熱氣。他遞給小雜種一半，自己拿住一半。只一轉眼的工夫，他就把木薯填進了肚子。小雜種唏溜唏溜地吹著木薯，燙嘴不敢咬。

火堆漸漸黯淡，餘燼暗紅，周圍的景物漸漸有了輪廓。牛羊的影子在晃動著，哨子蟲尖利地鳴叫起來，叫聲爆發得那般突然，令人心驚肉戰。沼澤裡的聲音，很遠似的，小雜種聽到了馬駒的鼻息。光溜溜的綢緞般的馬皮伸手就可觸摸一樣。

「後來呢？」小雜種問。

「你還想知道後來嗎？」黑色男人笑嘻嘻地問。他的笑聲裡藏著一種很怕人的情緒，小雜種感覺到了。

「當然想知道，爺爺給我講故事每次都有頭有尾。」

「他們來到這裡時，這地方人種沒有一個。遍地是沒人深的野草，野草裡隱藏著狼蟲虎豹。他們搭起了草棚，開荒種地，打獵逮魚，養雞養狗。一年過去，草香生了一對雙胞胎，兩個男孩。又一年過去，草香又生了一對雙胞胎，兩個女孩。」

……草香誤吃了彩球魚的卵塊之後，便喪失了生育能力。她日夜辛勞，紡紗織麻，種菜種瓜，人漸漸憔悴，大眼睛裡霧濛濛的。小男孩早長成了一個身強體壯的男人，他一心撲到土地上，不管老婆，也不管孩子。一轉眼十幾年，兩男兩女長大了。她們和他們竟偷偷地幹起了歡愛的事。一邊幹還一邊笑。他發現了，就用獵槍把一男一女當場打死，剩下的一男一女躲在母親背後。草香眼裡流著淚，為孩子開脫著……他罵道：打死你們這兩個母馬養的畜生！——一語未了，就聽得一聲巨響，猶如山崩地裂，地上升起紅色的煙霧，一匹火紅色的馬駒被那浪濤翻滾般的煙霧捲跑了……Ma! Ma! 男孩和女孩摟抱著，喊叫著。他立刻後悔啦，馬駒在煙霧中升騰時，那兩隻流淚的大眼睛裡射出的仇恨箭矢般扎在他的心上。只用了一天工夫，他就由一個膘肥體壯的大漢變成了一具又黑又瘦的活死屍……

「他唱著有關蒼狼的歌兒四處遊蕩。蒼狼啊蒼狼，下蛋四方——聲音如狗叫飛行有火光——銜來靈芝啊築巢於龍香——此鳥非凡鳥啊此鳥乃神鳥——得見此鳥啊萬壽無疆——」

爺爺說，黑色男人站起來，也不跟小雜種告別，高唱著胡編亂造的歌兒向墳墓走去。他唱什麼呢？我問。爺爺說他唱兄妹交媾啊人口不昌——手腳生蹼啊人驢同房——遇皮中興遇羊再亡——再亡再興仰仗……

爺爺撥著灰燼，再也不說什麼。

「小雜種還蹲在那裡吃木薯嗎？」孫子問我。

爺爺告訴我：小雜種沒吃木薯，他摸著手指間的蹼膜，站起身來，一步步向黑呼隆冬的村子走去。

「後來呢？」

爺爺倦了，躺在草地上睡著啦。

……馬駒橫穿沼澤的故事就這樣流傳著。

本文總結：

高密東北鄉食草家族的女祖先是一匹紅馬駒。所以馬駒成了我們的圖騰，成了我們的理想，成了我們愛情的象徵。

Ma!

Ma!

Ma! Ma! Ma!

跋／圓夢

自一九八七年至現在，一晃就是六年。這期間我寫了一些十分清醒的小說，也寫了些癡人說夢般的作品。這部書有六個夢境組成，原名擬為《六夢集》，後改為現名，是尊重了編輯的意見。

雖然本書是斷斷續續寫成的，但我個人認為它是一個完整的長篇。在形式上它們各自獨立，但在思想上卻是統一的。

「六夢」的出版，了卻了我個人一樁大事。因為「六夢」是我整個創作中的一種特殊現象，是我自己也難以說清的現象。這實際上是一大堆糾纏著我的問題，是很多無法解決的矛盾形象表現。我承認本書中很多思想是混亂不清的，我可能永遠解不開這些混亂。這本書裡，有我個人的影子，是我把自己切出了一個毫不掩飾的剖面。本書肯定沒能也不可能給讀者提供指導生活的準則，也不會給讀者以閱讀的快感，這是我深深歉疚的。

不少聰明的評論家從我的「六夢」中讀出了一些瘋狂的傾向，我想我必須坦率地承認，在創作本書的某些章節時，一種連我自己都感到可怕的情緒經常牢牢地控制著我，使我無法收束自己的筆墨。所以本書也是瘋狂與理智掙扎的紀錄。所以本書除是一部家族的歷史外，也是一個作家的精神歷史的一個階段。所以讀者應在批判食草家族歷史時同時批判作家的精神歷史，而後者似乎更為重要。

國家圖書館出版品預行編目資料

食草家族/莫言著. -- 三版. -- 臺北市：麥田出版, 城邦文化事業股份有限公司出版：英屬蓋曼群島商家庭傳媒股份有限公司城邦分公司發行, 2021.01
面： 公分
諾貝爾獎全新珍藏版

ISBN 978-986-344-856-3（平裝）

857.7 109018275

莫言作品集 7

食草家族（諾貝爾獎全新珍藏版）

作　　者　莫　言
責任編輯　林秀梅

版　　權　吳玲緯
行　　銷　蘇莞婷　何維民　吳宇軒　陳欣岑
業　　務　李再星　陳紫晴　陳美燕　葉晉源
副總編輯　林秀梅
編輯總監　劉麗真
總 經 理　陳逸瑛
發 行 人　涂玉雲
出　　版　麥田出版
城邦文化事業股份有限公司
104台北市民生東路二段141號5樓
電話：(886)2-2500-7696　傳真：(886)2-2500-1967
發　　行　英屬蓋曼群島商家庭傳媒股份有限公司城邦分公司
104台北市民生東路二段141號11樓
書虫客服服務專線：(886)2-2500-7718、2500-7719
24小時傳真服務：(886)2-2500-1990、2500-1991
服務時間：週一至週五09:30-12:00・13:30-17:00
郵撥帳號：19863813 戶名：書虫股份有限公司
讀者服務信箱E-mail：service@readingclub.com.tw
麥田部落格：http://ryefield.pixnet.net/blog
麥田出版Facebook：https://www.facebook.com/RyeField.Cite/

香港發行所　城邦(香港)出版集團有限公司
香港灣仔駱克道193號東超商業中心1/F
電話：852-2508 6231　傳真：852-2578 9337

馬新發行所　城邦(馬新)出版集團〔Cite (M) Sdn Bhd.〕
41-3, Jalan Radin Anum, Bandar Baru Sri Petaling,
57000 Kuala Lumpur, Malaysia.
電話: (603) 9056 3833　傳真: (603) 9057 6622
E-mail：services@cite.my

封面設計　莊謹銘
排　　版　宸遠彩藝有限公司
印　　刷　前進彩藝有限公司

初版一刷　2000 年 11 月
二版一刷　2014 年 07 月
三版一刷　2021 年 01 月
定價／420
ISBN 978-986-344-856-3

Printed in Taiwan

城邦讀書花園
www.cite.com.tw